战俘

兀方
著

陕西新华出版　太白文艺出版社

图书在版编目（CIP）数据

战俘 / 兀方著. — 西安：太白文艺出版社，
2015.5（2026.1重印）
ISBN 978-7-5513-0805-2

Ⅰ. ①战… Ⅱ. ①兀… Ⅲ. ①长篇小说—中国—当代
Ⅳ. ①I247.5

中国版本图书馆CIP数据核字（2015）第111087号

战俘

作　　者　兀　方
责任编辑　韩霁虹　马凤霞
整体设计　高　薇
出版发行　陕西新华出版传媒集团
　　　　　太白文艺出版社
　　　　　（西安北大街147号 710003）
　　　　　太白文艺出版社发行：029-87277748
　　　　　tbwytougao@163.com
经　　销　陕西新华发行集团
印　　刷　天津旭丰源印刷有限公司
开　　本　710mm×1000mm　1/16
字　　数　320千字
印　　张　19.5
版　　次　2015年5月第1版
　　　　　2026年1月第2版 第4次印刷
书　　号　ISBN 978-7-5513-0805-2
定　　价　78.00元

一

日本特工寺垣北村真够幸运的，刚刚走下清姜河畔的山梁，便与汪大年少将率领的日军战俘邂逅了。

“他们是什么人？从哪里来，要到哪里去？”寺垣开始并不知道这就是自己苦苦寻找的日军战俘，迅速躲到一片荒草遮掩的乱坟岗子后面，紧张注视着眼前这支默默行进的队伍。

队伍人数不多，总共不过十二个人。令人费解的是，他们的着装实在蹊跷。穿中国军队黄军服的有三人，从领花看，走在前面带路的那个傻大个儿是少尉排长，走在队伍后面的是一位穿呢子军装的少将，殿后的无疑就是他的警卫员了。其余九人皆穿灰布军装，两名女性。灰军装们没带任何武器，也没有什么标志，既不像趾高气扬的晋绥军，更不像朴实无华的八路军。看那一个个不高的个头儿和壮实的身材，寺垣恍然明白过来：哎呀！真是无巧不成书。这不是自己四处寻觅的日军战俘吗？

寺垣北村是日本华北方面军派遣到陕西宝鸡县寻找那些关押在中国军政部第一俘虏收容所的日军战俘的。由于关押地点偏僻而隐秘，他的前两任均无功而返，在黄河岸边接头后，被继任者无情地处决了。大日本帝国的军队怎么容得下这些庸才？他受命后，化名“袁小凯”，自称是袁世凯的堂下嫡孙，扮作行医郎中，肩挎帆布褡裢，前书“妙手回春”，背书“药到病除”，手中“哐啷啷”摇晃着一柄银圈串铃，走街串巷，四处打探日军战俘的下落。他肥头大耳，满脸横肉，双目鼓胀，面黑如漆，眉宇间透出一股森森杀气。这副尊容有些凶恶，好在他自有一套变脸术，必要时堆出一脸谄笑，虽说皮笑肉不笑，倒也遮掩得过去。于是，一般百姓很难猜透他，只是从那黄灿灿的满口金牙猜测，想必此人来头不小。他三十来岁，少年时随拓殖团来到中国，在天津码头上混大，既当过拐卖妇女的人口贩子，又做过日军慰安所老板，是一个阴险狡诈的“魔头”。离开慰安所接受特工训练一年多来，他一直惦记着那里的姑娘，特别是一个叫水子的朝鲜女大学生，眉心有颗观音痣，颇使他怜爱，总是念念不忘。来到宝鸡，他很快就熟悉了这里的山川地貌和风土人情，走遍了这里的村村寨寨，但两三个月过去了，依然一无所获。上级命令中要他限期找到并打入内部的日军俘虏收容所，缥缈如太白山头的云雾。他担心自己的命运和两个前任一样，葬身在中国的黄河岸边。此刻，当他看到开满野花的山道上走来这支异样的队伍时，眼睛突然一亮，他的紧贴坟头的胸脯已将地面砸得砰砰直响了。

这是 1939 年 3 月 5 日，农历己卯年正月十五元宵节。收容所驻地的太殷村，社火队天不明便赶往县城闹社火了。随后而来的收容所主任汪大年少将，要让俘虏们开开眼，感知一下中国乡土文化的魅力。他所带领的九名战俘，是从一百多名在押俘虏中挑选出来的，他们都是表现较好的模范俘虏。比如被村人唤作“杨五郎”的岩切五郎，被呼为“眼镜”的森下九郎，被日军强征为慰安妇的朝鲜姑娘水子和金子，还有黑脸胖汉龟田雄二、瘦猴子斋藤荣作等。汪大年没带部队，只让排长陈忠孝和警卫员郑拴子跟着。他要给战俘们创造一种轻松愉快的氛围。汪大年从小接受中国传统思想文化的熏陶，是陕西著名辛亥革命元老于右任先生的高足，曾两度留学日本。在即将取得经济学博士学位时，因组织中国留学生抗议日本政府的侵华行径而被驱逐回国。起先在军政部供职，曾作为中国政府谈判代表，参与调停中日“虹桥事件”，后调回陕西组建第一俘虏收容所。这是中国最高统帅部做出的决定。俘虏们听说很快就能在神农炎帝的出生地观看社火，一个个兴高采烈，激动不已，要亲眼见证炎帝故里几千年传承下来的陈仓社火与日本民间的“神农祭”有什么不同。炎帝神农氏是五千多年前的火神、农业之神和医药之神。神农尝百草，辨药性，究患脉，制针灸，创立草医药，后来传到国外，是全世界医药文化的鼻祖。因此，历代以来，受到日本民众的敬仰和崇拜。对这些战俘来说，这是一次非同寻常的寻根之旅，是可以在今后几十年里骄之于人的谈资。

太白山的雪峰云开雾散，正是麦苗返青燕子呢喃的早春季节，路边的垂柳悄悄挂上了醉人的新绿，横在山坡上的几株野樱桃绽出灿烂的笑颜，空气中流溢着消雪后泥土和草叶的清新气息。迎着从宽阔的渭河河面上跃出的红彤彤的朝阳，他们队列整齐，步伐轻快，远远望去，犹如一道亮丽的流霞。

汪大年带领的俘虏队伍来到一片松柏蓊郁的林间休息。不一会儿，卫生员金子和水子各捧着一捧山花跑了过来。“汪主任，你来选花儿!”水子抢在金子前面嚷嚷道。汪大年不解地问：“选花儿，怎么个选法?”水子说：“我们两个，一人手里的花是单数，一人手里的花是双数，测测咱们今天的运气。”汪大年明白了：“噢，是占卜啊!”金子说：“对！过去，我们每天都占卜，预测当天的吉凶祸福。双数为凶险，单数为吉利。请您为我们的行动占卜一下。”汪大年犹豫了，推辞道：“今天嘛……算了吧！每个人的命运都掌握在自己手里，占卜有什么用?”水子分辩道：“不！您一定要选一下，权当玩哩嘛!”她恳切地将鲜花伸到这位威武而慈祥的长官面前，眉心那颗朱砂痣突突直跳，仿佛有许多心里话要向他诉说。这时，其他人纷纷围拢过来，七嘴八舌，抢着为将军做主。汪大年不好驳大家的面子，看了看两个姑娘手中的鲜花，见怯懦的金子讪讪地往后退，说：“好，我要金子手里的花。”人们哄笑着，推金子向前。她却不肯，凄然说：“谢谢汪主任选我的花儿。我的花是双数，不好，因为……”大家一时愣住了，金子喃喃道：“对不起，请原谅！我不想把我的晦气带给大家……我，这就回去!”金子转身要走，被众人拦住，她悲切道：“我的命运不好，总忘不了那场噩梦……我是在河边打水时被抓走的，后来就成了慰安妇……至今，家里人还不知我的下落……”汪大年郑重接过金子手中的花，拔出一枝插在自己上衣口袋里，将剩余的又豪爽地捧给她：“金子姑娘，别难过！命运是个欺软怕硬的东西。就是富有天下的皇帝，要是性格懦弱，也可能丢掉手中的一切。中国历史上那个扶不起的阿斗就是这样。我的一生都在和命运抗争。我希望这枝花能带走你的不幸。这样一来，你和我，不都是吉利数字了吗?”俘虏们哄闹着，要抢金子手里的花，她破涕为笑：“满地都是花儿，自己摘去!”人们还是一哄而上，抢光了金子手中的鲜花。这时，警卫员郑拴子探路回来，张着大嘴巴喘息说，前面有一条近道，直接下去，就是神农庙大殿。大家顺着他的手指向山下望去，远远听得锣喧鼓噪，火铳声声，只见飘飘摇摇的彩旗早已塞满了通往县城的道路，五颜六色的社火队伍正徐徐向神农庙大殿前的广场上汇集。

趴在坟头后面的寺垣北村，目不转睛地看着到面前采花的两个姑娘。一位不认识，而另一位，他一眼便看清了她眉心的那颗朱砂红观音痣，不由得一惊：难道是她——水子？他几乎不敢相信自己的眼睛。定睛看了半晌，果真是她。他本想猛扑过去抱住她，又怕吓跑了她。他不知离开慰安所以后水子是怎么被俘的，不过，水子的出现，无疑证明了其他人的战俘身份。

寺垣的脑子里还挂着许多问号，两位姑娘已反身回林中去了。接着，警卫员回来，从他向将军的报告得知，他们是去看社火的。寺垣不禁一阵冷笑："好啊！天照大神显圣了，我立功的日子来到了！"寺垣下意识摸了摸褡裢里一块硬邦邦的东西，那是便携式电台。他正思索应该怎样将它隐藏好，林子里响起了集合的口令。

寺垣从齐腰深的蒿草后面向林间望去，俘虏们已在林子外的空地上站好队伍。这是多么整齐的一支队伍啊！当它毫无遮掩地展现在面前时，寺垣的心头不由得腾起一种难以抑制的兴奋。春日上午暖融融的阳光慷慨地从神龙塬崖顶照射下来，洒在这些灰布军装的俘虏身上。阳光下，每一张面孔都看得那么清晰、那么真切。寺垣恨不能将自己变成一只山蚂蟥，好将目光的吸盘紧紧吸附在他们每个人的身上。为了再靠近些，他瞅好身边两个塌陷的墓坑，拨开草丛，猴子一样敏捷地向前蹿了蹿。作为一名肩负重任的特工，他必须辨认并记住这些面孔。"这是水子，这是另一个采花姑娘，这是……"

忽然，寺垣的目光被烫了一下，他的眼睛几乎要冒出血来，心里咒骂道："是他，怎么是他？八嘎！"原来，在俘虏队伍中，寺垣发现了一个人，一张熟面孔。他中等个子，圆圆的大脑袋剃得倍儿亮，就连脸盘子也刮得干干净净。他将深灰色的棉帽戴好，双脚一并，昂头挺胸，像一只撒欢的儿马。寺垣一下子认出了他——自己的老同乡、原日军第十师团濑谷支队步兵六十三联队第一大队队长岩切五郎大佐。

寺垣很不情愿地看见了他，一个曾令他羡慕和憎恨的人。接受任务来宝鸡以前，寺垣从大量的中国和世界各地的报纸上，刮地皮一样搜集着每一条有关日军战俘的消息。特别是岩切五郎，他没有放过对自己这位儿时玩伴每一个细节的捕捉。岩切是陆军士官学校毕业的高才生，脑子灵活，作战勇敢，很有机谋，是家乡最有希望被破格提拔为将军的明星。他深得日军华北精锐第十师团濑谷支队长的器重，做了一名大队长，是濑谷麾下得力的干才，常常抢打头阵，往往旗开得胜。去年春季，台儿庄战役前夕，刚由石家庄调往前线。谁知第十师团求战心切，决心在三天内拿下该城。支队长濑谷少将错就错在狂妄自大、目空一切。他的这种作风自然传染给了下属，几乎个个头脑发热，丝毫没把数倍于己的中国军队放在眼里，以为只要枪声一响，中国军队就会作鸟兽散，大日本帝国的太阳旗一下子就能插上这座京杭大运河咽喉要地的城头。在未完成战斗部署以前，各联队急于抢功，竟冒险孤军深入，单兵突进，结果钻进李宗仁将军布下的口袋，被四面包围，损失大半。岩切就是此时受伤被俘的。被俘以后，他曾组织十几名俘虏在一个雨夜趁机逃跑，结果被抓了回去。这时，他不失为武士道精神培育出来的勇士，在中国人面前不但不认错，而且大耍威风，领导一批战俘共同绝食，以死向收容所要挟……

寺垣的思绪深沉而痛苦得像一潭秋水，汪住岩切五郎这块礁石怎么也绕不开去。毕竟是自己的同乡挚友，他总是忘不了他的那些令人感到振奋和光荣的东西。不知怎么搞的，回忆这些往事，他感到眼睛热辣辣的，揉了揉，两手便湿漉漉的了。

林边空地上的队伍很快集合完毕，汪大年少将走上前，再次检查这些与自己朝夕相处的同伴们的装束。将军今天的心情特别好，自担任俘虏收容所主任以来，他力排众议，一举改变了过去那种视俘虏为仇敌的监狱式管理方法。他以宽厚仁爱之心，开创了“平等、自主”的管理模式。更为难能可贵的是，在收容所驻地，广泛吸收民众参与管理，将日本战俘置于中国老百姓的教育感化之中。今天，能亲自带领战俘们出来观看难得一见的社火表演，他十分欣喜，这正是对自己管理理念的一次检验。

岩切五郎向少将举手行了个军礼，汪大年即以颔首微笑作答。谁能相信，几个月前，岩切还是率领战俘逃跑的罪魁祸首，抓回来差点儿枪毙？这个强壮而机灵的家伙今天真够帅气的，脸上洋溢着抑制不住的笑容。汪大年友善地走上前，为他正了正帽子，末了，还在他肩膀上拍了拍。森下九郎那副娃娃脸上，黑边眼镜有些沉重，总是戴不端正，或者戴端正了又滑向一边。汪大年帮他扶了扶。金子和水子捧着鲜花排在队尾。金子的眼眶红红的，还噙着泪花。汪大年将胸前的那枝迎春花举了举，金子会意地点了点头。汪大年望着这些熟悉的面孔，心中不禁涌起一股亲切而热烈的感情。这几名模范俘虏，都是自己新的俘虏管理理念的具体践行者，但是，在思想转化的过程中，谁能说没有经过一个艰苦的历程呢？那种心灵的碰撞和交融，回想起来，仍惊心动魄，历历在目……

岩切五郎唆使部分俘虏绝食已过去了三天三夜，身体原本虚弱的森下九郎曾经几度清醒又几度昏迷，生命垂危之际，许多抢救措施都被岩切蛮横地阻止了。忍无可忍之时，汪大年也来了气，几乎怒不可遏，对一会儿装死一会儿装疯的岩切五郎发了一通脾气。用日语对他说："按说，我可以立即将你枪毙。你根本就不配做一名军人！"床上没有动静，骄横的岩切仍在装死。"你以为你一死就可以一了百了谢罪于天下了吗？"汪大年义正词严地斥责道，"不！这是懦夫胆小鬼的想法，你在逃避责任！作为大队长，你明白你的职责吗？你根本不明白……早在两千多年前，中国古代的军事家孙武说过：'知彼知己，百战不殆……不知彼，不知己，每战必殆。'我军的部署你了解吗？不了解。你们是在完全无知的情况下盲目冒进的。是你亲手葬送了你的大队……你还有什么资格对你过去的士兵发号施令？他们应该杀了你才对！这一切后果都是因为你的错误造成的。他们的父母、他们的妻子儿女向你要人，你何颜以对？你难道不感到羞耻吗……"

床上的岩切翻了翻身，将脸扭过去对着土墙。是该好好反省了，他想。《孙子兵法》曾经是他在谷山陆军士官学校熟读百遍的军事经典，常常爱不释手，何曾料到自己竟一时糊涂犯了兵家大忌。作为阶下囚，此刻，当这句早就背诵得滚瓜烂熟的名言从一位敌国将军口里说出时，字字句句似有千钧之重。他举起手背擦了擦挂在腮边的那颗苦涩的眼泪。营房里异常安静，窗口和门外挤满了中国士兵和日本战俘。他们是前来探寻事件结果的，听到汪大年感人肺腑的话语，他们默然了。身材矮胖的龟田雄二平素饭量就大，三天来没有一粒粮食下肚，早饿坏了。见绝食的组织者岩切五郎被震慑下去，他爬起来看也不看他一眼，端起枕头旁的大碗，扔掉筷子，用手只顾往嘴里扒拉。在他的影响下，森下九郎鼓起最大的勇气，在众人的帮助下艰难地从地铺上爬起来，摸到自己的眼镜戴上，一张稚气的嫩脸因绝食已变得毫无血色。他没有理会原先的长官，对身旁捧着一碗稀粥的金子说："姐姐！我喝，只一口，可以吗？"汪大年接过粥饭，顺势一条腿跪在地铺上，给森下一勺一勺缓缓喂下。心情激动的森下呜咽不止，不时呛得咳嗽。戎装在身的博士将军，掏出洁白的手绢为他仔细擦拭着嘴、脸、前胸。望着眼前这个瘦得皮包骨的大男孩，学子出身的文职将军不由得眼圈湿润，哽咽道：

"森下，你太年轻，太年轻了……应该待在学校里才对！强迫你上战场，难道不是一种罪孽……你喝吧！为了你的父母，还有你的妹妹，你要坚强地活下去……请相信，战争结束的日子总会到来。到那一天，我一定送你……回……家!"将军无法再说下去，在场的士兵和俘虏无不为之动容，门外一片唏嘘之声。这时，参与绝食的俘虏们已先后开始进食，"哧溜哧溜"喝稀粥的声音此起彼伏，像美妙的琴曲。岩切无法阻止大家，心理防线一下子被摧毁了。美食就在眼前，焉有拒绝之理？气恼之下，端起饭碗也大口大口吞咽起来，仿佛不是吃饭，而是进行一场田径比赛，已临近终点，到了最后冲刺阶段……

队伍很快整理完毕，汪大年问水子带没带照相机。水子妩媚地笑了笑，一扭身，取出藏在背包里的相机。汪大年让在这儿给大家留张合影。一声令下，许多人争先去抢相机，都想当一回摄影师。当然，最终抢到相机的还是岩切。"一部地道的德国货，谁送的？"岩切熟练地摆弄着相机，不经意问道。"安大哥。"水子回答。"那个八路军长官？"水子默默点了点头，算是承认。"祝贺你。还是你为大家拍照吧!"岩切将相机又郑重交给了水子。望着漆黑锃亮带着自动伸缩镜头的相机，水子想起了安恩泽。他原本是延安新华社记者，一次，来战俘收容所采访，听了汪大年对水子的介绍，特意把这部相机送给了她。此后，在岩切五郎煽动战俘绝食的日子里，细心的水子用手中的相机记录下了汪大年关心爱护俘虏的许多细节。水子被贩卖到慰安所以前，曾是汉城大学新闻系三年级的学生，她酷爱写作和摄影，同时兼任几家报馆的特约记者。在那段看不见硝烟却充满激烈斗争的日子里，她一直被收容所浓浓的亲情感动着，不但拍下了许多珍贵的照片，还写出了一篇篇感人肺腑的日记。那是每晚夜深人静时，她以圣洁的感情和激动的泪水写就的。她怎能忘记那心灵的洗礼呢？在这里，她终于恢复了生活的信心，找到了自己的尊严。一天，安恩泽大哥奇迹般出现了。不过，他不再是延安的记者，而是西安八路军办事处的联络部部长。他此次来访，并非一人，不但有军政部西安行营主任蒋鼎文上将，还请来了国际红十字会官员波尔·拉姆斯先生。他们是专程来俘虏收容所视察的。视察结束，当长官和宾客即将离开之际，几经斟酌，性格腼腆的水子终于将胶卷和日记本交给了安大哥，希望对他此行能有所帮助。谁曾料到，半个月后，一个令人惊喜的消息传来。安恩泽从西安打电话给她说，世界各国反法西斯战线的报纸都刊登了水子的日记和她拍摄的照片，引起了极大的轰动……

林边空地上这生动的一幕，被寺垣北村看得真真切切。他蓦然醒悟过来：“哎呀！岩切五郎果真是‘模范俘虏’了！”寺垣北村素以凶狠歹毒闻名，见此状况，脑子里嗡嗡直响，一口金牙险些咬碎。他顾不得隐藏电台，顾不得可能暴露的特工身份，从墓坑里“腾”地跳出来，直接上了十字路口。他要横刀立马，拦住他们的去路，以教训教训这个令家乡蒙羞的叛徒。

汪大年带领队伍走出柏树坡，眼前豁然开朗。耀眼的阳光下，只见山道上走来一个游方郎中，他摇着银圈串铃，边走边唱——

大理丸，二理丸，
狗皮膏药治风寒。
要是你夜里出盗汗，
十全大补赛神仙……

来人是个黑矮胖子，金鱼眼，塌鼻头，肩挎鱼肚白帆布褡裢，鼓鼓囊囊的，开口唱曲时，露出满嘴黄灿灿的金牙。他就是前来寻衅的寺垣北村。他张牙舞爪横霸在道路中央，迎着走来的队伍，丝毫不加避让，恶狠狠只顾向前冲撞。他正要撞上走在队列前方的穿黄呢军装戴洁白手套的少将，不意被他的警卫员上前掀了一把，险些跌倒。少将连忙将他扶住，警卫员却不依不饶，死死盯着他，大腮帮子一鼓一鼓的，差点儿没拔出枪来。寺垣知道，这位少将就是收容所主任汪大年，是自己今后刀枪相对的死敌了。汪大年身材颀长，眉清目秀，温文尔雅，礼貌地向他赔着不是。寺垣气急败坏地翻起眼珠瞟了他一眼，少将的目光温和中透射着威严，刚毅中隐含着深邃，那是一种怎样的矜持和自信啊！这是光明与黑暗的对峙，这是文明与野蛮的较量，相貌丑陋的寺垣自惭形秽站立不稳了，邪恶的心理仿佛顷刻间被击碎，赶紧将目光收缩回来。寺垣低头背好褡裢，闪开警卫员。这时，恰恰岩切走来了。虽然岩切早就看到了前方这个举止怪异的游方郎中，但是，当二人四目相对时，还是吃惊不小。“怎么会是这个恶魔？”岩切心想。寺垣从小因不思长进、打架斗殴而臭名昭著。父母拿他没有办法，只好送他随拓殖团到了中国东北。但是，他并非安分守己的贤良之辈，偷跑到天津，先是靠偷窃，随后靠贩毒和拐卖妇女混日子。岩切驻防石家庄时，常常能听到近在咫尺的天津方面的消息，对这种败类感到不齿。

看到在中国人手下做了俘虏的岩切，寺垣不免有些幸灾乐祸，但他仍然不能容忍他的背叛。“模范俘虏”是什么？是猪狗不如的最可耻的称号，是对征服世界宁死不降的武士道精神的亵渎，是对神圣的大日本帝国的莫大侮辱。他岂能容忍这种人在他面前晃来晃去神气活现哗众取宠？今天豁出去了！即便拼个鱼死网破，也要把他撞死在面前。寺垣迅速挎好褡裢，迈步上路时假装脚下一绊，连人带褡裢猛地向岩切撞去。这个撞击太重了，两个人同时摔了个仰面八叉。

这个突如其来的袭击闪电一般，所有人皆惊呆了。岩切自然明白对方的用意，但是，身为俘虏，他不便揭露他的身份，那样也许会给自己带来麻烦。他一声不吭，只是用手默默擦着嘴角的血迹。

善于装蒜的寺垣没有立即起身，他在考验岩切，看他下一步动作。不是等他告密捉拿，也不是等他过来厮打，而是要看他会不会伸手拉他。那样的话，他不仅可以饶恕他，还可将他作为潜伏在收容所的内线。那一瞬，他看到的是岩切恶狠狠的目光。他知道无望了，爬起来正要过去踩他，这时，不知从何处窜来一头年轻的黄牛。那牛儿围住跌倒的岩切，乖觉地在他身上嗅着。岩切像见到久别重逢的亲人，一跃而起，抓住缰绳，爱怜地抚摸着它。

原来，这是岩切的房东李铁柱家的黄牛。那次绝食以后，岩切患上了严重的胃病，被安排在村民李铁柱家休养，由铁柱媳妇李二嫂专门为他做饭。他也帮着李家干些农活。岩切十分喜欢这头牙口不大的黄牛，常常在晚饭后牵它到山坡上吃嫩草。这是他一天里最悠闲的时候。身处异国他乡，面对满天落霞，他会情不自禁思念远方的父母。在无人倾诉之时，只好将这种思念默默告诉黄牛。尽管这是对牛弹琴。久而久之，这头牛似乎与他声息相通了。今天，李铁柱一大早便率领太殷村的社火队赶到了县城。也许是这头牛太过年轻，震天的铳子炮惊吓了它。它逃离主人，没命地奔上山藏了起来。

黄牛的主人李铁柱很快找来了。早上，李铁柱曾向行医郎中打探过牛的下落。现在找到了黄牛，喜滋滋走上前向众人道谢着。满脸尴尬的行医郎中岂能消受这份盛意？整了整褡裢，趁人不注意，悄悄溜走了。

寺垣返回乱坟岗子，立即用便携式电台向华北司令部发出一道紧急电文。

请示：第一，立即派飞机轰炸宝鸡，目标为社火队伍、交通设施、隐藏于山洞中的工厂和军械仓库；第二，我被俘人员拘押在该县城正西方十公里的太殷村，请派飞机相机作业。

昭和十四年×月×日

二

一场伟大斗争的序幕，往往是在不经意间拉开的。

汪大年少将率领部分日军战俘走出村口，到县城观看社火时，他并不知道，正是由于这次出行，侵华日军华北方面军司令官寺内寿一大将，根据派遣特务提供的线索，终于在军用地图上找到并以粗重的红铅笔圈定了一个名不见经传的小山村——陕西省宝鸡县太殷村。

寺内寿一大将不假思索就批准了寺垣的请示。他拿起电话，直接打给日军晋南司令部，命令当日午时，在地面电台引导下，向陕西宝鸡县按预定方案发起三次空中打击。还特别指出，在第三攻击波中，由运城飞行集团战队队长小川小二郎中佐率队到太殷村上空侦察，并将地面情况实时向他报告。

这是侵华日军对陕西偏僻山沟中的小县城宝鸡实施的第一次大规模空袭。此前，日军从大本营参谋本部到华北司令部，早就对空袭宝鸡急不可耐了。宝鸡是他们作战方案中必须拔除的中国大后方战略要点。历史上被称作陈仓的宝鸡县，是关中通往甘陇川贵的咽喉要道，历来为兵家必争之地。秦朝末年，楚汉相争，大将军韩信“明修栈道，暗度陈仓”，率领汉军主力抄小路从天而降，迅速赚取陈仓，随之进入关中，轻易拿下京城咸阳，为汉高祖刘邦登上帝位立下盖世奇功。三国时期，蜀相诸葛亮六出岐山，也是率先占领陈仓，然后向曹魏据守的长安发起进攻的。一代名相鞠躬尽瘁，壮志未酬，“出师未捷身先死”，殉职于附近的五丈塬，留下千古憾事。唐肃宗至德二载（公元757年），当地官府向朝廷报告，陈仓山上石鸡啼鸣，皇帝李亨认为此乃祥瑞之兆，遂更名陈仓为“宝鸡”。这个名称一直沿用至今。抗战爆发时，陇海铁路从东向西铺设到这里，由于战时财力物力亟须用于前线，没有往兰州方向再修。此后以车站为中心，在旧城西边的渭河谷地，沿河两岸盖起了许多店铺房舍。去年，又从敌占区的上海和汉口陆续迁来一些工厂。接着，以此为基础，创办了纺织厂、被服厂、机械厂、面粉厂、造纸厂等，还在南面的清姜河沟，沿神农塬开山凿洞，建起了大型军械库，储存着大量从苏联和英美输入的枪械弹药，源源不断供应着华北和中原战场。在这脆弱的中国战时经济中，内陆山区的这个新兴工业小城举足轻重，因此，日军参谋本部是不允许它存在的。

第一攻击波派出十三架轰炸机轰炸了县城，目标是摧毁这个工业小城的铁路、公路、车站、桥梁等交通体系和主要生活设施，同时给闹社火的人群投掷了大量炸弹。第二攻击波出动轰炸机九架，在寺垣的电台引导下，对隐藏于山洞中的军用民用工厂和军械库实施了精确打击。第三攻击波的三架战斗机，沿渭河溯流而上，紧贴地面飞行，很快搜索到目标。小川中佐的战斗机在太殷村上空盘旋后，他拉动操纵杆的手臂颤抖了，眼泪顿时湿润了眼眶。他举起右手一边敬礼，一边向下频频挥舞。他通过无线电波发回即时侦察报告。无论是远在天津的日军华北司令部还是操作同步电台的寺垣北村，接收到信号后均震惊不已。他们泪流满面，向着西方脱帽肃立，因为，在打麦场上，战俘们冒死点燃了三堆麦秸，不但向飞机欢呼雀跃，而且在地面上拼出了一面巨大的日本国旗……

中午，太殷村大庙虚掩的大门，几乎是被瘸子保长岳崇义用头撞开的。副官顾辟疆正在午休，门口的哨兵不许任何人进入。岳崇义急了，他有紧急情况报告。哨兵一把没拦住，他连人带拐子“咕咚”一声，跌翻在一尺高的门槛里。岳崇义是伤残退役军人。1926年西安解围时，他是冯玉祥、于右任国民联军敢死队队长，冲锋陷阵率先打到西稍门下。眼看要与城内的守军会合，突然遭到围城的刘镇华镇嵩军的拼命反扑，被团团围住。一颗手榴弹飞来炸断了右腿。多亏小战士汪大年、安恩泽冒死将他抢下火线，才保住了性命。回乡后，他用抚恤金置办了二亩半山坡地，与妻儿相依为命，艰难度日。由于他为人耿直，性情刚正，又是走南闯北见过大世面的人，被村民推举为村长，时下称保障所保长。“七七”事变后，他的儿子岳人杰随陕军东渡黄河，在娘子关战役中壮烈牺牲。去年西安行营召开抚恤表彰大会，作为烈属代表，他见到了老部下、如今是少将参议的汪大年。听说日军随时可能攻破潼关，进犯西安，位于终南山下的俘虏收容所欲另觅新址，要求设在西部一个偏僻的不为外界知晓的地方。急公好义的岳崇义，脱口就问自己的太殷村怎样。介绍说，那里有一座唐代寺院，名叫“太殷寺”，年久失修，僧人早跑光了，修葺后正好可以充作营房。抗战期间，经济拮据，一分钱要掰两半花，这正合汪大年之意。谁能料到，日本战俘进驻后，岳崇义自己家首先遭了祸端。骄横的日本军人即便做了俘虏，大多数仍冥顽不化，蛮横无理，以什么“优等民族”自居，随意欺凌百姓。他真有些后悔，此举无异于引狼入室。去年夏末俘虏收容所迁入村中，新营房尚未建成，有一半俘虏分住村民家中。一天下午，妻子和女儿巧玲在地里掰苞谷，发现被两名不怀好意的俘虏跟踪着。巧玲十六七岁，没经过世事，害怕得浑身发抖。妻子保护着女儿，让她先跑，结果自己被两名俘虏缠住，摁倒在沟渠里，遭到轮奸。后来，这两名俘虏虽然被枪毙了，但妻子丢不起这个人，几次寻死不成，被抢救过来，如今神经兮兮成了疯子。连续的打击使岳崇义再也抬不起头来，总觉得矮人三分。一向心高气傲争强好胜的村长，如今蔫头耷脑，像一只受伤的土拨鼠。晌午吃饭时，他坐在偏院牛槽前的捶褙石上眯缝着眼睛晒太阳，妻子在灶房忙碌着。一会儿，妻子趔趔趄趄端来一碗捞面递给他。他鼻子一抽，觉得味道怪怪的，一股馊味，顺手用筷子搅了搅，碗底竟有黑乎乎半拉破抹布。一定是疯婆子将抹布当面条下进锅里了。他不由得火冒三丈，把饭碗当即摔碎在地上。这一刻，陡地听见“轰隆轰隆”一连串的钝响。凭着军人敏锐的直觉，知道是从县城方向传来的炸弹爆炸声。他失声喊道：“不好！”女儿巧玲随村里的社火队去了县城，弄不好，要挨日本飞机的炸弹。

村子里住着俘虏，平常就很不安分，现在远处有日机轰炸，得提防这帮家伙闹出什么名堂。岳崇义这样想着，瘸进灶房，想寻找一点儿什么东西填填肚子，然后到村道上去巡查。妻子挨了一顿臭骂，披头散发坐在灶洞前仍在抽噎。他没有搭理她，径直揭开后锅盖，锅盔还没有烙熟，恰好案板上放着一块昨天切剩下的半截白萝卜，抓起来咬着就往外走。抬脚出了偏院，厢房里不知什么时候钻进一个年轻瘦弱的小俘虏，偷了女儿巧玲的大红提花嫁妆被面，慌乱披在身上，跳出来准备逃走。“站住，把东西放下！”他怒喝道。小俘虏显得很惊慌，一边比画着，一边用日语解释。他听不懂他在说什么，上前一把将被面夺了下来。他是本村保障所保长，要把事情弄个明白，遂指着小俘虏鼻子问：“你他妈的冬有棉，夏有单，还有被褥毛毯，享受着上等兵待遇，哪还缺一条被面子？”小俘虏仿佛听懂了他的意思，道歉似的“哈伊哈伊”着，用手比了一个圆圈。他以为这家伙嘴馋问他家有没有锅盔馍，回答说：“有，有！你没听说陕西‘八大怪’？‘锅盔馍像锅盖’！大大的有！刚刚烙好，热着呢，你等等！”随之大声呼唤妻子快把锅盔馍拿出来。妻子双手托着刚烙好的锅盔走出灶房，头发散乱，破衣烂衫，那样子像个女妖，把小俘虏吓了一跳。他接过烙饼，自嘲地咧嘴笑了。不过，这家伙挺机灵，眼睛一亮，扯过红被面将圆锅盔一包，向身后的墙上猛地举手一擎。岳保长终于看清了他的把戏：嗬！原来是要做一面日本国旗向飞机报信呀！岳崇义气得鼻子都歪了，用拐杖戳着地面道：“好狗日的，你是火烧芭蕉心不死啊！趁今天村里没人要起事了？”小俘虏认为达到了交流的目的，兴冲冲咬了一口锅盔，披好被面，正要鞠躬致谢，愤怒的村长只一枣木拐子就把他打倒了：“好狗日的，做梦娶媳妇，净想好事呢！”

顾辟疆躺在办公室本没有睡着，送走汪大年以后，他一直心神不宁。右眼皮不住狂跳着，不知今日会有什么凶兆。前不久，国民党中央发出通告，开除了大汉奸汪精卫的党籍，撤销其公职，并发出檄文，通缉声讨。汪精卫投敌卖国，其牵线搭桥者，是前外交部亚洲司司长高宗武，此人亦在大汉奸之列。这个高宗武不是别人，正是自己的姐夫。不知这层关系蒋鼎文是否知道，如果知道了，会不会影响自己的前程。顾辟疆是收容所成立时西安行营任命的中校副官，是蒋鼎文安插在收容所的亲信，作为耳目，以起到监督制约汪大年的作用。调入收容所时，蒋鼎文曾许诺不久就提拔他为上校，如果干出成绩，取代汪大年不过易如反掌。可现在却一直没有动静，看来情况不妙。他正为此事烦恼着，中午没吃饭便提前午休了。刚刚有些蒙眬，县城方向隐约的爆炸声又惊得他睡意全消。此刻，只觉得头昏脑涨精神倦怠，听到庙门外有人吵嚷，仍僵尸一样直挺挺躺着不动，没好气地问：“谁呀，什么事这么着急？”

岳崇义来到窗根底下急忙报告："顾副官，不好了！俘虏可能要闹事。撬门扭锁，正四周八下搜寻被单被面哩！""被单被面，有什么用?""是呀！要做日本国旗。看样子，是等飞机过来，向天上报信哩！""什么，有这事？简直翻了天了！"顾辟疆一把掀掉盖在身上的棉被，吼叫着，蹬上鞋子，上衣只捅了一只袖子就跳到院子当间。这时，远处果真传来飞机的轰鸣。顾副官匆匆走出庙门，岳保长拐杖点地，瘸着一条腿，"笃笃笃"随后跟着。从大庙门前两棵唐代古槐的缝隙间望去，三架日军零式飞机已飞临村庄上空，不断做低空侦察盘旋，被挂断的白杨树梢齐刷刷跌落下来。一群狂躁不安的各色大狗小狗伢狗母狗在村道上颠跑着，追逐这巨大的鹰隼；谁家的公鸡嘎嘎叫着跳上了墙头又惊飞下来。聒噪的引擎声震得人脑袋都要炸开。一会儿，负责在营房看管俘虏的二班长吴长海慌慌张张跑来报告说："顾副官，快去看看吧！正在开饭，听见飞机声，好多俘虏把饭碗都摔了，跑到麦场上，大喊大叫的，还要放火点麦秸积子。疯了一样，谁也管不下！"顾副官随手给了他一记耳光，啐道："妈拉个巴子！你是看戏的？枪杆子呢？是烧火棍？怎不开枪？"吴长海捂着脸，委屈道："平常打不得骂不得，怕引起激变……哪……哪敢开枪呀……"果然，只见营房西南方的打麦场上已冒出滚滚浓烟。顾副官黑煞着脸，二话没说，急忙跨回屋里开柜取枪。他先是拉开几个抽屉找钥匙，随后拿着钥匙却怎么也捅不开柜门。情急之下，抬起穿着铁掌皮鞋的脚用力跺门子，不到三下，结实的雕花杜梨木板就破碎为两截。他取出手枪，刚要转身，又迅即放下，换上一支崭新的德国造桑希卖司冲锋枪，带上两个弹夹，匆忙向打麦场奔去。

打麦场上火光冲天，展现在他面前的是一幅混乱而又疯狂的图景。

麦场边有三个麦秸积子已被点燃，熊熊烈焰腾空而起，连路旁的钻天杨树都噼里啪啦烧着了。这醒目的信号吸引着天上的飞机再次降低高度做超低空盘旋，几乎挨着房顶，连座舱里飞行员狞笑着的眉眼都看得一清二楚。碾过场而未复耕的平整的地面上，一帮发了疯的战俘将从村民家抢来的被单被面门帘破布拼成一幅巨大的不规则的日本国旗。他们一个个踢脱了鞋子，甩掉棉衣，精赤着上身将衬衣拿在手中拼命地摇晃着，有的高声呐喊，有的欢呼跳跃，有的跪地痛哭，群魔乱舞一般。剩下为数不多的一些俘虏神情木然地站在营房边上远远观望着。收容所兵力不足，往常也仅有一个排。现在，一班被派往县城接应汪大年去了，三班在村子里站岗放哨，只有二班在看押着百十名战俘。往日这些俘虏蛮横惯了，上面要求管理人员做到“骂不还口，打不还手”，因此，士兵们端着上了刺刀的步枪，只能站在一旁怒目而视。虽摩拳擦掌，却无可奈何。村民大都闹社火去了，原来单独在村民家看押的那些态度顽劣的俘虏，也都集中到营房里来，他们无疑成了这次骚乱的罪魁祸首。

顾副官紧急传令将三班长唤来。随三班长一起赶来的，还有从前线回乡探亲的一七七师二营营长李宽银，请求顾副官分配任务。李宽银是本村财主李百药的独生儿子，今年春节从中条山前线回来和本村姑娘巧玲定亲。这位上尉营长又撺掇了十几个老少爷们儿，要一起过黄河打日本鬼子，说好的，过了正月十五就走。看到李宽银，顾副官说：“来得正好!”遂命令他和三班长带上四挺机枪，到村后的土岗上，把天上的“老鸹”吆走；命令二班长带上士兵随自己到麦场上去，将闹事的俘虏驱散，把那面拼凑的日本国旗扯掉。如果有人胆敢反抗，一律格杀勿论。

布置完毕，几个人刚刚走出稀疏的树荫，天上的飞机发现了他们，俯冲下来，首先向这几个身穿黄军装的中国军人开火。三班长一个踉跄，中弹倒地，顾副官赶紧卧倒。经历过多年军旅生涯的保长岳崇义，扔下拐杖，麻利地扑过去摸了摸三班长的口鼻，见他已经牺牲，自告奋勇道：“宽银是我巧玲的女婿，我爷儿俩一块带领三班，去吆‘老鸹’!”顾副官点了点头，他们翁婿两人一起到后岗执行任务去了。顾副官一手放在扳机上，大张着机头，带士兵朝麦场中心走去。

麦场上，闹事的俘虏们见顾副官走来，以更大的喧嚣声向他示威。一名仍在四处放火的战俘从大树后闪身出来，向伙伴们“呀呀”地呼喊着。顾副官听不懂日语，但知道这家伙在给其他俘虏撑腰打气。看样子，是招呼他们围上来夺枪。他头上系着一条白布扎带，烟熏火燎的脸上满是油汗，骄横地举着火把拦住了顾副官的去路。顾副官用枪口顶住他，严厉地问：“池田勇男，是你放的火?”

池田原是一名日军中佐，海军航空兵战队长，上海战役、南京战役、武汉战役都参加过，双手沾满中国人的鲜血，因率队轰炸美国炮艇“珀内”号而名噪一时，成为“王牌飞行员”，是日本家喻户晓的“英雄”。在轰炸中国战时陪都重庆时被击落活捉。不久前才送到宝鸡，是所有俘虏中最刁顽的。池田在海军航空学校受训时学习过汉语，不过腔调总有些阴阳怪气，似乎是一种另类的语言。

他狂叫着："希（是）我放的，你要金（怎）样？"

俯冲而下的飞机不断向中国军人射来暴雨般的机枪子弹，既是武力恫吓，又是临场助阵。弹头"啾啾"地啸叫着钻入地面，周围不时旋起层层土黄色沙尘。麦场上的俘虏们听到池田的呼叫，一个个反身过来，聚拢在一起，护卫着他们的国旗。

"我一枪崩了你！"顾副官咬牙切齿道。

"哈哈，想想你积极（自己）的命运吧！"池田举着火把，狂傲地说，"明天，我们的飞行员就会把交（照）片刊登在前（全）日本的报及（纸）向（上）。那样，前（全）希（世）界都会在同一希（时）间知道今天界（这）里发星（生）的一切……哈哈，你的向（上）希（司）难道不会追究你的责任吗？啊，哈哈……"

池田一边向空中的小川招手，一边挑衅地用火把在顾辟疆眼前摇晃着。顾副官忍无可忍，扣动扳机，一个点射，三发子弹飞出膛去，将池田的胸膛打成了血窟窿。中弹的池田身子摇晃两下就扔掉了火把，倒退两步，扑倒在凌乱的麦秸上，鲜血汩汩从前胸和后背冒出来，小河一样洇红了周围的地面。这时，另一个带头闹事的俘虏挣脱士兵的阻拦，凶神恶煞般冲向顾辟疆，用日语大声质问道："为什么杀……"不等他把话说完，枪声再次响起，他应声栽倒，成了又一个军国主义的殉道者。

麦场上闹事的俘虏一下子被镇住了，顾副官愤怒道："还有谁不要命，老子成全你，站出来！我的枪从来不是吃素的！"接着，"嗒嗒嗒"，将剩余的子弹全部从俘虏的头顶上射向空中。麦场上一下子变得鸦雀无声。

村后的土岗上传来机枪的怒吼，那是三班士兵在李宽银营长和保长岳崇义的带领下向低空盘旋的敌机还击。也许日军接受了诸多教训怕被轻武器打下来而贻笑大方，也许怕燃油耗尽难以安全返航，日军战斗机没有过多纠缠，将所有的炸弹一股脑抛卸到村中，然后向东飞去。偏僻而宁静的小山村从来没有遭受过如此巨大的破坏，轰隆轰隆的爆炸声中，硝烟四起，房倒屋塌。当最后一架飞机屙屎一样撅着屁股作别时，空中飘落下纷纷扬扬五颜六色的传单，那应该是向地面上的遗民一种无可奈何的精神安抚吧。

闹事的俘虏们眼巴巴看着本国的飞机飞走了。战队长小川虽然从机舱伸出胳膊向他们一再挥手，却不能把他们其中任何一个人带走。当他们的神志从癫狂中清醒过来时，一个个像泄了气的皮球，顿足捶胸，长吁短叹，跌倒在那面不规则的太阳旗上痛哭不已。

三

中国第一俘虏收容所发生的日军战俘骚乱事件，第二天通过日本各大媒体传播出去，引起国际上极大的震动。日本报纸更是借此大肆炒作，不但在头版显著位置刊登了消息、目击记闻、评述，还配发了战俘们在打麦场上拼凑的那面太阳旗的大幅航拍照片。一时间，无论在日本国民还是前方军人之中，均掀起更加高涨的战争狂热。“麦场上的太阳”被推崇为日本精神不灭的象征。毫无疑问，中国最高统帅部十分震怒，责令西安行营严肃查处。蒋鼎文上将不敢怠慢，亲自率领一个四人小组，由卫队护送着，一路飞灰扬沙赶往宝鸡。

蒋鼎文乘坐的美式吉普直接开到大庙前停下，脸上挂着冰霜，对前来迎接的人看也不看，气咻咻径直走进大殿开会。深夜 10 点钟，听完各方汇报，他当机立断，做出如下处理决定——

第一，对所有参与骚乱的战俘一律“记责”一次，责令写出深刻检讨，保证今后不再犯，如发现有新的不轨行为，两罪并罚，决不轻饶。

第二，战俘岩切五郎趁混乱之机潜逃在外，抓获归案后立即枪毙。

第三，收容所主任汪大年（少将）擅离职守，对事件负主要责任，“记大过”一次，责令停职反省，写出书面检查，三天后呈报行营审阅，待研究后决定去留。

第四，收容所的各项工作，暂由副官顾辟疆（中校）负责。

由于长途颠簸，焦虑过度，上将宣布过决定，忽然一阵眩晕，倒在了会议桌旁。随从们顿时慌了手脚。汪大年急忙唤来收容所军医邢大夫和护士水子为其施救。不大工夫，躺在办公室床铺上的三星将军缓缓舒一口气，总算清醒过来。扭头看见水子举着注射器要为他打糖盐水，惶恐地连连摆手，将所有人屏退出去。接着，命令秘书打电话给军械库招待所，晚上到那里住宿。汪大年知道，上将素来胆小，收容所出了事，杯弓蛇影，草木皆兵，在这里难免会寝不安枕。

夜色愈加浓重了，突然，几个士兵举着火把从广场角上走来，他们簇拥着一个精赤上身被五花大绑的人。站在庙台上等待出发的长官们不知何事，以为将逃俘岩切五郎抓住了，待走近一看，哈，原来被绑的人是副官顾辟疆，背上还插着一根棍子。

“这是干什么?”汪大年走下台阶，老远迎上去问。

“汪主任，你闪开，我要亲见军座，负荆请罪!”顾辟疆冲开他的阻拦，一头闯了过去。

汪大年抓住他的胳膊：“得了吧！难道你也要背一个处分?”

顾辟疆抬起头，面孔扭曲得十分难看：“对，我就是要背上一个处分才心里痛快!”

汪大年苦笑着：“哪里话呀？你这样做，真是羞煞我也……”

顾辟疆的反常举动，自有他的小九九。收容所出了这么大的乱子，责任完全在汪大年。他不听劝告，擅离职守，被带出去看社火的俘虏死伤过半，所谓的“模范俘虏”岩切不知所终。按说，应撤销职务交由军事法庭审判才对，可上将的处理轻描淡写，不过是走过场。神经敏感的顾辟疆从中嗅出了一种别样的味道。他揣摩：“是不是姐夫的事已牵扯到自己?”为验证自己的看法，于是想出了“负荆请罪”这一苦肉计。如果上将能像蔺相如对廉颇老将军那样，宽宏大量既往不咎，那么希望犹存；如果不顾师生情谊翻脸不认人，则大势去矣。顾辟疆生性猜忌多疑，他要借此机会将上将的心思套问个明白。

顾辟疆闪开汪大年的阻拦，执拗地冲向大庙台阶，跪下来高喊：“军座！请处罚我吧，汪主任冤枉啊——”大庙朱漆的大门“吱扭”一声拉开一条缝，身材清瘦的行营秘书走出来，冷漠地向台阶下看了看，旋即将身子缩了回去。

站在台阶上的汪大年俯下身去，要解开顾辟疆背上的绳索，被他断然拒绝了。汪大年无奈，只好顺手拔掉他背上的桑木棒子，脱下风衣给他披上，抱住他的肩膀动情地说：“老弟，你别这样！我的事还没完呢，三天后军座还要看我的检查。我请求对我严加惩处。你何苦呢？军法无情，不能视同儿戏……”

汪大年的话触到了顾辟疆的痛处，他将头埋进汪大年的臂弯，委屈地哭了。当额头猛然碰到汪大年衣领上冰冷的领章时，闪烁的将星像一把利刃，又一次刺痛了他。

顾辟疆是湖北黄陂人，从小失去父母，和姐姐相依为命，挨门乞讨，流落到汉口。他十岁那年，被送到一家皮货店做童工。聪明伶俐的他，对师傅秘不示人的绝活一看就会，无师自通。小小年纪就掌握了生熟皮革的全套本领，并做得一手好皮货，被称为“小皮匠”。1927 年初，北伐军打下武汉，国民政府从广州迁来。在革命高潮的推动下，黄埔军校武汉分校应运而生。“小皮匠”和他的好伙伴“歪脖子”费永祯同时报了名。他不喜欢父母给他取的小名，觉得叫“顾皮匠”挺不错，虽然有些低俗，但却能表明自己高出一班毛头青年的不凡身份，说不定会得到提拔重用。表格在一排铺着绿色军毯的桌子上被转到招考委员会主任、大名鼎鼎的学者郭沫若手里，他看到“顾皮匠”三个字就连连摇头，笑道：“我来给你把名字改一改好不好？否则，教室里一股皮硝味。”接着，引经据典说：“明末清初，江东有个大学问家，叫冒辟疆，著书立说，很有名气。他志不仕清，和方以智、侯方域等人并称为‘四公’。你就套用他的名字，叫‘顾辟疆’吧。希望你好好学习，力求进步，为革命辟土开疆。”那时，广州黄埔军校的教官蒋鼎文来武汉讲过几堂军事课，所以相识。在军校，未婚的姐姐常来看他。谁知好景不长，后来被拉出去打仗，几经转徙，和姐姐失去了联系。“七七”事变后，他在忻口战役中丢了阵地，差点儿被枪毙，是蒋鼎文发现了这个昔日的学生，把他从枪口下救了出来。年底，组建西安行营，他被任命为卫队营少校营长。调任收容所后，汪大年帮他找到了失散多年的姐姐。因此，于情于理，他都不便和汪大年撕破面皮，只好违心地说：“大哥，你别拦我，我一定要面见军座，就是这个副官不当，也要把心里话掏出来。”这时，大庙的朱漆大门再度打开，行营秘书传下口谕：“军座起驾，闲人闪开，不得滋事骚扰！”汪大年一听，暗说坏了。按理，行营主任临行前一定要将新的负责人召去交代几句军机要务。可现在，不但没有召见，反而传令不得滋扰！显然，上将对顾辟疆不仅失望，而且有些愠怒了。这个节骨眼儿上，要是再拦道骚扰是不会有好果子吃的，急忙拉顾辟疆起来。恰在这时，披着一件咖啡色斗篷的蒋鼎文上将在秘书的搀扶下出现在大门外。他神情忧郁，面色憔悴，愤懑地瞅了瞅跪在台阶下的顾辟疆，鼻子里不屑地“哼”了一声。正要绕开他从台阶上下去，不意顾辟疆又呐喊起来：“军座，请您明鉴！卑职顾辟疆愿承担一切责任，请赦免对汪大年主任的处分……”说着，在台阶上连连磕着响头，直磕得额头上血流不止。上将脸色阴沉地在台阶上站住，威严地问：“汪大年，是你在导演这出拙劣的双簧，向本座逼宫吗?”汪大年慌忙回礼作答，话语尚未出口，顾辟疆抢先说：“属下自愿负荆请罪，与汪主任无关!”蒋鼎文恼怒了：“你认为本座处理有误?”顾辟疆说：“属下不敢妄加评论，只是……”蒋鼎文愀然作色道：“只是什么?”顾辟疆固执道：“只是……只是汪主任当时不在现场，一切责任都在卑职身上。”

“好！你敢承担?”

“是，甘愿受罚!”

“行啊！看你一片至诚，为了整饬军纪，杖笞二十军棍!”蒋鼎文怒喝道，“来呀，给我重重地打！看今后谁敢拦我的马头!”

行营卫队中闪出四个手执水火棍的彪形大汉，三下五除二解开顾辟疆身上的绳索，拖他到大槐树下的青石护沿上，反身摁下去就要开打。汪大年急忙上前向蒋鼎文讨饶道：“军座且息雷霆之怒，这都是平日卑职对属下管教不严，冲撞了您的虎威，请暂先记下这二十军棍，让他日后将功赎罪，报答军座恩典。”

蒋鼎文从顾辟疆乖戾的行动中，似乎嗅到了一股别样的气味：“你先问他，看服不服!”

话音未落，顾辟疆喊道：“我当然不服！再加二十军棍我还是不服！我要的是赦免对汪主任的处罚……”

“胡说，成命岂可收回？给我重重地打!”蒋鼎文恼羞成怒，一甩斗篷下摆，快步离开了。大树下传来噼噼啪啪的杖责声和顾辟疆低沉的呻吟。卫兵们跟在蒋鼎文身后鱼贯撤离出去。站在送行队伍中的汪大年给司务长孟生魁使了个眼色，他慌忙走过去，将腰带上的钱袋子解下来使劲儿摇晃着，弄出很响的声音。几根棍棒先后落在古树凸起的枯根上，一会儿便断为两截。大汉们拾起棍棒，以便回去交差。当然，袋子里的银圆几把就被挖空了。

汪大年自关禁闭，这是他对自己的惩罚。西安行营责令他三天后交出书面检查，如此看来，三天禁闭时间紧迫，不可松懈。遭受过轰炸的村子千疮百孔，很难找到一间合适的屋子，禁闭室只好选在岳崇义家偏院的柴房里。这间柴房，早在去年收容所进村征用民房时，巧玲便让登记上了。因太过破旧，不能遮风挡雨，很少安排住人，只是偶尔关押过个别初来乍到的战俘，没两天就分配出去了。如今，汪大年不计残破住了进来，目的在于能有一段难得的独立思考的时间。他早就有个心愿，要认真总结一下俘虏管理工作的经验，在“平等、自主”管理模式的基础上，探索一条既有中国传统文化特点，又能体现现代科学管理内涵的俘虏管理工作的新思路。这是一件具有开创意义的工作，需要坐下来认真思考。现在正好是一个机会。为防止外人打搅，他要求顾副官公事公办，在院门口派了双岗，就连警卫员郑拴子也被挡驾在外。正值中国北方农村青黄不接的春荒时月，巧玲家几乎断了顿。汪大年从进门之日起，就预先交足了伙食费，一家人这才不用借米下锅。对汪大年早就动了芳心的巧玲姑娘没有将钱全部用光，留下一半天天变着花样为他改善伙食。看到巧玲一家锅里稀汤寡水，汪大年怎忍吃稠捞干？总是把饭菜拨给贪吃的巧玲妈。两天下来，他自己倒瘦了一大圈。

入夜，汪大年临窗而坐，煤油灯下，铺展稿纸，再次陷入了沉思。

收容所到底该怎么搞？这是一个带有方向性、战略性的问题，其意义非同小可。是采用当前世界通行的监狱式的管理，以高墙、铁丝网、壕沟甚至电网将俘虏隔绝起来，再用苦役、酷刑、刺刀和棍棒对他们予以折磨和弹压，还是把他们作为一种宝贵的人力资源，进行感化教育，使其摒弃狭隘的民族偏见和武士道精神枷锁，在反对侵略战争、争取世界和平的伟大事业中发挥作用，进而成为战后两国交往的友好使者？汪大年当然希望是后者。这是一种崭新的俘虏管理方式，是具有前瞻性的独特做法，比起《日内瓦公约》中有关战俘基本权利的规定更加人道和文明。上次国际红十字会官员波尔·拉姆斯先生来视察时曾说过：“你们这里是世界上唯一没有铁丝网的战俘营。”当然，仅仅没有铁丝网是不够的，还应该按照和平、民主、进步的世界潮流对俘虏施以教育和引导。他的思绪忽然上溯到公元前 70 年前后的古罗马，那时，奴隶主就曾经为抓获的战俘开办过培训角斗士的学校。世界古代史上规模最大的奴隶起义领袖斯巴达克斯，就是这类学校培养出来的反抗奴隶主的英雄。当然，这只是一种功利主义、目的性极强的教育，这些受到教育的奴隶不过是奴隶主阶级的玩偶，终究难逃流血和死亡的命运。汪大年所主张的教育与之有本质的区别。汪大年从小受中国传统思想文化的熏陶，在日本留学期间，曾潜心研究过古今中外各种管理学说，特别崇尚孟子关于“善政不如善教”的管理思想。在他看来，对战俘的管理，说到底是对人的管理，对人的思想的管理。从历史学和社会学角度看，短期内，战俘们大多还会顽固遵从并保持他们国家和民族的文化心理。由于被俘后“阶下囚”的特殊地位，这种自我保护意识往往表现为巨大的敌对情绪和反抗性。特别是那些受军国主义思想毒害较深的人，还会不断寻衅滋事。但是，如果纵观战争的历史，不难发现，敌人瓦解得愈迅速，胜利到来得就愈快捷。周武王姬发率大军伐纣，双方战于牧野，周军历数纣王暴虐之罪行，使商军前锋倒戈，从而加速了殷商的灭亡。近代美国独立战争中，布尔贡率领的德意志雇佣军的投降，成为萨拉托加战役取得胜利的转捩点，而固守约克镇的英国主将康华里的投降，加速了英国殖民者走向失败的命运……想到这里，汪大年像一位考古学家那样，站起身来再次观察这间曾经关押过战俘的房间有什么遗痕。从墙壁上那些战俘们刻画上去的已经斑驳的字迹，他既发现了表达军国主义思想的字句，也读到了怀乡思亲的诗行。这说明，战俘进驻太殷村后，其思想处于激烈的矛盾斗争中。他们不了解我们，感到前途未卜。正因如此，才应该关心他们，爱护他们，促其转化，促其新生！如此看来，把俘虏营办成一所抗日大学校是最合适不过的了。这时，他蓦然从伟大的中国革命先行者孙中山先生一再倡导的天下为公、世界大同的人类理想得到启迪，不觉眼前豁然开朗。对呀！立即写一份详尽的报告，办一所教育、转化日军战俘的“大同学园”不是正当其时吗？想到这里，汪大年甩掉呢子上衣，精神抖擞地归坐白木桌旁，抚平稿纸，拧开自来水笔，“唰唰”两笔，勾掉“反省书”三个字，飞快写下“大同学园建议书”的新标题。接着，用遒劲娟秀的魏体钢笔书法，写下了他的理想……

黎明前，汪大年仍在如豆的油灯下伏案疾书。门外鸡窝里的公鸡啼过三遍，终于，他给手稿画上了最后一个句号。他在条桌前站起来整理那厚厚的一沓稿纸，忽然感到饥肠辘辘，这才想起从昨天下午就没吃饭了。晚间巧玲曾送过两次夜宵，因文章急于脱稿又让端走了。凌晨的山风透过薄薄的窗纸，把料峭的寒意吹进屋子，汪大年不由得连连打了几个寒噤。他拉开木门，来到院中，如霜的地面上疏影横斜，崖畔的林子里，间或有猫头鹰凄厉的叫声。当他蹑手蹑脚走到偏院界墙垛口时，猛然看见没有门板的厨房里炉火闪烁。该不是岳大叔早起烧水？他想。保长岳崇义虽然瘸了一条腿，不管冬夏，总是村子里出外拾粪最早的人。

走到门口一看，烧火的是巧玲。

火苗的亮光在巧玲鹅蛋形的脸上欢快地跳跃，她低头在膝盖上写着什么。父亲供她上过几天私塾，聪明伶俐的巧玲虽识字不多，《三字经》却背诵得滚瓜烂熟。听见脚步声，她从木墩上站起来，拿纸片的手慌张地背到身后，笑问："汪主任，写完了?"

"写完了。再抄一遍，就可以按时交卷了!"汪大年轻松地说。厨房里暖烘烘的，不像是刚刚生火，汪大年诧异道："咦，你啥时候起来的? 好像一夜没睡!"

"你怎知道我一夜没睡?"巧玲揉了揉眼睛，掩饰道。其实，她巴不得汪大年能发现这个秘密，羞涩地说："你熬夜，人家也熬夜哩!"

"你也熬夜，做啥呢?"

"还能做啥? 我把饭在锅里温着，闲着没事就……"巧玲红着脸低下头不吭了。

一股炽烈的感激之情电流一样传遍汪大年全身，他欣喜地望着她，见她手里捏着纸片，夸赞说："抓紧时间学文化，好哇!"

巧玲把手里的纸片一把塞给汪大年："你看看，我写得对不对?"

汪大年接在手里看时，原来是歪歪斜斜的"打倒封建买卖婚姻"几个字。一个未出阁的女子把这几个字偷偷写给他看，其中隐含的意思不言而喻。汪大年一下子慌了神："你，你，这是……"

"我要打倒封建买卖婚姻哩!"巧玲脆生生地说，样子十分坚决。

汪大年将纸片还给她，解劝道："这么大的事，你，你最好……和大叔大婶商量商量……"

"不!"巧玲红着脸说，"人家就爱……听你的么……"

巧玲家原本一贫如洗，父亲退役带回来的几块大洋，置办不起川道的水浇良田，仅仅买了两亩半山坡地就花得一文不剩了。巧玲从小孱弱多病，父亲既要给她看病还要供哥哥上学，欠下了财主李百药家的印子钱。没钱还账，遂以人抵债，把她许配给李家的独生儿子做媳妇。李宽银虽然和她哥人杰是同学，但平素很少回村。李家在陈仓古镇有药号生意，宽银偶尔回来，常常是一身新崭崭的学生蓝装，相互远远望着，即便知道彼此的婚约关系，总感到有几分拘谨和陌生。如今，巧玲长大了，出落得水灵灵的，心眼儿也活泛起来，要嫁一个自己喜欢的人。当收容所进村时，她就瞄上了汪大年。说来有缘，因为父亲当过汪大年的排长，他救过父亲的性命，按理说，汪大年早就应该是自己的亲哥哥了。汪大年相貌堂堂，满肚子学问，说话儒雅和气，没听说他有女人，因此，巧玲暗中发誓今生今世非他不嫁。

看到汪大年默不作声，巧玲急得直想掉泪。她思量，干脆打开窗子说亮话吧，于是剖白说："大年哥，你是我爸的救命恩人，也就是我最亲的人。我要俺爸把李家的婚约退了，你说行不行，快给个话嘛！"

汪大年石雕一样竖在原地，能说什么呢？废除封建婚姻制度，这是五四以来倡导的新思想新风尚，但是，这桩婚姻的另一头，李宽银又是一个在前方奋勇杀敌抵御外侮的抗日战士，他怎能鼓励拆台挖墙脚一类的宵小行为呢？汪大年觉得，应该将自己的婚姻状况一五一十向巧玲说明，打消她不切实际的念想，赶忙说："你别胡思乱想，我结过婚了。"

"你骗我哩，我不信！"巧玲的目光火辣辣的，她大胆地抓住汪大年的双手，"你媳妇是谁？叫我看看，浓眉呢还是大眼呢？你不说，就是骗我！"说着，将梳着一条大辫子的头贴在汪大年的肩膀上。

汪大年迟疑着，他不愿在村子里向任何人透露自己的婚事。身为日军俘虏收容所主管，有着一个日本妻子，很容易造成误解和不必要的麻烦。

院子里冷风飕飕，寒气袭人，有流星拖着长长的尾翼划过明亮的夜空。一只知更鸟儿落在庭院的石榴树上，文不对题地问他们："还不回去睡觉？""还不回去睡觉？"巧玲嫌它多嘴多舌，一根树棍抛去，把它赶走了。这才想起汪大年还饿着，急忙拽他到锅台边。揭开锅盖，热气腾腾的大锅里咕嘟嘟直响，笼屉上托着四个白蒸馍，坐在锅心的大老碗里盛着四个荷包蛋。"都是给你的。"她说。

“呀，这么多!”汪大年惊讶道。

“还多？你夜儿黑到现在没吃没喝了!”巧玲抱怨着，把笼屉和老碗从开水锅里取出来，吹着被烫痛的手指，又将一碟油泼辣子和一碟切碎的腌渍雪里蕻移到案板跟前。雪里蕻里滴了几滴香油，屋子里清香四溢。

汪大年说：“不忙不忙，还是等一等和大叔大婶一起吃吧!”

巧玲把大老碗端给他：“不用等，你饿了，先把荷包蛋吃了!”

汪大年看看老碗：“太多，两个就够。”

巧玲舀出两个，调好盐，递给坐在厨下木墩子上的汪大年。看他津津有味地吃着，深情地说：“大年哥，你身旁需要一个知冷知热的女人，不能再等，你都三十岁了!”

巧玲目光恳切，言辞殷殷，每一句话和手势都充满了少女的激情。汪大年觉得，不能再拖下去了，如果不把实情告诉她，不仅会害得她朝思暮想，甚至还会贻误一生，遂说道：“我有媳妇，是一个日本姑娘……”

巧玲正要给锅里添水，愣愣地将木瓢停在半空：“哟，是个东洋女人……这么说，早就认识?”

“对，她叫山中桂子，是我的导师山中德明教授的女儿。我们是前年8月结婚的……”汪大年深沉回忆道，“前年，‘七七’事变后，日本国内大肆逮捕反战人士，山中教授被抓进了监狱，桂子小姐的处境也十分危险。她受父亲委托，只身一人渡海来华，寻到上海，准备和我结婚。当时，我是中国‘虹桥事件’谈判小组的日语翻译。说来真不凑巧，就在‘八一三’上海战役爆发那天，上午10点半，我们的婚礼正在举行，各国大使为中日和平谈判成功频频举杯，说我们的婚礼是献给和平的最好礼物。因为，经过艰苦谈判，日本代表前一天刚刚在‘和平协议’上签了字，大家的手里还捏着套红的号外。当瓦格纳的《婚礼进行曲》演奏到一半，骤然间，日本军队进攻的炮弹落在婚礼嘉宾的餐桌上，礼堂顿时大乱。军政部来电话命令谈判小组立即撤回南京复命。时间紧迫，军令如山，我只向她打声招呼就匆匆离开了……”

汪大年心情沉重，至今仍感觉梦境一般：“上海战役是场大仗、险仗、恶仗，兵荒马乱的，我们失去了联系。直到后来，在七十多万国军的大溃退中，我偶然碰见了她。她应召在宋庆龄伤病医院做前线救护，正在抢救伤员。我有紧急任务，没说上两句话就分手了。此后，就再也没有她的消息……”

好心肠的乡下姑娘巧玲一边听，一边流着泪，她本想说几句宽心的话，又觉得任何言辞都是多余的。

“你看，说这些有啥用？”汪大年站起来，自嘲道，“又让你操心了！”

巧玲抓过锅台上的那张纸片，犹豫地看着。这时，院子的大门“吱扭”响了一声，是早起的父亲回来了。她急忙把纸片撕碎，一把丢进灶洞。父亲是鸡叫二遍就起身的，拾完村巷里散落的牛粪马粪，回来倒在偏院，就该到村外的公路上去拾粪了。汪大年急忙走出灶房，巧玲也跟了出来。他们一时还没从悲怆的气氛中回过神，眼圈通红，好像刚刚哭过。崇义老汉一眼就瞧出了这种异常，没好气道：“呦嗬！清早把起泪汪汪的，是唱《十八里相送》啊？”

汪大年急忙解释：“没啥，是让柴烟熏的！”

老人黑着脸，没搭理他。看到汪大年深更半夜和他已经许配出去的女儿勾勾搭搭，老大不高兴。他将木拐重重在地上戳了几下，然后气鼓鼓往后院走去。汪大年急忙去接那粪筐：“大叔，来，给我！”

“不用！”老人转过身，用胳膊肘甩开他。然而，不等他把长襻儿柳条粪筐卸下来，早被手脚灵便的汪大年夺了去，奔到偏院倒掉了。

垂眉不语的巧玲端出一瓦盆热水让父亲洗手洗脸，崇义老汉推给汪大年先洗，皱着眉头说：“大年，巧玲不懂事，你可不要事事宠着她！”

巧玲噘着嘴嚷道：“谁说我不懂事？不懂事还把我许配给李家……你还是立马把婚约退了，我死也不伺候那个黄脸婆！”

巧玲说的“黄脸婆”是宽银的母亲，她常年有病，卧床不起。

崇义老汉啐了一口：“呸！你个狼心狗肺的东西！你是嫁女婿还是嫁婆婆？”随之一拐杖抡了过去，没挨着女儿，却把房檐下的水缸砸破了。缸里的水流出来，一下子淌了一地。

棒伤未愈的顾辟疆拄着一根棍子，在前面蹒跚而行，跟在他身后的司务长孟生魁，一手挎着四层箅儿的食盒篮子，一手提了一坛红泥封的老西凤，两人一齐向保长岳崇义家走去。汪大年三天禁闭期满，顾辟疆是向他夸功来的。太阳落山，百鸟归林，喧聒的叫声几乎将村子抬上了天。

他们在保长家垮了半边土墙的大门前站住，顾辟疆问门口站岗的哨兵："这两天有谁来过?"哨兵齐声回答："李二嫂晌午来过，没放她进去。"顾辟疆丢给他们一人一支烟："这就对了！她是为岩切说情的。这个岩切，他妈的吃了豹子胆，不拿他小子开刀，不知道马王爷三只眼!"

原来，岩切并没有逃跑。看社火那天，突然遭到日机轰炸，岩切与大家跑散了。这时，他看到火车站中弹后燃起了大火。作为军人，他的第一反应是应该扑过去灭火，而没有顾忌自己的生死和俘虏身份。火势很猛，巨大的屋顶坍塌下来将他埋在瓦砾中，直到第二天才被发现而救了出来。他是被英雄凯旋般送回收容所的。一心要干出点儿名堂的顾辟疆，开始在收容所推行监狱化管理，当务之急是先把铁丝网架设起来。岩切归队后没被枪毙就算幸运，但他并没有知恩图报，而是在开工当日，组织一伙俘虏罢工。一怒之下，顾辟疆将岩切抓了起来，正在严刑拷打。

孟生魁见顾副官恶声恶气的，连忙宽慰道："君子不和小人计较，何必生气……不过，这家伙的话你要掂量掂量……"听老司务长说话云三雾四的，顾辟疆拍了拍制服口袋："你别怕，我把新的管理制度拟好了，今天要把汪主任镇一下。管理俘虏，没有铁腕不行，还能让他们骑到咱头上拉屎拉尿?"接着向老司务长吩咐道："你快点儿把老虎凳、电椅这些刑具配置齐全了，别误了我的大事……"

坐在堂屋门前石台阶上的保长岳崇义正把自己的疯婆娘揽在怀里捉头上的虱子，看见顾副官和孟司务长跨进门来，急忙推开妻子，喊女儿巧玲出来迎接客人。巧玲听见唤声，揸着两只沾满面粉的手从伙房跑出来，迎上前接住礼物。顾辟疆问岳崇义父女这两天给营房外拉铁丝网的事可曾报告汪主任。两人均说没有。顾辟疆说这就好，今天就是要给他一个惊喜。巧玲嘻嘻笑着，仰起脖子，用银铃般的嗓音向偏院喊道："汪主任，顾副官和孟司务长看你来了!"

汪大年听到喊声，放下手中的钢笔快步走出柴房，在堂屋门前迎住两位老搭档，抓住顾辟疆的手，前后打量着他，关切地问："老弟，你受委屈了！怎么样，还疼吗?"

"没事没事，你看!"顾辟疆张开胳膊转了一圈——跨进大门时，他把手中的棍子藏在大椿树后面了。

“这就好，这就好，真真地难为你了！”汪大年眨巴着眼睛，没让眼泪掉下来。

巧玲在堂屋门前安放了一张小方桌，大家一起动手，碗筷很快摆置停当。汪大年和两位部下同时举杯，首先向屋主人敬酒。岳崇义平时有些贪杯，见酒岂能不饮，一仰脖子连灌了三盅。他的满脸污垢裤腿露肉的疯婆娘远远站着，也被拉到桌边。看见丈夫喝酒如同喝凉水，在众人善意的劝导下，张嘴喝下一口，呛得鼻涕眼泪一起流出来，吐出红赤赤的舌头咧着嘴跑掉了。四个男人嬉笑着，边吃边喝。汪大年夸赞顾辟疆在上将面前敢于犯颜直谏，顾辟疆感谢汪大年和孟司务长见机行事，打点左右，使他少受了许多皮肉之苦。顾辟疆是见酒必醉的人，几杯下肚，已经微醺。忽而说到去年汪大年费尽周折，帮他找到失散多年的姐姐，于是百感交集，竟声泪俱下泣不成声了。大家劝解了一阵，他揩掉眼泪激昂地说：“从今往后，这……收容所，大家……满可以高枕无忧睡大觉了！无论是哪个俘虏，他都得服服帖帖！”说着，掏出草拟好的文稿往桌上一拍：“这是我拟定的管理新规，非要把俘虏营彻底改造过来不可……”

汪大年愣了一下，他知道这位老搭档总想推行高压政策，伸过手，拿起文稿正要翻看，顾辟疆却一把夺了去，嘿嘿笑道：“别急！我这是丑媳妇不怕见公婆。大年兄，还是先讲讲这几天你的想法。”

三天来，汪大年的思绪一直潮水般奔涌着。如果对于一个饥饿者来说，最大的希望莫过于得到一块面饼，对于一个冻僵者来说，最大的满足莫过于穿上一件寒衣，那么，对于一个孜孜以求的探索者来说，最宝贵的应该是找到实现理想的路径。如同暗夜里看到远方燃起的一堆篝火，如同航行中看到天边露出的海岸线，汪大年为找到一条改造俘虏的新路而激情澎湃。此时此刻，他多么希望倾听一下来自自己营垒的反应。他看了看两旁说：“咱们到太殷村半年多了，应该认真总结一下俘虏管理的成败得失。行营让写‘反省书’，那不过是就事论事，我起草的，是一个统观全局的新方案……”

不等说完，顾辟疆按捺不住亢奋的心情，一拍大腿说：“大年兄，这回，咱俩打到一个靶心上去了！”接着，连喊了巧玲几声，让到柴房去，把汪主任的底稿拿来，让大家先睹为快。

厨房传来巧玲在案板上擀面的“咚咚”声，孟司务长起身把它取来了，问：

"是这个《大同学园建议书》吧?"

顾辟疆首先把方案接在手里，歪着头疑惑地问:"怎是这个题目?"

"对，是这个题目。"汪大年给每人的盅子里重新斟上酒，"经过一番思考，我终于想明白了俘虏管理工作的目标。这就是，把日军战俘改造成一支反对侵略战争的和平力量，成为传承和发展中日友好关系的使者。——你们看，这个目标定得合不合适?"

"这当然好!"孟生魁说，"多一个朋友多一条路，少一个敌人少一堵墙……"

"哎呀呀! 大年兄!"不等司务长说完，顾辟疆激动地站起来，讪笑道，"又是和平力量，又是友好使者，你不觉得，这个目标……有点儿太高?"为了争取支持，他征询地望了望岳崇义。

岳崇义嘴里叼着菜，支支吾吾不置可否。自己家遭了横祸，他像霜打的茄子，有什么好说的?

"太高，是吗?"汪大年解释说，"是的，我知道，这个目标实现起来并不容易，特别是当前，可以说困难很大，阻力重重。"

"这就对了! 何必知其不可为而为之，这不是和自己过不去吗?"顾辟疆重归于座，满脸不屑地问。

"是的，阻力和困难很大，但是，只要我们有愚公移山、精卫填海的精神，脚踏实地，从点点滴滴小事入手，这个目标就一定能实现!"汪大年说，"其实，我们过去一直在不自觉地实践着，现在更明确了，这个目标就是把收容所办成一所大学校。"

"一所大学校?"顾辟疆摇头冷笑道，"大年兄……你说得太离谱了吧!"

汪大年郑重其事道:"不，是应该办一所大学校，一所全面改造俘虏、转化俘虏，传播中国文化、促进中日友好的大学校。"

"哈哈!"顾辟疆端起酒盅一饮而尽，然后将酒盅反扣在桌上，"大年兄，小弟不识时务。恕小弟直言，你要办的这种学校，到头来不外乎两种结果。"

"哪两种结果?"

"第一，竹篮打水一场空!"

"……哦! 第二呢?"

"被国人唾骂，背个不太文雅的名声。"

“什么名声?”

“——汉奸!”

汪大年听罢，突然一阵爆笑:“哈哈，那不过是鼠目寸光而已!”

“不!”顾辟疆认真道，“会联系到你的背景，甚至于……”

“扯远了，扯远了!”孟司务长端起酒盅连连打圆场，“喝酒，喝酒!”

汪大年推开酒盅:“当然，这个方案，要经最高统帅部批准。如果从战略高度来看待和理解，就不会胡乱猜疑了!”“不，不不!”顾辟疆直言不讳道，“值此国难当头、民族危亡之际，半壁河山沦丧，当务之急是如何打赢这场战争，并非给这些东洋鬼子办什么学校。我看，就是报到最高统帅部那里，也会被打入冷宫。”顾辟疆越说越激动，几乎是慷慨陈词了:“日寇烧杀淫掠无恶不作。这些俘虏，一个个都是双手沾满中国人鲜血的兽兵，他们能在这里苟延残喘讨个活命就算不错，办什么学校?这不是姑息纵容他们的罪行是什么?”“老弟，此言差矣!”汪大年摁他坐下，“在战场上，他们是我们的敌人。刀对刀，枪对枪，稍慢一步，谁就是对方的刀下鬼。可他们现在放下了武器，是我们的俘虏。我认为，既然现在在我们手上，如果将他们改造过来，那就是一批不可低估的反战力量，可以为我所用呀!”“哈哈!”顾辟疆冷笑道，“你以为他们会放下屠刀、立地成佛吗?”汪大年依然耐着性子，分析说:“他们之中，既有顽固不化的军国主义死硬分子，也有不赞成战争却被强行推上战场的厌战反战人士。我们首先从转化这些人入手。”“对呀，敌人不是铁板一块。”老司务长附和说。“你是说那个岩切五郎吗?”顾辟疆嘿嘿笑着，“我倒要看看他的‘模范’作用在哪里!”

汪大年从巧玲那里已知道岩切的事了，义愤道:“我要你立即放了岩切!在收容所，你不该行刑逼供另搞一套!”

“另搞一套?大年兄，等着瞧吧!你的这套，一定会在事实面前碰得头破血流。”顾辟疆说着，已离开座位，变色道，“哼!我不想看到农夫和蛇的故事一千年、一万年演绎下去。恕小弟得罪!”说着，抓起桌上的建议书，噌噌噌，几把撕得粉碎。

“你……”汪大年没想到顾辟疆会如此无礼，一把没拦住，三天来的心血已化成满地飞舞的纸屑。他拾起两把破碎的纸片，气得脸色发白，一拳砸在桌子上，将碗筷震落了，嘴唇哆嗦着:“你……你给我出去!”

顾辟疆想不到平素温文尔雅的兄长会如此大动肝火，惊愕道："什么，你撵我走?"

汪大年余怒未息："你立即给我出去!"

"好哇，你撵我走，你撵我出去……你变了，变得敌友不分了!"顾辟疆委屈地抹着泪，"你别忘了，我是来看你的……为了报答你的恩德，才斗胆向军座负荆请罪的!"

顾辟疆吼叫着，扭头要走，这时，巧玲端着两碗热腾腾的臊子面走出灶房，差点儿被他将饭碗碰掉，汤水溅出来，洒了两人一身。顾辟疆迈步去拿藏在树后的木棍，打了个趔趄，几乎摔倒。汪大年和孟生魁急忙赶上前搀扶，顾辟疆推开他们，甩给汪大年一句话："从今往后，我不欠你的人情了……"

四

汪大年和警卫员郑拴子各骑着一匹战马向西安方向飞奔。早上因释放岩切耽搁了钟点，必须马不停蹄，在太阳落山前才能赶到。为了抢时间，早饭都没顾得吃，每人只揣了两块干粮就上路了。

连日来，日机持续在宝鸡县上空和陇海铁路沿线狂轰滥炸，妄图把中国这个战时军需物资贮备基地及其运输系统一举摧毁。为加大空中打击力度，日机除了从山西运城机场起飞外，还命令轰炸中国战时陪都重庆的飞机返航时翻越秦巴山脉，将没有投完的炸弹带到这里全部卸载。密集的轰炸下，宝鸡城区的各种设施已毁坏殆尽，隐蔽于地下的工厂和军械库也遭到很大破坏，沿途被炸毁的铁路、公路和桥梁比比皆是，抢修工作在敌机连续不断的空袭下进展缓慢。铁路运输瘫痪后，大批军需物资主要靠汽车和马车运输。它们蚯蚓一样在遍布弹坑的公路上缓缓蠕动，走走停停，不时还要下河涉水从便道绕行。

汪大年和警卫员骑马避开人群，忽而沿小路穿过碧如翠玉的麦田，忽而踏过水流清浅的河湾。他们要把"大同学园"的蓝图以最快的速度送交西安行营，以便及时呈报到最高统帅部去。这是只有虹吸大海的人才具有的远见卓识，这是只有把握历史脉搏的人才敢于荣膺的战略重任。汪大年感到浑身热血奔涌，一股豪情在胸中燃烧，他不停催动胯下的枣红马，冲在警卫员的雪花青前面。他们的战马，蹄下生风，火星喷溅，几乎是掠地而飞了。

掌灯时分，汪大年和郑拴子赶到西安西城门下，只见门洞外布满了岗哨，城里已经戒严。没有通行证不准出入，他掏出军官证也无济于事。左等右等，终于有一位查哨的上校是旧日的故交，这才被引领进去。

送出瓮城，将要分手，汪大年不由得问起戒严的缘由，上校没好气地说："唉，不过为了一桩闺阁闲事。"汪大年奇怪："既是闺阁闲事，何必大动干戈?"上校看看左右没人，压低声音说："日军炮击潼关，西安一片混乱。军座安排夫人到重庆去躲避，夫人不肯去。看看天要热了，一则嫌那个地方气候潮湿闷热；二则吃不惯天府的麻辣饮食。两个人发生了口角。街上到处都有汉奸和特务，军座怕夫人在气头上一跺脚愤而出门，发生不测，故而戒严。"汪大年听说，感觉好像吃了一只苍蝇，真不是滋味，叹口气说："如此看来，我来得不是时候……"

行营坐落在西安城内最繁华的闹市中心、南院门街清代陕西巡抚衙署内。1936年"西安事变"前后，这里曾经是"西北剿匪总司令部"的所在地。占地一百多亩，内有殿宇、廊房、花园等古代建筑，在繁华的街市里，算得上一个优雅的所在。"剿总"成立后，为了加强防务，曾扩大规模，建造了一些新式楼房。西安行营成立时即选址在这里。庭院内，上有古柏古槐浓荫覆盖，下有地道四通八达，高墙上电网密布，咽喉处暗堡相连，加之日夜哨兵巡逻，西北首府最高军事指挥机关戒备森严。

汪大年和郑拴子跳下马，将两匹马拴在一人高的青石狮子拴马桩上，正要向里通报姓名，岗哨拦住说："军座忙于紧急军务，今晚不会见任何人。"

难道要吃闭门羹？汪大年急得直打转转，焦急中，忽然发现枣红马在不停地战栗，用手到马鞍后摸了一把，黏糊糊的仿佛是血。马受伤了！他想了想，大约在咸阳城外遇到日机空袭时中弹的。他抚摸着枣红马绸缎般光滑的脖颈，心中生出无限感慨。多么顽强的生灵啊！它虽然受了伤，既不嘶叫，也不仆倒，仍然为他的主人乘风驭电，赫赫行空。

汪大年做过行营高参，熟门熟路，他让郑拴子在外面等候，急忙牵马到后院马厩，叫一名马夫赶快给马提一桶清水，拌一槽麸皮细料，自己去寻兽医官来医治马伤。

兽医官是一个枯瘦的中年人，眼珠晶黄，脸色红得像猴屁股，专爱探听他人隐私，是后院的“百事通”。汪大年找了好久才找到他。他一边提兽医箱走着，一边诡秘地告诉汪大年：军座夫妇正在拌嘴，恰巧胡宗南先生和专程来西安相亲的孔二小姐赶到了，急忙上前劝说。现在风暴刚刚平息。接下来，正好四个赌狂相聚一堂，这会儿，可能开始“垒城墙”了。这个孔二小姐，来头可大了。本是蒋、宋、孔、陈四大家族中孔祥熙的二小姐，名叫孔令俊，是蒋总裁的姨外甥女，由胡先生的老师陈立夫做大媒，介绍给青云直上的胡先生。昨日麻将桌上，军座心绪不佳，一下子输掉五十万元军饷。今天，谁知又有多少军饷要白白送给这黄毛丫头呢？

听说蒋鼎文在麻将桌上，并非什么紧急军务，汪大年心想，不如趁此机会将建议书送交到他的手上。于是，让兽医官先行一步，他从角门进去，直奔西侧办公小楼。这座精致的小楼楼下有七间房屋，南头的一间是警卫室，紧连的四间为会议大厅，北头的两间，是蒋鼎文的客厅和卧室。

踏上台阶，隔着雕花木窗，就听见客厅里的洗牌声哗哗直响，间或有娇声莺语和男人粗嗓门的说笑声。隔着窗玻璃望去，明亮的灯光下，果真是四个人在打麻将，勤务兵在旁恭立伺候。汪大年认识蒋鼎文夫妇和胡宗南，胡宗南对面，坐着一个娇小的女子，应该就是孔二小姐。他们嘻嘻笑着，真有一种超然物外的闲情逸致。四个人正在兴头上，汪大年不便叨扰，想起了一句古诗：“战士军前半死生，美人帐下犹歌舞。”牌局未完，只有伫立窗下，静静等候。

几盘下来，果然孔二小姐身手不凡，不但注头大，而且把把皆赢。汪大年不禁为上将捏了一把汗，五十万军饷输个精光，现在又连连败北，前线如果催要，将何以应急？蒋氏夫妇显然有些招架不住，虽然是早春天气，离暑热还很遥远，但上将额头上已汗珠涔涔了。胡宗南几次给孔小姐使眼色，桌子底下用脚踢她，她不但不听，反而明目张胆回敬了两脚。胡宗南没法，只好讨好地对蒋夫人赔笑说：“嫂夫人此去重庆小住，正好孔小姐可以陪你，怎么样？鞍前马后……”不等胡宗南把话说完，孔二小姐已按捺不住，率直地说：“西安我还没玩够呢！怎么，想打发我走？”

此时，汪大年觉得，是该进去为军座解围了。他想，近日晋南战场的牛岛、川岸师团步步进逼，已打到黄河北岸，再次攻占了风陵渡口，炮火不断轰击到陕西东大门潼关城内。上将既已决定把家属移往陪都，至少说明，中条山战事吃紧。怪不得李宽银正月十五一过便返回前线了。如此说来，军费的一分一文都不能再赔到这黄毛丫头手上了，那是抗日将士的生命和鲜血啊！

“报告！”汪大年不能再等，在门外喊道。

“谁呀？”是蒋鼎文孱弱的声音。他注视着手中的骨牌，头也没有回一下。

汪大年抬脚进去，向他立正敬礼：“军座！汪大年向您报告！”

“噢，是你？没要紧的事明天来吧！”蒋鼎文领章上的三颗金星反射着光芒，他仍然没有回头。

汪大年十分难堪，正要退出，孔二小姐扭过脸催促道：“蒋主任，你倒是出牌呀！”

三星将军没有吭声，他手中反复捏着一张牌，思忖着放不放下去。

“快呀！手里有几十万大军，怎么像个娘们儿，这点儿决心都下不了？”他的夫人不耐烦了。

“不行，我……”蒋鼎文喉咙里咕哝着什么，刚放下牌去，孔二小姐一拍桌子：“和了！”

“不打了，不打了！”蒋鼎文十分败兴，将牌一推，站起来伸着懒腰，发现汪大年仍站在身后，没好气地问：“你怎么还没走？”

汪大年脚跟一并，举手敬礼：“是！”刚要转身，蒋鼎文又把他叫住：“留一下，正好有件事，要对你说。”

汪大年站住了。

蒋鼎文左手攥成一个空拳，扶着额头说：“军政部有令，俘虏收容所还要扩大。你回去以后，抓紧基建工作，其他事暂时交给顾副官，一定要在两个月之内，再建几排新营房。不得有误！”

“是！”汪大年回答。接着，双手郑重呈上自己的请示报告。

蒋鼎文将报告接在手里，漫不经心地问：“是‘反省书’吧？算了，我就不看了。交到军机处去，存档得了！”

汪大年赶快补充道："不是检讨，是一份请示报告。下一步如何管理和改造俘虏，我打算将收容所办成一所学校——'大同学园'!"

"什么?'大同学园'……简直是，驴唇不对马嘴!"蒋鼎文不耐烦了，"这能算作检讨吗? 开玩笑!"

旋即，"大同学园"成了牌桌上戏谑的笑料。

"'大同学园'? 西安有个'大同浴池'，那儿的服务可周到了!"胡宗南插话说。

孔二小姐不高兴了："你去过那种'鸭子坑'?"

胡宗南气得目瞪口呆，当即决定，绝不娶这个孔二小姐为妻，将牌一摔，信誓旦旦道："匈奴未灭，何以家为?"

孔二小姐立即暴躁起来："什么? 你不想成家，到五台山出家当和尚去!"一跺脚扭着胯进了里屋。

蒋夫人白了胡宗南一眼，急忙跟进屋解劝去了。

蒋鼎文输了牌，当然不会有好心情，嘟囔说："你这个什么'学园'，又是变着法儿要钱吧? 我两手空空，没钱!"说着，一伸手，将卷宗扔进身后的废纸篓里。

汪大年迟疑了一下，从纸篓里捡起卷宗，拍了拍说："我走了!"

树荫朦胧，灯影迷离，汪大年心中充满了悲凉。当他走进马厩时，忽然发现自己的高头大马不见了。忙问马夫，得到的回答是："你看，在黑影处，早死了!"

汪大年蹲到马尸旁，痛心地抚摸着已经变得僵硬而冰凉的马背。

五

活跃在晋察冀边区的八路军一二〇师，遭遇了自渡河作战以来最严重的危机。

主力部队跳到外线反“扫荡”作战去了，后方十分空虚。师部指挥机关被敌人侦察出具体位置，陷入日军大部队的重重包围之中。敌人的进攻潮水般涌来，包围圈越来越小。扑向师部指挥机关的是日军吉田大队和水原旅团两支劲旅。他们采取“分进合围、穿插切割”的战术，将一二〇师指挥部与下属机关及守卫部队分割包围在几个不同的村子里，使其首尾不能相顾。每个村子都发生了激烈的战斗。为了保卫师首长，卫队营拼命冲破包围圈向指挥部靠拢，激战的隆隆炮声和喊杀声震天响。村子里，由机关人员临时组成的防线不断被敌人突破，敌人端着刺刀蹿进村巷，被不谙拼刺的男女干部用鲜血和生命堵了回去。战斗十分惨烈，指挥部命悬一线。敌人久攻不下，为了一把抹掉这个心腹大患，调来数架轰炸机，对小小的山村展开猛烈轰炸。炸弹和汽油弹的爆炸声铺天盖地，一处处房倒屋塌，一棵棵大树劈裂，石磨被炸得满街飞滚，房舍被炸得燃起了大火。村子里到处鸡飞狗跳，硝烟弥漫。

八路军一二〇师指挥部设在一所简陋的套房里，指挥员们围坐在里屋的白板桌前，好久没人说话了。炸弹在院子里频频炸响，头顶上不时有沙土和瓦片在爆炸声中“哗哗”跌落，烟草的蓝色烟雾顺着破损的椽檩倏忽间蹿上屋顶。指挥员们一个个神情凝重，显然，危机迫在眉睫，局势十分严峻。与里屋肃穆的气氛相反，外屋则一派繁忙。一排桌子旁，几个作战参谋使劲儿摇动电话机手柄，焦急呼叫一线的指挥员，询问他们的位置和战斗进展状况。命令声、吵嚷声、咒骂声响成一片。另一旁，三名女报务员神情专注地操纵着电键，“嘀嘀嗒嗒”的点频声在摇摇欲坠的屋顶下回荡着，紧张严肃的临战气息感染着每一个人。

许久，里屋终于传来贺龙司令员浓重的湖南口音。他镇静地站在一幅巨大的画满红蓝箭头的敌我态势图前，举着烟斗在上面比画着，对副司令员萧克、参谋长周士第、政治部主任关向应几位高级领导人说：“敌人来势汹汹啊！兵力十倍于我们，看起来是孤注一掷了。只有跳出敌人的包围圈，一部向西，到晋西北的大山里去，休整一段时间，以利再战；另一部向东，跨过平汉路，配合刘伯承的一二九师，把尖刀插到敌人的心脏里去，来个猛虎掏心，打他个措手不及。这叫‘礼尚往来，来而不往非礼也’！”

贺龙说完，坐下来安详地用烟斗在荷包里挖着烟丝，一边倾听大家的意见。

“也只有这一步棋了！”参谋长周士第缓缓地说，“这是最残酷的反围剿战。

要是能安全跳出去，实现战略转移，让敌人扑空，这当然是一着高棋。不过，这出戏比穆桂英大破天门阵难多了，不好唱噢……”

屋内一阵沉默。突然，院子里的一棵大树着弹后“嘎喳喳”劈裂开来，政委关向应向窗外扫了一眼：“是啊，不好唱！我们处在敌人的重重包围之中。从去年 11 月到现在，不足半年时间，敌华北方面军集中了二十一个师团，展开这场‘肃正’作战，其目的是妄图把我晋察冀八路军一口吃掉。你看！”他站起来指着地图说，“边区所有的县城和重要的村镇均被占领，我一二〇师主力被分割在外线几个狭小的区域，动弹不得。我们指挥部，怎样才能神不知鬼不觉跳出去，又不被敌人发觉或者咬住，是这次突围制胜的关键！”

副司令员萧克显得心事重重，忧虑地说：“我军伤亡惨重，伤病员愈来愈多，还有那些日军战俘。咱们总部机关就是个大包袱啊！你算一算，后勤、医院、学校、地方政府，还有什么参观团呀考察团的，加起来一万多人，又被敌人分割包围在几个村子，自顾不暇，其中真正能挑出来打仗的，不足一个营。我看，只有化整为零，分散转移了！”

贺龙划着一根火柴，点着烟斗，狠狠地吸了一口，烟雾从鼻孔里喷出来，沉思片刻，下定最后决心说：“对，化整为零，分散转移！不过，重要的是，不能被动！要设法调动敌人，创造战机。这是老毛游击战的精髓，当年在井冈山根据地，可是屡建奇功啊！我看，我和总部仍留在这一带，和敌人捉迷藏，以拖住敌人。待机关转移完毕，我们再走。还有这批日军战俘，已经请示了中央，转移出去后护送到延安，给他们一个相对安静的环境，以利于学习和改造。”

这时，女报务员在门外喊：“报告！”

“进来！”

报务员递上一份刚刚译出的电报稿：“中央来电！”

贺龙将电报稿接在手中，用炯炯的目光浏览了一遍，说：“中央同意转移俘虏到延安去。为了顺利通过敌占区和国统区，特派一名八路军办事处的同志配合。还有——这老毛想得真周到——要我们随团派一名医生和一名翻译——嘿嘿！这不是给我出难题吗？我这里的人手早就捉襟见肘了，到哪儿去找这样合适的人选？”

关向应读完电报稿又转给萧克，提醒说：“胡子，你怎么忘了？上海战役中，宋庆龄伤兵医院有一部分人突围出来，被咱们的人解救了。其中有一名日本女医生，你还安慰过她呢！我看，让她出征担此重任，既是医生又是翻译，可谓两副担子一肩挑呀！”

“你是说那个名叫‘山中桂子’的日本医生?”贺龙一磕烟袋，“好哇！就派她去！”

周士第阻止说：“不行，不行！她是日本反战人士，那些新抓来的俘虏，还要靠她去做工作呢！你没看这伙日本战俘，都他妈的是茅坑的石头——又臭又硬！”

萧克附和道：“是啊，山高水远，敌情复杂，万一有什么不测，国母宋庆龄那边也没法交代啊！”

贺龙沉吟再三，扔掉烟斗说：“这样吧！就派她去。我想，宋庆龄如果知道她去了延安，一定会高兴的！”

战地医院的救护所设在村子的另一头，这里本是一个大户人家的马号。近在咫尺的枪炮声和敌机连续的轰炸使这儿的空气变得异常紧张。大门被炸塌了，破碎的瓦砾和燃烧的椽檩掉下来封堵了门口，急着进出的人们只有从垮掉半边的残垣断壁上穿梭而过。村口的阻击可能失利了，一队临时组织起来的非战斗人员拿着各种武器从大门前慌乱地跑过。新伤员被接二连三抬进来，经过简单包扎，又陆续抬出去。住院的伤员正在紧急转移，有的用担架抬着，有的相互搀扶。匆忙的撤离行动使这里充满了悲怆的气息，间或有女同志压抑的哭泣。散发着青草和牲口粪便混合气息的马号院上房，是两间相连的土屋，门口拉一道白布帘子，算是临时手术室。手术正在紧张进行，偶尔可以听到伤员一两声凄厉的尖叫。

精明能干的日本女医生山中桂子从手术台上被一个男医生替换下来。摘下口罩，她显得十分疲惫，鬓发已经湿透，眉梢眼角挂满了汗珠，一天一夜不间断的手术，使她消瘦了许多。她从门外盛着清水的脸盆里拧出毛巾，一边擦脸，一边走到院子的阳光下，和即将撤离的伤员打着招呼，突然又尖叫着去纠正显然是刚刚补充来的护士们那可笑的包扎方式。接着，她回到窗台前，从一口瓷瓮里舀了一大搪瓷缸凉水，仰起脖子咕嘟嘟灌了下去。接着，她捶了捶后腰，戴上口罩，走下台阶，准备给马棚下一位趴在担架上的小战士做手术。

“乖乖！怎么是女医生……你，你别脱我的裤子！”小战士恳求道，“我求求你，乖乖，换一名男医生来！”

“哎呀，参加革命了还怪封建的！”已经戴好橡胶手套的山中桂子和善地说，示意护士给他抹下裤子。

“不，不！”小战士捂住屁股在担架上扭动着。

“怎么，男子汉还怕羞？”

小战士抗议道：“我不脱，死也不脱裤子！”

山中没好气地问：“不脱裤子，怎么做手术？炮弹皮还取不取？”

小战士喊道：“不取，乖乖！给我包扎吧！”

“会溃烂的！”

小战士指着门帘里正做手术的男大夫，执拗地要求道：“让他来，那个男大夫！”

男大夫撩开门帘，伸出头冷冷地白了他一眼：“你是新战士吧？别胡闹！什么时候了？让山中大夫给你取出来。不脱掉裤子，怎么消毒？”

“让山中大夫做，后面伤员还好几个哩！”护士们异口同声规劝道。院里院外，又抬来几副担架，一长溜伤员排队等待手术。

小战士安静下来，眨巴着细小的眼睛，抬起稚气的面庞，好奇地问：“你姓‘山’？乖乖！大山的‘山’？”

桂子微笑地点点头。

小战士是个见面熟，马上热络起来：“天下‘山’姓是一家！我也姓‘山’，叫‘山小宝’。乖乖！俺是山西永济栲栳镇的，永济知道吗？就是历史上有名的蒲州……乖乖！你是哪儿的？”

桂子愣住了，不知如何回答是好。一位做术前准备的护士为了打消小战士的顾虑，玩笑道：“她也是栲栳镇的，乖乖！你的老乡！”

小战士疑惑了：“老乡？乖……俺咋没见过？”

这时，有人在大门外高喊：“山中医生，请你到司令部去一下！”

桂子应声道：“好，马上就来！”

小战士似乎听出了名堂，自言自语道：“什么……‘山中’？乖乖！俺只知道中国有个‘孙中山’，没听说有什么‘孙山中’……”

司令部通讯员焦急地出现在倒塌的豁豁墙外，连声道："山中桂子，快点儿，快点儿！"

小战士恍然明白过来，高声嚷道："'山中桂子'……乖乖！你是日本鬼子，日本鬼子！"

喊声中，所有伤员都惊奇地扭过头，一齐把目光投向这位日本女医生。小战士仿佛受到了某种支持和鼓励，死活不让女医生靠近，举起手臂在空中挥舞着，结果，手术盘"哐啷"一声被打翻在地。

"走开！乖乖！我恨日本人，不要日本人做手术！"

看到山中手足无措的样子，身旁的护士催促道："山中医生，快去司令部吧，司令员等着你呢！"

山中桂子悻悻地离开了。

这是一个没有月亮的夜晚，天幕低垂，星光昏暗。被日军劫掠过的村庄，未熄的余烬仍在冒着青烟。躲到山里的人们趁着黑夜，三三两两偷跑回来，在自家的废墟上寻找还可利用的器物。听不到鸡叫，闻不见狗咬，偶尔有一两声沉闷的枪响打破夜的阒寂。

山中桂子和一个班的战士在带路老乡的引导下，率领二十九名日军战俘悄悄向目的地转移。他们在黑黢黢的暗夜里紧张地向前移动着。为了防止掉队和被敌人发现，队伍内不许说话不许抽烟不许打灯光，每个人都前后紧紧地相跟着，只听见"嚓嚓嚓"的脚步声和短促的口令声，整个队列犹如一条潜行海底的蛟龙。

临近村庄时，有一只狗在"汪汪"地叫，空洞的吠声在夜空中听起来十分古远，好像相隔了几个世纪。

队伍进入一个破损的四合院，在庭院里停下来休息。上房的方桌上，有一盏捻子快要燃尽的铁檠子灯台，灯影里，侧身坐着一个头上顶了白羊肚子手巾的老乡。交通员告诉桂子，那就是本村村长兼"牺盟会"会长，正在等她。

走进上房，那个"白手巾"站起来向她表示欢迎。他个头不高，总是支棱着半个身子，脸盘尖削而稚嫩，像个发育不全的大孩子。桂子觉得有些眼熟，但一时想不起来在哪儿见过。她仔细打量着他，心里好生奇怪。当两只手握在一起时，双方不由得都惊奇地叫起来——

"你是……乖乖！山小宝……"

"你是……乖乖！'日本鬼子'！"

突然的相逢，使两人不由得开怀大笑。

桂子问："你怎么留下来了？"

山小宝抹掉头上的白手巾，机灵地睐着眼："乖乖！你撵到这儿，是要给我开刀吧？不挨你一刀，乖乖，你誓不罢休啊？"

一句调皮话，把周围的人都逗乐了。

桂子问："你怎么当了村长？"

新任村长叹息说："乖乖！甭提了！我被临时抓了公差！"

"抓了公差？"

"是啊！"山小宝有些委屈，"参军前，我就是'牺盟会'的人，投奔八路，是为了有一杆枪，好打鬼子。乖乖！没想到刚摸上枪，屁股先挨了一家伙。营长说大部队都转移了，你也转移吧！我问，转移到哪儿？营长说，就地。河边村村长被杀了，你去当村长吧！乖乖！这不，就到这鬼不下蛋的地方来了！"

"好哇，好哇！"桂子安慰道，"新官上任三把火，你就当好这个村长吧！"

新任村长嗔怪道："乖乖！还三把火呢！咱俩换换，你留下当这个村长吧！"

桂子顿觉失言："那可不行。我人生地不熟啊！"

"乖乖！我也是两眼一墨黑啊……"新任村长一边诉苦，一边捂住屁股蛋子，龇牙咧嘴地呻吟着。

山中桂子感到诧异："弹片没取出来？"

山小宝后悔不迭道："乖乖！哪来得及呀？你一走，我晾到那儿晒红薯干了！再也没人理我……"

山中桂子歉疚地笑着。不知为什么，她一下子喜欢上了这个性格耿直的小青年，豪爽地说："医药箱我带着，有机会，我给你取出来。乖乖！不过，一定要脱……"

"不脱！"山小宝抢过话头，固执道，"乖乖！要不就别……"

"好吧，好吧！不脱裤子……后面剪开，总可以吧？"

"后面剪开，那不成开裆裤了？"

后半夜，山中桂子安顿俘虏们躺下，又给俘虏中的重伤员一一检查了伤口。第一次担负如此重要的任务，她既兴奋又紧张，生怕有什么闪失。接连查了两次岗，躺回到床上，怎么也睡不着，直到黎明时，方才有些蒙眬。刚刚合上眼皮，忽然看到父亲慌慌张张向她走来，禁不住迎上去喊了声：“爸爸！”翻身起来，屋子里除了三名女俘轻微的鼾声外，什么也没有。挑亮油灯，昏黄的光晕映在黑乎乎的土墙上，似乎父亲刚刚穿墙而去。她披衣独坐，再也无法入睡了。最后一次告别父亲的情景，异常清晰地在她眼前浮现出来——

终于有了确切的消息，是父亲的学生告诉她的。父亲被关在阴森恐怖的东京巢鸭监狱，那里同时还羁押着许多“政治犯”。他们大多是“七七”卢沟桥事变后被抓进来的对日本政府侵华政策有异议的人士。桂子急忙翻拣了两件父亲的旧衣服，到监狱去探监。穿过地狱般黑洞洞的走廊，她跌跌撞撞扑向囚牢的铁门，冰冷无情的铁栅栏将她父女二人隔离在内外两个世界。看到父亲，桂子禁不住失声痛哭：“爸爸呀！这是为什么，为什么呀？他们为什么要抓你？”

听到女儿熟悉的声音，父亲略一迟疑，脸上掠过一丝惊喜。他吃力地从茅草凌乱的地铺上爬起来，蹒跚地走向铁栅栏，把手伸给女儿：“不要哭！在法西斯的面前，眼泪是没用的……”

看见父亲衣衫上的血迹和脸上胳膊上的伤痕，桂子痛切地问：“爸爸，他们对你动了刑？”

父亲看了一下自己的双臂，惨然一笑：“皮鞭和棍棒提醒我，真理是多么可贵！”

桂子追问道：“就因为你写了两篇反战的文章？”

“不仅仅如此！”父亲悲愤地说，“他们要扑灭的是国人的觉醒。你想想，当全国都被‘圣战’——其实是侵略战争的叫嚣冲昏头脑的时候……”

山中教授正要说下去，狱卒过来恶狠狠吼道：“不许谈论政治！”

山中教授无奈地苦笑着，吟诵出中国古代大诗人屈原的名句：“世溷浊而莫余知兮，吾方高驰而不顾。”

“爸！我不走了，和你一起战斗！”桂子擦了擦眼泪。

“不！傻孩子，要想取得胜利，咱们俩是不够的。”山中教授说，“你不要在医院实习了，应该赶快离开，到中国去！他们现在逮捕了我，下一步，很难说不向你举起屠刀……”

“我？”桂子有些惊异。

“可不是嘛！特务横行，极右势力猖獗，我的课堂上，那些极右分子不是常来捣乱吗？我估计，大学，我怕是永远回不去了。你必须赶快离开。临别前，爸爸有一事相托……”

“什么事？”桂子强忍眼泪，“爸！你说吧，我听你的！”

“好，我说！”山中教授紧紧抓住女儿的手，“你在日本，性命难保。赶快到中国去，去找汪大年君。他是我最喜爱的学生。如果你嫁给她，我就是到了九泉之下，也会高兴的！我身无长物，宿舍和家都被抄光了，有学生捡到我注释的这本《白乐天诗集》，里面有一张我与你母亲年轻时的照片。诗集和照片都是我和你妈妈一生中最心爱的东西。我把它送给你，算是给你们的结婚贺礼！”

桂子接书在手，再也忍不住悲痛的心情，不由得失声痛哭：“爸爸，我走了谁来照顾你呀？”

“还有其他学生，你赶快走吧！不走就来不及了！”

这时，一群右翼学生打着标语、拿着棍棒聚集在监狱门外。他们气势汹汹呼喊着口号，要求警方逮捕桂子，摆出一副大打出手的架势。

喧嚣声隐约传到牢房里来，狱卒如狼似虎地号叫着：“时间到，赶快走开！”

桂子恋恋不舍地离开父亲，大门外，几个好友护持着她，匆匆从棍棒下逃离出去。

江南好，风景旧曾谙。
日出江花红胜火，春来江水绿如蓝。
能不忆江南？
江南忆，最忆是杭州。
山寺月中寻桂子……

旭日东升，朝霞满天。村外河边的山冈上，桂子在一块大石头上坐下，诵读着中国唐代大诗人白居易的名篇。她一直保持着晨读的习惯，即便是漂泊不定的军旅生涯，只要有机会，仍能静下心来，读上几页。她酷爱中国古典文学，在父亲的影响下，对白居易的诗篇更有一种几近虔诚的膜拜。父亲送的这本《白乐天诗集》，她常常带在身边。

她是踏着清晨的朝露，采集了山间春日的鲜花，来到村外小河边的。清澈如镜的河水仿佛一首白诗在她面前展开，溪流白沙，芳草碧潭，水光天色潋滟其中。她情不自禁捧起一掬清流，仔细欣赏着它，爱抚地亲吻着它，恋恋不舍看它怎样从指缝间珍珠般漏下。立即，水面上的波纹一层层荡漾开去，一芽漂浮的嫩叶，小舟般静静地依偎到水草根下。有一瞬，她的心倏地紧缩了，犹如那枚归舟似的嫩叶，盛满了淡淡的乡愁。

读着这优美的诗篇，桂子小姐被诗人热爱大自然的炽烈情思深深打动了，被诗中令人神往的优美景色完全陶醉了。当读到“山寺月中寻桂子”时，更是不能自已，生命的深处立即幻觉般浮上一声轻柔的呼唤：“桂子，我的好女儿……”如雨后的晴空飞出一道亮丽的彩虹，如遥远的地平线上闪烁一颗启明之星，她的灵魂骤然颤抖了。

父亲说过，她的生命就在这首诗里。

桂子的母亲是中国人，一个江南杭州西子湖畔的大家闺秀。在日本求学时，担任了中国辛亥革命发起者之一的廖仲恺先生的秘书。1905 年，中国同盟会在日本东京成立，父亲山中德明曾给予孙中山先生很多帮助。那时，父亲刚刚大学毕业，在帝国大学任教。孙中山、黄兴、陈其美、廖仲恺、何香凝、于右任等革命者都是他家的常客。不久，父亲和廖仲恺先生的女秘书相识相爱了。1915 年秋天，窃国大盗袁世凯的反动面目进一步暴露，他一方面加紧抓捕和暗杀革命者，一方面紧锣密鼓筹备其臭名昭著的“洪宪帝制”登基大典。为了保卫辛亥革命的胜利果实，斩断袁世凯伸向革命者的魔爪，身怀六甲的母亲坚决要求承担刺杀袁世凯的秘密任务。

革命党人探听到袁世凯避开国人耳目在宫中排练登基仪式的消息。母亲随着一伙攀龙附凤的祝贺嘉宾暗中潜入紫禁城。她混在人群中，默默等待着时机的到来。一会儿，只见军乐高奏，仪仗先行，正当袁世凯踌躇满志走向他的黄龙宝座，向来宾挥手致意时，突然，藏在柱子后面的母亲向他连开两枪。可惜，射击经验不足的母亲只是打落了袁世凯头上高高的金顶皇冠。国贼仓皇地趴在地上，大喊："抓刺客!"场内立即大乱，卫兵从四面八方猛扑过来。母亲不断还击，逃跑中不幸中弹，最后，在革命党人的掩护下，跳上一辆洋人的豪华马车才得以侥幸逃生。

第二天，母亲受到通缉。全国的报纸上，都刊登着母亲的照片。城门、街道、车站、码头，到处都设立了关卡。母亲没处藏身，只好暗中回到家乡杭州养伤，藏在灵隐寺的后花园里。父亲得到消息，不远万里，渡海而来，一路风尘寻到寺中。正是丹桂飘香的季节，父亲搀扶着即将临盆的母亲，漫步在桂花树下，品味着白诗妙句，度过了一段安宁、温馨的美好时光。很快，桂子要出生了。这时，操纵着军政大权的袁世凯，为扫清登基道路上的障碍，进一步加紧了对革命党人的搜捕。继宋教仁被暗杀后，又有陈其美、蒋翊武、程璧光等革命志士先后遇害。母亲的处境愈加危险。东躲西藏、奔波劳顿，使母亲身体极度虚弱，分娩后，不久就故去了。母亲逝世前，紧紧抱着襁褓中的桂子，她有多少话要说给女儿啊……

"山中医生——"

一阵急切的呼叫声飞进桂子的耳朵，她蓦然从回忆中惊醒过来。来人是山小宝。他拄着拐杖气喘吁吁地喊："乖乖！山中医生，快呀！都转移了……"

"转移了?"桂子惊诧地问，"这么说，延安的同志到了?"

"不是!"山小宝心急火燎地蹾着拐杖，"哎呀，不是，不是！是鬼子来扫荡了！机械化摩托化步兵，还有骑兵，全出动了！乖乖，迟了就来不及了!"

桂子担心道："咱们走了，延安来的同志怎么办，能和咱们联系上吗?"

山小宝摆手说："管不了那么多了，快呀!"

桂子慌忙起身，跟上一瘸一拐的新任村长，一起去追赶队伍。

山路狭窄，崎岖不平，俘虏里有伤员，走走停停，行动迟缓。当转过一个弯道时，身后传来炒豆一样"噼噼啪啪"的枪声。

"敌人追上来了，乖乖，赶快隐蔽!"山小宝命令道，他一颠一颠跑到队伍前边，问带队的老乡："这里有山洞没有？这些俘虏顽固得很，不能分散。要是分散开，咱们人手不够，乖乖，会一下子跑光的!"

"这么多人，山洞只有一个，藏不下!"老乡看了看大家，为难地说。

“藏不下？藏不下也得藏！乖乖，来不及了！”村长已别无选择了。

桂子焦急道：“也只有这样了！藏几个是几个，其他人再想办法！”

子弹从头顶上呼啸而过，射中坡塄上高大的白桦树，不断有树枝夹着碎石冰雹般飞落下来，鬼子的吆喝声已清晰可闻。

队伍紧跟在村长身后，急匆匆向沟道下走去。走过一道塄坎，来到一棵大树后面，老乡扒开一堆树枝，一个天然的山洞显露出来。洞口不大，里面勉强能挤进二十几个人。可是，这支队伍除了二十九名俘虏，还有十二名战士，加上村长、桂子和带队老乡，一共四十多人，没法都钻进去。情急之中，也只有分散隐蔽了。桂子指挥人们往洞里钻，一边用日语对俘虏说：“进去躲一下，八路军优待俘虏，这一点，你们已经感受到了。不准吭声，不能让敌人发现。日军的纪律你们是知道的，抓回去，既要受惩罚，还得继续当炮灰。难道还想卖命送死吗？”

桂子刚刚将大部分人隐藏好，用树枝遮挡了洞口，鬼子的身影已出现在对面山冈的树林里。他们哇哇号叫着，在四处搜山。带队老乡从伪装好的树枝里露出头，对村长说：“河边的山崖下，有一道石缝，你们去那儿藏吧。”村长听后，来不及多考虑，立即和桂子领着剩下的人猫腰向前面跑去。跨过一道小河沟，找到那个崖缝。

这是斜坡下两块倚在一起的巨石，石壁上苍苔点点，夹缝中水流涔涔，下方露出一个天然的石窟。由于水流不断，旺盛的蒿草长得有一人多高。情急之中，只好往里面钻了。大家刚刚进去蹲下，桂子扭回头，忽然发现一个叫山本聪慧子的女俘慌手慌脚沿溪流向下游奔跑。

“回来，快回来！乖乖！”村长向她呼喊。

但是，任凭村长和桂子怎么叫她也无济于事，踢踏着水花反而跑得更快了。

突然，在她的前面，从一片小松林后面闪出两个端着刺刀正在搜山的日本士兵。

她猛地愣住了。

两个日本士兵，一高一矮，满脸粉刺疙瘩。看到有人，日本士兵本能地匍匐在地，拉响了枪栓。待发现是一个手无寸铁惊慌失措的年轻女子，淫亵的笑容在他们脸上一点点绽开：“吆唏，花姑娘的！”

他们跳下山坡，脸上的每个粉刺疙瘩都在龇牙咧嘴地狞笑，上前围住聪慧子，一边解衣服，一边把冲锋枪放在石板上：“来呀，花姑娘！这里，这里的有！”

聪慧子恐惧地躲闪着，用日语问：“你们要干什么？”

“噢，她会说日语！”两个日本大兵松弛下来。

“我是日本人，有皇族血统，你们离远点儿！”聪慧子命令道。

“有皇族血统？”瘦高个儿问，“你到这里干什么来了？”

“我是被打散的！”

“被打散的？”矮子不信，“哪一部分？”

“第六师团，”聪慧子说，又补充道，“谷寿夫中将，司令部的！”

“噢呀呀——”两个日本兵明白过来。矮子问：“第六师团早就调防南洋去了，你怎么留在这儿呢？”瘦子说：“哦，我知道！该不是被长官玩儿过以后，送慰安所做性奴了吧？来来来，正好！”

聪慧子哀求着：“你们帮帮我！我姓山本，父亲是日本政府的高官，现在是华北政权的首席顾问，就在山那边，我要去找他……”

性欲焦渴的日本大兵哪管这些，矮子招呼瘦子一起上，将拼命挣扎的聪慧子抱到一块草地上，摁下去扒开她的衣服。突然，一根拐杖猛地砸在瘦子的脑袋上，等矮子明白过来，也重重地挨了一下。两人躺在地上不动了。

“乖乖，还想五花六花糖麻花呢！这一下安生了吧？”

原来，是新任村长跑过来解救了聪慧子。他拉着聪慧子，一直顺着河沟往上游跑。

跑出五六步远，村长忽然记起了什么。他撒开聪慧子的手，让她往前跑，他却停下来，折回去捡那两支崭新的冲锋枪。

聪慧子一步一回头踉踉跄跄跑开了，一边向村长喊道：“快点儿，后面有敌人！”

小个子村长刚刚捡起一支枪，猛回头，陡然发现身后全是鬼子兵，正向他包抄过来。

“嗒嗒嗒”，清脆的枪声猛地响起。村长就势一个转身，端着冲锋枪向面前的敌人扫射过去，猝不及防的敌人像麦捆子一样大片大片地倒下。村长已忘记了屁股上的伤痛，一边扫射，一边敏捷地在河滩的石板上蹦跳着，向倒地的敌人喊道："来呀，来呀！乖乖……他妈的，别像屎壳郎一样趴着不动呀……"

敌人越来越多，冲在前面的凭借着大树，不断向他射击。

又有大批敌人倒下，突然，他手中的冲锋枪猛地卡住，原来是子弹打光了。他气恼地扔下枪，向另一支冲锋枪跳去。刚刚跃下一块石板，只感到肩膀一震，他被飞来的子弹击中了，一个马趴栽倒在地。他支撑着身子站起来时，又一次中弹扑倒。他咬着牙，顽强地向那支冲锋枪爬去。当他捡起枪坐在地上正欲射击时，没想到身后那个被打昏的瘦子已清醒过来，扼住他的脖子，两人遂滚打在一起。

受了重伤的村长体力渐渐不支，瘦子一翻身骑到他的身上。敌人随即围上来，哇哇叫着，一齐将刺刀举向空中，要对他来个乱刀穿心。就在刺刀落下的一瞬，村长看准瘦子腰间的手榴弹，"乖乖！"他猛然一拉引信，轰隆一声巨响，他和周围的敌人在爆炸的闪光中同时消失了。

远处山崖下，目睹了这一切的聪慧子悲痛万分，她发疯似的狂喊着要下山拼命。敌人近在咫尺，桂子赶紧堵住她的嘴巴，强拉到滴水崖下的蒿草里。山上山下，大批的日军漫山遍野蜂拥而来。谁也没想到会上来这么多敌人，一个个大惊失色。聪慧子惊慌地从蒿草后面站起来："啊！快跑吧，这里藏不住！"

"不行，出不去了！"桂子眼疾手快，一脚将她绊倒，压在她的身上，目不转睛地注视着河边。

鬼子的人数还在增加，一排排，一队队，一片片，眼看已经到了村长牺牲的地方。这时，向导所在的山洞里，已经有俘虏开始骚动，他们拼命往洞口挤去，被战士用枪抵住。头顶上，有"嗒嗒"的皮靴声敲鼓一样从山洞上方踏过。

桂子这边的情况也不妙，一个欲站立起来暴露自己的俘虏被摁倒在地，虽然堵着嘴，仍在拼命呼喊挣扎。压抑的叫声从罅隙间飘出来，被一个慢悠悠四处搜索的斜眼鬼子兵捕捉到了。他警惕地四处看看，召唤其他人向这边走来。

被召唤的鬼子们跑步赶来，在洞口前停住脚，拨开蒿草，向洞里张望着。就在斜眼鬼子兵探脚下洞时，山下传来阵阵吆喝声，鬼子们听到后，齐刷刷转身折回山下去了。

斜眼的鬼子兵仍不肯放弃，紧盯着洞口晃动的蒿草。当他小心翼翼用刺刀挑开聪慧子头顶的蒿草时，再次听到已下山鬼子的喊声。他没有立即就走，抬头看了看岩石夹缝中渗出的涓滴，一滴滴落在蒿草上，这才狐疑着跑开了。

时间一分一秒过去，两只白脖子喜鹊落在不远的树枝上喳喳叫着。桂子走出洞穴，飞快地奔向溪口，向下游望去。只见人去山空，不知鬼子为何骤然间消失得无影无踪了。

战士和俘虏们陆续从潮湿的山洞中爬出来，一个个灰头土脸，衣服上沾满泥浆和绿苔，仿佛变成了土行孙。这时，爱整洁的聪慧子已约了两个女俘，一起下溪涧洗脸去了。

桂子和带路老乡一起跳下石塄，来到村长牺牲的地方。石板被烧焦了，周围除了几具鬼子的尸体只捡到村长的一只黑布鞋……

太阳落山以后，天空骤然暗淡下来。出外觅食的鸟儿一群群飞回林子，到处都是鸟儿聒噪的叫声。派出去侦察的战士还没回来，与上级失去联系，外面的情况浑然不知，下一步该怎么办？桂子像没娘的孩子，第一次感到了孤独和恐惧。

一会儿，两个下山联络的战士上气不接下气地跑了回来，未到跟前，就失色岔气地喊："不好了，鬼子又来了！大队人马，往山上来了！"

桂子向山下望去，但见尘土飞扬，大队人马已经悄无声息地出现在山口，她即刻命令道："各就各位，赶快躲起来！"

人们仍然分成两队，依次躲到原来的地方。待桂子将第一个洞口伪装好时，已经来不及回到溪水旁的洞穴了，她只好躲在一丛灌木后边，静静地注视着道路上的动静。

山里的黄昏是短暂的，转个身夜幕已撒下黑色的大网。肩负重任的桂子一颗紧张的心几乎要跳出胸膛，她凝神屏息，双手抓着树枝，专注地看着上山的队伍。

上山的队伍没打灯笼火把，没有手电亮光，也没有人说话，只听见行进时"嚓嚓嚓"急促的脚步声。

这是什么队伍？难道是一支执行特殊任务前去偷袭的军旅？先头部队通过以后，骡马队、伤员队以及一群男女老少也紧跟着走了过来，带队的人用压低的声音发出短促的行军口令："快点儿，跟上，不要掉队！"

啊，是八路军，我们的部队！桂子终于看清了，那个骑马走在群众队伍后面的，正是贺龙司令员。她喜出望外，不顾一切地从岩石上一跃而下，迎上去拦住了马头："司令员，总算又见到你们了！"

原来，贺龙司令员使了个"金蝉脱壳"之计，巧妙地将敌人调开了。敌人使用无线电跟踪仪，监控着司令部的动向，派出重兵，妄图一举吃掉司令部。这一点正好被贺龙司令员利用了。司令员派一个排携带着指挥部的电台，频频发出信号，牵着他们在山沟里打转转，这样，突围的大路就腾出来了。

贺龙在高大的白龙马上勒住马缰，向桂子打着招呼。桂子像走失的孩子见到亲娘一样扑上去，流着泪说："报告司令员！我终于见到你们了……我没有完成任务。敌人进村扫荡，我们只好提前转移。村长同志牺牲了，没接应上延安来的同志……不过，二十九名俘虏都在，一个也没走失。呜呜……"

贺龙跳下马，温和地笑着安慰道："山中桂子同志，你的任务完成得很好哇！你瞧，延安来的同志就在你身边！"

接着，贺龙指着身旁一位身材魁梧、精神抖擞的年轻干部对他说："我来介绍一下，这位就是延安派来的八路军联络员安恩泽同志。他今后负责你们的转移工作！"

桂子举手敬了个军礼，刚刚说出"报告队长同志"，便抓住安恩泽温暖的大手泣不成声了……

六

李宽银带领本村和邻村十几名老少爷们儿正月十六离开宝鸡，补充到中条山前线的部队中去，刚一报到，便赶上了永济保卫战。

李宽银所在的一七七师教导团，是晋绥冀战场上令敌人闻风丧胆的中国"铁军"。早在1937年7月，卢沟桥事变发生后，教导团就是陕军中最早奔赴华北抗日前线的先头部队。那时，李宽银刚从军校毕业，被分配到教导团。团长李振西见他文绉绉的不爱说话，枕头下总压着《三国》《水浒》《孙子兵法》几本书，谈话中不仅对抗战形势了若指掌，而且对时局的分析鞭辟入里，见解独特，认为是个好苗子，如果加以培养，将来必成大器。遂留在身边做机要秘书，以便言传身教。在河北滹沱河边，教导团曾击溃日军一个连队，自己伤亡也很大，李宽银被派下去做了见习排长。此后，在晋冀交界的井陉口、娘子关、旧关阻击战中，教导团以“杀敌一万，自损八千”的英雄气概，与敌死拼。全团两千七百多名弟兄打得只剩下一百多人。其间，李宽银曾负过几次轻伤，由于身先士卒、机谋善断、屡出奇招，被提拔为二营上尉营长。1938 年 2 月，抗日前线的陕军奉命进入晋东南太行山开展游击战，临时归属八路军总司令朱德、副总司令彭德怀两位将军指挥。5 月间，陕军配合八路军，一举收复了上党十六个县城。在八路军游击战术的熏陶下，李宽银已成长为能熟练运用各种战术战法的基层指挥员。7 月间，陕军奉命驻防三百里中条山，担任保卫黄河、保卫家乡的重任。作为先遣队，休整后的一七七师率先渡河，以敢打敢拼的顽强作风，又连连收复了被日军占领的永济、虞乡、临晋等晋南十三县，风陵渡再次回到中国军队手中。由于战斗频繁，部队减员太快，需要及时补充，李宽银向团部进言：可以利用战斗间隙，让基层军官轮换回原籍招募兵员。这样既不影响战斗任务的执行，兵员又多为亲友乡党，来源可靠，不至于被汉奸特务钻了空子。他的这个建议很快被批准实施了。

永济县城位于晋南黄河东岸，古称蒲州，是一座历史悠久的文化名城，传为舜帝故都。纵贯山西全境的（大）同蒲（州）铁路即以此为其南端。千百年的丰厚积淀，使这座不大的县城颇具传奇色彩。广泛流传于晋南一带的蒲剧即以此城命名，成为中国最古老的戏曲剧种之一。中国人喜爱并崇拜的集忠义仁勇信于一身的关羽，即是蒲州解良人氏，在全国各地数他的庙宇最多。唐初在蒲州置河东道，唐代著名文学家柳宗元从先祖起，就世居河东，他的文集《柳河东集》，将河东之名传遍天下。除了柳宗元之外，河东柳、薛、裴“三大著姓”历代名人辈出。看过元代戏剧家王实甫传世名作《西厢记》的人，大约都忘不了发生在普救寺的那桩缠绵悱恻的爱情故事，这个普救寺，就在蒲州近郊。蒲州扼守着从晋南通往陕西的水陆要冲，这一地理特点决定了它在军事战略上的重要地位，常常是兵家必争之地。据传黄帝曾在这里大战蚩尤，河边古渡旁的风陵，埋葬的就是在战争中发明指南车为军队辨明方向的黄帝妻子风后。楚汉相争，已归附刘邦的魏王豹又叛汉降楚，封锁河东各渡口阻止汉军东渡。汉朝大将韩信在西岸巧布疑阵，以柴排捆扎瓦瓮将汉军主力从这里偷渡过河，大败敌军，创造了战争史上的奇迹。唐朝安史之乱，叛将安禄山兵分两路，一路直取陕西门户潼关，而大批叛军则是在这里西渡黄河直下长安的。此次日军争夺战略要地永济，其意义正在于此。他们的图谋是，首先进犯陕西，继而控制西北，觊觎西南。一七七师收复永济后，日军曾多次反扑，两军相争，城池几易其手。战争之残酷，争夺之激烈，都是战争史上罕见的。

李宽银带领十几名新兵回到部队，未及训练，永济保卫战就打响了。一营和三营在城内布防，他任职的二营被派往城外加强独立四十六旅的东原防线。旅长孔从洲两年来和他有过许多交往，战斗中配合默契，相互信赖，相互支持，建立了深厚的友谊，因此，见他来到阵地，并没有给他分配防守任务，而是留作预备队。他也不去争辩，两人心照不宣，好钢当然是要用在刀刃上的。

东原防御战打得异常艰苦而惨烈。从运城出发的牛岛师团集中了其精锐三千余人，并有大批伪军配合，动用十余辆坦克、十门山炮，另有九架飞机空中支援。可谓来势汹汹，志在必得。陕军的装备当然不能与其相比，虽有几门山炮，然而由于西安行营主任蒋鼎文在豪赌中输掉几十万军资，所以炮弹不足。陕军唯一凭借的，是依靠“况复秦兵耐苦战”的吃苦耐劳精神，在永济城北面和东面的塬坡前沿地带，挖掘了二十多里长的战壕并构筑了坚固的碉堡。

战斗整整打了一天，四十六旅虽然打退了牛岛师团四五次冲锋，然而自己伤亡很大，左翼和右翼均出现险情，阵地几次被敌人坦克撕开口子，在顽强争夺下又失而复得。中条山三百里防线，陕军兵力不足，布防分散，可谓捉襟见肘，加之装备落后，机动性自然较差，援军也一时难以调集。

傍晚时分，在战壕里蜷曲了一天的李宽银再也按捺不住了，来到前沿指挥所主动请缨。对孔从洲说：“孔旅长，该是我效命的时候了！”

孔从洲问：“你有何计可退当前之敌？”

李宽银说：“敌人今天没能拿下永济城，明天一早定要增兵。那样，我们的正面威胁就更大了。我们在这一带鏖战半年之久，对地形十分熟悉，不如趁黑夜，我带领二营弟兄，下到黄河滩，绕到敌人屁股后边去，一举拿下我军正面的栲栳镇。依靠地形，既可阻击明晨增援之敌，又可配合主力夹击我正面之敌，打乱敌人的部署，为我军待援争取时间。”

孔从洲沉吟良久：“此计可行，我也早有这个想法。只是这着棋太危险。你看！”他用手中的红蓝铅笔指着摊在桌上的地图说：“栲栳镇在永济和运城之间，是兵法上‘攻其必救’的七寸之处，敌人必然会弃我而不顾，反扑上去，首尾相接，两相合围。那样，虽然我前沿阵地可喘息一日两日，然而我二营全体弟兄却会被敌人重重包围，陷入毫无生还希望的绝境啊！不妥，不妥！”

李宽银听罢，万分焦急，声泪俱下地说：“孔旅长，危急关头，只要能吸引正面之敌来攻，我们的战略目的就达到了，即便是我二营全体弟兄为国捐躯，也是值得的啊！”

孔从洲陷入两难之中。在尚无万全之策的情况下，指挥部其他参谋几经斟酌，认为也只有二营营长李宽银提出的这一着棋可走了。他们深深为李宽银这种大无畏的自我牺牲精神所感动，一个个泪流满面，默默地与之相拥。最后，孔从洲抹掉眼泪，举起茶杯郑重地递给李宽银，自己也端起一杯茶。他神色凝重，哽咽着说：“李营长，你的出征，实属无奈之举啊！怪只怪我国力不强，兵力不足，让小鬼子欺我三分。我这里以茶代酒，先敬你和二营全体弟兄一杯。祝你们马到成功，能活着……回……来！”

李宽银咕嘟嘟一口气将茶水喝完，用袖子抹了一下嘴角，微微笑道：“孔旅长，请你放心吧！我们二营全体弟兄，早就抱定了与敌人血战到底的决心。只求黄河沙中埋，何须马革裹尸还？”说完，双脚立正，向旅长孔从洲敬了一个标准的军礼，反身走出了掩体。

孔从洲望着他消瘦的背影，不觉潸然泪下，叹息道：“多好的苗子啊！李振西说他是将帅之才。我今信服矣！只可惜我身边再无可派之将，救兵如救火，哀哉痛哉！”

战场上的硝烟在血红的晚霞中渐次散尽，经过一天紧张激烈的殊死搏杀，交战双方都显得疲惫不堪，夜晚变得死一般寂静。没有月亮的黑漆漆的夜空中，星星朦胧的光亮暗淡而遥远，偶尔有曳光弹带着焰尾滑过，流星一样在天空留下美丽的弧线。近处的村庄时而传来一两声浊声浊气的狗吠，壕沟、弹坑、死尸，战争使这里仿佛进入了蛮荒时代。

午夜时分，李宽银带着全营三百多名士兵悄悄出发了。为了夜间互相识别和防止掉队，每人的左臂上都绑着一块白毛巾。他们带着三盘擀面杖粗的麻绳和几把铁爪钩，从阵地一路向西到水峪口，然后溜下黄河滩，在高耸的河岸下沿着松软的沙地向北疾行。约莫走了十来里路，沙滩消失了，河水直切河床，他们停下来，准备从这儿上岸。

抬头望去，土岸有三四丈高，立陡立陡的，如刀削斧劈的一般。光溜溜的峭壁经常年风化，稍有触动就大块大块地剥落下来跌入深不见底的水中。两丈以上才有稀疏的荆棘和灌木，要攀缘，必须把绳子甩上去。李宽银向突击队一挥手，队长李铁柱闪身出来，将绳子的一头拴好挠钩，让其他人后退一步，把胳膊抡圆了，猛地甩出去，“嗖”的一声恰好挂在一棵倒悬的树干上。他趁势拽了拽，觉得挠钩扒紧了，噌噌噌，蹬着土岸率先爬了上去。接着，他又将另两条绳索在树杈上系好，放下绳头，士兵们分三路呼啦呼啦猴子一样敏捷地攀上了悬崖。

他们从黄河岸边向栲栳镇趁黑摸去，一路上需要经过两个村庄，村子里没驻日军，只有几个伪军在村口设卡站岗。他们没费吹灰之力就摸掉了岗哨，迅速向栲栳镇扑去。

栲栳镇坐落在永济县城北面的塬坡上，当中隔着一条涑水河。涑水河发源于中条山北麓，从东向西汇入黄河，弯弯的流水冲击成富饶的晋南平原。同蒲铁路、公路向南到了运城，即沿涑水河的走向一路向西，直达黄河岸边的永济县城。日军建立栲栳镇临时兵站，进可以补充兵员对永济发起猛攻，退可以居高据守并从容撤退。昨晚，牛岛师团已运来多批步兵，不过，他们做梦也想不到，中国的疲惫之师会在他们的背后进行偷袭。

栲栳镇仅有一条南北小街，住着几十户人家，在多次拉锯战中，村民们被鬼子糟蹋怕了，一听说鬼子要进村，都事先躲进永济县城或钻进大山去了。日军留一个排驻守，兵站设在街中心的小学校里。这一情报是李宽银在出发前就摸清的，只是兵站内暂住的人数因随时变动尚没能掌握。他们在村口抓了两个舌头，这才了解到兵站里的具体情况。李宽银调来五挺机枪做开路先锋，对士兵说：“兵站里有二百名鬼子，正好够咱们今儿黑包一顿‘饺子’。兵贵神速，要猛、要稳、要狠，打他个措手不及！机枪在前开道，一连随我往小学里冲，二连往东，三连往西，你们迂回到学校后面堵住鬼子，别让跑了！”

部署完毕，李宽银带领弟兄摸进村去。在学校门口与几个巡逻的日军遭遇了，一阵扫射，巡逻的鬼子全见了阎王。与此同时，他们健步如飞，已闪身冲入学校。

小学校院内有两排砖瓦平房，连同教室办公室在内总共十二间房屋，后面是一个小操场。日军从睡梦中惊醒，大呼小叫着慌乱爬起身，来不及穿衣，已做了枪下之鬼。当另一部分士兵冲向第二排教室时，日军已有了准备，仓促应战，无奈慌手慌脚，被勇士们强大的火力压制住，机枪的吼叫声、手榴弹的爆炸声交织在一起。日军不明就里，被打得晕头转向，只有少数人翻窗越墙逃了。李宽银带领二营打了个漂亮的突袭，清查战果，共击毙日军一百一十三名，俘获二十一名，李宽银手下仅有四五人负了轻伤。这时，天色微明，李宽银立即用电台向指挥部做了报告，汇报完毕，得到的回复是：你们务必抓紧休整，构筑工事，日军将集中优势兵力，分三路进击栲栳镇，意在一举收复该镇。

第二天上午，晨雾尚未散尽，三路日军同时到达预定位置。在栲栳镇东面约一公里的地方，有条南北走向的乡村公路，正好成了主攻日军的阵地。正面日军有八百多人，他们乘坐的卡车远远停下来，士兵跳下车迅速展开队形，卧倒在一片开阔的麦田里。随之，七门山野炮被炮兵推上这条土路，炮口向着栲栳镇一字排开。北路日军以骑兵为主，大约七百多人，在二百多米外的小树林里聚成几个队列。看得出来，他们的目标很明确，利用快速冲击的优势既要率先突入镇子，又要从西面切断二营唯一通向黄河的撤退路线。南路日军大约五百多人，以坦克在前开路。土坡下，三辆坦克已隆隆驶上了通村公路。这是一场兵力和装备都极为悬殊的较量。日军来势汹汹，志在必得。在上午宁静的空气中，镇子外面，耀武扬威的日军军官排兵布阵的吆喝声，炮兵奋力推动炮车的号子声，坦克履带在碎石上的碾轧声，战马咴咴的嘶鸣声，都异常清晰地传到中国士兵的耳朵里。旭日下，小小的栲栳镇似乎预感到末日的来临，在升腾的气流中不住地战栗。

上午 8 时整，日军的大炮和坦克开始了第一轮轰击。密集的炮声如天崩地裂一般，顷刻间，镇子里墙倒屋塌硝烟四起，村前村后飞沙走石一片火海。日军以强大的炮火摧毁这个乡村小镇的同时，更意在摧毁为数不多的中国军人的战斗意志。

两天来，经过连续激战，李宽银身边的士兵已剩下不到二百人，许多连、排级干部都相继牺牲了。李铁柱的突击队也仅剩五六个人。由于一连连长翟世虎在战斗中失去了左臂，行动不便，只能在学校的临时救护所里躺着。他的职务，李宽银命令由李铁柱代理。

在日军排兵布阵的同时，村外前沿阵地上，李宽银带领新组建的连排级干部一处处察看着外围的敌情。左右翼阵地视察完毕，回到正面主阵地，他指着山坡下的日军阵地说："大家看清了吧！敌人从东、南、北三面向我们拉开了进攻的架势，我们背靠黄河，背水作战，面临的是绝境呀！据旅部发来的情报，敌人大约是我们的十倍多。两天来，我们吸引敌人的任务已基本完成，孔旅长让我们相机撤退。现在，趁敌人还没有切断后路，撤退还来得及。大家看，我们是打，还是撤？"

李宽银的话音刚落，围拢在他周围的人便怒吼起来，一个个摩拳擦掌，嚷成了一片。有的说："咱要是逃跑，不让鬼子拿尻子笑咱，成尿包软蛋了？"有的说："跑，就那么容易？那么多伤员，还有俘虏，敌人有大炮有骑兵，咱要是跑出镇子，正好在麦地里叫敌人逮了蚂蚱！"李铁柱更是涨红了脸，挽起袖管道："横竖是个死，咱和小鬼子拼了……"李宽银看大家如此慷慨激昂，个个抱定为国捐躯的决心，咬了咬牙坚定地说："好吧！弟兄们，我不说大家也看到了，跑是跑不出去的。这里距黄河十多里路，敌人的马快，正好给骑兵做了劈杀的活靶子。现在，我决定：各连各排坚守阵地，不要放敌人进来，争取在外围多消灭敌人。报务员马上给孔旅长发出最后一份电报，告诉他，我二营弟兄誓与阵地共存亡！然后，将电台炸掉。下来，就是那些俘虏的问题了。敌人的凶残，是尽人皆知的。我们中国军队，乃仁义之师、正义之师，是世界上任何军队也无法比拟的！因此，我决定，在敌人总攻之前，将他们……放掉！"

营长李宽银说完，看了看大家。对于释放俘虏的事，熟悉营长的人似乎并不感到意外，有人只是愣了愣，由于军情紧急，随之都返回各自的阵地去了。代理连长李铁柱转过身，要去检查一连的布防情况，李宽银叫住他："铁柱哥，这里有我，你到学校里去，把那二十一名俘虏带到外围阵地放掉。"

李铁柱应诺着，带了两名士兵，沿着迂回曲折的坑道猫腰向镇子中心跑去。

李铁柱来到学校，走进大门，只见校园里吵吵嚷嚷乱哄哄的，伤员们从教室出来，正匆忙赶往操场，不知出了什么事。询问站岗的哨兵，报告说原一连长翟世虎要枪毙俘虏，让大家去助阵。李铁柱恨声"胡闹"，赶忙追了过去。

原来，失去左臂、身上头上都缠着绷带的翟世虎侧身坐在一副担架上，由两名士兵抬着，将关押在教室里的俘虏全部驱赶到了后面的操场上。作为一名老兵，他知道时间不多了。背水一战，只能与敌死拼，退路是没有的。这些俘虏无疑成了累赘，为了不留后患，唯一的办法就是将他们杀掉。除此之外，他想不出还有什么别的办法。总不能让他们在心窝子里作乱吧！

俘虏大多负了伤，他们互相搀扶着，七零八落地站到了操场的墙根下。翟世虎让担架放下来，他威武地站在俘虏们面前，放开嗓门大骂了一通，然后右手平举着冲锋枪，正要扣动扳机，两个抬担架的小兵冲到了他的面前，争相要求说："翟连长，这几个鬼子交给我来收拾吧！你看着得了！"翟世虎哪里肯让，嚷道："去去去！我扛枪的时候你俩还在你爸的腿上转筋哩！哪轮得上你？"两个小兵噘着嘴不吭了，又有几个轻伤员要一试身手，均被连长骂了回去。这当儿，李铁柱跑了过来。

"翟连长！"李铁柱老远就喊，"你这是干什么？"

"干什么？"翟世虎凶巴巴扫视了一眼墙根下的俘虏，"我要送这些乌龟王八蛋上西天！"接着向俘虏大声命令道："都他妈的给我转过去，转过去！"

俘虏中很少有人能听懂汉语，行动参差不齐，转过去的又转了过来，惊异地在原地望着他。

李铁柱一看着了急，大声制止道："翟连长，不能随便枪毙他们！营长让将他们带出去放了！"

"什么，带出去放了？这是谁的命令？"翟世虎怒气冲冲，扭回头看看周围的人群，"你问问大家，谁愿意放了他们？"

伤员们都是奔袭以来新近负伤的。在敌人重兵围困下，早就不抱什么生还的希望了。既然如此，也不能让敌人活着回去。一个个气咻咻地吵嚷道："不能放，不能放！你是递刀子让杀咱哩……"

李铁柱愣住了，缓口气说："大家要服从命令，这是李营长亲自决定的！"说着，往俘虏站着的墙根走去。

"嗒嗒嗒"，翟世虎将一梭子弹射向了天空，在场的人全都吃了一惊。翟世虎喊道："李铁柱，你站住！要想将这些王八蛋带走，除非从我身上踏过去！"

远远站在墙根下的俘虏们似乎看出了名堂，乱纷纷叫嚷起来，有的用日语，有的用汉语，最终，一致变成了一句口号：“我们不回去，杀了我们吧……”

翟世虎和身旁的伤员们来了劲儿，七嘴八舌讥笑道：“听到了吧！这伙东洋鬼子是犟屎不钻夜壶，让回去还不回呢！他们要死还不成全了他们？”

李铁柱气恼地站住了。他是新任代理连长，在老连长面前，不好硬来，但又不能违抗营长的命令。他想了想，反身走向翟世虎，举手敬礼说：“报告连长！代理连长李铁柱向你报告，敌人马上就要进攻了，营长命令立即放掉全部俘虏，你来执行吧！我到前沿去了！”

李铁柱说完就要离开，这时，敌人的大炮响起来了，巨大的轰鸣声几乎将人的耳膜震裂。呼啸的炮弹落到学校里来，教室和土打围墙不断被炸塌，操场上尘烟四起，狂泻下来的泥土落在人们身上，不大工夫，就将人们埋得看不见了。冒着炮火，李铁柱从土窝里爬出来，找到翟世虎，扒开压在他身上的土块。翟世虎被倒塌的墙壁砸中了头部，已经奄奄一息了。李铁柱呼喊着他，半天，翟世虎喘出最后一口气说：“让他们……滚吧！便宜了……这伙王八……蛋……”

炮声间歇下来，李铁柱向倒塌的围墙望去，俘虏们灰头土脸已钻出了土堆，正愣愣地看着这边。新一轮的炮轰又开始了，李铁柱摆着手，向俘虏们高喊：“还不快走？”

炮弹的爆炸声中，俘虏们终于猛醒过来，一边叫喊着，一边跌跌撞撞从倒塌的围墙豁口逃了出去。

敌人的三次进攻均被二营将士顽强地打退了。三辆坦克被炸毁一辆、炸残一辆，留下的一辆不敢轻举妄动了。敌人的马队在机枪的扫射下很难突破防线，零星窜入村子的骑兵被隐藏于残垣断壁下的二营士兵射下马来，街道上不时有空着马鞍的马匹在来回狂奔。不可一世的日军指挥官惊愣了，知道遇到了一块难啃的硬骨头。战斗一直打到下午5时许，阵地虽然从外围撤到村内，骄横的日军始终没能进入村子一步。

日军第四次进攻开始了。这次，他们总结前几次失败的教训，改全面进攻为重点突破，调集大部兵力进攻二连兵力较薄弱的左翼。

左翼阵地上，二连士兵已伤亡殆尽，新任连长也已牺牲，仅剩下不足十人，而且全都负了伤。李铁柱被临时调到二连去担任指挥，他将轻伤员集中起来，组成三个阻击点，以扇形交叉火力网打退了强悍的日军骑兵的多次冲锋。忽然，他发现敌人的一队骑兵从西面的侧后翼偷袭过来，连忙端起机枪将这股骑兵打了回去。这时，回过头，发现火力正猛的三个阻击点突然没了声息，原来阻击点上的士兵全都牺牲了。前方，趁着枪声稍歇的间隙，日军疯狂扑了上来，嗷嗷怪叫着，以骑兵打头阵，在残阳黑血一样的霞光里，举着明晃晃的马刀冲进阵地。李铁柱来不及给机枪更换子弹，随手抓起一杆步枪向冲在最前面的骑兵射击，没想到身后有一名骑兵杀来，一刀划开了他的脊背，他身子一闪栽倒了。恰在这时，李宽银带着十几名弟兄赶到了，端起机枪一阵猛扫，将敌人连人带马打翻在阵地上，后面的步兵见状，狼狈地逃窜回去。日军第四次强攻又一次破产了，恼怒的敌人再次采用猛烈而持续的炮轰。一颗颗重炮炮弹呼啸着飞落到阵地上，碎砖破瓦夹带着人的肢体被炸上了天，业已炸平的街道和院子再次被掀翻过来，遍布弹坑的地面已体无完肤了。突然，一块弹片飞来，击中了李宽银的右腿，只见他猛地跌倒在地，顿时血流如注。仅剩的几名士兵急忙扑过来搀扶他，被他一把推开，高喊道："不要管我，赶快卧倒!"

日军将大量炮弹疯狂倾泻到二营坚守的阵地上，不大工夫就将小小的村镇夷为平地了。废墟上再也见不到一个人影，听不到一声枪响，连树木都炸没了。如果不是弥漫的硝烟，整个村镇犹如沙漠里一座史前人类的遗址。搜索前进的日军在镇子周围连续转了好几圈，这才提心吊胆地进了村。经过打扫战场，上尉营长李宽银从渣土下被拽了出来。因为受了重伤，又被炮弹震昏，结果和几名被土墙掩埋的弟兄一同做了俘虏。

两天后，整个战场只有身上多处负伤的李铁柱一人生还。当时，他被日军骑兵的马刀划破了脊背，忍着剧痛，向身旁的一挺机枪爬去。机枪的枪管红得烫手，他想撒泡尿来冷却枪管，然而一点儿也尿不出来。两天都没顾得喝水，哪有一点儿尿呀？这时，他看到身后断墙边有一口大井，爬过去试图提一桶水上来冷却枪管，没想到敌人的炮弹飞来，"轰"的一声在断墙边爆炸，他被爆炸巨大的气浪掀翻到了井里。土墙倒下来压在井口上，他几乎窒息在井底。好在井水不深，夜里下了一场暴雨，压在井口的土块被淋湿垮塌了，他这才被回到村里的老百姓搭救上来。

七

对岩切五郎来说，如果想要逃跑，现在无疑是最佳的机会了。

他是在随汪大年一行搭乘满载军火的列车，到洛阳中国第一战区司令部接俘途中掉队的。车过华山，忽然“咣当”一声不走了。这时，车上所有的人，包括复职不久的汪大年、警卫员郑拴子、排长兼一班长陈忠孝以及几名模范俘虏和士兵们，军用水壶里的水几乎都喝光了。那还是从宝鸡出发时灌满的。途经西安，恰恰遇到防空警报，列车没敢靠站。这会儿，人人口干舌燥，巴不得路旁能有个河沟什么的，好将水壶重新注满。正巧，前边不远处有座铁桥，桥下有一潭清水。汪大年让大家做好打水准备但不要离开，待他到前面问明情况再说。性格倔强的岩切哪等得及，收起大家的水壶刚下到沟底，汪大年跑步回来了，慌忙喊他上车。岩切的耳朵有点儿背，是被大炮震的，只顾低头汲水，根本没有理会。火车“吭哧吭哧”开动了，汪大年一边在车下跑着，一边使劲儿喊他，给他扔石块。火车汽笛的长鸣，终于惊动了岩切。他抬起头，拎着十几个灌满水的水壶，往路基上奔跑。但是，已经来不及了，火车喷出一股股白色的气团，开始加速。

——岩切就这样被甩在了岔道上。

夕阳西下，时近黄昏。全身挎满水壶的岩切五郎，望着天边的火烧云，急得屁股底下直蹿火苗子。挺对不住汪大年的，他想。本来这次行动没他的份儿，死说活说才被批准。这一下惹恼了顾副官，气冲冲与汪大年狠吵了一通。顾副官历数了他的种种罪行，认为他是俘虏中最危险的分子。从起初的逃跑，到后来的绝食以及失踪、罢工等等，早该枪毙了。说什么让他给新俘虏搞“现身说法”，简直是童话里的大盗教小盗嘛！顾副官甚至伸出巴掌打赌说：“你看吧，出不了潼关他就没影了！”——现在的掉队，不管有意无意，都会让汪大年感到为难的……

数了数，连同自己的水壶在内，一共十一个。汪大年的水壶保护得最好，铝壶上的绿色漆皮清新依旧；排长陈忠孝的水壶被压扁了，明显有一股汗腥味；警卫员郑拴子别看是个傻帽儿，却粗中有细，壶底上用红漆写着一个不大不小的“郑”字；森下九郎的水壶他一眼就认识，那个底部的凹痕是他组织俘虏绝食时不满森下的“背叛”摔成的；金子和水子的水壶布带早已洗得发白，有一股来苏水的味道混合着淡淡的女人的气息……

岩切风风火火一路走来，腰身上的铝壶叮咚作响，像一个挂满沉重石块的史前猎人。他想，掉队这件事要是放在半年前，那是多么求之不得啊！他会毫不犹豫跳入黄河泅渡上岸，一刻不停地到运城日军晋南司令部去报到，重新拿起象征荣誉和希望的日本战刀。然而现在，当这千载难逢的机会从天而降时，他却踟蹰了。是留下来等待战争结束还是立即归队，他有些拿不定主意。目睹了无数的流血、死亡、烧杀、淫掠，对于这一切，他早已厌倦了。但是，他毕竟是日本军官，迟早要回到东瀛去。黄河的涛声已隐约可闻，过了黄河，就是日军的地盘了。他的心不由得一阵阵怦怦狂跳……

黑夜在他脚下一寸寸铺开，路过一个交叉路口时，昏黄的煤油灯下，有人推着板车在叫卖刚出笼的热蒸馍。叫卖声像一只大手揪住了他的耳朵。斜睨过去，那冒着热气的蒸笼每揭开一次，他肚里的馋虫就咕咕叫一声，这才想起晚饭还没着落呢。他的干粮袋和行李都丢在车上，身上不名一文。这可怎么办？当手指触摸到硬邦邦的水壶，他忽然茅塞顿开：哈！何不用自己的那只换馒头吃呢？

卖馍的小贩是一个黑胖女人，一看他背着那么多水壶便眼睛放光。战争年月，朝不保夕，谁家都可能有随时出门的人，军用水壶是人们向往的奢侈品。小贩的开价是一只水壶换三个馒头，经过讨价还价，最后又加了一个——四个。

刚刚把四个馒头抓在手上，突然从黑影里缓缓移过来一个下肢残废、面目丑陋的中年男子。他个头儿低矮，仅有板车那么高，如果不是他轻轻的一声乞讨，岩切几乎很难发现他。他完全没有脚，两条腿像截断的半截树桩，裹着破布在地上拖着。他行走时，完全靠手中抓着的两个小板凳，一寸寸向前挪动。他停下身子，伸出手来，卑怯地讨要半块馍馍。那手黑乎乎的，指头弯曲得像鸡爪子。暗淡的灯光下，当他抬起头来时，那严重变形的面孔更令岩切吃惊不小。半边脸抽搐成一团，残缺的眉毛、眼睛、鼻子和嘴巴向一边歪斜着。眼睛才可怕呢！简直是掉在黄鸡粪里的一枚灰色纽扣。眼神呆滞，周边溃烂，红中带白，白中带黑，向外渗着脓血。作为在中国华北战场上使用过毒气弹和化学弹的日本军官，岩切一眼就看出来，这是被化学弹近距离炸伤的人。这种症状，无医可医，无药可解，只能在痛苦和绝望中慢慢死去。

岩切的心像受到针扎一样一下子紧缩了。过去，他也曾见到过这种被化学弹杀伤的中国人，那时，他是麻木的，厌恶的，甚至有一丝幸灾乐祸的感觉。但是现在不同了，一种负罪感强烈地压迫着他，令他几乎喘不过气来。他立即将两个雪白的馒头塞进他的手中，一扭身走掉了。

身后传来感激涕零的叩谢声。不用谢，岩切心里说，应该道谢的是我，因为，仅仅两个馒头，怎么也洗刷不掉那些战争的罪孽啊……

为了尽快赶上队伍，岩切不敢停留，一边向口中塞着馒头，一边拧开壶盖喝水。一会儿，一个馒头就无影无踪了，当第二个馒头刚刚送到唇边，他的手停了下来，他猛不丁想起李二嫂和李二嫂的孩子狗娃。这个馒头要是能留给狗娃多好啊！可不是吗？为了小小的一块馒头，那个四岁的可爱孩子曾挨了母亲一顿屈打——

岩切的胃病是那次唆使俘虏绝食落下的，吃不得一点儿粗粮。内陆山区，土地贫瘠，粗粮多细粮少。勤俭朴实的李二嫂千方百计将本来就不多的细粮节省下来，全都留给了客人。一天下午，岩切当着门口的岗哨，将半拉吃剩的白面蒸馍扔给了门外的大红公鸡。这只肉冠像鸡冠花一样美丽的大公鸡正要给一只芦花母鸡踩蛋，半拉馒头恰好被房檐下和奶奶一起晒太阳的狗娃看到了，迈开小腿跑过去拾在手里就吃。大公鸡性交已毕，跳到地面，扑棱着翅膀，冲过去只一嘴就把馍叼跑了，狗娃吓得大哭。岩切急忙从屋里跑出去，拿桌上一只没动过的囫囵馒头塞给狗娃。这时，李二嫂从地里回来，见狗娃手里抓着一只白馒头，出手就是一巴掌，问婆婆是谁给孩子从馍笼子取的。——她家的馍笼子吊在二梁上。狗娃委屈地哭了，婆婆说是岩切给的。她不信，摘下馍笼子数了又数，确实一个不少。于是，把馍馍还给岩切，拉孩子到伙房，拿一块苞谷面窝窝头偎在狗娃怀里，哄孩子说："苞谷面可好吃了！吃了能拾金子。以后甭问叔叔要白馍馍，噢！"这时，岩切正好到伙房打开水，李二嫂的话他全听到了。开水没打，回到厦房，默默呆坐到天明……

天空几乎完全黑严了，岩切高一脚低一脚行走在路基小道上，不时被长虫草或马鞭草绊住脚。行进间，前面隐约显出一座铁桥的影子，站岗的哨兵老远就喊着让他离开，下去走公路桥。

公路桥紧邻一处山崖，路边有十来间凌乱的黑黝黝的席棚。岩切一路上这种席棚见得多了，大都是从敌占区逃难到陕西的难民临时搭建的。果然，灯影里，鼓声咚咚，席棚里有一个十六七岁的年轻姑娘在唱西河大鼓。看那女子，泪流满面，音调哀切。岩切的汉语能力相当于小学三年级水平，虽然说不好却能听得懂。听了一会儿，知道那女子似乎在说，他们是台儿庄郊区人氏，去年春天日军进攻台儿庄，在村子里奸淫烧杀。她的父亲被鬼子的“怪弹”炸伤，身上的肉一块块往下掉，她说大鼓书，是为了攒钱给父亲看病。

岩切忽然明白了，这是一个孝顺的女儿。说不定，她的父亲就是在岔道口碰见的那个用手行走的中年男子。想起战争的罪孽，岩切毫不犹豫地走上前，将剩余的水壶从肩上全部摘下来堆在桌上。姑娘被他的举动吓得发愣，半天才问：“长官，你要听什么曲子？”岩切咬着嘴唇，腮上的肌肉突突跳着，他直愣愣望着她，摇了摇头。姑娘将水壶全部拎起来还给他：“长官，你要听什么尽管说，你的水壶，我们万万不敢要。”岩切再次将所有水壶放在桌上，固执地说：“全给你！”姑娘一看慌了，卖唱生涯中，她见到的兵痞二流子还少吗？难道，这个穿着晋绥军灰军装的逃兵另有他图？遂说：“长官，我们卖艺不卖身呀……”

岩切苦涩地笑了：“不是这个意思。”他看了看周围，缓缓说：“我是日本人，我赎罪！”

岩切的声音不高，但是，却语惊四座。姑娘陡然蜂蜇般地打了个冷战，接着抓起水壶一个个向他头上掷去，哭诉道：“你要赎罪吗……你的罪赎得清吗？我们村一半人被毒气熏死了，我妈妈，我姐姐，被强奸后……又被刺刀捅死了，呜呜……”

岩切鼻青脸肿地从棚子里逃了出来，水壶像手榴弹一样在他的头顶上不断飞舞，但是，他沉重的心似乎感到了一丝宽慰，因为，他毕竟第一次以一个日本人的名义向中国人道了歉。

中国第一战区司令部坐落在河南洛阳郊外风景秀丽的香山脚下。这里伊水如练，香山滴翠，对面是古老而久负盛名的龙门石窟。洛阳历史悠久，是东周、东汉、西晋、北魏等九朝古都。此刻，与香山伊水的旖旎风光相比，在地下掩体内的第一战区司令部作战室气氛异常严肃。战区司令长官卫立煌上将手执教鞭，在沙盘前讲述着紧邻黄河北岸的中条山战事的最新进展。卫将军四十岁出头，个子高挑，戴一副黑边眼镜，既文质彬彬，又足智多谋，是中国青年将领中的佼佼者。他态度庄重，声调不高，脸上布满焦虑的神情：“为了保卫黄河，拒敌于黄河以北、以东，彻底粉碎日寇占领潼关，进犯陕西，进而窥视西北、西南的战略图谋，第四集团军这些陕西愣娃确实给日军还以颜色。不过，他们也伤亡惨重啊！委座既不让陕军后退一步，又不让我们中央军动一兵一卒。这是要我们隔岸观火！我真替他们担心。”

身旁，有“枭将”之称的第二集团军总司令孙连仲揶揄道：“川军出川以来，不是能征善战吗？把他们补充上去，委座总不会怪罪吧？”

在座的将军们随声附和道：“对呀！李家钰的四十七军在中条山以北打游击，可以拉回来划归孙蔚如指挥。这样，不是对谁都好交代了吗……”

“这倒是一步棋。不过杯水车薪，虽能抵挡一时，却不足以支撑全盘！”卫立煌说，“这次晋南日军是倾巢出动，他们兵分九路，一起压向中条山。火器配置方面，更是前所未有！不仅有一个连队的野炮和一个连队的山炮配合步兵，更有三十八架飞机做空中掩护，眼下激战正酣。陕军方面，自顾不暇，四处告急呀……”卫将军扶了扶眼镜，注视着沙盘，终于下定最后决心：“这样吧，让曾万钟的第五军团从东面，彭德怀的八路军从北面牵制敌人，以缓解陕军背水作战之苦！——我们也仅能如此而已，惭愧呀！”

这时，警卫员进来，在卫立煌耳边悄悄耳语了两句。卫立煌对他说：“知道了！让于老先生客厅稍候。”

警卫员转身出去，满脸傲气的孙连仲哂笑道：“于老先生此来，一定为解陕军燃眉之急。我看，八成是来做说客的吧！哈哈……”

卫将军放下教鞭，不动声色道：“于老先生有一句诗：‘革命军中一战士，苍髯如戟似少年。’我辈自叹弗如啊……”

卫将军的话，激起一片慨叹之声。这正是这位儒将的风格。对下级，他不疾言厉色，说话不温不火。不过，这一咏一叹，使拥兵自重的孙连仲顿时成了哑巴。

卫立煌大步向会客厅走去，一撩起湘妃竹帘就急忙抱拳："于老先生久等了！晚辈失迎，有罪有罪！"

于右任穿一袭黑色长袍，神色苍凉，眼睛红肿，像是刚刚哭过，黑白相间的长髯沾满泪涕，仍在不住抖动。卫立煌不由得一惊，扶老先生坐下，问："先生您这是……"

"男儿有泪不轻弹啊！我陕军将士血染沙场……"于老先生一开口竟泣不成声，直言不讳地责问，"你的飞机呢，大炮呢，枪弹呢……这些难道都是尿泡尿和泥捏的，使不得吗？还是摆样子给人看的？"

"老先生息怒！"卫立煌为难地说，"这个，您知道，我这个司令长官不能擅自做主啊！"

"不能擅自做主？"于老先生说着，竟老泪纵横地痛哭起来，"难道让老朽给你下跪不成……你可知道，我陕军三万五千将士，死伤过半啊……你难道不心疼？呜呜……新补充上去的三千娃娃兵，年龄只在十六七岁，每人仅有五发子弹。这个仗怎么打？敌人可是武装到了牙齿啊！这不是以身饲虎吗？他们是用血肉之躯保卫黄河、保卫家乡啊……呜呜……还有，那八百少年集体牺牲的壮举，你听说了吗？"

卫立煌凄然点头，一边摘下眼镜默默拭泪。神情激动的于老先生将大胡子一捋，气昂昂道："巍哉伟哉，八百少年！千古英雄，三秦儿男！他们被日寇三面围困，弹尽援绝，逼上悬崖。壮士们无一投降，全都跳进了滔滔的黄河……"说到这里，不由得痛哭失声："我可怜的孩子们啊……你们为什么偏要降生在这多事之秋啊？生不逢时兮国有殇，老朽无能兮唯有泪千行……呜呜……"

卫立煌被于老先生的一片赤诚深深地感动了，抹一把眼泪，把拳头砸在案几上："我立即补充他们一百挺机关枪、五千支步枪、子弹五十万发。委座要怪罪，就拿我是问吧！"

于老先生撩起衣襟，近前道："就这么一点儿？"

卫立煌苦笑道："这已经是尽力而为了。"

"好好好，老朽替三秦父老谢过将军！"于老先生放下前襟，向卫立煌端正地鞠了一躬，随之从大襟内掏出一份文件，"啪"地扔在茶几上，"这个你可以做主吧？"

卫立煌拿起来一看，是刚刚下发的《异党问题处置办法》。他急忙说："晚辈领兵打仗，素来只关心军事，不过问什么党务问题！"

"这就好！"于右任的情绪镇静下来，"明说吧，陕军中上自将军，下到士兵，其中的共产党员个个都是骁勇善战的勇士。如若前面对着日本人的刺刀，后面有人向他们大放冷箭，这支由我和杨虎城将军培养起来的队伍，就没有立锥之地了！"

卫立煌愤慨地说："于老先生放心，那些安插在军中的'牛皮桶子'（对军统的蔑称）报上来的狗屁材料，我看也没看，就全都烧了！"

于右任万分感激，站起来就要跪倒："请受老朽一拜……"

卫立煌连忙拉住他："不敢，不敢！实在折杀晚辈了！"

于老先生进门时心急如焚，现在听了卫将军的安排，才稍稍松了一口气。由于刚才恸哭过，忽然感到口干舌燥，端起茶壶，嘴对着壶嘴，"咕嘟嘟"一口气竟将一壶水喝了个精光。一边吐着茶叶，尴尬道："见笑，见笑！小时候在田里割麦，五黄六月，抓一把沙果叶子当茶喝，你猜用的啥家伙?"

"海碗！"卫立煌用手比画着。

"不不不！"于右任笑着把拐杖挂在左臂上，顺势将卫将军的双手拉开距离。

"这么大?"卫立煌看着，满脸疑惑，"这是啥家伙?"

"——瓦盆！哈哈……"

于老先生虽为国府大员，仍不失童稚之趣，保留着秦人固有的率直性格。斯文的卫将军被他的朴拙感染了，笑得前仰后合。这时，警卫员跨进门来，报告说，西安行营的汪大年少将求见。

于右任一惊："汪大年，他怎么来了?"

卫立煌说："你的得意门生，他是来接收战俘的。"

于右任摊开双手，仓皇道："你看我这哭哭啼啼的样子，你们先谈公事，我洗一洗就来！"

于右任刚刚退出侧门，汪大年已喊着报告进来。敬礼已毕，双方坐下，警卫员送上茶水，汪大年开门见山地说："卫长官，中条山一役，陕军背水布阵，置自己于死地，这在兵法上可是大忌呀！虽说是置之死地而后生，但成功的战例少之又少。陕军敢踏此禁地，可见英雄之气、丈夫之气。不知这次命大年来司令部接受任务，我军生擒了多少俘虏?”

卫立煌站起来，踱了两步，笑道：“看起来你对中条山的战事了如指掌……你一定是陕西人吧？有道是‘美不美故乡水，亲不亲故乡人’啊！——是这样，先期的战役中，他们押送了一部分俘虏过来，现在还有一部分，因为部队分散，正在向集团军指定的地点集中。他们伤亡过大，人手紧缺，你来得正好。都是熟人了，派你到孙蔚如第四集团军总部去接交。据报告，大约有一百多名战俘。”

“是!”汪大年站起来行了一个军礼。

卫立煌示意他坐下，关切地问：“战俘管理从来都是一件复杂细致的工作，听说你那里取得了很好的经验，不但闻名国内，连国际上都有过报道。还有什么新打算，可以说出来听听。”

汪大年从公文包里取出《大同学园建议书》，郑重递给卫立煌：“我想把俘虏营办成一所改造和教育俘虏的大学校，暂时就叫‘大同学园’吧！这份报告里面详尽阐述了办学目的、指导思想、教学方法、教材编撰等等。很不成熟，敬请卫长官指正!”

卫立煌哈哈笑道：“你呀，来得好不如来得巧！这件事用不着我来捉刀，这里有一位高人!”说着，顺手指去。于老先生洗濯已毕，正好整洁地出现在侧门内。

汪大年扭回头，见是自己两年没见的恩师，急忙上前施礼。不待开口，于老先生呵呵笑道：“好啊，‘大同学园’！中山先生极力倡导的社会理想不正是‘大同’之道吗？能将改造俘虏纳入此学，可谓是一大建树，是对中山先生伟大理想的践行。我先投你一票!”

卫立煌见于老先生快人快语表了态，打趣道：“既然先生捷足先登投了第一票，我只好做马尾巴了!”

见两位尊者如此抬爱，汪大年反倒有些不好意思了：“我只怕这个报告被人指责为不合时宜，辱没了二位尊长!”

“不怕，不怕!”于老先生坚定地说，“委员长是办学出身的，我亲自把这个方案呈交于他，我想，他一定会赏识的！想过去，黄埔军校，培养了多少叱咤风云的赫赫名将；看未来，我相信，‘大同学园’定会造就一大批反对侵略战争、促进中日交流的和平使者。”

于老先生的话，使汪大年备受鼓舞。卫立煌将军也兴奋异常，说：“世界上还没有过这样的先例，我们首创此学，意义非同小可！于老先生难道不想留下几句赞语?”

于右任是国内首屈一指的书法大家和著名诗人，一时文思泉涌，一挽袖子说：“拿笔来!”

卫将军早就让警卫员伺候下文房四宝，在八仙桌上铺就雪白的四尺徽宣。于老先生略加思忖，挥笔为弟子写下一帧条幅——

吾心信其可行，虽移山倒海之难，终有成功之日。

条幅一挥而就，笔墨酣畅，风格高古，大气磅礴，鼎力沉雄。接着，卫将军也索得一幅墨宝。因汪大年即将赴中条山孙蔚如将军那里接俘，于老先生对汪大年说：“好好好！你去见了孙将军，让他多抓些俘虏回来!”旋即，一首《越调·天净沙》已口占而出，随之挥笔写就，托汪大年捎到前线，赠予孙蔚如总司令——

中条血压云垂，
黄河浪卷冰澌，
血染将军战史。
北方豪士，
手擒多少胡儿！

战场形势瞬息万变，汪大年被告知，第四集团军设于雪花山上的临时战俘集中地，遭到敌人偷袭，战俘全部被劫，我两个班的士兵落入敌手，生死不明。

前来报信的是集团军司令部的中校罗参谋。他骑着一匹高头大马，在雪花山下的小河边追上汪大年，传达了孙蔚如司令员的命令：不许追击，立即返回。

汪大年抬头望了望对岸翠屏独秀的雪花山，气不忿地问：“就这样回去？一百多名俘虏和两个班的士兵撒手不管了?”

罗参谋摘下军帽，一脸严肃地说：“敌人牛岛、川岸师团，加上伪军，有十万之众。这次‘六六’战役，咱们的血本全拼光了，仅仅剩下不到一万人，兵力严重不足哇！而且，被分割包围在各地，首尾不能相顾……”

“好，我知道了。你回吧！”汪大年冷冷地说。说罢，一挥手，带人就要下涧。

“汪将军！”罗参谋拦住他，“敌人惨无人道，我估计，咱们的士兵，既已落入敌手，肯定难以活命，去了也白搭。再说，你的军阶是少将，只带了几个士兵，这不是开玩笑吗？万一有个闪失，丢的是咱中国军队的脸啊！”

汪大年听罢，只两把，就拽掉自己的左右领章，气恼道：“不能上前线杀敌，要这个空衔何用？”

罗参谋愣了愣，仍堵住路口不让，脸上挂着乞求的神情：“哎呀，这是司令部的命令，你必须立即返回！大年兄……”

“奶奶的！”排长陈忠孝打断他，“罗参谋，这小鬼子不负伤绝不当俘虏！我看，里边伤员不会少。奶奶的，放开膀子让他飞，也飞不远！”

“对呀！”警卫员郑拴子咧开大嘴喷着唾沫星子说，“我就不信咱两条好腿，撵不上他的瘸腿。别长人家志气灭自己威风！”

周围的人你一言我一语，七嘴八舌，戗得罗参谋无话可说。汪大年问：“罗参谋，咱们士兵的班长是谁，叫什么名字？哪里人氏？”

罗参谋想了想说：“一七七师教导团的，名字叫‘李铁柱’，宝鸡人……”

“哎呀！是李铁柱！”大家惊诧道，“我们村的李铁柱，他正月十六从军上的前线，回信说进了教导团……”

罗参谋有些吃惊：“噢，你们认识？”

“岂止认识！咱们大后方的俘虏营就在他们村。他，还是我的老房东呢！”汪大年顿了顿说，“罗参谋，我不能见死不救啊！”

在一片嚷嚷声中，罗参谋愤然拔出手枪，厉声道：“我再重复一遍，立即返回，这是司令部的命令。军令如山，谁敢违抗，就地正法！”

汪大年将他的手枪缓缓压下去：“罗参谋，现在山上的情况还没有完全搞清，我们人不多，正好上去侦察一下，总可以吧？”

“不行！”罗参谋固执道，“执行上级的命令，不能打半点儿折扣！”

突然，罗参谋的手枪被人一脚踢飞了，回头一看，是警卫员郑拴子。他顺势捡起枪，对准罗参谋：“怎么，你想对长官无礼？”

众目睽睽之下，没曾料到罗参谋“扑通”一声跪倒在地，一个壮年汉子，竟一把鼻涕一把泪痛哭起来：“你们知道吗？刚才，陪我来的还有两个弟兄，路上遇到敌人，他们为了掩护我，让我先跑，而他们……为国捐躯了！呜呜……”

汪大年含着眼泪，搀扶起罗参谋，将枪还给他，拍了拍他的肩膀，一咬牙，带着自己的一班人，一声不响地下河去了。孤零零留在岸边的罗参谋，望着汪大年他们的背影，摇了摇头，终于下定决心，牵着马也跟了下去。

汪大年的估计没错，山上一百四十多名日军战俘有一半是伤员，他们没能走远，正在山口等待司令部派人前来接应。

偷袭营地的敌人是一个加强中队，其使命是搜索并袭击中国第四集团军指挥部。由于任务紧迫，行动隐秘，他们没有把劫获的所有战俘全部带走，只是将其中四名佐级军官用担架先行抬下山，留下一个步兵小队将其余人员护送到山口待命。日军有枪杀重伤员的习惯，这种待命其实是为了甄别的需要。

中条山东西横亘三百余里，雪花山是其西部两山夹着的一座孤独小山。它的东面是著名的五老峰，山上飞瀑流泉，一脉溪水跌跌宕宕汇入雪花涧，使一峰独秀的雪花山绿水环绕，风光独具。步兵小队护送着一百多人的回归俘虏，每走一段，为寻开心，就报复性杀掉一两名中国士兵。挑筋、扒皮、剜眼，残忍至极。走走停停，中午到达山口时，大家早已饿了。队伍坐下来打开罐头准备就餐，带队的小队长猪木近人少尉提议：他愿意给大家献上一道美味的肉汤来佐饭。有伤员问：“山沟野洼，没见打什么野味，哪儿来的肉汤？”猪木少尉诡谲地笑了：“不是还留着一个支那的班长没杀吗，正是要剐他的肉下锅！”于是，派了两名士兵到溪涧去挑水，两名士兵在板棚前的场坝上架起一口大锅，扯下板棚上的茅草，只等挑水回来，就可以生火熬汤了。

李铁柱被结实地捆绑在场坝旁一棵长满圪节的老柿子树上。轮番的折磨，使他身上只剩下半截裤子碎片了，腰上扎着的那条妻子精心绣制的红腰带，如今浆满紫黑色血迹。三天前，他奉命带领一个班的弟兄驻守雪花山，等候部署在中条山西部的各部队陆续将俘虏送来，但是，不知为什么，四十六旅的人迟迟未能抵达。昨天深夜，驻扎在附近的司令部突然下令火速转移，接到命令时，恰巧四十六旅的一个班刚刚将俘虏送到。这些俘虏，全是伤员，并且一部分是重伤员，一路跋涉，个个疲惫不堪，已没有一点儿气力继续行进了。怎么办？司令部下达转移命令时，已告知情况万分危急，不能有片刻迟疑。李铁柱没放四十六旅的人离开，让他们一起帮助转移。这时，俘虏中有人借机滋事。五六分钟的停滞，贻误了宝贵的时机，敌人的加强中队正是在这个时候摸上山的。战斗中，连同四十六旅的士兵在内，大部分战友牺牲了，李铁柱和五名弟兄落入敌手，仅有两人突围出去。日本军人的惨无人道是旷世未有的。这些身陷魔掌的弟兄在他之前已一个个被残害致死，李铁柱悲愤交加，恨不能化为一道闪电，将这伙禽兽劈死在山崖上……

李铁柱痛苦地抬起头，望了望天上的流云和头顶的树荫。啊，自家院子的柿树一定和这棵柿树一样，该挂满核桃大粉嫩的鲜果了吧？他不禁想起去年中秋之夜，阖家团圆之时，汪大年他们也来了。儿子狗娃将火晶柿子掰开，塞进初次吃到陕西柿子的岩切嘴里，柿子的蜜汁滴下来，全家人不由得被岩切的憨态逗乐了……想到这里，李铁柱的嘴角泛上一丝不易察觉的笑意。

“死到临头了，你还笑？”猪木少尉磨好短刀，跳到柿树下，面对李铁柱号叫着。他将锋刃在大拇指上试了试，然后在空中晃了晃，“哧溜”一下，从李铁柱大腿上割下一块巴掌大的血淋淋的皮肉来，擎在手里端详着，一转身扔进滚沸的锅里。

李铁柱痛得哇哇直叫，扭动的身躯几乎将背缚的大树连根拔起。

猪木小队长重又走到树下，将刀刃在李铁柱的红腰带上蹭了蹭。突然，李铁柱咬破嘴唇，将一口鲜血喷吐在他的脸上和眼睛里。猪木小队长吃了一惊，倒退两步，急忙从一个士兵手里抓过一条白毛巾，将血污慢慢擦去。当他再次举刀冲向李铁柱时，身后传来一声严厉的呵斥：“住手！”

少尉挥舞的尖刀在空中静止，回头一看，站在面前的是一个身材高大魁梧的日军大佐，他的身后站着十几名日军士兵，其中还有两名显然是护士的女性。

猪木小队长一下子慌了，举手敬了个军礼，高喊道：“二十师团步兵第十三连队加强中队第三小队猪木近人少尉向您报告，请指示！”

大佐给了他一记响亮的耳光，他嘴角立时流出鲜血，两个臼齿被打掉了。“哈伊！”他没敢擦拭口角的血迹，吐掉臼齿，毕恭毕敬站着听命。

大佐一挥手，他身后的士兵立即冲上前去，将李铁柱从柿子树上解救下来。猪木少尉想上前拦阻，怒气冲冲的大佐又给他一记耳光。接着，走过去一脚将大锅踢翻，滚沸的开水浇进炽烈的柴火里，喷爆出团团蒸汽和“噼噼啪啪”的响声。

捆绑在柿子树上的李铁柱已经痛得昏迷过去，觉得有人将他从树上解下，拼命挣扎着。待看到铁锅已被踢翻，这才回过头，左右看看。忽然发现这伙新来的“鬼子”，一个个竟如此面熟，不由得心生惊异。再仔细一瞧，哎呀！这不是朝夕相处的亲人汪大年嘛……

这队日本军人正是汪大年他们乔装的。

猪木小队长看到面前的大佐和他的士兵解下李铁柱，又是搀扶又是包扎，顿生疑窦，恶狠狠盯着水子和金子，质问道：“为什么要救他?”

汪大年走过去盯着他：“你说为什么!”

少尉并不退缩：“他是支那班长，死不投降，打死我们好几名士兵。应该杀掉!”

汪大年踹了他一脚：“浑蛋！为什么不留活口？第四集团军指挥部在哪里，你知道吗?”

猪木小队长没词了，“哈伊，哈伊”地应承着，不过，一双小眼睛还是贼溜溜乱转。他看到罗参谋的脚上穿着中国军官的皮鞋，还扎着黑皮裹腿，并非日式军官的高筒皮靴，眼睛立即亮了起来。——殊不知，下涧的时候，汪大年没想到罗参谋会跟上来，连他的衣服和裤子都不配套，更别说去搞一双笨重的日式皮靴了。汪大年知道迟则生变，还是尽快把瘟神送走为好，于是对猪木少尉说：“你可以带领你的小队下山了，要是路上碰见担架队，让他们快点儿!”

在命令面前，少尉只好集合起队伍，临行，突然指着罗参谋问：“他为什么穿着支那军官的皮鞋?”

罗参谋不懂日语，但从现场的气氛已明白了一切。灵机一动，嘿嘿笑着，将皮鞋脱下来，递到小队长的鼻子下边。刺鼻的臭味呛得少尉直向后退。森下九郎趁机出来解围：“他的脚气犯了，你们有没有治脚气的药?”

森下九郎本来是为了解围，没想到反而惹下了大麻烦。现场的伤员里，正好有一个人是他的六哥森下六郎，一直在注视着他，没敢贸然相认。现在听到九郎熟悉的声音，不由得大喊起来：“九郎，九郎！你怎么在这里？听说你被俘了，你还活着呀……”

森下九郎未及回答，猪木少尉一挥手，他的士兵一下子围了上来，一个个剑拔弩张，将枪口和刺刀对准了汪大年他们。

这时，森下九郎镇静地笑了："押解途中，遇到大雨，趁天黑，我躺在水沟里，哈哈……"说着，兄弟两人涕泪交流地拥抱在一起……

猪木少尉带着他的小队越过溪涧，正巧和司令部派来的接应人员相遇了。这才如梦初醒，大呼上当，很快组织起疯狂的反扑。

子弹嗖嗖地飞过来，将头顶上的山石打得开了花。汪大年正要派士兵去扼守道口，只见腿上扎了绷带的李铁柱早已趴在道口的一块大石头后面准备射击了。李铁柱扭过头说："大年，这里有我！你们向后快撤！"

汪大年没有同意，一挥手，两名士兵提着机枪趴在了李铁柱身旁。

李铁柱见状，不由分说，从士兵手里抓过机枪，吼叫道："你们快撤！俘虏人多，小心出事！"

站在场坝上的战俘们似乎看出了名堂，一个个大呼小叫，乱成了一团。汪大年走过去一边安抚着他们，一边让他们就地趴下。

山下的进攻被李铁柱很快打退下去，敌人在河边撇下十几具尸体，不敢轻举妄动了。趁着枪声间歇，汪大年已指挥士兵将俘虏转移到了山腰。

战场上突然的静寂，往往预示着更加激烈的战斗。机枪子弹已经打光，李铁柱查了查冲锋枪，子弹也仅剩最后一梭子了。他估摸敌人会左右包抄上来，这是日本人常用的伎俩。果然，不大工夫，左岸和右岸的树林里，均出现了敌人的身影。李铁柱嘿嘿笑着，心说：来呀！多亏还留着一梭子子弹。兵不厌诈，我不如和你玩玩……

汪大年将俘虏带到半山腰一个叫五间房的地方，利用这里的木板房正在安顿伤员，忽然，负责把守道口的郑拴子跑来报告说："汪主任，快看，铁柱大哥被敌人包围了！"

汪大年听说，带着郑拴子急忙向山口奔去。

此刻，猪木小队长带着十几个鬼子从左右两侧攀上了山崖，偷偷向趴在地面一动不动的李铁柱围拢过去。就在他们一窝蜂猛扑上去时，只见李铁柱陡然端枪坐起身来，向敌人扫射出最后一梭子弹。猪木少尉和他的士兵猝不及防，一个个应声栽倒。不过，这个小队长并未毙命，而是被子弹打穿了腹腔。他摇摇晃晃站起来，拔出匕首，扑向李铁柱，两个人滚打在一处。当猪木小队长再次举起匕首向李铁柱刺去时，汪大年赶到了，只一枪就结果了这个法西斯的性命。

连中数刀的李铁柱倒在血泊中，身旁，是七八具敌人的尸体和几个受重伤的敌人，森下六郎也在其中。汪大年扑上去将他揽在怀里，大声呼唤着。半晌，李铁柱终于清醒过来，脸上露出一丝笑影："大年，我没有完成任务，连累了你们……"

"不!"汪大年流泪说，"你完成得很好，我谢谢你!"

由于失血过多，李铁柱只剩下最后一口气了，他努力睁开眼睛，喘息着说："大年，我不行了……我托你一件事，我，我死后……你把红腰带捎回去，交……交给你……嫂……子……"

汪大年痛哭着："铁柱大哥，你要坚持住……"

正当汪大年和郑拴子悲痛欲绝时，山上传来消息，三个身强力壮的俘虏挟持着罗参谋逃跑了。

八

汪大年追赶被暴徒劫持的罗参谋，来到河边，眼睁睁看他们牵着马上了岸。罗参谋回头声音嘶哑地喊："开枪，快开枪啊！不要管我!"郑拴子举起步枪正欲瞄准，汪大年握住他的枪管："不行，太远，让他们去吧!"

这件事深深刺痛了汪大年，他想，仅有十几人的兵力，要想在强敌的眼皮底下，把一百多名战俘转移出去，无异于虎口拔牙。怎样才能克敌制胜？根据和俘虏打交道的经验，他认为，目前，当务之急是摸清每个战俘的思想动态，打消一部分人的顾虑，争取和扩大同盟者队伍，将有反叛意向的人控制起来。这件事刻不容缓，晚饭后，汪大年带着郑拴子，陈忠孝带着金子，森下九郎带着水子，分头到俘虏中去谈话。谈话一直进行到深夜。这时，派出去侦察的人陆续返回，报告说，雪花山东、西、南、北四面全是敌人——他们被敌人重兵包围了！

“奶奶的，老子和他拼了！”关东大汉陈忠孝咆哮着，激愤地挽起袖管。汪大年摁他坐下，随手点亮了小木屋内的油灯。灯下，汪大年背着手踱了两步，转过身沉毅而期待地望着他：“陈排长，交给你一个特殊任务。现在，敌人的意图很明显，在于逼迫我们投降。趁敌人尚未形成合围，你带上两名弟兄，连夜摸出去，找到我们的主力部队。记住，从现在算起，四十八小时后，在五老峰下接应我们。”陈忠孝眨了眨眼：“为啥要等到后天？”汪大年说：“到了后天，敌人的戒备就会松懈下来。再说，给你两天时间，要找到大部队也够紧张的！”陈忠孝听罢，动情地说：“汪主任，你这里人少，太危险了，不能减少一兵一卒。奶奶的，我一个人足够了。请相信我，一定完成任务！”

汪大年紧紧握住陈忠孝的大手，两个人的眼里都闪动着激动的泪光。

第二天上午，开过早饭，正要集合俘虏队伍，突然一枚枚迫击炮弹呼啸而来，落在坝院前后的山崖上。霎时，头顶上飞沙走石，脚底下地动山摇，场坝周围硝烟四起，倒海翻江一般。汪大年命令俘虏们赶快卧倒，不要乱动，告诉大家，这是牛岛在炫耀武力，不会长久的。果然，炮弹轰击了一会儿就停歇了。这时，河对岸忽然响起了高音喇叭。喇叭里，交替用汉语和日语播着劝降声明，显然，敌人在武力恫吓之后，开始了政治攻势。

处于敌人掌心中的雪花山上，坝院一片宁静，所有士兵和战俘都专注地听着喇叭。内容翻来覆去，无非两条：一是说雪花山被日军团团包围，中国军人只有放下武器，缴械投降，才是唯一出路；二是号召俘虏们奋起反抗，夺取枪支，进行暴动，以便里应外合。

一连聒噪了近两个小时，人的耳根子都麻木了，但是，山上仍毫无动静。敌人随之变换花样，播出牛岛师团长致汪大年少将的一封信。书信内容和广播说的大同小异，不过，为了达到诱降的目的，尽快结束对峙，他们倒是舍得下饵料，开出了多个优待条件。

“劝降书”播到第二遍，一个计谋在汪大年心中蓦然形成。他思索：要想战胜敌人，就要比敌人更狡猾。敌人设下圈套，等待我们往里跳，我们何不将计就计，麻痹对方，从而实现突围计划呢？不过，在敌强我弱、敌众我寡的情况下，这样做是十分危险的，弄不好全盘皆输。几经斟酌，他还是打开文件包，取出纸和笔，修书一封，回复牛岛师团长。其大意是：为验证你方是否言而有信，特要求立即放还我被劫持人员罗参谋。作为交换，并为最大程度体现人道主义精神，我方愿释放五名重伤员，以使他们得到及时治疗。

书信写好，汪大年交给警卫员郑拴子，让他过河直接交到敌人手里。门外，正好森下九郎喊着报告进来，看到郑拴子手里拿着书信，请求让自己前去投送。郑拴子哪能同意，两人遂争执起来。汪大年对森下说："算了吧！你该知道，牛岛这个魔头，对当了俘虏的日本军人从不轻饶，他的训令是：'宁战死，勿投降。'你去太危险！"森下激动起来，流着眼泪说："放心吧！'两军交战，不斩来使'，我会随机应变的！"汪大年沉吟了一下，觉得机灵的森下出面也好，但不要暴露身份，于是，给他换上中国士兵的服装，送下山去。

英勇的小将森下九郎经过往来穿梭，双方终于达成协议，约定于下午2时在河对岸日方一侧交换议定的被俘人员。牛岛喜出望外，擒贼擒王，他要亲自出马，埋伏重兵，将汪大年生擒活拿。

俘虏中的五名重伤员被担架抬到河对岸的草地上，不远处，罗参谋在一群日军士兵的羁押下蹒跚走来。隔着十几米远，双方紧张对峙着。汪大年看到，仅仅一昼夜工夫，罗参谋憔悴得像变了个人。他头发蓬乱，双眼深陷，脸上臂膀上布满青紫的伤痕。身上的衣服不但破碎，且血迹斑斑。见罗参谋被折磨成这个样子，未等牛岛司令官出现，汪大年已愤怒地站到了队列前面。

陡然，两声刺耳的枪响越过头顶，双方士兵均迅速卧倒在地，场地上的气氛变得异常紧张。这时，日军阵地后面，传来牛岛狂傲的笑声。

牛岛个头不高，脑袋硕大，穿一身日本陆军中将军服，小小的眼睛里闪动着骄矜的光。他走上前，似笑非笑地瞅着汪大年："喔，你就是汪大年少将？我——牛岛实常……"

汪大年向前跨出一步："是的，我是汪大年！"

他将雪白的手套向手指上方抹了抹，并没有去握手。牛岛伸出的手难堪地收了回去，愤愤道："你虽然两度留学日本，并没有学会如何同日本人打交道！"

汪大年冷冷地笑了："你说对了！如果你说的打交道是指投降的话，那么，我可以明白无误地告诉你，永远做不到!”

不可一世的牛岛强忍着怒气没有发作，脸上的乌云迅速翻卷着，阴沉地说：“你送来的人，要验明正身!”说着，走到一直呻吟着并要求快点儿被处死的重伤员森下六郎身边，问了他的姓名军阶，夸赞道：“你是一名真正的日本军人，你的要求很好！是的，做俘虏是可耻的，用来交换一头支那猪更是莫大的耻辱……我批准你的请求。”说着，转过身对其他四名重伤员不屑地看了看：“你们都可以安心地死去，有什么遗嘱，留下来吧!”

“你要处死他们?”汪大年惊异道。

“不，是处理!”牛岛瞥了他一眼，冷冷地纠正说。

牛岛凶残的决定使汪大年怒不可遏，斥责道：“牛岛，你就这样对待你的部下吗？难道他们因为重伤，因为做过俘虏就该被处死？你要受到惩罚的，在战犯法庭!”

一贯恣睢骄横的牛岛岂能容忍一个中国下级军官对他如此无礼，一挥手，身后十几名士兵恶狼一般冲向前，齐刷刷把刺刀对准了汪大年。汪大年横眉怒目，鄙视着敌人。站在一旁的警卫员郑拴子震怒了，拔出背后的红缨大刀，一伸胳膊抡圆了，“噼里啪啦”将挺出来的枪刺全磕了回去。

忙着留下遗言的五名重伤员，含悲带泪将遗书写好，一一交给负责发放纸笔的日军少佐。穿着中国军服的森下九郎再也无法控制自己的感情了，扑上去抱住哥哥，哭喊道：“哥哥呀，你不能死呀……”

站在两军阵前的牛岛和他身后的军官们，对森下的举动，并没有表露出惊讶。因为，三名反水的战俘，早就指认了他的身份，不过是为了实现牛岛的圈套，没有声张而已。

六郎痛苦地摇了摇头，推开弟弟，凄惨地笑着。其他几位即将赴死的重伤员也都努力使自己笑起来。那笑容怪模怪样，声音含混不清，终于变成一缕低沉的呜咽……

担架被抬起来以前，那名日军少佐掏出手枪，先后对准每个重伤员的胸口，“啪啪啪”，点豆种瓜一般，一个个结束了他们的生命。森下九郎扑在哥哥的尸体上，伤心地恸哭着。眼看担架将被抬走，他一边揩着眼泪，一边从草地上摘下几束无名的野花，追上去，一束束放在每个死者的胸前。

看着担架已经走远，汪大年急令一声“上”，就要和郑拴子把罗参谋抢回来。站在一旁的牛岛忽然拦住了去路：“汪将军，你应该知道‘礼尚往来’的道理。我的五名士兵全都捐躯了，你的人不能活着回去！”

“无耻！”汪大年痛斥道。

牛岛的突然变卦，无异于向他的士兵发布了进攻的命令，一个个冲过来，用刺刀又一次对准了汪大年和郑拴子。

在这危急关头，因护送担架而站在敌方阵地上的森下九郎，一个箭步冲上去用枪口顶住牛岛的腰眼，呵斥道：“师团长，命令你的士兵退下去！”

牛岛被逼无奈，回头恶狠狠瞅了森下一眼，示意士兵退下。刹那间，郑拴子“嗖”地闪身过去，架起罗参谋就往回走。恼羞成怒的牛岛怎肯放过，拔出枪来“啪啪”连开两枪，多亏森下眼疾手快，一把撸去，出膛的子弹射偏了，打在罗参谋的小腿上，罗参谋“哎哟”一声栽倒在地。

受伤的罗参谋被郑拴子急忙搀起回到队伍中，牛岛看无计可施，咆哮道：“汪大年，现在，我命令你把我的人全部交出来，否则，我的部队将会立即冲上山去，杀你个片甲不留！”

汪大年讥诮道：“好啊！我随时恭候。”

气急败坏的牛岛，凶相毕露地说：“恭候？我的飞机大炮不是吃素的。不消五分钟，就能把雪花山夷为平地，让它永远从地图上消失！”

汪大年一声讪笑：“你是说连同那一百多名俘虏吗？那么，你这个师团长就该解甲归田了！”

牛岛终于败下阵来，气馁道：“谈谈吧，你什么条件？”

汪大年说：“我的条件很简单，按照国际惯例，请日本红十字会官员来，我将俘虏移交给他们，然后，给我腾出一条出路。”

牛岛仰起头冷笑道：“你真聪明！好吧，明天早上，把人全部送下山。”

“不行！”汪大年说，“既然是移交，我要对每个战俘登记造册，检查身体。这是国际上的通行做法。一百多号人，最快也需四天时间。”

牛岛将指挥刀抽出来又“唰”地合上：“不，只给你三天。”

“三天？”汪大年想了想，做出无可奈何的样子，“好吧，三天就三天！不过，这三天里，我每天要派人下山挑水。那么多人，要吃要喝，总不能渴死在山上！”

牛岛的小眼睛眨了眨："不！一天只许两次！"

牛岛师团长丝毫没有放松对汪大年的警惕，先后使出三个狠招：一是紧缩包围圈，命令部队从南、北、西三面越过溪涧，驻扎到雪花山下，并不断向山上蚕食推进；二是在东面取水通道的对岸，居高临下建立了据点，由一个机枪班日夜监视，控制住汪大年下山的出路；三是派出两名奸细潜入山上，打探消息，掌握动向。

汪大年知道，要想带领俘虏跳出敌人的重重包围，没有必要的思想发动和充分的组织工作是不可能的。昨天，五名重伤员惨遭杀戮，大多数俘虏忽然变得神情沮丧心灰意冷了。牛岛这个反面教员给大家上了生动的一课，这正是进行思想发动的极好机会。汪大年连夜召开动员大会，揭露日本法西斯的罪行，剖析日本这场侵略战争必然走向失败和灭亡的原因，希望大家走一条和平、民主、进步的光明大道，转移到中国大后方去，像森下等人那样，学习文化和各种技能，做一名和平战士，待战争结束后，回到日本，为战后的恢复和建设，为中日友好和世界和平事业做出贡献。末了，汪大年诚恳地说："两条道路摆在大家面前，怎样走由自己选择，我们绝不强迫。愿意随我们转移出去的，编为第一营，准备突围；愿意留下的，编为第二营，到牛岛那里去报到。"结果，大部分俘虏都愿意编入第一营，第二营仅有二十几个人报名参加。后来，这二十几人又分化出一半，仅剩十多人愿意留下。汪大年看大多数人经过教育，提高了觉悟，随之在一营依据身体强弱进行编队，每个班至少分配一至两名伤员，以便路上相互照顾。这样，一共编了三个排下设九个班，共计一百一十五名战俘，并选出了排长和班长。为了让突围人员互相熟悉，当晚，在星光下，还进行了穿越山林、跨越障碍的训练。

一营和二营分别编成后，兵力一下子宽裕多了。分编后的第二天，除了二营坐在坝院内开会外，一营以排为单位独立活动，或打水，或捡柴，或帮厨做饭下河洗衣，人来人往川流不息。上午打水时，牛岛安插在河对岸的机枪班就发现雪花山上情况异常。昨日，下山打水不过四五人，今天一下子就有二三十人。观察哨不知如何处置，立即用电话报告给司令部。司令部命令下去问明情况，询问的结果是，明天就要归队了，今天特意给大家放假。到了下午，下河洗衣戏水的人更多，观察哨奉命驱赶他们上山，结果，他们被兴高采烈的战俘们包围起来，受到近于泼水节式的隆重欢迎。

两名奸细是在深夜混进五间房营地的，这时，热火朝天的篝火晚会歌舞正酣。场坝中心，一堆通红的篝火“噼噼啪啪”燃烧着，欢腾跳跃的火焰，带着飞溅的火星，一直蹿入高高的夜空。六名身体壮实的汉子正在表演刚劲有力的“拉网舞”，随着每一声“嘿唑嘿唑”的号子声，大家踏着节拍，拍着巴掌，一起高声呼应着。两名奸细，一个叫花房幸事，一个叫饭田招手，正是这个时候溜到人群中来的。

最后一个节目是击鼓传花，现成的大鼓是没有的，不过，行军锅早就被架了起来，敲上去如同撞钟。由水子用一块毛巾将森下的眼睛蒙了，有人找来两根木棒做鼓槌塞给森下。水子是个有心人，一边绑扎毛巾，一边对森下说：“看到了没，两张新面孔。我给你绑松一点儿，你看着敲，难为难为他们，把他们轰走！”

行军锅的敲击声骤然响起，远山的回声在空谷嘈杂成一团。战俘们将一只皮球在手里飞快地传递着，传到花房手里时，鼓点停了，花房被人们哄笑着推到火堆边。他尖削的脸颊上挂着掩饰不住的惊慌，待看到大家并无恶意，渐渐平静下来：“我的嗓子不行，唱起歌儿，洞里的老鼠会发抖，树上的百灵鸟会掉下来。请多多关照！”说着，深深地鞠了一躬，用尖嘎的嗓子唱道——

金丸节，真好耍，
轿子里抬着个大鸡巴……

花房的表演，虽然粗俗，却不失幽默滑稽，惹得人们忍俊不禁。他唱了一段，在笑声中趁机钻进人堆，算是体面地下了台。

鼓点继续响起来，当皮球传到饭田手里时，鼓点忽然又停了，饭田被“捉拿”到火堆旁。饭田是个矮胖子，口拙木讷，憋了半天，不知表演什么为好。忽然闷声闷气说：“我会放屁。”这一下，倒博了个满堂彩。正当人们哄笑时，只见他抬起左腿，“咚咚咚”，连放了三个响屁，接着，抬起右腿，又是三个。人们谑笑着要轰这个“屁大王”下台，他反而争辩道：“别急，还有！”谁知他憋得满脸通红，却再无建树，于是，撩起衣襟，将右手掌夹在左腋下，闪动胳膊，

“咕咕咕”三声响罢，又如法炮制，右腋下同样传出绝响。

在大庭广众之中赢得一片欢笑的花房和饭田，表演完毕，怕万一露出马脚无法回营交令，偷偷溜出场外，不声不响下山报信去了。

汪大年率领的突围队伍是后半夜悄悄出发的。十二名不愿转移的战俘，只有暂时委屈一下，被堵住嘴缚在后山的小树林里。突围队伍丢弃了锅碗瓢盆，给篝火的余烬拢上湿淋淋的柴草，制造出团团烟雾，然后沿着打水的羊肠小道分批下山。河对岸敌人哨棚的马灯依然亮着，哨兵在来回走动，不时注意着这边的动静。他们等哨兵背过身子，赶快分批摸下河去，再到谷底集结。根据两天来的侦察，敌人已推进到雪花山山腰，河谷出现了空虚。只要下到溪涧，沿河沟到达五老峰河口，就有望跳出虎口。

负责断后的郑拴子护持担架抬着罗参谋从山上下来，刚到河心，对岸忽然传来敌人急切的喊声。抬担架的俘虏吓坏了，脚下一滑，“扑通”一声跌入水中。郑拴子问跟在担架旁的水子敌人喊什么。水子说：“不好，敌人发现我们了！他们喊：‘抓住他，别让跑了！’”这时，据点里的敌人乱作一团，接连打出两颗照明弹，把雪花山上下照耀得白昼一般。郑拴子猛扑在水中，将担架拖到一块隆起的大石头后面。

河岸上，“嘚嘚”的马蹄声越来越近，原来是受尽虐待的大白马挣脱了缰绳，回来寻找主人了。

两名日军士兵在后面追赶着，他们上气不接下气，眼看就要追上了，大白马一声嘶鸣，纵身跳下塄坎，涉水向雪花山奔去。过了河，它似乎闻到了一股熟悉的气味，又缓缓走回来，喷着响鼻，低头循气味走向罗参谋，站在大石头上不走了。罗参谋不敢动，又不敢撵它。借助照明弹烁烁的亮光，躺在担架上的罗参谋看清了，大白马浑身布满鞭痕，腿上肚子上滴着鲜血，不少体毛已结成干痂。大白马低头嗅着，亲昵地撕咬着罗参谋的衣袖，要将他拖上石头。这匹马是孙蔚如将军的坐骑，罗参谋追赶汪大年报信时，是孙将军亲手交给他的。罗参谋不由得激动起来，一声呜咽从嗓子眼儿暴出，郑拴子急忙捂住了他的嘴巴。

也许是雪花山缥缈的烟雾遮掩了敌人的视线，据点里的鬼子瞭望了一阵没有发现什么异常，这才探出头来，问哨棚下两名追赶白马的士兵发生了什么事。他们咕哝了几句，接着，机枪子弹“嗒嗒嗒”射来。可爱的生灵顷刻跌倒在主人身边，肚子上汩汩冒出热血，黑溜溜的眼睛挂着两滴晶亮的泪珠，仿佛有无尽的心事要向主人诉说……

队伍在漆黑的沟道里高一脚低一脚行进着，大约走了一个多小时，来到河口的石崖下。这里是五老溪和雪花涧的交汇处，岸高沟深，水流湍急，老远就听见五老溪高山飞瀑那摄人心魄的吼声。拐进五老溪，劈面而来的是壁立十余丈的峭崖，一道瀑水穿云裂石，从崖壁上奔涌而出，注入下方一个深不见底的石潭，激起宏大而浑厚的水声，如万千雄狮怒吼，如万千野牛狂奔，整个峡谷都在簌簌战栗。大家不由自主在溪口停下了脚步。

这是早就选择好的唯一的突围路线。石崖旁的缝隙中，有一条狭窄的牧羊小道，崎岖陡峭，湿滑难行，平素很少有人通过。是个“一夫当关，万夫莫开”的险要去处。日军缩小包围圈后，将布置在崖顶上的小队撤了下来，仅留下四名士兵把守着。汪大年心想，区区潭底绝非久留之地，一旦敌人发现他们的踪迹，会像狼群一样猛扑过来，把他们消灭在这狭小的天地里。因此，必须迅速攀登上去，脱离险境，从而彻底甩开敌人。

稍稍整理好队伍，汪大年命令郑拴子和森下带领三名突击手在前面开路，其他士兵则协同俘虏紧紧跟随在后面。被抬着的伤员只好弃了担架，前后互相照应着，向崖顶缓缓前进。这是一个没有月亮的朔日，天上星光暗淡，脚下模糊一片，为了防止闪失，士兵将裹腿解下来，在手里牵着，一寸寸向山顶挪动。

郑拴子首先攀上崖顶，匍匐在一道塄坎下，悄悄向敌人的哨位摸去。两个值班的哨兵，做梦也想不到黑漆漆的夜里，被围困在雪花山的中国军队会长了翅膀一样突然飞临他们身边，正津津有味地谈论着女人。一会儿，其中一个挎着枪，漫不经心地到崖畔小解，热噗噗的臊尿洒了郑拴子一头。郑拴子来不及抹把脸，猛然蹿起身，抓住鬼子一只脚用力一拉，鬼子站立不稳，一个打闪，尖叫着滚落到山崖下的深潭去了。另一名鬼子听到叫声，情知不妙，正要向回跑，这时，一名士兵早已迂回到他的身后，扑上去掐断了他的喉管。干掉两名值班的岗哨，郑拴子他们不敢停留，连忙冲到帐篷里，把另外两名睡得死猪一样的鬼子抓了活的。经森下审问，知道山上再无其他鬼子，于是，他们将带来的一盘大绳在树干上拴好，将另一端甩下了峭壁。

正当悬崖下的士兵和战俘们拽着绳子向上攀登时，忽然从雪花山下传来两声沉闷的枪响，紧接着，几梭子弹啸叫着从头顶飞过——他们被敌人发现了！原来，绳索的晃动惊起了栖息在大树上的鹰隼，怪叫着惊飞起来，引起了山脚下巡逻鬼子的警觉。郑拴子旋即命令登上崖顶的人赶快散开，选择有利地形，做好战斗准备，以掩护山下的人继续攀登。果然，一颗照明弹“嘶嘶”啸叫着升上夜空，他们被完全暴露在亮光之下，紧接着，河对岸传来鬼子紧急集合的哨音。

敌人的反应十分迅速，当巡逻的鬼子开始渡河时，几乎在同时，军营的鬼子已集合完毕，向瀑布潭猛扑过来。另外，还有一队鬼子绕开河湾，从岸边直插五老峰山口，以截断汪大年的去路。

密集的子弹雨点般射来，手榴弹不断在潭中爆炸，小小的石潭内，硝烟四起，水柱冲天。正在艰难攀崖的队伍中不时有人中弹掉下深潭，守在潭边等待攀登的人被压制在潭角无法动弹。正面抢滩的敌人仗着人多，上岸后，不断发起猛烈的冲锋。

负责断后的汪大年带领两名狙击手在潭口抵挡了一阵，但敌人的火力太猛，眼看着敌人就要冲到近前，突然，崖顶上的郑拴子已组织起交叉火网，将敌人堵了回去。见此情况，汪大年带着狙击手连忙回撤。他们沿着崎岖的山道向崖根边打边退，路过一道塄坎时，忽然听到下面有女人的尖叫声。汪大年喊了声“别急”，一纵身跳了下去。原来，在敌人猛烈的进攻下，有七八名战俘哗变了。他们趁着天黑混乱，劫持了金子和水子作为人质，用竹竿挑着一条白毛巾，卧在塄坎下，准备潜逃。看到汪大年一步步向他们走来，金子和水子拼命呼喊着：“汪主任，别过来！他们会和你拼命的！”汪大年没有畏葸止步，也没有掏出手枪，而是径直走到近前，威严地命令道：“把人给我放开，要走你们自己走！”为首的大个子战俘迟疑了一下，示意松开两个女人。得救的金子和水子连忙奔到汪大年身边，要他快点儿开枪，站在塄坎上的两名狙击手早已做好射击准备。汪大年向他们摆摆手，问打头的大个子：“为什么现在才想起回去？不是没给你们机会！”

敌人的枪弹又密集起来，可能山顶上郑拴子的子弹已经不多，无法压制敌人。汪大年命令两名狙击手保护金子和水子赶快后撤，一边不住向潭口还击。这时，几名哗变的战俘已接近潭口。忽然，枪声在一刹那停歇下来，面对出现在河口浅滩上试图归队的日军战俘，担任进攻任务的士兵慌了神儿。正当这些战俘高举白旗，欢呼着、雀跃着奔向自己营垒的时候，迎面的机枪又“嗒嗒嗒”鸣叫起来，只见飘扬的白旗和晃动的人影瞬间仆倒在溪水里，再没有起来……

排长陈忠孝离开雪花山去搬救兵，一路上并不顺利。风餐露宿不说，在敌人势力特别强大的情况下，所到之处，尽是日本鬼子，几次险些落入敌手。我军主力被切割包围在三百里中条山各个地段，只好采取分散突围、化整为零的战术，变得来无影去无踪了。目前，就连拥有先进的无线电跟踪仪的敌人也无法知道我军主力的确切位置。救兵如救火，看看两天时间即将过去，陈忠孝焦急得双眼布满血丝，嘴角燎起了水泡。他想，不能再做无头苍蝇了，总结两天来的经验，敌人的枪炮声，应该是寻找部队的向导。这样，终于撞上了四十六旅的特务连。说来也巧，这个连正是奉命寻找汪大年的。

陈排长带援兵昼夜兼程，路上多次与敌人遭遇，不敢恋战，且战且走，即便这样，未到五老峰山口，远远就听到激烈的枪声。为了给汪大年报个信，按照约定，连连向空中发射了三发红色信号弹。

此刻，汪大年正处在前所未有的危机之中。两名士兵阵亡，多名士兵挂彩，他所带来的这个班，现在能作战的已经不多，而且子弹手榴弹早已打光。眼看潭口左右两侧又汇聚了大批敌人，潮水般汹涌而来，要想堵住他们，只有凭借天险，以大刀和石块为武器了。汪大年将战俘和伤员集合在山顶的隐蔽处，从中挑选出一批身强力壮者，向崖口搬运石头。他则抄起一把大刀，命令余下的士兵，有大刀的抄大刀，没大刀的上刺刀，守住各个崖口，绝不能让敌人上来。

敌人仗着人多势众，很快攻占到半崖上，距离崖顶也就五六丈了。日军迅速组成十几支突击队，带着长杆、长绳和虎爪钩，从各个崖口不断发起强攻。汪大年和士兵们奋力把石块砸下去，由于人手有限，仍有鬼子蹿上来，随之在崖顶展开了一场惊心动魄的生死肉搏。激战中，他们忽然看到三颗红色信号弹在瀑布潭上空升起，知道是陈排长带的援军赶到了。一股巨大的精神力量霎时转化为高昂的战斗激情，攀上崖顶的鬼子被接连打退下去……

暗淡的星光被硝烟隐去，黑黝黝的石崖上飘荡着鲜血的腥味。不一会儿，日军新一轮更猛烈的进攻开始了。久攻不下的鬼子改正面进攻为多头并进，就连左右两侧的岩缝间也爬满了密集的梯队，下达的死命令是，五分钟内必须拿下制高点。这时，汪大年身边的士兵，包括受了重伤已无法站立的郑拴子在内，仅仅剩下五个人了。郑拴子是在刚才的搏斗中被一个日本军曹刺中腹部的。他忍着剧痛，双手紧紧抓住鬼子的枪杆不松，硬是凭着钢铁的意志和拼命的精神将鬼子逼下了悬崖。汪大年过来救他时，他已经跌倒在地，肠子都流了出来。汪大年急令将他抬下去。郑拴子说什么也不肯走，匆匆包扎完毕，哀求道："我不能保卫长官，难道陪陪长官也不行吗？"其他几个人也围拢过来，一齐向汪大年跪下，发誓同生死共患难。汪大年无奈，只好同意了。接着，命令森下、金子和水子，一起带上俘虏，赶快向山口转移，去和陈排长会合。森下一听就明白，汪主任这是要和敌人死拼了，流着泪不愿离开。从来没向他们发过脾气的汪大年动怒了："这是命令，还不快走？"

照明弹重又闪耀在瀑布潭上空，日军不顾一切地全力向崖顶攀登。虎爪钩一把把抛上来，"哗啦啦"像一群拍打着翅膀掠食的乌鸦。汪大年大声叮嘱道："弟兄们，沉住气！瞅准绳子，往断里砍！"一道又一道绳索被勇士们冲过去砍断了，强悍的日军士兵还是从防守薄弱的地方蹿了上来。身负重伤的郑拴子已无法站立，只能跌坐在地守卫着眼前的三尺禁地。他忽然看到有鬼子的手伸上来试图抓住崖边的酸枣棵子，一刀下去，砍断了那只手腕。鬼子惨叫着坠下崖去，紧跟着，又有鬼子往上爬。刚才，由于郑拴子用力过猛，仆倒在地无法起来。眼看着鬼子穿翻毛皮鞋的双脚站在眼前，高举的刺刀照准他的右肋就要落下，他急忙就地一滚，大刀扫过去，砍断了对方的脚踝。鬼子大叫一声，跌倒在地，随之与他滚打在一起。汪大年一连砍断了四五道绳索，刀口已经钝了，正欲换上一把，突然发现有鬼子骑在郑拴子身上，一刀挥去，削掉了那个鬼子的半边脑壳。这时，有更多的日军士兵群狼一样出现在崖顶，他们立即发现了身材高大、浓眉俊目、领章上闪耀着一颗将星的汪大年。为抢头功，五六个鬼子"嗷嗷"叫着向他扑来。鬼子中，有个中佐，是日军的刺杀教官，他制止士兵，不许上前，他要亲自和这位早已闻名的文武兼备的中国将军较量较量。中佐骁勇异常，根本没把对手放在眼里，轻蔑地笑了笑，未待双脚站定，"呀"的一声呐喊，冷不防一个突刺，枪刺直奔汪大年心窝。汪大年少年时代在华山玉泉院学过武术，大刀是他最拿手的武器，今天正好派上用场。他料定穷凶极恶的敌人总是想先发制人，将身子微微一闪，避开了中佐的锋刃。中佐一枪刺空。紧接着，这个刺杀高手“呀呀”就是两个连环回刺。这两招十分厉害，借助杠杆的作用，力道更大，如果是怯阵或者刀法不熟的人，早就被挑于刀尖了。汪大年并不急于出招，而是趁其翻腕之际，以刀背将其枪刺轻轻点开。中国功夫向来讲究“四两拨千斤”，以巧制胜，结果，中佐重心一偏，差点儿摔倒。三个回合下来，中佐招招扑空，他知道遇到高手了，不敢再轻举妄动。中佐憋着气瞪着眼，一边调整步伐，一边看汪大年如何动作。由于紧张，眼珠子都要蹦出来，内心的惊慌自然传到手上，刺刀有些微微颤抖。出手见高低，汪大年已完全掌握了对方的套路，趁他发呆之际，八卦连环刀舞动起来。这种刀法是玉泉院道长原国安先生亲创，汪大年将它发挥得淋漓尽致。指东打西，指南打北，变化无穷，每一刀出去均靠内功爆发之力，所到之处寒光闪闪，使对手防不胜防。“嗖嗖嗖”，只见汪大年的大刀在中佐眼前虚晃一招，中佐正要格挡突刺，不意汪大年的刀突然抽了回去，斜刺里劈下来时，中佐的一只胳膊竟被削掉了。他不由得脚下一滑，滚下了深涧。几个呆呆欣赏中国刀法的鬼子这才如梦初醒，一起举枪向汪大年刺来……

陈忠孝带着两个排的士兵沿溪流向山下飞奔而来，不大工夫就与森下率领的战俘队伍会合了。三言两语问过情形，急得哇哇大叫，恨不能一步飞到汪大年身边。这时，山上的特务连与偷袭后路的敌人遭遇了，陈忠孝让森下一行暂时在溪边休息，等山上山下的战斗结束后一同撤退。说罢，心急火燎拧身就走，如同一股旋风直扑瀑布崖。

陈排长率神兵从天而降，来得正是时候。此刻，一批又一批日军士兵蜂拥上来，将汪大年和五名战士围在当中。他们的衣服全都被刺刀划成了碎片，浑身上下到处是伤。

陈排长来到崖顶，见到处都是日军，感到大事不妙。来不及多想，高喊道：“弟兄们，把鬼子赶下去，奶奶的，上刺刀冲啊！”士兵们一起呐喊着，一个个像下山猛虎，端刺刀冲向敌群……

包围在汪大年身边的鬼子，忽然听到身后传来喊杀声，知道救兵已到，急忙分兵去堵。这时，汪大年和士兵们一个个劲头倍增，奋力挥动刀枪，猛地砍向鬼子。陈排长冲上来，终于合兵一处。转瞬之间，日军被压了下去。陈排长急忙抢到汪大年身边，见长官浑身是血，哭喊道：“汪主任，我来迟了！你枪毙我吧……”汪大年抓住他的手，紧急命令道：“快，向山下开火！”

这时，早就按捺不住的士兵们一齐向山下开火。他们居高临下，步枪、冲锋枪、机关枪同时喷吐出愤怒的火舌，手榴弹更像冰雹般在敌人头顶上开花。霎时，山崖上枪声阵阵，山崖下爆炸声声，大批麇集在潭底的日军，被打得鬼哭狼嚎，晕头转向，死伤无数。

士兵们一时打得性起，恨不能跳下崖去，将敌人消灭干净。只见躺在担架上的汪大年支起半个身子，命令大家赶快打扫战场，然后立即撤离。

果然，一会儿日军密集的榴弹炮便蝗虫般飞来，山头被炸成一片火海。而此时，特务连已站在五老峰溪口迎接凯旋的英雄了。隆隆的炮声如礼炮般轰鸣，那是对中国军人最高规格的欢送，也是失败的日军无奈的叹息。

九

在收容所极力推行监狱化管理的副官顾辟疆，本想以此取悦蒋鼎文上将，谁知没赚得一句赞语。烦躁中，他拨通了远在“孤岛”上海的姐姐的电话，一气之下将蒋鼎文豪赌输掉巨额军费的事顺口说了出去。未曾料到，几天之后日本《朝日新闻》竟将此事和盘托出，国内各大报纸竞相转载，一时间舆论哗然。蒋委员长终于坐不住了，一面亲自批准从国库拨付军费弥补亏空，一面命令军政部在《中央日报》发表声明，严词辟谣。顾辟疆感到了一种从未有过的报复的快意，但是，也暗自吃惊：姐姐他们果真是日本人的附庸了！汪大年官复原职到洛阳接俘去了，他在村子里巡视时，看到被填平的壕沟，拆弃在旁的铁丝网，焚烧刑具后留下的灰烬，这些都是汪大年临行前下令毁掉的。眼睁睁看着自己的心血化为乌有，感到的岂止是难堪，他的心简直在滴血！昨天，“军统”西北调查处处长黄书良上校到收容所检查“异党问题处置办法”执行情况。二人早就厮混熟了，他让做得一手西府名菜的村民胡大谝拿出绝活儿，备下一桌酒席招待这位老朋友。胡大谝是本村的男媒婆，尖嘴猴腮长相丑陋，做出的饭菜却并不赖。黑鸡下白蛋，丑婆娘生状元，世上的事情往往这样。酒足饭饱，顾辟疆趁着酒兴，探问自己晋升上校的材料是否通过。黄书良好酒贪杯，已有些醉态，说话也就口无遮拦了，拍着他的肩膀说："老弟，你怎么聪明一世糊涂一时啊？难道你不知道，校长最痛恨的，就是做过俘虏的人。军座怎敢为了你的事而触怒蒋总裁呢？"黄书良说的是在蒋冯阎中原大战中"小皮匠"被冯玉祥活捉的事。黄书良一句话，钉子一样将顾辟疆钉死在椅子上，半天动弹不得。他知道，蒋鼎文是个唯命是从的无能之辈，在他手下，恐怕今生今世永无出头之日了！今天上午，姐姐打来电话，说她要陪姐夫到香港去养病。他知道，那其实是说姐夫要赴香港与日本人研究汪精卫政权的组阁大计了。他估摸，出不了半年，那边一定会传出石破天惊的消息。顾辟疆忽然灵机一动，目前，既然汪精卫政权尚处于草创之初，正在用人之际，如果姐夫出面牵线搭桥，自己一定会出人头地的，用不着在这里看人的眉高眼低。于是，他关上房门，偷偷给姐姐姐夫写了一封信，希望得到举荐。

写毕信件接连看了两遍，用糨糊封好信皮。办这种事宜早不宜迟，连忙骑马赶到宝鸡车站邮局，用双挂号发走了。

顾辟疆怀着一种干完大事后的愉悦心情在渭河岸上催马扬鞭。宽阔的河面，奔涌的河水，使他不禁想起在江城武汉那火热的军校生活。那时节，只要有空闲，他就约上好伙伴歪脖子费永祯一起攀登蛇山，黄鹤楼上，望着滔滔的江水高谈阔论。令人难以忘怀的是，他们常用口袋里仅有的几个铜板吃一道十分可口的生汆鱼丸汤。这种鱼丸洁白滑嫩，嚼起来松软，下肚后口有余香。底料是用整骨鱼头文火熬制的，味道鲜美无比。那应该是他来到这个世界上吃到的最美味的佳肴了。可眼下在北方这穷乡僻壤，只能吃到玉米面窝窝头，白米细面蔬菜肉类很少见到。汪大年在所里推行"官兵一致"的管理方式，不许干部吃小灶，和士兵一个锅里搅稀稠，伙食标准甚至不如一个普通俘虏。那天，汪大年出发后，他立即请来胡大谝垒砖砌炉，开了小灶。美中不足的是，北方农人并不吃鱼，别说生汆鱼丸，就连一片鱼鳞，市面上也没得卖的。不过，渭河边的小河沟里并不缺少鱼虾。春季桃花汛期，农人们一筐筐捉住了用它们沤肥。现在虽然汛期已过，游鱼仍往返如梭，何不抓来尝鲜？

赤日炎夏，宝鸡山区中午的日头确有几分灼人。午饭后，顾辟疆换上一身便装，把手枪放在柜子里锁好，带上龟田雄二、斋藤荣作等五名俘虏，拿上筛子箩筐下河摸鱼去了。日本人是海岛民族，生就喜好游泳。五个俘虏来到河边，寻一个柳荫下的僻静去处，脱光衣服亡命似的跳了下去。如同鱼归大海，鸟入山林，任凭顾辟疆喊破嗓子也不理他。他们在水中嬉戏、打闹，高兴得忘乎所以。山里日头短，4 点多钟太阳已压到山口了。顾辟疆一再催促，俘虏们才怏怏地上了岸。这时，顾辟疆用筛子已抓到十几条两三寸长的小鲫鱼在箩筐里养着，还用一条布袋装着一些小蟹小虾。俘虏们一见，高兴极了，用石片刮掉鱼鳞就丢进嘴里。日本民族素有生吃鱼片的习惯，十几条小鱼不够塞牙缝，连小蟹小虾也活剥下肚了。顾辟疆一看就来气："你们这些日本猪，就知道吃！"

脾气耿直的龟田雄二怎能答应，走上前问："你为什么骂人？"

顾辟疆又骂道："日本猪！我骂得不对？"

龟田生性急躁，斋藤一把没拦住，他冲上去回敬了两句，还做了个侮辱性的手势。

这一下可捅了马蜂窝，顾辟疆怒冲冲伸手摸枪。手枪没有摸到，抡起拳头就要打人。

其他俘虏见状，急忙上前解劝。顾辟疆得理不饶人，厉声道："今天晚上，都不许吃饭！"

听到这话，五名俘虏一下子炸了。龟田猛地将箩筐一掼："不给吃饭？死啦死啦！我的，马上就走！"

顾副官喊道："你敢？"说着又要往上扑。

龟田吃了人家的鱼虾，毕竟心虚，一边躲闪着，一边用日语揭露最近以来顾辟疆克扣伙食、多吃多占的行径。顾辟疆听不懂，但其他俘虏明白。由于有斋藤拦着，龟田终于被打倒在地。顾辟疆仍不饶他，不断以拳脚相加，直打得他满脸是血。这一下激怒了其他四名俘虏，一哄而上，三下五除二就把顾副官生擒活拿了，索性把他衣服剥下，撕成碎条，反剪双手，口里塞上水草泥巴，又把裤子脱下来套在头上，然后塞进蒿草齐腰的水沟里，用一块磨盘大石牢牢压在背上。接着，五个俘虏慌乱穿好衣服，约定一起逃离宝鸡，设法回到日本去。

落日的余晖洒满河滩，长满蒿草的水沟里青蛙鼓噪，蚊虫轰鸣，金黄的沙地上留下一串凌乱的脚印。

宝鸡民间另一次盛大的庙会在每年的炎帝忌日这天。这时节，正好新粮入仓，夏忙已毕。为告慰神农炎帝的在天之灵，祈求风调雨顺五谷丰登，以村社为单位，挑选上等的新麦子磨成细面，蒸一笼好看的花花馍并带上酒水，用箱笼抬了，吹吹打打敬献到天台山神农寝殿的汉白玉灵骨床前。

神农尝百草，辨药性，为子民驱除病魔，只因误食了“火焰子”而口吐鲜血，殒命于天台山。今年的庙会由于担心日机空袭，比往年冷清了许多，但大殿内外，塬坡上下，前来烧香磕头的人仍络绎不绝。

在高大古朴的山门旁，几株苍郁的古柏撑出一片浓荫。树荫下，杂乱地罗列着小贩们的各种摊点。日本特工寺垣北村也混杂在这里，拣一处僻静的角落，背靠古柏摆出一个药摊。他心不在焉地摇动银圈串铃，有一搭没一搭地吆喝两声，眼睛不住地在往来行人身上打转。其实，他不是为卖药而来，是等候一个人，一个向他下达司令部最新命令的人。按说，这是在非常情况下才采取的紧急措施，看起来一定有什么大事。寺垣按照往常约定的接头暗号，将喝水的葫芦挂在身后的树干上，一边吆喝，一边焦急等待神秘人物的出现。上级如此郑重其事，该不是派人要将自己“拿掉”吧？寺垣只觉得一股冷气森然浸透了全身，虽然塬坡上下到处流溢着溽热的暑气，他的双腿还是不住地发抖。自从汪大年洛阳接俘的消息被延误以来，上级似乎对他失去了耐心。策反任务毫无进展，急得日军华北司令部多次来电严加训斥，责令他限期打入收容所内部，否则，将重新“换菜”。想到这里，他恍然明白，原来上级规定的大限已到，很可能第四任日本特工已经到任。这么说来，他的死期也就迫在眉睫了……

寺垣真是后悔莫及。本来，他是可以搞一份“收容所日军战俘花名册”搪塞一阵的，但坏就坏在胡大谝的贪婪上。他本已将花名册揣在怀里，折回头还想给自己捞一本办公室的空白信函回去卷烟卷，结果被哨兵发现，人赃俱获。不过，正是这本空白信函救了他。审查交代中，推说不识字，两样东西都是拿回去卷烟卷的。

寺垣在柏树下苦守着，眼看庙会将散，已是日薄西山的时候了，但来人仍迟迟没有出现。又过了好半天，身旁的摊贩大都散尽了，猛回头，忽然发现大树后面不知什么时候站着一个戴墨镜的中年男子。这个男子一直注视着他，见最后一个摊贩下山了，这才摘下墨镜，向他走来。寺垣打眼一看，不禁惊叫起来："哎呀！怎么是他?"——来人即便不摘墨镜，寺垣从他那张与众不同的河马脸上，一眼就认出，这正是自己的顶头上司、日军华北司令部第三课课长麻生育麻大佐。寺垣暗暗叫苦：这下完了，他准是来执行绝杀命令的！

寺垣黑黢黢的脸颊上浮现着一层若隐若现的谄笑，仿佛那是糊着的干泥巴，一不小心就会掉下来摔碎。他半张着嘴巴无声地问候了一句。上峰并没有理会他的示好，脸上能刮下一层黑霜，依然按照特工工作的严格纪律，和他核对接头暗号——

"先生，你这里有水喝吗?"麻生阴沉地用汉语问。

寺垣回答："有的，在葫芦里装着。"

麻生摘下葫芦："里面怎么是空的?"

寺垣接过葫芦："对不起，我到后面去打！"

暗号接上了。麻生看看四下无人，从口袋里掏出一沓用旧报纸包着的材料交给他，眼里流泻出一丝不易察觉的轻蔑，命令道："拿回去好好看看！能干，给家里拍个电报，不超过今晚10点；干不了，烧掉材料，埋掉器材，里面有枚药片，吃掉！"

寺垣专心听着，脑子里却一片空白。两只眼睛直愣愣瞅着麻生那两片河马似的厚嘴唇怎样在大腮帮子的牵动下忽开忽合。他不敢相信，那些调遣并指挥散布在大半个中国的日本特工的一道道命令，就是从这个看似愚蠢的肉垫子一样的隙缝中发出的。

寺垣抹了一把不知什么时候涌出眼眶的一滴苦涩的泪珠，这才发现麻生已经走了，下山了。他赶紧将材料装好，背起褡裢急忙往回赶。

寺垣高一脚低一脚在山道上慌乱地奔跑着，不知走了多远，忽然小腹内翻江倒海一般，肝肠一阵紧一阵地绞痛。也许是白天在山上喝了几口山泉的缘故吧，也许是吃了不洁食物，没办法，只好急忙跳下河滩，放下褡裢蹲在石头上以求大解。正在出恭，猛然发现面前蒿草下的水沟里有一块碾盘大的乌龟石在晃动。他怕是自己神思恍惚看花了眼，揉揉眼睛，仔细再看，仍在不住晃动。他一下子头发倒竖浑身骨悚，正欲逃跑，忽而想到，莫非发生了地震？在日本，地震频发，人们差不多从儿时起，就具备了辨别地震的常识。但仔细观察，又不大像。站起来走近一看，哈！原来大石头底下压着一个大活人。哎呀！肯定是被土匪打劫的倒霉鬼。急忙搬掉石头，解救起来，拿下口中污物。待洗过脸面一看，原来是收容所堂堂有名的副官顾辟疆。

为了救人，寺垣直到很晚才回到他阴暗潮湿的土窑洞里。不过，行此好事以后，他的一颗突突狂跳的心些许安稳了。他想，如果上级要他现在就自戕的话，唯一可惜的是，和顾副官的这层关系也就毫无价值了。点亮油灯，插紧门闩，想到可能从此将撒手人寰，他心灰意冷躺在土炕上，不想立即就去打开包裹。时间一分一秒地过去了，大限终于到来，他这才不得不去触碰那个倒霉的尤物。他凝神屏息，用颤抖的手指撕开那张报纸，发现里面叠放着三份文件——

第一份：昭和十三年（1938 年）11 月 20 日，日本与中国（汪精卫）方面代表高宗武协议书；

第二份：同日，日本与中国（汪精卫）方面谅解事项纪录。

以上两份协议，均有中国方面汪精卫的代表高宗武的亲笔签字。

第三份：高宗武妻弟、现任收容所副官顾辟疆与姐姐的电话记录。其内容是他揭发西安行营主任蒋鼎文上将豪赌并将巨额军费输给孔二小姐的具体细节。

根据多年特务工作经验，寺垣立即领会了上级的意图，这是要他据此策反收容所副官顾辟疆。

有了救命之恩这层关系，第三天，化名袁小凯的寺垣北村带着慰问品堂而皇之登门造访了。

顾辟疆离开办公室，引寺垣来到自己住处。寺垣是一名老辣而干练的特工，用不着多问，已将前天顾辟疆水沟石碾受苦的缘由猜了个八九不离十。绝对是有俘虏炸狱——他想。于是假惺惺装出一副关心的样子，问顾副官可曾就医、可曾吃药、可曾休息等等，就是不向他究问原委。顾辟疆向来好面子，在生人面前，岂能丢脸，自然要掩饰一番，编造说在河沟钓鱼时遇到了土匪。寺垣呵呵笑着，真人面前何必装相？一语道破说：“谁敢打劫你？真是太岁头上动土！我看不是‘钓鱼’，而是‘炸狱’，只怕旗下的俘虏反剪了你逃跑了吧？”

顾辟疆愀然变色道："这是军营，岂能胡说？声张出去，要受军法惩处！"

寺垣站起来，诡秘地望望窗外，附在他耳边说："这事好办。抓几个叫花子，在山沟里枪毙了，拍个照片，好向上面凑个数！"

"这……"顾辟疆听罢，不觉倒吸一口冷气。他没看透，这个卖狗皮膏药的，竟能出此下策，看来绝非等闲之辈。如果听他的，等于授人以柄，到头来说不定会借此敲诈自己。在没有摸清他的来历前，对他的任何建议只能断然拒绝。于是连连摇头道："不行，不行……"

"这事交给老弟来办好了，不必劳您大驾！"寺垣一拍胸脯，一副哥们儿义气的豪爽样子，就像顾辟疆八辈子没见的亲戚。看顾辟疆仍犹豫不决，故意惊乍道："哎呀，汪主任说不定几天就要回来，要是知道有俘虏炸狱，我看，你吃不了兜着走……事不宜迟呀，老兄！"

顾辟疆听罢，愈加觉得眼前这个黑脸胖汉深不可测，既熟谙军务，又精通权术，看来，卖狗皮膏药不过是掩人耳目的幌子。他敏感的神经已感觉到有一张无形的铁网正张开来撒向自己，只是，谁在张网以待，还不得而知。经历了几多人生风雨的顾辟疆，对尔虞我诈那一套熟如棋局，并非初出茅庐的混沌小子，不摸清对方底牌绝不会吐露半点儿心迹，遂回绝道："军营的事，你就不用操心了。你是我的恩人，改日，另当重谢！对不起，现在军务在身，不便奉陪！"

这是下逐客令了。寺垣心里虽然不快，脸上仍挤出一丝笑意："好，我走！不过事不宜迟，迟则生变。您老兄还是斟酌点儿吧！"

逃跑的五名战俘，其中斋藤荣作寄居于财主李百药楼上，龟田雄二住在李二嫂东厦，其他三人的宿舍均在俘虏营房。顾辟疆反复权衡利弊，摒弃了游方郎中袁小凯以死人冒名顶替的馊主意。那样不仅费时费力，万一露出马脚反而会因小失大。最终，他想出一个推卸责任的办法，只要劝说李百药和李二嫂胡乱在检讨书上签个字，说明管理不严、俘虏逃逸，自己这里再敷衍一下，含混报告上去即可交差。于是，吩咐大门外站岗的小李子，只要见了老财主李百药，立即请他到办公室来。

李百药每天午睡起床后，都要拄了龙头拐杖到大庙来看报，几乎风雨无阻。尽管那些报纸是延搁十天半月才由县邮递员成扎成捆送来的，新闻成了旧闻，但读报已成为这个老财主生活的一部分。收容所在大门里辟了两间僧房做阅览室，订阅了许多中央和地方的报纸，每天下午对士兵和俘虏开放。由于李老财主向战俘营捐赠了不少土地，自然是收容所的座上宾。

近来，报纸上关于第四集团军战场失利的报道颇多，李铁柱殉国、李宽银下落不明的新闻早已见诸报端。自从正月十六李宽银带领村里村外十几名青壮年上前线后，身体虚弱的宽银妈就一病不起，李老先生亦是寝食难安。每天来阅览室一屁股坐下就是两个多小时，读得认真仔细，不放过任何一条来自前线的信息，以便搜寻到儿子的线索。与此同时，他的躺在病榻上的老伴儿正期盼着他能够带回儿子的最新消息，这已成为维持老太太生命的精神支柱。今天，老财主一踏上庙台子，小李便迎上前去，引他到办公室。顾辟疆放下手中的钢笔，眉开眼笑地起身招呼："李大伯，坐呀坐呀！"说着，从竹皮热水瓶里倒了一杯水，放在李百药面前。

老财主平素对顾辟疆心存戒惧，总是敬而远之。今天忽然见他的脸上铁树开花，便有些发怵，嘴唇翕动了两下，想问什么又闭上了。

"李老先生！"顾辟疆开门见山地说，"住在你家的那个斋藤荣作跑了，你知道不？"

李百药一愣，直戳戳地说："跑了？那是白米细面吃得撑了！"

顾辟疆故作惊讶道："我也是才接到报告！你看看，俘虏在你家住着，什么时候跑了你都不知道，《保障法》怎么说的？这是要受牵连的！"

老财主历来胆小，一下子吓蒙了："牵连……牵连谁，我儿子？"说着，焦急地站了起来："宽银妈要死不活的，我一天端屎端尿都忙不过来，哪儿有工夫照看俘虏。不是有士兵看管吗？村子里不是还有岗哨吗？我一个老棺材瓤子，就是看着他跑了也撵不上……"

顾辟疆收起吝啬的笑容，趁机讹诈道："这就不对了！你不为你自己着想，也该为儿子想想。你儿子在前方失踪了，斋藤在你家里失踪了，这难道是偶然的巧合吗？啊……"

"难道这里面……"

"就怕上面追查下来啊！比如你儿子是否和日本人勾搭上了，会不会让你做内线……"

老财主听到这里，脑袋要是砂锅，早就炸裂了，咧着嘴痛苦地问：“这可怎么办呀？这是要人命啊……”

“办法倒是有！”顾辟疆把话吐一半留一半，静静地观察着老财主脸上的细微变化。

“你说吧，快说吧！”李百药几乎要跪地磕头了，“我儿子肯定被俘了，只要他能活着回来就行！”

“好吧！”顾辟疆一下子豁达大度起来，指着桌上的笔纸说，“这事多亏遇到了我，换了别人，一定要追查到底的……你嘛，只要写个检讨书就行。我这里替你兜着，保证和你儿子毫无干系。”

李百药站起来，口里连连称是，像叩拜有求必应的城隍老爷那样就要下跪，被顾辟疆拦住摁坐在椅子上。老财主用颤抖的右手从长袍大襟里摸出断了一条腿儿的老花镜，先将拴着的绳子套在耳轮上，再戴好另一条腿儿，愣愣地看着桌上的信笺。他捏着顾辟疆递来的自来水笔，慌张地憋了半天，这个当年的才子竟半个字也写不出来。站在一旁的顾辟疆笑了笑，打开抽屉，取出一份早就拟好的文稿：“算了吧！我估计你不懂格式，预先替你写好了，你只要签个字就行。”

“签字？”老才子毕竟有些文化，不那么容易糊弄，草草看过一遍，发现了其中的破绽：“我家只住着斋藤一人，这里面怎成了四个？”

顾辟疆不耐烦道：“斋藤这家伙不但自己逃跑了，还带走三个，罪不容诛！”

老才子感觉其中似乎有什么猫腻，按他的习惯，凡遇大事必须请示夫人，遂起身说：“这件事关系重大，请容老朽回去和拙荆商量一下。”

李百药逃跑似的离开大庙，出门后发觉龙头拐杖竟遗忘在办公室。哨兵小李赶紧给他拿来，这才慌脚乱步跑回家去。他的病恹恹的老伴儿见他早早折身回来，想必有什么噩耗，急忙唤丫鬟小翠扶她起来，倚在炕头喘息着问：“你怎……失急慌忙又……回来了？宽……银有消……息了？看把你急……的！”

“消息还是没有。”李百药怯怯地说，“我回来，是顾副官要咱签个字。”

“签……字？这么说……”老太婆聪颖过人，听说要签字，脸色立时大变。这无非证明儿子已经牺牲，签字不过是办理抚恤手续而已。哽咽道：“你别说……我知道了……”

李百药还要解释，看老太婆紧咬牙关，面如死灰，赶紧掐住妻子的人中。

一会儿，老太婆终于长吁一口气活缓过来，这时，顾辟疆正好挑开竹帘踏进门厅。刚刚实施过抢救术的房内空气污浊，凌乱不堪。病人身上特有的体味儿，久聚不散的尿臊味儿，混杂着沉闷的中药气息一起钻进他的鼻孔，顾辟疆连打了两个喷嚏。他本想立即走掉，只是事情尚未办妥，只好硬着头皮站住脚，言不由衷道："大妈，我来看你来了！最近好一些了吧？"

老太婆虽然重病缠身气息奄奄，脑子却异常清晰，惨笑道："顾副官，你来是让签字的？"

"对！"顾辟疆急忙将检讨书拿出来在手里抖着，"很简单，签个字，不过是履行手续而已。"

老太婆道："你有话直说，我儿子宽银他到底……怎样了？"

顾辟疆急忙分辩："这不牵扯宽银的事。"

老太婆不肯相信，固执道："你不要骗我，宽银到底是怎样死的，死在哪儿？我活着不能去收尸，死了一定要和宽银魂归一处啊……"

说着，思儿心切的老太婆号哭起来，没多久，被子滚向一边，白晃晃的屁股亮了出来。顾辟疆无法再待，晦气地退出门去。

跨出老财主李百药家镂刻砖雕的门楼，顾辟疆直接去找李二嫂。

李二嫂的丈夫出征后，将双目失明的婆婆和年幼的儿子留给了她，里里外外全靠李二嫂一人操持。家里原先住着岩切五郎，随后又来了龟田雄二，他们二人既勤恳能干又吃苦耐劳，很快成了李二嫂的帮手。李二嫂心灵手巧，什么针线活一看就会，什么饭菜一做就上手。每到饭时，李二嫂做关中面食，他们动手做日本菜肴。这样一来，一种中日合璧的食品——关中煎饼卷日式酸白菜就成了他们餐桌上一道常见的美味。按照收容所的规定，每接纳一名俘虏，可按月发给五块大洋的伙食费。这些费用，李二嫂全都花在俘虏的生活上，自己再补贴一部分，使岩切和龟田的日子过得很舒心。去年年终，李二嫂家的门楣上被挂上"模范人家"的光荣匾。眼下，岩切随汪大年去洛阳接俘，李二嫂照应着龟田。突然两天不见龟田回来。村子里有许多传言，李二嫂正要到大庙问个究竟，没想到顾副官找上门来。

李二嫂在院子的石桌旁迎住顾副官。一见面，中校副官便要她在俘虏逃跑的检讨书上签字。她是平头百姓，倒不怕承担什么责任，只是着实纳闷儿，问道："你说龟田跑了……他们大都不会说中国话，一出门，准露马脚。不是被打死，也要被活捉!”

“日本战俘嘛!”顾辟疆解释说,“他们在村里的恶行你又不是不知道!”

“龟田老实巴交的,顾副官,该不是你亏待了他们?”李二嫂一边探问着原因,仍不失体面地微笑着。

“没有,没有!”顾辟疆矢口否认道。

“没有?”李二嫂倒了一杯茶水给顾辟疆,“这就奇怪了!以前那么多机会,跟我收麦打场,犁地种秋,到后山放牛砍柴……要说逃跑,早跑过八回了!”

“你什么意思?”顾辟疆将茶杯往石桌上一蹾,忽地站起来,一副恼怒的样子。

“你别急嘛!”李二嫂急忙拉他坐下,用抹布将溅到石桌上的茶水擦净,半开玩笑说,“顾副官,你敢不敢和我打赌?”

“打赌?打什么赌?”

“我说,他们还会回来!”

“哈哈……”顾辟疆冷笑道,“除非太阳从西边出来!”

李二嫂依然笑容可掬,一伸巴掌:“你敢不敢打这个赌?”

“开什么玩笑?”顾副官眉毛一拧,“这是军务,非同儿戏!”

“不能等一等?”

“等?等他们一个个规规矩矩回来?”顾辟疆收拾起文稿,没好气道,“行啊,你不帮忙有人帮忙!我该走了。不过,你家男人李铁柱实在……唉!不提了……”

“我家铁柱咋了,可有音信?”李二嫂焦急地问。她好久没收到丈夫的片言只字了,整天提心吊胆地熬日月,生怕有什么不测。村人将李铁柱牺牲的消息隐瞒着,猛乍听顾副官提说,心中难免七上八下。

“嘿嘿,没有啥!”顾辟疆满脸波谲云诡,似是而非地否认道。

李二嫂知道顾辟疆不肯说实话,掏心掏肺道:“顾副官,咱都是自己人了,有话直说,谁也别瞒谁。龟田到底是怎样跑的,为啥跑的?你要我签字,我总该问个明白……”

“我一来就说过了,好像你没长耳朵!”顾辟疆抱怨着,本想直接道明,突然灵机一动,反问道:“哎!你听到什么风言风语?让我听听,他们都放了些啥屁!”

“我说?”

“对,你说!”

“你别生气。”

“我不生气。”

老实本分的李二嫂觉得汪大年不在，有必要将村子里有关顾副官的不雅传闻告诉他，以利于改进作风，因此，宽厚地说：“是不是你打骂了他们，逼他们下河捕鱼捉蟹……”

这话如钢刀一样剥开了顾辟疆的脸皮，他再也无法和她斯文下去，不等说完，恶狠狠回敬道：“这话别人随便怎么说都可以，但是，你不能说。因为，你这样说，实在对不起你的丈夫！”

“铁柱他怎么了？”李二嫂急忙问。

“铁柱他……”顾辟疆冷笑着，“倒是挺风光的……”

“风光？你是说他……”李二嫂情知不妙，声音已经颤抖了。

“对，他再也回不来了。他是一位英雄，一位伟大的英雄！”

“他，他……”

“为国捐躯了！”

“啊……”

李二嫂一阵眩晕，感到天塌地陷一般，一扭身栽倒在灶房门口的茅草堆上。她的儿子狗娃在上屋的门洞里看到了，挣脱奶奶的手，哭叫着跑过来扑倒在妈妈身上。

顾辟疆装作要走的样子，一边催逼道：“俘虏逃跑的文书，你签不签？”

“我签，我签……”李二嫂呜咽着，在检讨书上摁下血红的指印。

五名战俘炸狱而逃，寺垣据此向上级报捷请功，得到华北司令部的嘉奖，同时责令他将五名战俘安全送过黄河，并严厉申饬限期完成对顾辟疆的策反任务。

“八嘎！”读完一纸空文的嘉奖令他骂了一句，真是没事找事。五名逃跑的战俘，别说护送过河，就连影子也没见着！对顾辟疆策反的期限很紧，上级机关简直是贪得无厌利令智昏闭门造车异想天开！他不是神仙下凡，分身有术，两个任务怎能同时兼顾？思前想后，唯有抓住一头。只要对顾辟疆策反成功，说不定他有办法找到五名俘虏的下落。

下午，寺垣准备好了五张死人的照片——五个饿死的叫花子，来找顾辟疆。

“顾副官，你的事，小弟给你办妥了！”一进门，寺垣兴高采烈地说。

“办妥了，什么事?”顾辟疆佯装不知。他已拟好“关于五名俘虏逃跑的报告”，只是签字做证的人还没有完全找到。掐指一算，汪大年返程在即，为此，他急得像浑身着了火。

“哎哟，真是贵人多忘事呀!”寺垣笑道，“五张照片，你忘了?”

“不必了!”顾辟疆一口回绝了他，“事情我已经办好了。”

寺垣没有理会他的不悦，“啪”的一声将五张死人照片摔在桌子上。“五张!”他说，向靠背椅上一歪，跷起二郎腿斜睨着顾辟疆。

顾辟疆难以掩饰内心的空虚，嘴里说着不要，双手却禁不住拿起照片一张张翻看着。别说，这家伙拍得挺专业，一点儿看不出破绽。这个游方郎中到底何许人也?顾辟疆不能不提防着点儿，故意将脸一沉：“你杀人了?”

“杀了!”

“这血腥的东西你拿走吧!”

“哈哈……”寺垣张开满口金牙的大嘴爆出笑声，“你老兄仔细看看，全是街上饿死的穷叫花子。我的手是从不沾腥的!”

“不过，已经没用了!”顾辟疆不想借助这个来路不明的人，推辞说，“报告打上去了。”

“你要是不听我的，你就等着认倒霉吧!”寺垣站起来一边收好照片，一边夸大其词道，“俘虏炸狱逃跑，汪主任不在，责任当然在你。可有了照片，就大为不同了!五名俘虏属自然死亡，既可免受责罚，又可捞到大把的医药费和饷银。老兄何乐而不为呢……”

大金牙说得头头是道，不由得顾辟疆不动心。为了促使顾辟疆尽快上钩，寺垣使出欲擒故纵的花招，装好照片就要告辞。

“请留步!”顾辟疆起身拦住他，“容我三思好不好?”

“君子三思而后行，好啊!”寺垣不慌不忙在长椅上坐下，静待顾辟疆做出决断。

“是这样，照片留在我这儿吧!”顾辟疆忍不住诱惑，终于迈出可怕的一步。

“别忙，我这里有比照片更好的东西!”

寺垣是一个老奸巨猾的特工高手，看到顾辟疆咬动钓饵，知道正是放线逗鱼的时候，不动声色地送给他两份文件。

顾辟疆将文件接在手里，打眼看过文件题头，原来是《日华（汪精卫）协议书》和《日华（汪精卫）谅解纪录》。顾辟疆脸色骤然变得煞白，他掏出手枪，推上子弹，对准寺垣的脑袋，恶狠狠地说：“你原来是日本特务，我崩了你!”

寺垣若无其事地用手推开枪口，干笑道：“自己弟兄，何必做作？你如果感兴趣的话，我这里还有更有趣的东西!”

“什么……”顾辟疆打着寒战，手枪半天插不进枪套。

“你别紧张嘛，挺有意思的!”寺垣说着，将半个月前顾辟疆向姐姐揭露蒋鼎文豪赌输掉军费的电话记录递给了他，然后目不转睛观察着他脸上的风云变化。

“哈哈……”顾辟疆看也没看，大笑着将记录撕得粉碎，“这是伪造的!”

“伪造？”寺垣冷笑道，“你不承认不打紧，但是，有人对它感兴趣!”寺垣说罢，收拾起文件就往外走。

顾辟疆一看慌了，忙说：“请留步……你想干什么？”

“与我们合作!”

“要是不合作呢？”

“不合作？”寺垣讥消道，“这份电话记录就会摆放在中国军政部最高长官何应钦将军的办公桌上，那时就用不着我们动手了……”

“如果合作呢？”

“大日本帝国不会亏待你，高官厚禄，金钱美女，任你挑选!”

“说吧，什么任务？”顾辟疆警觉地看了看窗外，低声问道。

“第一，尽快找到逃跑俘虏的踪迹，护送到黄河对岸；第二，将汪大年阻断在潼关以外，不能让他活着回来。”寺垣口气强硬，几乎是向他下达命令。

“这个……”顾辟疆倒吸了一口冷气，头一次感到受制于人的无奈。

十

大刀向鬼子们的头上砍去，

全国抗战的弟兄们!

抗战的一天来到了，
抗战的一天来到了！
前面有东北的义勇军，
后面有全国的老百姓。
咱们中国军队勇敢前进！
杀向那敌人……

行进在晋中根据地的村巷里，这首铿锵有力雄壮激昂的《大刀进行曲》随处可以听到。街头巷尾，映入眼帘的，是一幅幅抗日标语；迎头碰到的，是抗日军人整齐的队列和根据地人民热情好客的笑颜。

安恩泽与山中桂子带领战俘队伍，跟随贺龙司令员一二〇师指挥机关一起突围，风尘仆仆赶到晋中根据地，交由八路军晋西支队接应。这里是八路军开辟的最早的敌后抗日根据地之一。早在 1936 年春季，红军东征战役中，这一带就是毛泽东、彭德怀率领的东征中路军驰骋的疆场，群众基础较好。全面抗战以来，这个根据地已发展到隰县、交口、孝义等五六个县，地理上连成一大片，并创建了边区各级抗日民主政权。这儿的最西端距黄河仅百八十里，与陕北苏区的延川、延长两县隔河相望。贺龙将军送他们到达这里，可以说就送到家门口了，依依惜别后，即挥师北去。

听说是毛主席派来的八路军接引日军战俘回延安，附近老百姓奔走相告，兴高采烈地围住他们问长问短。作为最高接待礼仪，边区政府特意安排他们留宿在当年红军东征时毛主席住过的康城镇祠堂里。晋西支队正在外围与日军作战，迎接他们的是边区妇救会主任周玉英同志。周玉英二十七八岁，丈夫是边区武装部长兼“牺盟会”分队长。这个年轻女人被群众戏称为“大脚媳妇”。那个年代，在中国广大农村，还流行着封建社会遗留下来的给女子缠足的陋习。玉英小的时候，每次皆是父母给她缠一回，她偷偷解一回，父母逼得紧了，遂以跳涝池相威胁。父亲是教书先生，思想开化得早，也就不再催逼，遂留下她的一双“天足”。后来，八路军来了，她带领一帮妇女起来反对缠足，反对包办、买卖婚姻，带头送丈夫参军，积极参加各种抗日支前活动，被推选为边区民主政府妇救会主任。她的故事一串一串的，在晋中根据地广为流传。

祠堂前后三进院落，十分宽敞。墙面清一色磨砖接缝，门窗格子金莲锁梅，门饰雕版上镌刻着佛教故事和三国人物。这是镇子上一个大晋商家族的祖祠，抗战中作为“牺盟会”的指挥机关。现在，专门腾出房间以迎接远道而来的贵客。为安全起见，除女俘和桂子被安排在中院的一间厦房外，安恩泽、战士和男俘们均住在最后的大堂里。安顿完毕，山中医生正在给几个受伤俘虏换药，听见院子里笑语喧哗，原来是周玉英带着五六名妇女给大家送军鞋来了。她们每人怀里抱着一大摞新做好的布鞋，摊放在过厅的一领芦席上，供大家挑选。这些布鞋是妇救会发动妇女们自愿缝制的支前慰劳品，一律黑哔叽鞋面、皮边圆口、千层鞋底，每双鞋都堪称精美的工艺品。部队转移时，贺龙司令员担心俘虏会受到群众袭击，全部换上了八路军服装，只是鞋子随各人喜好。现在，大多数俘虏的皮鞋早已穿帮割线了，听说每人可以领到两双新鞋，高兴得嘴都合不拢，“吆唏、吆唏”不住赞叹着。

安恩泽在延安就听说过“大脚媳妇”周玉英的传说，如今见了本人，正好是个机会，遂请她为大家讲一讲带领妇女支前的故事。

周玉英笑笑地在大家面前一站，举手拢了拢黑油油的剪发，扑闪着乌黑的大眼睛，略加思忖，指着身旁一位同来送鞋的红衣女子说：“大家认识一下，这位是杏花姑娘，我就从她的故事说起吧！”

妇救会主任看了看大家，讲道：“杏花姑娘今年十七岁了，她父亲把她从小许配给一个有钱人家的二少爷做童养媳。挨打受气不说，还要伺候一家老老少少。这个二少爷好吃懒做，抽大烟，耍钱，人称‘二流子’。杏花姑娘渐渐长大成人，正赶上根据地实行婚姻自主，她说死也不愿嫁给那个二流子。可是，人家一算账，她欠下那么多钱怎么办？杏花姑娘哭着找到妇救会，问我有没有办法。我一拍大腿说：‘行！只要你不悦意这门亲，妇救会给你做主！’我领着一帮人找上门去，对那个老财说：‘按照边区政府的婚姻政策，不允许收养童养媳，已经收养的打发回去。你是先算账还是先放人呢？——算账，扣掉伙食费，付给她工钱；放人，就一笔勾销。’那个老财爱钱如命，眼珠转了转，说愿意放人。这样，杏花姑娘就和许多童养媳一样，被我们救出了地狱。杏花姑娘自由了，常来妇救会帮忙。后来，我问他想找一个什么样的女婿，她说，要找一个抗日英雄。我说：‘好！你做双军鞋拿来，我帮你牵线。’她把做好的军鞋送来了，活儿做得细针密线，鞋底上的扎脚还是一个个心心相印的‘同心结’。真是爱死人了！交军鞋的时候，我给里面塞了一张字条，写明‘一位有心姑娘愿将此鞋献给杀敌五个以上的英雄’。不久，前方回了信，是八路军的一个排长。他们呀，很快就好上了！双双立下誓言，前方努力杀敌，后方努力生产，争取抗战早日胜利。到了那时呀……”

妇救会主任讲到这里，只见一名女俘将刚刚领到的两双鞋子狠狠摔在地上，哭泣道：“我也是女人，命运怎这么惨啊？”

这个女俘是山本聪慧子。

原来，“七七”事变后，聪慧子在日本参加了“青年女子义勇队”。她崇拜英雄，通过书信往来结识了一位在全日本赫赫有名的“大英雄”。为了能尽快见到这位如意郎君，她随“女子义勇队”来到中国，终于见到了她的意中人。但这个人根本不是什么英雄，而是在南京大屠杀中首开“百人斩”的杀人恶魔！绝望中，更大的不幸又接踵而至。她们几个“劳军”的姑娘被留下来，受骗而沦为慰安妇。

聪慧子掩面而泣，泪眼婆娑。桂子拾起她的鞋子，走过去还给她：“聪慧子，别泄气！要想有一个好前途，只有努力争取！”

晚饭后，安恩泽将男俘和战士们分成小组，高高兴兴到镇子上看文艺节目去了。桂子收拾好伤员用过的纱布、绷带和换洗衣物，带着三名女俘一起到沂水河边去洗涤。

夕阳跌落河面，跃出满河锦鳞。凉爽的晚风习习吹来，白天的暑热很快消退下去。桂子她们脱掉鞋袜蹲在石板上，猫腰狠劲儿揉搓着。猛回头，只见一座铁塔耸在身后——安恩泽来了。安队长是来帮忙的。见妇女们正忙，他立即把洗濯好的衣物晾晒到青草地上去。很快，一大堆衣物洗干净了。接下来，三名女俘坐在大青石上悠闲地梳洗起头发，桂子则走过去将半干的衣物翻转过来。多么好的绿草地呀！上面开满五颜六色的野花。桂子欣喜地掐了一把编成一个花环，悄悄走过去给聪慧子戴在头上。聪慧子摘下花环，兴致勃勃地欣赏着这些不知名的野花。恰好安恩泽踩着河石走上岸来，聪慧子问他可叫得上花儿的名字。安恩泽粲然一笑说：“小白花是铃铛花，小蓝花叫猫眼眼，带蔓子的是打碗碗花，还有野蔷薇、双蝴蝶花、耳挖草……”

“哎呀！你认识这么多花草！”桂子惊叹道。桂子虽专修西医，对草药也颇有研究。现在，从安恩泽口里一下子听到这么多草本花名，惊奇之余，她想知道得更多，遂问道：“安队长，您是本地人吧？”

安恩泽说：“不，我家在黄河对岸。”

“黄河对岸，你是陕西人？”桂子诧异地看着安恩泽，似乎要从他的脸上搜寻出陕西人的遗传基因。

“是啊，老陕！”安恩泽用陕西人特有的豪爽腔调回答。这时，他忽然发现对方的目光有点儿特别，不禁问：“怎么，你在陕西有熟人？”

“不，没有！”桂子低下头否认道。不知为什么，她的脸一下红到了耳根。为了掩饰，急忙将手中的鲜花贴在鼻尖上闻着。

“没有？不对吧！”安恩泽温和地笑了。

“真的没有！”桂子咬着嘴唇，惶恐地说。

“谁呀？”安恩泽鼓励道，“说出来，或许我认识。”

这一刻，桂子的心突突跳着，仿佛要从嘴里蹦出来。两年来丈夫杳无音信，如今生死不明，说还是不说，她作难了。憋了半天，才怯生生道：“他……叫汪大年……”

“哎呀，是他！”安恩泽双手一拍，高兴得叫了起来。

“怎么……你认识？”

“岂止认识，我们是从小一起长大的好伙伴！”安恩泽抑制不住内心的激动，“1927年春天，我们东出潼关举兵北伐，但是，不久大革命就失败了。随后，他去了日本，我仍然留在西北军，参加过‘刘集暴动’，又参加‘渭华起义’。现在，国共两党合作抗日，我被派往西安八路军办事处。汪大年也在陕西，负责军政部第一俘虏收容所的工作。前段时间，我专程去宝鸡看过他哩！”

“他还活着，在宝鸡，是吗？”桂子听罢，又惊又喜，她简直不敢相信这是真的。

“对，他在宝鸡，目前管理着一百多名战俘。”安恩泽说罢，蓦然从中悟出了什么，“汪大年留学日本，你们大概……”

桂子躲闪着安恩泽追询的目光，心想，两年来天各一方，也许他已经重新组建家庭了，于是淡然说："在一个学校读书，见过。"

安恩泽是一个古道热肠的人，诚挚地说："我回去就告诉他，你们一定会很快见面的！"

桂子上前深鞠一躬，表示谢意。说来也怪，这时，她的不争气的眼泪像一个淘气的孩子，愉快而毫无休止地戏弄着她。那泪滴串着珠子掉下来，擦也擦不尽。是啊！两年了，她怎能忘却那最后一刻的生死诀别呢……

上海战役以中国军队的彻底失败而告终。兵败如山倒，到处是溃败下来的军队和逃难的人流。10 月 30 日，混乱中来不及撤退的伤员钻进一个煤饼仓库，这是救护队撤离前被山中医生发现的。伤员们痛哭流涕地号叫着、咒骂着，不时有人开枪自杀。黑黝黝的煤饼仓库顿时成了一座杀身成仁的坟场——

"呜呜……这仗打得真他妈的窝囊透了……咱们七十万大军，怎么打不过小日本三十万……"一个河南口音的人在流泪痛哭。

"主帅无能，累死三军！"一个四川人用沙哑的声音骂，"蒋该死（介石）这个龟儿子……"

有人打断："你敢骂委员长？"

四川兵毫无惧色："他让我们吃了败仗，老子不骂他骂谁？七十万大军挤在一起，无法展开，整个杭州湾却扔在那儿，门户洞开，不设一兵一卒，硬是让小日本抄了后路。要不，老子两个拼一个也能把日本鬼子拼光！"

"作战部是他妈吃干饭的，也不提醒提醒！"一个断了腿的伤兵哭喊道，"应该把指挥官杀光，一个不留！"

许多人一起愤怒地喊："对，杀光！全都送上绞刑架！"

黑暗中，一个沉重的声音解释说："怪只怪我们压根儿就没准备打，认为日本人不会扩大战争。几十万军队摆在那里，是做样子给人看的！想着到时候有'国联'出面调停，与日本和谈……"

说话的是一个站在角落里的青年军官，不等说完，十几个声音七嘴八舌怒吼起来："'国联'，'调停'，他妈的外国人都穿一条裤子，合着坑害咱中国人……"

"和小日本'和谈'？放他娘的狗臭屁！"

"打死他，打死他……这家伙是汉奸！"

旋即，疯狂而丧失理智的伤兵们将拐杖、砖头、煤饼一起向那个军官雨点儿般掷来。一丈多高的煤饼垛子雪崩似的轰然垮塌了，青年军官被煤饼压在下面。他挣扎着，试图站起来，又有新的“枪弹”袭来。

“不要胡闹了！”突然，一直在大门里忙着为伤员包扎伤口的桂子高喊着制止了这场闹剧。这时，救护队的宋队长寻到仓库催她快撤。桂子没有立即就走，她威严地伫立在门口的阳光下，大声宣布道：“掩护撤退的八十八师被敌人截断了，包围在苏州河那边……敌人正往这边包抄，大家起来，快跑吧！迟了，就来不及了！”

仓库里一片混乱，街道上的枪声越来越近。“啪啪啪”，又有几个重伤员开枪自杀。情急之下，山中医生跑过去搀扶那个被压在煤饼下的青年军官，拉出来一看，不禁大吃一惊，原来是自己失散两个月的丈夫汪大年。

“我来执行任务，顺便看看你。”汪大年钻出煤堆，用手擦着额头上的血污。

“你来看我？这么长时间你在哪里？”桂子怨愤道。

“对不起！战争来得太突然，我一直无法分身。”

“既然无法分身，还来干什么？永远别来找我！”桂子怒气冲冲地甩开他，自顾自到一旁去搀扶伤员。

“桂子，时间来不及了，我有一句话要对你说！”汪大年戴正军帽，整理好武装带就要离去。

桂子见他真的要走，茫然地望着他。她的一颗早已破碎的心颤抖着，急忙走过去，帮他擦去脸上的血迹：“你和我一道撤退吧，还要干什么去？”

汪大年歉疚地笑了：“对不起！我不能和你一起走。现在要到苏州河那边，把八十八师的弟兄们引导到英租界去。我可能永远也见不到你了。如果我牺牲了……”

说到这儿，桂子立即用手捂住他的嘴：“你不要说。你会活着回来的，我永远等着你！”

说着，两个相爱的人紧紧地拥抱在一起。

密集的子弹炒豆一样落在屋外的墙壁上和瓦楞上，碎瓦和土屑“哗哗”落下来，撒了他们一身。汪大年连忙推开她：“快！敌人包抄过来了，你们快从后边撤退吧！”

桂子执拗地说：“不，我跟你一块儿去！”

“别说傻话！”汪大年容不得丝毫犹豫，急匆匆说，“河那边有八百弟兄在等着我，他们早已弹尽援绝了。他们每时每刻都在流血牺牲！不能耽误啊！迟了，就要全军覆没……”

“我会打枪，我掩护你！”桂子发誓说，“要死，咱俩死到一块儿！”

见此情景，仓库里没来得及撤离的伤员围拢过来，齐声哀求道：“好姑娘，放他去吧！他是英雄！我们替八十八师八百壮士谢谢你。他们正等着他去指挥，等着他去接应啊……”

桂子松开手，一丝柔情倏然涌上汪大年的心头，他捧起桂子满是泪痕的脸颊，苦涩地对她笑笑，然后一甩头大步走了出去。

夜半时分，妇救会主任周玉英急匆匆叫醒安恩泽：“快起来！阎老西这个老狐狸变卦了！赶快转移吧，天亮就出不去了！”

安恩泽从睡梦中惊醒，一骨碌爬起来：“消息可靠吗？”

周玉英说：“他的部队正在分头行动，马上就赶到镇子上了。快！你人生地不熟，我来带路！”

一阵紧张慌乱之后，队伍悄悄出发了。在巷口，他们碰到影影绰绰脚步仓促的人群，那是留守干部以及“抗属”们在紧急转移。

虫鸣唧唧，水流潺潺，河滩的草丛里，有野鸭“咕咕”争巢的声音。这是一个月朗星稀的夜晚，皎洁的月光水银般倾泻大地，村子、山梁、河滩、复耕过的田野都安谧地进入了梦乡。队伍刚刚走出镇子，从县城西北方向陡然传来一阵枪声。不大工夫，负责监视顽军动向的杏花姑娘带着几个人慌慌张张跑了过来，告诉周玉英：“晋绥军追过来了，堵住了三岔路口！”周玉英听罢，吩咐安恩泽赶快带队伍到河沟躲避，待她将敌人引开后，再沿昕水河尽管往西跑。昕水河直通黄河，既是指路标又是一道天然屏障。安恩泽当然知道，周玉英要去的东沟，山岭上有日军重兵把守，将受到前后夹击，这是要去闯鬼门关啊……

周玉英带着边区干部边打边撤，果真将顽军引向东沟去了。听听枪声渐远，安恩泽连忙带领俘虏队伍，起身向西行进。黎明前，队伍在一个塄坎下停住，隐蔽到一片茂密的柿树林中休息。安恩泽派出岗哨后，又派出两名战士到黄河岸边去侦察，顺便寻找渡河的船只。安排妥当后，他坐在高处一棵裸露着树根的菀枣树下，警惕地注视着周围的一切。

安恩泽斜倚在树根上，仰望着枝叶间细碎的星空，一直惦念着周玉英她们的安危。这次受命从延安出发时，中央领导特别提醒他，国民党五中全会通过了“异党问题处置办法”，这是一个危险的信号，我们必须有所准备。第二战区司令长官、山西的土皇上阎锡山从来都是见风使舵的投机家，要防止他勾结日本，破坏抗日民族统一战线的行径，必要时，须对其进行针锋相对的斗争。

战士和俘虏们在林地上酣然入睡了，不知不觉，夜露很快打湿了人们的衣裳。侦察人员还没回来，安恩泽等待着，思考着。脚下隔年的枯叶散发着浓重的腐烂气息，他揉了揉鼻子，计算着明天的行程。如果渡河顺利的话，下午就可以回到陕甘宁边区，踏上前往革命圣地延安的归途了。延安、宝塔、延河、高唱抗战歌曲的军民……他渐渐进入了梦乡。

黎明时落了一场小雨，雨很小，打在柿子树肥厚的叶片上沙沙作响。忽然，安恩泽被雨声惊醒，赶快招呼大家整装出发。这时，哨兵报告说派出去侦察的战士回来了。安恩泽走出树林，只见两名战士慌里慌张从河口方向跑来。看他们变形失色的样子，情知大事不妙。

侦察到的情况是：阎锡山派长孙阎立仁控制了河防，他们在黄河各滩头和渡口张开大网，抓捕了许多从边区逃跑出来的“抗属”，正在河边进行杀戮。

“阎锡山这个老狐狸!”安恩泽咬牙切齿道。一回头，只见附近的山梁上和树林里，到处都是荷枪实弹的顽军。他们早已侦知了安恩泽的动向，叫嚷着，一步步向柿树林包抄过来。

安恩泽见状，立即吩咐道：“大家不要怕，紧紧靠在一起。子弹上膛刺刀出鞘，保护好俘虏。我倒要看看，阎立仁会要什么花招!”

晋绥军渐渐从四面八方把柿树林包围起来，战士们在安恩泽的率领下，挺出刺刀站成圆圈，将俘虏们护卫在人墙当中。

须臾，身着少将军服的阎立仁在一群军官的簇拥下出现在树林边。他个头儿不高，身材肥胖得肉辊子一样，两道半秃的鼠眉下，一双红肿的桃核眼骨碌碌翻转着。这个被山西人称为“鬼精怪”的阎立仁脑子挺灵光，一眼就认出了安恩泽。

那是“西安事变”发生后，阎锡山试图以北方“盟主”的身份插手其中，没想到张杨二将军撇开他请来了陕北的中共中央。阎锡山醋意大发，指派阎立仁到西安刺探消息、散布谣言，给中共方面制造麻烦。那时，安恩泽在中共代表处做保卫工作，群众抓获阎立仁交给他，安恩泽审问后将他放了。

“哎呀，原来是安大哥!”阎立仁满脸堆笑迎了上来，“你从小弟地盘上经过，咋不打个招呼？小弟好派人接送啊!”

“岂敢劳你大驾?”安恩泽冷笑道，“你的这份厚意领受不起呀!”

肉辊子故作惊讶：“怎么，有大军保护，还不好吗?”

安恩泽看了看周围山上的顽军：“不知你的大军是将枪口对内呢，还是对外?”

“啊，这个嘛……”阎立仁含糊着，一挥手，晋绥军很快退了回去。他鼓起肿眼泡，在俘虏群里滴溜溜瞅着。阎氏长孙此来，正是要攫取这批日军战俘。这些俘虏，对他来说太重要了。最近，受爷爷委派，阎立仁在临汾后村与日本代表大矢美久举行了秘密谈判。日方洞悉阎锡山的心迹，开出的价码是：只要参与共同反共，即可归还半数阎氏工矿企业；每交还三名日军战俘，即可归还一座镇子。只是，阎锡山在山西战场连吃败仗，手中哪有日军战俘？因此，一定要千方百计将八路军押送的这批战俘弄到手。阎立仁数了数，在场的日军战俘约莫三十名，算下来，那就能换回一座县城啊！阎立仁喜不自胜，赶紧讨好说：“误会，误会！请问安大哥，这是从哪儿来，到哪儿去呀?”

安恩泽心想，阎立仁控制了河防，船只都在他手上，要想过河，只有巧与周旋，然后再寻找机会。遂一抱拳说：“既劳少将军动问，明人不做暗事，我就照实告诉你吧。我们从一二〇师驻地过来，要把这批日军战俘送到延安去。现在，想假道于你，就看能不能高抬贵手了?”

“哈哈……”阎立仁大笑道，“好说，好说！不过，我有个条件。”

“什么条件?”

“留下买路钱!”

安恩泽朗声笑道：“买路钱？哈哈，我两手空空，身无长物啊!”

“不，不不!”阎立仁挺着西瓜一样的大肚皮向前走了几步，歪在安恩泽面前，如同市场上一个谈贾论价的商人，“山西人最善于做生意，不瞒你说，我想和你做一笔现成的买卖!”

“什么买卖?”

“这样吧!你把日军战俘全部留下，我派一条大船，送你到河西去。咱们井水不犯河水，怎么样?”

“把这些战俘全部留下?”安恩泽冷笑道，“该不是要送他们到太原司令部，在梅津美治郎那儿领赏吧?看来，你们把抗日的伪装剥得一干二净，准备公开投敌了?”

“哎!”阎立仁尴尬地笑着，“话不要说得这么难听嘛!在山西的地盘上，不管是你们共产党还是老蒋，也不管他日本人，‘两利相较取其重，两害相比从其轻’嘛!”

“又是你爷爷那一套卖国理论!”安恩泽怒斥道。

“什么卖国呀?这叫烧自家的炭，打自家的铁。山西的事情，用山西的办法来解决。总不能指望小姨子养娃娃!”

“如果我不答应呢?”

阎立仁一声冷笑:“那我就不客气了!”说着，将头一甩:“上!”

晋绥军如狼似虎冲了上来，双方刺刀碰撞在一起，迸发出令人心悸的铿锵声，一场搏杀一触即发。这时，和战士们站在一起的聪慧子被两名晋绥军士兵从队伍里拉了出去。她身旁的一位战士扑上去救她，结果，晋绥军撇开聪慧子，五六个人用刺刀将这名战士团团围住。趁敌人注意力分散的当儿，聪明的聪慧子“嗖”的一下从晋绥军士兵的腰间拔出一颗手榴弹，打开保险盖，一个跨步贴在阎立仁身边。阎立仁躲避不及，一跤跌坐在地上。

晋绥军护卫们被这突如其来的状况吓呆了，一个个不知如何是好。安恩泽上前怒吼道:“阎立仁，将你的部队撤下，胆敢再上前一步，就和你拼个鱼死网破!”

妄图侥幸取胜的阎立仁被扈从们搀扶起来，拍着屁股说:“好吧，好吧……不伤和气，不伤和气!我正要过河，咱们……可以同舟共济嘛!”

昕水河沿吕梁山西南麓蜿蜒而出，迤逦三百余里，向西汇入黄河。河口地段，留下一处处景色秀美的河汊港湾。开阔的河口北岸，是一处重要的渡口码头。码头旁的高岸上，几株婆娑的垂柳掩映着一座古庙，敬奉着黄河水神巨灵的神位。那是艄公船户们起锚前必须参拜祭祀的地方。

阎立仁带队走在前面，一边走，一边盘算着新的计谋。抗战以来，阎锡山和日本人一交手就丢盔弃甲溃不成军，丧家犬一样，一路夹着尾巴从晋北逃往晋南；晋南站不住脚，又逃到黄河西岸的陕西宜川县秋林镇去了。为了尽快回到河东，派出阎立仁与日方磋商，因此，这批俘虏的作用尤为重要。阎立仁早就筹划好了，晋西一带是黄土沟壑区，陆上交通十分不便，要想将日军俘虏送交太原，只有乘船逆流北上，到了三川河的柳林县后，方有一条东西贯通的公路直达省会。现在，这批俘虏和押送的八路军都在自己的控制之下，关键是要骗得他们分船而行，只要一起锚，急流险滩之中，就由不得安恩泽了。

下到河湾，只见停泊的十几条船只均被铁链牢牢锁住。坐在岸边的船夫们愁眉苦脸。昨天下达禁河令后，只允许进船，不允许出港。码头的另一旁，两条大木船在浑黄的水面上轻轻摇晃着，那是阎立仁为接俘准备的。土崖下的沙地上，刚刚枪杀过逃到这里来的“抗属”，他们有男有女，有老有少，尸体枕藉，惨不忍睹。

顽军杀人后撒出一溜儿岗哨，不许周围的乡民为他们收尸。

安恩泽见此状况，不由得满腔愤怒，追上阎立仁斥责道：“阎立仁，这些老老少少犯了什么罪，你竟然如此大开杀戒？他们都是抗日战士的家属啊！他们的亲人在前方浴血奋战，在后方，你就这样对待他们吗？你还有没有一点儿人性，有没有一点儿中国人的良心……”

阎立仁被责问得面红耳赤，气急败坏道：“我的地盘，不允许共党搞‘赤化’……”

“你这是破坏统一战线，破坏抗日！”安恩泽已忍无可忍了，“我要把你们的暴行向延安报告，在全国军民面前揭露出来！”

听到他的暴行将被揭露出来，阎立仁软了下来：“得得，先说说眼下吧！我备下两条船，一条大一些，一条小一些，陪你一同到河西去。最大的船，连同船工，最多坐不到四十人，你的人必须分开。”

安恩泽知道阎立仁这个“鬼精怪”在耍花招，想了想说：“这样吧！将俘虏分开，每条船上，我上几名士兵，你也上几名士兵。兵力对等，谁也不吃亏。”

“好倒是挺好。”阎立仁眼珠骨碌一转，“万一两方士兵发生摩擦，还不把船闹翻了。干脆，为了安宁，俘虏专坐一条大船，上面你我都不设一兵一卒，由我率领。另一条船上，你的士兵上多少，我也上多少，由你率领。这样才能保证你们的绝对安全，对吧？”

安恩泽知道他如此安排其中必有名堂，决定先答应下来，再见机行事。遂说：“好，就依你安排！”接着，严肃道：“我要求，你们赶快将这些百姓的遗体埋掉。”

“埋掉？”阎立仁干笑道，“我要用它警醒世人，看今后谁还敢投向共党！”

“无耻！”安恩泽愤怒地抛开阎立仁，带领战士冲破顽军的阻拦，到土崖下去掩埋尸体。

望着安恩泽和士兵的背影，阎立仁暗自发笑。他巴不得安恩泽离开岸边，好在俘虏乘坐的大船里埋下伏兵。对于另一条船，办法则简单多了：只要安恩泽他们一登船，便当即开火，务必将其全部射杀。他想，对付十几个土八路有什么难的，今天要让他们死无葬身之地！

土崖下，船夫和来此避难的老乡们看到八路军带头挖坑埋尸，也大着胆扛镢头拿锨过来帮忙。人群中，走过一位老船工。他手里拿着香蜡纸表，对安恩泽凄然说：“如果不是你们，这些可怜的人真不知要在荒滩上暴尸多久啊！”老人头发花白，满是沟壑的脸上挂着泪痕，白胡须迎风抖着。他在一个穿长袍的老年男尸前站住，然后蹲下来为他郑重地焚香祭酒，默念道：“兄弟，你谁也没招惹，怎么会……会如此下场呢……你先睡在这里吧！风头一过，我就回来为你搬尸……”

丢完最后一锨土，安恩泽从战士手中将砍好的一根柳枝接过来插在坟头：“大叔，插根柳条做个纪念吧，今后回来好找！”

“找什么呀？”老人摇头苦笑着，“就是搬回康城镇，家里也没人了！”

“康城镇？大叔，他是——”

“他是我家弟弟，一个教书先生。”

“大叔，您是康城镇的？”

“对！”老人指了指码头上的大船，“我是那条大船的艄公，姓周。”

安恩泽像见到了亲人，忙问：“妇救会主任周玉英同志您认识吧？”

“那是我侄女，昨晚叫晋绥军抓住，和杏花姑娘一共七八个干部，被吊死在祠堂门前的槐树上了……”老艄公用骨节嶙峋的大手抹了一把泪，将泪花甩在了沙地上。

开饭前后，阎立仁趁人们忙乱之际，派出多个卫队在码头和甲板上巡逻着。他们趁着上船下船，五名士兵变戏法似的偷偷潜伏到船舱的底板下。接着，不等俘虏们吃完饭，就驱赶他们统统到船上去。晋绥军荷枪实弹守住码头，不放八路军战士靠近。

不一会儿，周大叔带着十名船工从河神庙拈香祷告出来，一溜儿来到码头。登船时，晋绥军的一名上尉站在跳板旁，让每个船工伸开双手，一一查验手掌上的老茧。这一招真损，两名乔装成船工的战士被阻隔下来。

“你俩是什么人？”

“船工！”

“船工？嫩了点儿吧……”

老艄公站在船头，向下喊道：“喂！他两个是我的徒弟！怎么，这船不开了？”

“徒弟？”上尉恶狠狠地推搡着他们，“我看像八路！”

千钧一发之际，这边，安恩泽带领战士们已行动起来。他们一边往里冲，一边呐喊道：“阎立仁，为什么不放我们进去？我们要上船！”

阎立仁一看着了慌，生怕露出马脚，急忙走到两个年轻船工身旁，狐疑地看了看，带他们一同上了船。

起风了，大船挂起了两面巨帆，徐徐驶出宽阔的河湾，向黄河中流的激浪冲去。老艄公周大叔警惕地看着水情，喊着号子，发出一道道水令。正当大家准备迎击河心翻卷而来的浪涛时，阎立仁突然站起来，命令下掉巨帆，掉转船头，沿河岸逆流北行。

船上的人骚动起来，山中桂子质问为什么改道。阎立仁冷笑着，将脚在甲板上用力一跺，潜藏在舱底的五个晋绥军侍卫爬出来，拉响枪栓，连声吆喝着，将桂子和抗议的俘虏逼下船舱。

周大叔没有理会阎立仁的叫嚷，摇动船橹继续向河心航行。湍急的水流打得船身不住摇晃，阎立仁一看慌了，一边呼叫停船，一边拔出盒子枪对准周大叔的胸口，威逼道：“你这个老家伙耳朵聋了？再不掉头老子毙了你！”

周大叔瞪着他，收掉巨帆，缓缓将船掉过头来。此刻，大船早已驶离港湾，进入黄河水道。时令正当盛夏，上游冰化雪消，河水一日三涨，满河上下浊流滚滚，风急浪高，任凭船夫们把号子喊得震天价响，也难以挪动。艄公周大叔焦急道："阎将军，黄河无风三尺浪啊！你看，今天风这么大，又是逆水行舟！没人拉纤可要翻船的呀！"

阎立仁伸出他的圆脑袋，小心翼翼地向船帮下看了看水情，吓得立即缩回脖子。这时，周大叔已熟练地拴好五条纤绳，等待派人上岸拉纤。阎立仁将肿眼泡眨了眨，没辙了。

这时候，大船在码头上游渐渐靠了岸，船工们放下跳板，阎立仁只好命令他的卫兵们一起下去拉纤。

大船逆水上行，虽然周大叔摆动橹杆，船工们奋力划桨，纤绳向前拉着拽着，大船仍然寸步难行。焦急万分的阎立仁，忽然将目光转向了俘虏。他注意到了坐在船舱一角的三个女俘。早上一谋面，他一眼就看出了她们的身份："你们是慰安妇？"

"是又怎样？"聪慧子回答。

"你们统统给我下去拉纤！"

聪慧子讥诮道："下去？你肥肉滚滚的，一个人顶两个人，你应该下去！"

"大胆！你这个小慰安妇！"

阎立仁正要发作，乔装成船工的两名战士站起来，一齐向他逼去。机灵的阎立仁看到风头不对，下意识地举起盒子枪："你们是什么人？"

两名战士威严地回答："我们是八路军！"说着，已将他的手枪打落水中。

阎立仁别看样子笨拙，短胳膊短腿，亡命时倒是挺灵活。一边向船尾跳过去，一边向河岸上的卫兵大喊："开枪，快开枪！"

子弹嗖嗖地射过来，打在桅杆上发出"啪啪"的声响。周大叔拼命摇动橹杆，使大船掉头离岸。忽然肩膀一震，被一颗子弹射中了。他忍着剧痛，向跑过来的阎立仁飞起一脚。那肉辊子在甲板上晃了晃，惨叫着栽下船去。这时，船上的人早已砍断纤绳，大船驶离河岸，向中流疾驶而去。

阎立仁掉进黄河混浊的激流中，河岸上顿时乱作一团。当晋绥军的士兵大呼小叫忙着打捞落水的少将军时，安恩泽已率领战士们冲破警戒线登上了另一条木船。

威武雄壮的黄河船工号子在两条船上同时吼喊起来，这时，一排凌乱的枪声在岸边响起，那渺小的声音很快便被黄河的涛声和号子声淹没了。

十一

汪大年带领一百多名日军战俘南渡黄河，奉命到设在豫西陕县原店镇的陕西兵站集结，以便与洛阳方面送来的另一批战俘会合。他们是在夜幕掩护下渡过黄河的，上岸后，第一时间便将负了重伤的警卫员郑拴子送进兵站医院抢救。

郑拴子不断发着高烧，昏迷不醒，生命垂危。刺刀穿透了他的腹部，肠子断为几截，血污淤积在腹腔，整个伤口严重溃烂，必须立即施行手术。

手术一直进行了四个多小时，村村鸡乱啼的黎明时分，伤口终于缝合完毕。这时，陈排长、森下、水子和金子都赶来了，将郑拴子抬下手术台。

“谢谢你，救了他一条命！”汪大年对主刀的宋大夫感激地说。

“不用谢！”宋大夫扶了扶眼镜，摘下橡胶手套说，“这个兄弟是条铁汉，硬是用顽强的意志和毅力，创造了生命的奇迹。要是换了别人，三天三夜，很难坚持到现在。”

“谢谢，谢谢！”汪大年说着，要转身出门。

“请等一下！”宋医生摘下口罩，“您是汪大年将军吧？”

汪大年疑惑地望着他：“您是——”

宋医生眼睛里流溢着惊喜的光彩：“我早就从报纸上注意到你了。咱们见过面。”

宋大夫在搪瓷盆里洗了手，转过身来，汪大年这才看清了他：“对……淞沪抗战在前线救护队……我向你打听过一个人……”

“日本医生山中桂子小姐，对吧？”宋大夫温和地笑着。

“是呀！她现在在哪里？”汪大年急切地问。

“她现在……”宋大夫脸上的笑容一点一点抖落了，“这样吧！明天你有空到办公室来一趟，我交给你一件东西。”

第二天一整天，汪大年忙得不可开交，直到晚饭后，才有了闲暇。但是，宋大夫正忙于给刚送来的伤兵做手术，汪大年不便打搅，悄然离开了。

这里是崤山北坡的延伸段，整座庭院依山取势，错落有致，鳞次栉比，听说原来共有十八进院落，是明清两朝几代重臣原氏家族的宅邸。飞檐斗拱，雕梁画栋，厅堂廊厦，山林池台，被誉为中州第一豪宅。门楣上方，依然高悬着乾隆皇帝的御笔金匾，可见名不虚传。后来陇海铁路由洛阳向西修到这里，穿过庭院，将其分为南北两段。目前，黄河北岸近在咫尺的日军不断炮击，留下的完整房子已经不多。

汪大年刚回到卧室，宋大夫提着一只黑色皮箱来兵站找他。汪大年接过箱子，从那磨得发白的边沿上，一眼就认出这是自己在日本留学时的旧物。

宋大夫在茶几旁坐下，急忙问："你看看，这是你的皮箱吧？"

"对，是我的。"汪大年看了看，诧异地问，"山中医生她——"

"她……怎么说呢？很可能遭遇了不测。"宋大夫叹了口气说，"我们和伤员是最后一批撤出上海的。被敌人紧紧追赶着，大部分人都走失了。直到第二天，我和山中医生几个人在长江边上相遇了。她手里只提着这只皮箱，正要坐下来歇歇脚，突然日军从侧翼包抄过来。一阵乱抢扫射，好多人被打死了，活着能动的都跳进了长江……"宋大夫扶了扶眼镜继续说："敌人在岸上扫射，我的胳膊挂了彩，她过来帮我，结果被一个大浪卷进旋涡。我体力不支，只好慢慢游回岸边。我努力爬起来，到处寻找，再也没看见她，只捡到了这只皮箱……"

听到这个消息，汪大年只觉得脑子里"轰"的一声，犹如一道霹雳炸开，身子晃了晃，差点儿跌倒。难道自己一直思念和爱恋的人儿从此阴阳两隔再也无缘相见了吗？难道自己生命的另一部分如电光石火就此消失了吗？汪大年不敢相信。

深夜，汪大年默默打开皮箱，映入眼帘的，是桂子的半身照片。这张照片汪大年太熟悉了，那是在帝国大学留学时桂子特意送给他的，是他们的定情之物。那年，桂子不到二十岁。照片上的桂子穿一身洁白的振袖和服，为了融进一些中国元素，左领和左肩上，亲手用丝线绣制了两朵鲜红的牡丹花，看上去既富丽端庄，又灵动高雅。桂子高绾着传统的日式发髻，扎一条丝带，插一支银簪，青春调皮而不失风趣。桂子的笑靥才动人呢！天真而未脱稚气的脸庞上，眉毛眼睛弯成好看的新月，挺直俊美的鼻梁，小巧玲珑的鼻翼，嘴角自信蔼然地微微上翘，鲜艳的嘴唇盛满了柔情蜜意，一双晶亮深情的眸子仿佛在问：大年君，你喜欢我吗?

看着照片，汪大年眼眶里不觉蓄满了激动而辛酸的泪水。他静静地斜倚在床前，将心爱的桂子的相片贴在胸前，长久地思念着。他恍惚听到初次相遇时桂子那欣喜的天使般的声音——

"你是中国人?"

"是的。"

"你是来求学的?"

"是的。"

"你说要找山中教授?"

"是的。"

"……我是他的女儿!"

"……"

这次相遇决定了他在日本的命运。

1927年6月，汪大年带着师尊于右任先生的信函和何香凝女士交给的名片，从上海出发，浮槎东渡。没想到在海上遇到台风，邮船触礁沉没，他被海浪带到遥远的冲绳岛西南角的一片沙滩上。后来，几经辗转，才到了东京。这时，他身无分文，举目无亲，语言的障碍更是一座横亘在面前的高山。出发时携带的钱钞和信件早已丢失，为了糊口，只好应聘在上野公园做一名清洁工。第二年春天，正是樱花烂漫的季节，东京市民几乎倾巢而出，带上吃食饮品乐器和照相机去赏花。凡是有樱花的地方就有游人，凡是有樱花的地方就有欢声笑语。在整个东瀛，当推上野公园的花潮最盛。如织的游人们双双对对，三五成群，或携家带口，或亲朋相约，或同事相聚。他们来到樱花树下席地而坐，以怒放的樱花为伴为侣，观赏其美丽娇艳的姿容，吸纳其沁人心脾的清香，慨叹于樱花的圣洁高雅，陶醉于樱花的缤纷世界。

忽然，一个醉酒的浪人赤着肮脏的双脚踉踉跄跄闯了过来。在连续踏翻四五家筵宴后，来到一对坐而论道的父女之间。他一个裤腿高，一个裤腿低，衣冠不整，醉眼蒙眬，脑袋中央的独角髻像一只凶狠的斗鸡。他满口恶浊的酒气，令那女子为他献歌一曲。那位父亲上前理论，被浪人一把推倒在地。周围的人见状，大都噤若寒蝉，竟无一人出面解劝。浪人得势，更加恣意妄为。这事被一旁打扫卫生的汪大年看见了，他按捺不住，走上前堵在浪人面前。姑娘得救似的逃脱了，浪人正好拿他出气。汪大年初来乍到，在异国他乡，虽有一身功夫亦不敢造次，任凭浪人出拳出脚，只是护卫着那位跌闪在地的女子的父亲。浪人一看不能轻易取胜，急得哇哇大叫，其他浪人出来寻他，一起动手直扑汪大年而来。幸亏姑娘及时报了警，巡警赶来，将浪人一一拉开。那位父亲道谢离开后，警察问汪大年要不要去看医生，汪大年摇摇头用汉语说："不!"警察感到惊诧："你是中国人?"汪大年点点头。这情景，被还没走掉的浪人看在眼里，回头嘲笑道："哈哈，支那猪，一头支那猪!"那个时代，中国人在国外，特别是在日本，挨打受气是司空见惯的事，似乎不值得同情。

在一片讥笑的声浪中，汪大年强忍着眼泪，咬咬牙走开了，继续清理那些被丢弃在草地和道路上的垃圾。当他打扫到一杆路灯下时，那位得救的姑娘早就站在那里等他了……

汪大年至今回想起来，他的博士论文答辩会仍然像一场噩梦。

第二次留学东瀛，在导师山中德明教授的指导下，经过近三年的努力，他的经济学博士研究课题终于如期完成了。校方几经磋商，决定为他召开一次例行的博士论文答辩会。得到通知，山中教授欣喜地从教务长办公室出来，未及回宿舍换身衣服，拄着手杖急匆匆迈出校门。他要亲自去学生公寓，把这个令人振奋的消息告诉汪大年。

山中教授一连好几天没有见到汪大年了，听说他组织起全日本上千名中国留学生来东京举行抗议游行。山中教授同情他，十分理解他的爱国举动。可不是吗?自从今年早春"二二六"政变以来，虽然发动武装政变的皇道派青年军官被镇压下去，但是，他们旨在建立法西斯军人政权和加紧扩大侵华战争的主张却被继承下来。不说别的，就连校园内也不平静。一些右翼学生听说山中教授指导的中国留学生要取得博士学位，而且，其论文是以日本战败为假设的，这在日渐高涨的歇斯底里战争叫嚣中，显然成了众矢之的。山中教授走进课堂，黑板上用粗重的粉笔毫不客气地写着“你是日本人吗”的字样；住宅的墙壁外，被人用油漆画上狗的漫画，歪歪斜斜地涂满恶毒的标语。窗玻璃一再被人用石块砸碎，收到的匿名信中除了恫吓的话语还夹有步枪子弹。从医学系毕业一年多的女儿无法找到工作，不能说与此没有关系。对这些，山中教授都一笑置之。他的心愿是，只要协助汪大年取得博士学位，那么，一切艰难险阻都不在话下。

学生公寓坐落在东京湾一片幽静的树林后面，离山中教授的家不远。年逾花甲的老教授迎着扑面的海风踽踽独行，突然当面撞见了自己的女儿。只见桂子云鬓蓬乱，衣带不整，眼圈红红的好像刚哭过。山中教授诧异地问：“桂子，你这是怎么了?”桂子惊慌地说：“爸爸，咱家又让人砸了!”山中教授无可奈何地说：“砸就砸吧！看你慌的，哪像就要当新娘的人?”桂子二十一岁了，按照日本风俗，早到了谈婚论嫁的年龄，她和父亲选定的如意郎君不是别人，正是汪大年。说起结婚当新娘，桂子委屈地哭了，止都止不住。一再追问下，桂子哭诉道：“这两天，大年君老躲着我。他要我丢掉幻想，不要对他抱任何希望。我看他是做好回国的准备了……”山中教授一听急了：“他不想结婚，难道连博士论文答辩会也要放弃吗?”桂子抹着泪，胆怯地点头表示承认。旋即，山中教授一阵眩晕，身子摇晃着站立不稳了。女儿赶快扶住他，山中教授叹息道：“他太令我失望了……”

听说中国的游行学生和军警发生了冲突，有些被抓走了，有些被打伤了，有些下落不明。在家打扫碎玻璃碴的桂子小姐再也待不住了，她赶紧做了大年爱吃的中国关中农家凉皮，炒了几样拿手好菜，装进红漆桐木提盒，到公寓去找汪大年。一进门，她被眼前的景象惊呆了。汪大年的头上缠着绷带，一只手臂用绷带吊在胸前，正在铜盆内焚烧与各地留学生来往的信件。屋子里弥漫着呛人的烟雾，原来贴满墙壁的计算草图、数学模型公式、统计数据表格等等统统不见了。衣物、生活用品和书籍全都打了包，一副急欲逃亡的架势。看见桂子进来，他抱歉地笑了笑，仍然用一只手不住地向火盆里丢信函。桂子在他受伤的头上和手臂上摸了摸，问他疼不疼，然后跪在木地板上，和他一起焚烧那一大堆函件。

“你怎么逃回来的?”桂子幽幽地问。

“看到警察来了，我们几个发起者冲上去保护大家，结果被警察用警棍打倒在地，拉起来往警车上塞。当时，我受了伤，两个警察狠狠挟持着我。可笑的是，他们两个小萝卜头一样，力气也没我大。我猛地向前一带，接着又向后一退，他们两个笨蛋就摔趴下了。趁着混乱，我钻进了一家书店，和他们玩捉迷藏。你瞧！搜寻了几本好书，经济的、科技的、哲学的。”汪大年饶有兴趣地说着，末了，还套改了一首唐诗：“这呀，就叫‘他时若不逃名姓，归来哪得此多君！’哈哈！”

桂子扑哧一声被逗笑了，随之将墙角一大堆信件抱到火盆旁，跪下来说：“我爸爸让我告诉你，答辩会一定要出席！”

“答辩会？我想，可能是一场闹剧吧！”汪大年说，“不但不会有什么结果，而且会给你和导师带来更大的麻烦。所以，我想还是不出席的好！”

“你想逃避？”桂子站起来，怨愤道，“我父亲看错了你！他老人家的用意你还不明白吗？就是不怕杀头、不怕坐牢，一定要把正义的呼声发布出去，给好战的政府当头棒喝，叫沉醉的国民幡然醒悟，让全世界知道，在战争的策源地，并非一片混沌，真理之星在黑暗中闪光，先知先觉在逆流中搏击！”

汪大年放下手中的信件，解释说：“我佩服你和导师奋不顾身的勇气，但是，给当局以把柄，做无谓的牺牲，作为弟子，于心不忍啊！”

桂子说：“校方已经安排好了，时间就在明天下午。纵有千难万险我陪你上，就是刀山火海我陪你闯！为了真理，为了正义，为了日中两国的世代友好！”

汪大年沉默了，他不知如何回答才好。桂子的目光火辣辣的，仿佛是燃烧着的火炭。这时，桂子忽然像一个苦口婆心的小学老师在耐心教导顽皮的学童，一字一句教他：“跟我说——同——意！”

汪大年哑然失笑了。

桂子反身将一个提包拎起来藏在身后，让汪大年闭上眼睛。汪大年坐下来，桂子“咯咯”地笑着，将一顶博士帽给他戴上。汪大年走到玻璃镜前，镜子里，两张灿烂的笑脸幸福地依偎在一起。

博士论文答辩会的会场设在宽敞明亮的教务大厅里。临窗的一面是主考席，一排办公桌大约有十个席位，一律铺着洁白的桌布。答辩席是一张讲桌，放置在讲台上，背后靠墙的地方支着三块长方形大黑板。

大约从早上起，就有一帮反对者聚集在大厅外举行抗议活动。白底黑字的标语贴得到处都是。他们有的打着横幅，有的举着标语和漫画牌，气势汹汹呼喊着口号。当他们焚烧掉中国国旗和蒋介石的模拟像后，向校方递交了一份声明，要求当局取消答辩会，驱逐汪大年，惩办山中教授。为防止发生不测，几十名警察提前封锁了门厅和走廊。大厅外，是一道刚刚架设的隔离栅栏。远处，几辆警车静静地停放在操场上。

下午两点半，主考官在客厅聚齐后一同步入主考席。他们是：文部省次长兼东京帝国大学名誉校长山本纠夫先生，帝国大学副校长中村先生，教务主任原田先生，经济系主任左左木先生，经济系副主任板仓先生，博士生导师山中教授以及校外四位著名经济学家。

他们一个个西装革履，神情严肃，入座后稍稍议论了一下，担任主持的教务主任原田先生遂邀请汪大年进场。按规定，答辩人可以随身带一名擦黑板的助手，当然，这个人非桂子莫属。

汪大年和桂子进场时，突然有人将墨水瓶、臭鸡蛋和西红柿远远掷来，碰在墙壁上爆得粉碎。墨水和污物溅得汪大年满脸满身皆是。汪大年左臂棒伤未愈，行动不便，幸亏桂子早有准备，从提包里拿出一件崭新的西装给他换上。汪大年用湿毛巾擦了一把脸，提着黑皮文件箱大步走进会场。

教务主任神色冷峻，首先向答辩人介绍了主考席上的各位考官。汪大年走上前，一一向他们鞠躬致敬。接着，教务主任说了几句开场白，请汪大年向主考官们汇报课题研究的成果。

走上讲台，汪大年从容地打开文件箱，向主考席上看了看，开始讲述论文的基本内容。他说——

尊敬的主考官先生们：

我研究的课题是《日本的战争机器与经济资源制衡》。我们知道，战争是政治的延续。中国古代有“兵者凶也，不得已而用之”的古训，指出其结果“不可得志于天下”。这里，我们姑且将战争的性质对战争胜负的决定作用搁置不论，从纯经济学角度加以分析，看看战争这个怪物到底需要什么样的经济条件才能支持和培育。这里，我想举一个著名的例子。中国春秋战国时代的越国，在历史上曾上演了一出越王勾践卧薪尝胆的活剧。他们为了复仇，为了打败比自己强大的吴国，“十年生聚，十年教训”，整整准备了二十多年时间，举全国之力才赢得了那场战争。这是两个经济实力相当的国家，应该是历史上经济和战争关系最生动的例证。这无疑向我们提供了一个公理，就是，要想取得战争的胜利，必须使经济力量大于军事力量。可是，目前日本国的经济和军事力量之比正好相反，军事力量已远远超出并将继续超出本国的经济保障力，两者的平衡在战争之初即被打破，因此，战争的胜算极小。

先看军事力量——

昭和十一年（1936 年）2 月 17 日，广田内阁会议决定加强中国驻屯军，18 日发布陆甲第六号军令，重新编制中国驻屯军，至此，日本陆军的编制为：

中国驻屯军，下属：步兵第一、第二联队，炮兵联队，骑兵队，战车队，工兵队，宪兵队，医院和仓库；

关东军，下属：第一、第二、第四、第十二师团，独立混成第一、第十一旅团，骑兵集团，第一至第五独立守备队；

朝鲜军，下属：第十九、第二十师团；

台湾守备队；

国内师团，第二、第五、第六、第七、第八、第九、第十、第十一、第十四、第十六师团以及关东军留守部队。

综上计算，日本的总兵力为：陆军常备军 17 个师团 45 万人；海军船只总排水量 77. 1 万吨；空军 54 个中队，飞机 2700 架。

根据战争需要，预计五年内，将师团扩充为 40 个，飞行中队扩充为 140 个。

再看经济力量，这里是以黄金储备量计算的——

目前，日本银行储备的黄金，包括发行纸币的准备金，全部加起来只不过 13. 5 亿日元，而日俄战争时的储备为 28 亿日元，也就是说，不足日俄战争时期的一半。现在，由于黄金储备量不足，已出现了与贸易结算支付量不相称的局面。由于日本资源有限，几乎国民经济的一切物资都需要进口，而进口品种的正常比例也因战略物资的急剧增加被打破了。比如，今年需要输入的军用物资预算为 9. 6 亿日元，为此，不得不削减羊毛进口量的 81%，削减棉花进口量的 85%，其他工业原料进口量也大幅削减。国内的米荒已经开始显现，不得不拿出进口额的10%，约两亿日元进口大米。进口配额的打乱，正是经济秩序混乱的先兆，是国力衰减的开始。电力不足，生产开工率只有80%；煤炭短缺，火力发电设备闲置约50万千瓦。战争的扩大和经济的持续衰退构成了一对尖锐的不可克服的矛盾。

根据数理统计和微积分运算，如果战争继续下去，长期不说，大约五年，按抛物线原理，到昭和十七年（1942年），日本国力将会达到极限，出现拐点，从此走向崩溃的边缘——

日本的军费将占国家岁出总额高达73.7%，每天的军费消耗额将达到3100万日元，日本民众平均每人每年负担1061日元，将带动通货膨胀3.6倍，物价上涨2.9倍……

（注：此处所引数据详见汉译《中华民国史资料丛稿·中国事变陆军作战史》，转引自张宏志著《中日血战三部曲》第二部，国防大学出版社1993年7月第1版第233页。）

汪大年几乎没看讲稿，一口气讲了下去，一边讲，一边在黑板上做着数学计算。三大块黑板很快演算得满满当当，桂子落落大方地走过去，为他擦了两次黑板。

演算中，四位校外经济学家已相继就几个新概念和数学模型方面的问题提出了询问。汪大年不慌不忙做了解答，直到他们满意地点头为止。坐在主考官首席位置上的文部省次长山本先生早就显得不耐烦了。他面容憔悴，精神不振，深度近视镜片后面的眼睛有些浮肿，那是近日废寝忘食研究日本对华战略操劳过度所致。尽管这样，当他的目光间或从耷拉的眼皮底下溜出时，还是闪烁着一丝不易察觉的杀气。他干咳了两声，清了清嗓子，主持答辩会的教务主任原田先生立即会意道："下面，请山本次长大臣发表意见。"

山本左右看了看，挤出一丝干笑，以主人的口吻说："这样吧！这篇博士论文，想必各位早已审读过了，我看不必细讲。山中先生的高足嘛，很有分量，很有见地！我听了之后，感触良多，颇受启发。可以说，它对我们下一步制定国策、制定对华战略很有帮助。难得啊，奇才，奇才！"说着，他轻轻地拍了拍巴掌，其他人见状也相继鼓起掌来。

站在黑板下方的桂子欣喜地望了汪大年一眼，给了他一个会心的微笑。她悄悄指了指提包，又比了比帽子，意思是很快就会戴上博士帽的。

然而，坐在主考官席位上的山本忽然收敛了笑容，阴郁地说："我有一个不情之请。有一个假设，可能汪大年君还没涉及。中国古人讲'兵贵神速'。如果日本要实现大东亚共荣的理想，将对华的这场讨伐性战争，不用三年，也不用两年——不，不不！何必用那么长时间呢——而是缩短为三个月，一举而克之。请汪大年君以自己渊博的知识仔细研究一下，三个月之后，当中国在地图上不复存在的时候，你所谓的'资源制衡'学说，恐怕也就付之东流了吧？哈哈……"

"哈哈……"汪大年也朗声笑着，不无调侃地说，"中国有句谚语，叫'贪心不足蛇吞象'。没想到世界上果真有这种不自量力的人。中国幅员辽阔，有一千多万平方公里的土地，更有四万万英勇勤劳的人民。三个月灭亡中国？山本次长先生，您说出这样的话不觉得荒唐吗？中国广袤的腹地，您就是丈量，三年也丈量不完吧？更何况，战争的胜负，还有一条更重要的规律，那就是，战争的性质最终将决定战争的胜负。'得道多助，失道寡助。寡助之至，亲者叛之。'一切侵略战争，都注定是要失败的！"

"你是什么人？"山本次长被驳斥得哑口无言，一拍桌子，站起来质问道。

山中教授赶紧站起来打圆场："学术问题，务请息怒！我认为，汪大年君的研究成果，正像您刚才所说，'很有分量，很有见地'，对制定国策有直接的借鉴作用。'三个月灭亡中国'，不就是您提出的应对之策吗？可见，汪大年君的观点，切中要害。作为导师，如果从现实出发，从日本的前途和命运出发，我也提一点应对之策吧！我认为，既然战争之路是一条走不通的死胡同，那么，我倒是希望要珍惜国力，爱护生灵，走一条和平发展的道路。这与目前战争决策者们的论调很不一致，但是，我愿意做唱反调的少数派。我建议，汪大年君的这个研究成果，应该早日呈报内阁大臣研究，呈报天皇陛下御览。只有这样，才能让真理之光照亮我们的眼睛！"

听罢此言，考官们一个个惊愕不已。山本次长更是十分恼怒，他离开座席走到大厅中心，恶狠狠地说："山中先生，你要为你的话负责！"

"哈哈！"山中教授昂起头发灰白的头颅，凛然道，"我当然为我的话负责。无非是杀头、坐牢！你们还有什么本事、花招，请统统拿出来吧！"

这时，门外的抗议者已冲破警察的阻拦，拥挤到门口，不住拍打着门窗玻璃。

山本次长蜡黄的脸颊浮上一层黑云，冷峻而刻薄地问：“汪大年，你所引用的这些数据，如此机密，我看，你一定是中国的间谍！老实说，你窃取了多少大日本帝国的情报？”

汪大年正欲回答，山中教授巍然挺身出来：“这些数据，无一不是报章杂志上公开发表过的。要是问罪，那么，请先问他们好了……”

“住口！”山本打断山中教授的申辩，厉声指斥道，“你！汪大年，不但反对天皇陛下的战争决策，还公然组织支那学生游行抗议，犯有当众煽动罪、组织游行示威罪，警事厅早已决定逮捕你。我看，现在可以执行了！”

山本一挥手，早就守候在门外的警察恶狼般冲了进来，推开山中父女，扭住汪大年就往外走。

主考席上的考官们一个个大惊失色，欲上前解劝，山本哪容得他们插嘴，一个个被喝退回去。山本气哼哼地走出大门，钻进了轿车。

右翼学生趁机破门而入，乱哄哄喊嚷着，强盗一样，见什么砸什么。他们围住桂子，打掉她手里的皮箱和提包。稿纸散落了一地，黑色博士帽被掏出来，皮球一样被踩踏着。

山中父女顾不及被抢夺的物品，跌跌撞撞跑出大门。门外，警车鸣响了刺耳的警笛，车轮卷起一团灰蒙蒙的尘埃，将父女俩很快遮没了。

郑拴子的病情突然恶化了。由于第四集团军司令部遭到日军空袭，宋大夫和医护人员紧急过河抢救伤员去了，野战医院仅留下一名护士值班。看着郑拴子的伤口又开始化脓，高烧不退，汪大年急得在病房里团团转。束手无策的女护士抱歉道：“我告诉你一个人你去找找看，或许能有办法。”汪大年急问：“谁呀？”护士说：“这儿的房东，一个出家的道人。”汪大年诧异道：“这里又不是道观，怎会有道人？”护士说：“他本来在华山出家，回来葬埋父亲，三年祭期未满，所以还没离开。”汪大年猛然醒悟道：“你说的是原道长吧！”

按照护士的指点，汪大年来到后花园。推开门喊了两声，回答他的是高一声低一声惊悸狂乱的鹅鸣。不远处有一方清凌凌的池塘，几只肥硕的白鹅伸长脖颈，不住向主人报警。池塘后面有一座大殿，檐额正中高悬一块立式赤金青底九龙大匾，上书“藏书阁”三个大字。一会儿，从大殿里走出两个小道童，约莫十二三岁，青衣白袜，眉清目秀，走过来问他是治病求药还是会见师父。汪大年说要见师父，道童回答：“师父到后山采药去了，大约两三天后才能回来。”汪大年转身要走，一个道童忽然问：“你是道兄汪大年吧?”汪大年颇感惊讶：“你怎么知道?”问话的道童口齿伶俐，像巧嘴八哥，自我介绍说：“我叫金哥儿，他叫龙哥儿。师父整天念叨你，所以觉得面善。”一股暖流在汪大年心中油然而生，看见两个天真可爱的小师弟，不禁想起自己和安恩泽垂髫童年在华山玉泉院的情景，遂亲切地说：“等师父回来，我再来看你们!”

汪大年心中有事，来不及细看园内景致，两个小师弟陪着，送到角门，忽然墙外传来原道长那洪钟般的说话声。小道童一听，高兴得蹦跳着飞奔出去，将原道长迎了进来。原道长风尘仆仆，一身道装打扮，背着背篓，手拿药铲。多年不见，如今老人家的鬓发胡须全然花白了，紫铜色的脸上布满岁月的蚀痕，不过，腰板依然挺直硬朗，两眼依然灼灼如炬，更显得仙风飘逸，道骨清癯。汪大年急忙上前施礼。看到一身戎装的弟子，原道长已猜出他的来意，忙问：“你一定是要给什么人治病吧？快告诉我病人症状怎样!”汪大年简要说明了郑拴子的伤势，原道长想了想说：“既然医院没人，不如抬到这里来吧！一来清静些，二来可以随时照应。”

不大工夫，只听得池塘鹅鸣，原道长知道汪大年他们到了，遂走出大殿迎接，将病人安顿在厢房里。

原道长带着两个道童，金哥儿怀抱瓷罐，龙哥儿捧着切脉垫枕，一同来到病房。原道长在床边的椅子上坐下，抓住郑拴子的手腕，为他仔细把脉。待切过两腕的脉象，检查伤势后，抬头对护士说：“请你用药棉蘸上酒精将伤口清洗一下，要狠，要深。”吩咐过后，原道长取出一段棉纱，卷成两指粗的一个橛子，将金枪药均匀涂抹在上面，由金哥儿捏着，等护士清洗完毕，先在背部的伤口敷上药膏，贴上纱布，又给前腹的伤口敷上药膏，再把药橛塞进溃烂的腹内，包上纱布，紧紧绑扎了两匝，最后，给郑拴子盖好被子，带汪大年一起来到外间。

众人看原道长出来，赶紧将方桌让开。原道长坐下说：“病人的伤势很重，已侵入脏器，只有内服外敷，双管齐下，才能挽救他的生命。这样吧，我再给他配制两剂汤药，煎好了，今晚先服一剂。明天早晨是一大限，要是他的命大能醒来，就躲过了一劫，如果还昏睡不醒，也就没办法了。”

当晚，原道长要亲自在病房服侍，汪大年怎能答应，无奈，二人做伴共同守候。汪大年离开华山，一晃就是十七八年，期间也曾回去拜访过师父，只因时间紧迫，来去匆匆，未及深谈。难得今晚有重聚的机会，两人伴灯而坐，一边照看病人，一边小声地说着话。不知不觉，窗外夜色已尽，天光大亮了。

此后的两天里，在原道长的悉心照料下，郑拴子很快能坐起说话了。由于洛阳方面的战俘迟迟没有送到，不必立即起程，郑拴子正可以多调养几日。

这天，汪大年在回廊前的水塘边陪着郑拴子剥玉米饲鹅，金哥儿跑来传话说，原道长在藏书阁二楼的书房等他。汪大年自从送郑拴子来到后花园，一天两头忙，还没有去过师父的书房，赶紧将拴子委托给金子水子陪护，匆匆上楼去了。

池塘边的这座藏书阁，是五间宽两层歇山式楼房，一楼是原道长接诊配药和祭祖的地方，书房设在二楼。汪大年踏进门，首先在香案前焚香叩拜过师爷师太，未毕，原道长已站在楼梯口等他了，呵呵笑道：“大年，不必拘礼！我唤你来，是要探讨一下当前的世事。快快上来！”

汪大年缓步登上楼梯，师父的书房兼卧室即在楼梯口的隔房内，其余四间其实就是高与梁齐的摆满书籍的书架。书房的陈设很简单，一具卧榻，一张书案，一张茶几，三把太师椅，墙上挂着一把古筝。书案上摆放着文房四宝和一堆夹着书签的线装书籍，正在翻看的是一本石印小册子。汪大年拿在手中一看，是延安新近流传过来的毛泽东撰写的《论持久战》。

“大年，”原道长指着石印小册子问，“这本书你看过吗？”

“看过。”汪大年回答，“毛先生的看法独到而精辟，可谓是我的知音。”

“噢？”原道长高兴地问，“何以见得是你的知音？”

汪大年说：“抗战爆发前，我在日本研究的课题，正是日本侵华战争将会怎样收场。毛先生认为中国的抗战只能是一场持久战，经过战略防御、战略相持和战略反攻三个阶段，在国际反法西斯战线的共同配合下，最终将战胜日本帝国主义。这和我的观点不谋而合，故而引为知音。”

原道长听了，拍手道：“好好好！正所谓‘英雄所见略同’。”说着，顺手打开一帧靛蓝色锦缎面的书匣，取出一本线装书籍翻开来，指着一幅八卦图让他看。

汪大年幼时听师父讲过，祖师爷陈抟老祖在华山挖掘出失传数千年的“河图”和“洛书”，用以演绎天数。曾推算出穷叫花子赵匡胤当有宋室江山，用一阵神风将其摄来，留在华山下棋，并赢得了华山。至今下棋亭犹在。莫非这就是那神秘的《先天图》？他仔细看着，这是“震下艮上”的“颐”卦，下面有几句箴言和颂词，他读了读，不解其意。

原道长笑道：“这是中日之战的卦象，咱们道家的先师早就推衍出来，留在典籍之中。古人在《彖传》《象传》中解说得很明白：颐者，容颜也。代表养身养性求养自养。养人者多得正，故多吉。求养者多不正，故多凶。上卦为艮，艮乃山也；下卦为震，震乃雷也。震雷在山谷滚动，是一战争凶象。战争的原因是‘舍尔灵龟，观我朵颐’。就是将自己的财宝放在一边，觊觎别人的东西，而其结果是：‘颠颐，拂经于丘，颐征，凶。’就是说，违背常理，开疆扩土，为此发动侵略战争，很凶险。再从象数上看，从‘初九’到‘上九’，阳爻终而为一，非为战争所动，说明中国从弱到强并走向大一统。中间‘六二’到‘六五’，四阴爻来势汹汹，但四阴仅有八叉，说明最多不过八年即告失败。润芝先生说得好……”说到这里，原道长翻开《论持久战》，指着他用红笔勾画的一段，朗声读了出来：“如能坚持抗战，坚持统一战线和坚持持久战，中国将在此阶段中获得转弱为强的力量……最精彩的结幕便能很好地演出来。”

汪大年听着，不住点头，眼睛一直注视着卦象，顿悟道：“这卦象简直是一种六维布尔向量的数学模型啊！我看到了，四阴爻递升为‘上九’，正是润芝先生说的那个‘最精彩的结幕’！”

原道长欣喜地望着弟子，汪大年抬起头，觉得师父约他前来，并非只是要告诉他这些，遂问：“师父！弟子不才，还有什么见教，敬请明言！”

原道长笑道：“我今天唤你来，正是要为你指出一条路。”

汪大年不禁一怔，双膝跪倒，诚惶诚恐道：“愿听师父教诲！”

“这既是你我的前途，也是国家的前途。”原道长将他扶起，两人分两边坐定。原道长缓缓说：“这次你来，我就该走了。这本是天意，今后你会明白。”汪大年不解，正要动问，原道长摊开书页说：“好，咱们再看抗战胜利后世事如何。这是‘蛊’卦，上卦为艮，艮为山；下卦为巽，巽为风。高山沉静，乃圣人出世之象。风行山下，乃喻教化万民，安居乐业。风吹草偃，国事大有可为呀！你要切记，切记！”

汪大年听得有些懵懂，还要探问，楼下忽然有士兵报告说，洛阳的战俘送到了，有个一号战俘躺在汽车上不下来，还破口骂人哩！

汪大年闻说，放下书本，告别师尊，来到大门外。只见五辆卡车上的俘虏已列队完毕，仍有一名战俘躺在车厢的担架上不肯下来，更不让陈排长碰一下担架。汪大年一个箭步跳上车厢，揭开这名战俘蒙在脸上的手绢。当双方的目光碰撞在一起时，他们二人都惊呆了。

十二

汪大年押解近三百名日军战俘在豫西兵站集结的行动，日军华北司令部了如指掌。情报是由寺垣北村通过收容所中校副官顾辟疆获取的。据此，华北司令部命令山西运城晋南司令部组织实施营救。晋南司令部将这一任务交给爆破专家川崎赖之助大佐，由他担任这次行动的总指挥。经过精心策划，他制订了一个完整的破袭方案，这就是：首先派出一支行动小组，潜入陇海铁路潼关东段各站，破坏铁路，阻断列车，择机打入俘虏内部，进行策反；其二，另派一支由汉奸和日军联合组成的混合编队，在潼关车站附近设伏，待列车到达时，以炸毁车站西侧二百多米外的潼峪河大桥为信号，拦截列车，实施突袭；其三，由一支日军精锐伪装成商客，乘船从再次得手的风陵渡出发，前往潼关黄河口接应。这是一个里应外合、多管齐下的严密作战方案，务求必胜。因此，取日语“胜利”的谐音“栗子”为其代号。

“栗子”行动的准备工作十分机密，每个细节几乎无懈可击。协助组织并担任掩护任务的是运城盐帮头目屈文举。屈家是河东解州人氏，祖孙几代以贩盐为业，在西安五味什字附近的盐店街开有盐号，是远近闻名的盐业金融巨头。1934年陇海铁路修到西安以前，历代山西运城的潞盐要输往关中，先在盐湖“解池”装车，载往风陵渡上船，过黄河进入渭河水道，在潼关港口镇稍歇，然后水运至西安北郊草滩镇码头下船。铁路运输兴起后，较之水路，不但快捷方便运输量大，而且运价低廉，故而山西的煤炭、食盐、铁器等大批货物由水路输往潼关后，大都改由火车装运了。这样一来，潼关码头上、车站旁，到处都被山西入陕的物资挤得满满当当。

港口镇因码头而兴，这里山西会馆林立，到处都能听到操着山西各地口音的人。抗战以来，日军几乎占领了山西全境，往来物资大为减少，但有钱有势的巨商仍运输不断。日军对盐池实行封锁禁运，食盐一部分运往华北用作炸药原料，一部分留下自用自销。屈家是日军庇护下垄断经营的盐业巨头，他们从祖上便在港口镇设有运城会馆，现在更是这里首屈一指的豪富。他们财大气粗，肆行无忌，豢养了一个长枪护盐队，有数十名“盐丁”，整日喝五吆六，耀武扬威。屈文举正是在武装护盐的幌子下，暗中运来了几十条长枪以及子弹炸药等，同时，这次行动的总指挥川崎大佐带着一名副手也秘密上了岸。为了勘查爆破地点，川崎还装扮成屈府贵客，堂而皇之地登上了戒备森严的潼峪河铁桥。

岩切五郎掉队后，沿铁路线一路乞讨。十只水壶一股脑儿扔在说鼓书的女子那里，落了个满头疙瘩。两天来没讨要到一只馒头。大热天，身上除了衣服，再没什么东西可以拿去交换，总不能光腚在街上跑吧？

正是下午时分，太阳快要落山了。渭河入黄处是一片芦苇丛生的滩地，河面十分开阔，耀眼的波光刺得他有些眩晕，浑身不住冒着虚汗，没有一点儿力气，他知道这是虚脱。他下到滩底，在一块明净的水洼旁匍匐下身体，埋头在水中痛饮了一番，正用袖子擦脸，扑棱棱一只惊飞的黄鸭吓了他一跳。看见可以充饥的野物，肚里的肠子便一阵阵拧绳子。笨拙的野鸭飞不高，就在触手可及的地方。他尾随在后面追过两个浅滩，不但没抓着，反搞得满身泥浆。这一带河滩人迹罕至，他索性脱下衣服洗过后晾晒在芦苇秆上。新的小小收获是，抓了几条毛毛鱼和青蛙，生吞活剥，总算给了肠胃一个不错的交代。衣服还没干透，他把裤腰翻晾出来。这时，忽然看到有两艘满载盐包的木船从河口划来，顺着河道缓缓驶向河湾深处的码头。他不禁心中窃喜，何不去码头卸货混顿饭吃？

想要在港口镇挣几个钱并非易事，这里的活路均被各个帮会把持着。岩切懵懂而来，哪里知道这个。他看船帮旁十几个搬运工排成一溜，依次扛起两袋百十斤重的盐包从跳板下来，码放到货场上去，也照样子排队上了船。没想到扛包的时候被两个下货人拨拉到一边："去、去！哪来的逃兵也想蹭饭吃？"他搓着手，怅然下了船，只好站在跳板边扶一把身单力薄的人。看到他如此忠诚卖力，一位老者同情道："是河东跑回来的吧？屈家大爷正收拢扛过枪的。要吃饭，找他去！——喏！往东走，运城会馆门前正要石锁子呢！"

屈文举本是富家公子，从小衣食无忧。父母给他取名"文举"，本希望他读书进学，日后图个出身前途。但这个浪荡子与书卷无缘，一本《三字经》读了三年还要吃老师的板子，真是苦不堪言。他天生好使枪弄棒，别看身材不高，却力大无比。手下网罗了一班狐朋狗友，整日游手好闲，花天酒地。他无论走到哪里，不管在家中还是会馆，都自备一把四五十斤重的青面兽头大石锁，每当黄昏时分舞得上下翻飞。

岩切来到运城会馆，只见门前黑压压挤满了看热闹的人。原来大家正在观看"盐大王"屈文举卖弄石锁功夫。屈文举三十来岁，过早地秃顶了，他赤裸着上身，皮肤微黑，两道浓眉，一双虎眼，玩得正在兴头上。半百斤重的石锁，从裆下顺势摆起抛向空中，落下来时，"嗨"的一声用单掌接住，一会儿托举在肩，一会儿滚落臂弯。每玩罢一个动作，周围人群就捧着场大声喝彩。不大工夫，他有些气喘，光亮的额头，已汗津津的了。遂放下石锁，让其他人来试。一连有两个黑衣盐丁想一试身手，装模作样上去，将石锁仅仅提了提，就龇牙咧嘴地放下，惹得众人嬉笑不已。岩切五郎素以大力士著称，在一旁早就看得眼热手痒。见盐丁丢下石锁，便甩掉上衣，健步上前，将石锁提在手中试了试，还行，遂舞动起来。岩切玩的是日本招式，将石锁高高抛起，用手掌接住擎在空中，推出去连着换过几手，突然一个下跌，正要落地时，轻巧地伸出脚钩住石锁的横梁，"嘀"的一声呐喊，石锁竟飞上了肚皮。更令人吃惊的是，他单脚点地，将石锁横向抡开，人随石转，石随人走，如风轮旋于水上，如巨石浮于旋涡，看得人眼花缭乱，一个个目瞪口呆。岩切毕竟腹内空空，正当人们叫好时，一不小心，晃了晃身子，跌倒在地。他赶紧从地上爬起，抱歉地笑着，正好屈文举走过来拍着他汗湿的肩膀："你是河东的？叫什么名字？"岩切冲他微微一笑："杨五郎。"他的声音尽管不大，还是被周围人听到了，一起哄笑起来："原来是杨家将啊！从五台山下山还俗了！""盐大王"喜欢用山西人："我这里正要用人，你就留下吧！"

岩切就这样当上了盐丁。这一晚，不但吃了一顿饱饭，还换上一套崭新的“盐丁装”。面料不错，是黑色撒花府绸，轻薄滑爽：上身是绲边箭袖盘龙排扣的对襟褂子，下身是灯笼扎脚大裆裤，穿在身上挺舒服。也许是两天来走得太累了吧，晚上一挨上枕头，便呼呼睡去。他做了一个梦，回到少年时代的家乡新潟县。那里土地贫瘠，到处是山，山上常年云雾缭绕。他梦见年迈的父母用镐头刨地，一点一点开垦出屋后山坡上扁担一样尖溜溜狭长的梯田，比李二嫂家的山坡地小多了……忽然听到妹妹在喊他，低头一看，妹妹站在山崖下水田的木梯上将秧苗递给他。他去接秧苗，妹妹不知怎的就掉到雾气腾腾的山沟里不见了。他慌忙去寻，妹妹和一群未成年的孩子站在一起，根据政府拓殖计划，他们要移民到中国满洲去。一个个稚嫩的面孔上泪水涟涟，挥手向父母告别……

睡梦中的岩切被人用脚踢醒了：“哎哎！别吃饱光睡，该上岗了！”

晚上值更的人大约有七八个，有人守护盐场，有人守护庭院。岩切刚招进来，分配他守护后院。

后门角上有一间不大的房子，夜深了，里面的灯光依然亮着。出于好奇，岩切趴在窗上听了听，是老板屈文举和另一个人用日语在争执什么。屈文举说：“刘师爷那边，人已经无法撤回了。他带的人不多，既要混入俘虏内部，还要控制列车，这两件任务都不容易，错过了凌晨3点，炸桥也就作用不大了……”

屈文举被一个粗暴的声音打断了：“不行！皇军接应部队要上岸，必须绝对保障他们的安全！现在派出去执行堵截任务的兵力太少，必须增加！”

“我这里没人！要增加兵力，派皇军增援部队来好了！”

“胡说……”

两人吵得不可开交，他们被一个嘶哑的声音阻止了：“好了好了！这个问题不用再争论下去！”这个人的喉咙像拉风箱一样呼呼直响，停了一会儿又说：“你不是说刘师爷很精干吗？汪大年带的士兵不多，也就一个班。只要他打进去，俘虏是会立即响应的！我担心的是，潼关的河防部队，一旦听到枪声，会立即包围过来，因此，原来安排在车站的兵力，应分为两路……”

听到“汪大年”三个字，岩切惊讶得几乎叫起来。深更半夜屈文举和谁在商议如此重大的军事行动？又是炸桥，又是混入俘虏内部，又是皇军增援……作为军事专家，岩切一听就猜出其军事意图。这件事关系重大，一定要搞个明白。

岩切悄悄用舌尖将窗纸舔湿，向屋子里看去。屈文举对面，坐着一个年龄不大的胖汉，而正在说话的，是一个走来走去的精瘦中年人。他说话和哮喘的声音怪怪的，岩切觉得有些熟悉。

屋内的谈话继续着，瘦子要求屈文举明天到潼关县城再招募十几个盐丁，屈文举不同意，说对付河防部队，他另有妙招，说着，声音便压低了，听不清到底说了些什么。

一会儿，屋内突然爆出一阵大笑，随之，煤油灯“噗”地吹灭了，三人走出门来。屈文举正要锁门，看到站在不远处的岩切，愠怒道：“你一直在这里偷听？”

岩切立正说：“报告长官，没有！”

瘦子问：“这个人是谁？”

屈文举一边锁门一边说：“下午才招进来的，逃兵！”

瘦子来了兴致：“逃兵？”说着，走到岩切面前，从头到脚仔细打量了一番，突然用日语问：“哪个部队的？”

岩切装作没有听懂，木头人一样僵立着。一勾弦月从后院如盖的槐树上筛下细碎的光斑，借着亮光，岩切终于看清，这个骨瘦如柴个头矮小的人，是东京谷山陆军士官学校的学长川崎赖之助大佐。川崎比自己高一年级，专攻爆破技术，患有哮喘病，嗓子眼儿像塞了一团干草，整天呼噜呼噜的，有时气憋得直翻白眼，那样子活像蒸锅里一只垂死挣扎的螃蟹，人称“蟹壳将军”。川崎始终没能认出他来。

川崎拍着他的臂膀，用汉语问：“哪一部分的？”

岩切不禁一阵窘迫。他没到过山西战场，不熟悉晋绥军的代号。当时在山东被俘时，是和李宗仁的部队交手。情急之中，忽然想到李二嫂的丈夫。李二嫂经常在他面前提说，随之答道：“一七七师！”

“嗯？”川崎在陌南战役中的对手正是一七七师，双方都打得很艰苦。今夜见到对手的逃兵，不觉喜形于色。他双手抓住岩切的衣领仔细看了看，胸腔里呼噜着，用力一推：“要是一七七师都是你这样的逃兵，就……哈哈……”

“盐大王”陪川崎反身回大厅去了，他们又用日语交谈起来。川崎不放心道：“这样的人，一定要警惕！”屈文举夸口说：“在我的地盘上，就是一条龙，也翻不起浪来，何况一条小泥鳅！”川崎提醒他：“不能麻痹大意，一切谨慎行事，否则功亏一篑！”

他们一边说着，转身拐进了厅房。岩切看四下无人，遂转到小屋外面，隔着门缝，借助门槛下透进的一线亮光，看到小小的房间堆满了枪支弹药。他数了数，约莫有二十几支步枪、四挺机枪和十几箱子弹，另一边，是三箱炸药和雷管之类。看来，他们真的是要组织一次规模不小的军事行动了。

亲眼看见了这些，沉静如水的日军战俘岩切五郎的思绪一下子掀起了巨大的波浪。现在，他完全可以十分便捷地参加到这场俘虏暴动中去，并在其中发挥重要的指挥作用，只要亮出身份就行。在陆军士官学校，他除了在炮科学习外，还专门研修了排兵布阵的作战技术，可以毫不夸张地说，他的军事指挥才能远在川崎之上。这从战争开始不久他便升任为联队大队长得到佐证。而川崎，直到去年陌南战役前才升任为大佐级指挥官——这是在收容所听说的。如果这次暴动成功，仅凭解救近三百名俘虏的功劳，岩切不但可以完全洗刷被俘的耻辱，得到一枚瑞宝勋章，而且根据目前日军前线指挥官奇缺的现状，立即可以晋升少将军阶。作为一名军人，还有什么比荣誉更高贵呢？这真是千载难逢的机遇啊！而且，这是在对方完全不知情的情况下发动的一次突袭，成功几乎是毫无疑义的。但是，做了少将、中将乃至大将，其结果又如何呢？无非是屠杀更多的中国人，无非是把更多的日本青年驱赶到战场上去送死，然后自己也在某一天被打死或者炸死。阿部龟秀这样的“名将之花”不就是前车之鉴吗？他并不怕死，从成为职业军人的那一天起，就做好了随时牺牲自己的准备。但现在，他冷酷的铁石心肠不知从什么时候起，已被一条看不见的柔丝缠绕着，仿佛一块浑无知觉的顽石印上了一脉细嫩的草茎。他的感情的天平因此而倾斜了。难道还要去屠杀像李二嫂和狗娃这样善良的中国老百姓吗？难道还要把无辜的老百姓关进屋宇扔进一个毒气罐，然后在他们痛苦挣扎和绝望哭喊的声音中沾沾自喜如听仙乐吗……不能，绝对不能！如果说被俘前，杀人对他来说是一种军人的天职，是为了大东亚共荣的义无反顾的责任，那么现在，他厌倦了，胆怯了，他的良心在颤抖。他讨厌这种给占领国带来灾难并且使自己变成杀人恶魔的战争。他要为尽快结束这场战争而努力，他要为人类永远没有战争而奋斗。因为，和平在他的心目中，是多么珍贵，多么美好！

岩切苦苦思索着，眼下，要挫败川崎的阴谋并不容易，因为没人会相信一个落单的俘虏。他也无法知道汪大年到达潼关的准确时间，唯一可做的，就是将这个消息打电话报告给远在宝鸡的俘虏收容所副官顾辟疆中校，让他转告汪大年。除此之外，他别无选择。

在港口镇的所有会馆中，运城会馆算得上最大的一家，门脸也最有气派。由于这里是鸡鸣闻三省的水陆交通要津，南来北往做生意的人很多，成为潼关古城最热闹的去处。

从半夜起，来得最早的一批人，要数卖各种小吃食的摊贩。他们到这里抢占一席之地后，便支起锅灶案板，生火拉风箱，和面揉面，开始忙碌起来。天色微明，第二批赶来的是附近村寨吆马车的车户。听说昨晚解州盐上了岸，他们是专为“盐大王”屈文举运货的。太阳出来以后，该是农人们带着自家的出产陆续上集的时候。一时间，挎篮的、挑担的、推车的，更有成群结伙的难民，熙熙攘攘把个盐场内外挤得水泄不通。

按照惯例，屈文举只要在会馆住宿，早晨起来都要将盐丁们操练一番。一是为了整饬纪律，二是借此煊赫声威。这天早上操练完毕，他训话说西安的食盐十分短缺，盐店街的库存早已断档，今天装运火车，大家必须格外小心，严加防范。难民手里有钩镰刀，专捅盐包，因此，要挑选几个身强力壮的兄弟护卫押送。他将目光在盐丁中溜了一圈，杨五郎被第一个喊出来。火车站在潼关县城北面的半山坡上，距港口镇十里多路，两大船食盐足足装了十八驾马车。每个盐丁押运两驾马车，派定后，浩浩荡荡出发了。

一路上，果然有成群结队的难民提着破烂的大包小包追撵马车。他们老老少少拖儿带女，前呼后拥不离左右，时而亮出自制的各式武器。但有盐丁护卫，始终不敢下手。岩切看见一位衣衫褴褛的白发老汉来戳盐包，他空放了一枪，老汉躲避不及，跌倒在一尺多深的车辙里，差点儿被马车轧死。多亏岩切眼疾手快，将他扶起，所幸没发生什么意外。

十几节闷罐车车皮停放在岔道上，盐包装车的时候，岩切避开众人，独自走到站台尽头的站长室。站长是一位满头白发的老人，正守着电话机发呆。岩切敲门进去，把一盒万宝路香烟送给他，那是会馆给每位押车盐丁发的特殊津贴。于是，被允许给宝鸡打个电话。电话好不容易接通了，那边是顾辟疆的声音："喂，谁呀？"

有站长在旁，岩切简短说："我是五郎！"

对方一定没听准，莫名其妙道："舞娘？你要伴舞的？我这里不是舞厅更不是妓院，没有舞娘！"接着，就要挂断电话。

岩切急了，大声吼道："别急，别急，我在潼关！"

"铜川？煤窑上的煤黑子，好好挖煤得了！"

听到这儿，老站长摇着头出去了。岩切这才放下心来，说道："我是岩切五郎，我掉队了！现在有紧急军事情报，请你赶快转告汪大年主任！"

"噢，倒是说清楚啊！"

顾辟疆的声音慢条斯理的。岩切已顾不得计较他傲慢的态度，为了抓紧时间，便将这里如何准备拦截火车，如何布置打入俘虏内部，如何派部队接应的全部情况一股脑儿报告给了顾辟疆。当他请示自己该怎么办时，电话挂断了。

老站长走进来，抱怨他打电话的时间过长。从他似笑非笑的嘴脸看，岩切猜测这个白头翁一定偷听了所有内容。岩切想警告他两句，盐丁队长在外面喊他，只好恶狠狠瞪了两眼走开了。

晚上，会馆意外地为盐丁们举办了一次庆功宴。说是两船潞盐安全发往西安，皆因弟兄们卖力，所以老板甘愿破费，特意犒劳大家。岩切乍听这话，很有些纳闷儿，但转念一想，屈文举说西安食盐早已断档，这十八胶轮大车的食盐必定会卖一个好价钱，于是，也就不以为怪了。岩切一连好几天没有吃到像样的饭菜，因此贪吃了一些。酒过三巡，大堂上猜拳行令你来我往乱成一团。他只怕喝酒误事没敢沾唇，饭菜并没有客气。扔下碗筷正要退出，只见满脸涨红的大东家端着酒杯摇摇晃晃走来。屈文举本来就满身匪气，几杯下肚后更像一个山大王。他拉着岩切一定要他喝几杯："来来来！兄弟你劳苦功高，再干三杯！"岩切推辞说自己喝不了酒，屈文举嗔道："男人不喝酒，死了不如狗！"那些东倒西歪的酒徒们也闻声过来，呵斥道："你真他妈的不识敬！大王请你，焉敢拒绝？"说话间，屈文举一连自斟自饮三大杯，末了，杯口朝下，愀然作色道："喝不喝？"既然主人先喝在前，岩切怎敢拒绝，为示敬意，也自斟自饮了三大杯。屈文举见他三杯下肚面不改色，瞪起眼睛一眨不眨地看着他，故意用半通不通的汉语说："能喝不喝，你的，狡猾狡猾的有！"

岩切心中不禁一惊，难道那个白癜风告密了？但是又不像。如果告密了，他们应该把自己拉出去枪毙才对，何必如此客套？他又一想，事情既未暴露，还是保持冷静细心观察为好。于是，称谢道："谢谢大王！小弟今晚还要站岗……"屈文举一伸胳膊："来，满上！今晚站岗，免啦！"盐丁们一哄而上，你一杯，我一盏，不大工夫，便把个岩切五郎灌得酩酊大醉不省人事了。

后半夜，岩切只觉得手足麻木浑身酸痛，口里干渴得要命。睁眼一看，哎呀！人怎么都倒立着侧头看他？一个激灵猛乍醒来，原来他被扒掉衣服反剪双手倒吊在大厅的二梁上。——事情败露了！

他当然不知是谁出卖了他。原来，被日本特务寺垣北村发展为内线的收容所副官顾辟疆接到他的电话后，火速找到寺垣，旋即向日军华北司令部拍发了电报。华北司令部即刻命令晋南司令部一定要将岩切活捉，勿使逃脱，然后交由军法处置。川崎接到电报，吃惊不小，遂导演了上面这出"鸿门宴"。

"岩切五郎，你好大胆！"一个干咳着的嘶哑的嗓音咆哮道，"你还认识我吗？"

岩切不用看就知道是谁了。他睁开眼复又闭上。虎落平阳被犬欺，有什么好说的。他没有吭声。

"装死是不是？你险些坏了我的大事，给我打，狠狠地打！"川崎十分气恼，命令左右道。

川崎的助手和盐丁们脱掉上衣，轮番用蘸了水的皮鞭向岩切抽去。岩切咬牙忍受着剧烈的疼痛，不一会儿，已遍体鳞伤了。

岩切曾多次昏厥过去，又被用冷水喷醒。吊打整整持续了一夜，他被折磨得几番死去。只因上级要拿他治罪，才没有被打死，随后放下来关进柴房，由两名盐丁看押着。

也不知昏睡了多久，直到第二天后半夜，他才从噩梦中醒来。身上的鞭痕火辣辣地疼痛，有的地方已经皮开肉绽，不住向外渗着鲜血，两条腿由于吊得时间过长，像断了一样。他只觉得口渴难耐，爬到门槛下，拍打着门板向外面站岗的人要水喝，结果回敬他的是戏侮的挖苦和嘲讽。他躺在冰冷的地面上喘息着，已经西斜的月亮将一缕轻纱般的光束从山墙的透气窗口漏进来，洒在他鞭痕累累的肩上。他突然灵机一动，挣扎着坐起来，那个窗户应该是一个不错的逃跑出路。

他蹒跚着站起来用手臂量了量，气窗太高，难以够着。但是他并不死心，跳着去够，脚下被什么东西绊了一跤，是埋在茅草里的顶门杠，他赶紧将杠子压坐在屁股底下。

听见响动，两个站岗的盐丁立即转过身从门缝向里张望，岩切赶紧躺下装睡。这时，一个越狱计划瞬间已构想完成。

黎明时分，几声沉闷的枪响划破夜的宁静，一串杂沓的脚步声顺着潼峪河向上游追去。岩切五郎趴在黑暗的杂生着艾蒿和荆棘的草丛中一动不动。他的眼睛瞪得圆溜溜的，心跳声在耳膜内“嗵嗵”直响。草丛中的蚱蜢、蚊虫将他身上的伤口叮得生疼，他咬紧牙关，默默忍受着。

岩切五郎是从气窗翻窗而逃的。山墙顶上的透气窗又高又小，很难爬上去，多亏发现了柴草堆里的那个顶门杠。他将顶门杠竖立在窗下，然后跳起来用手扒住窗台，再将身体向上收缩，两腿夹住顶门杠不让滑倒或者滚落，直到用脚踩住它的顶端。气窗的木框已经朽坏松动，岩切没费力气就拆卸下来，然后迅速爬出窗外。这一切都是在两个站岗的盐丁打瞌睡时完成的。遗憾的是，那根顶门杠最终还是被踩落地面，弄出了声响。两个盐丁从迷糊中惊醒，待慌手慌脚用钥匙打开房门，只看到悬在高窗上尚未脱身的囚犯的两只脚。他们急了，连忙喊醒其他盐丁，撵出后门，一起追赶过来。

看着追赶的人渐渐远去，岩切五郎这才起来，赶快离开河边。他毫无目的地乱跑着，不知到底该往哪里去。河东的日军晋南司令部当然是不能去了，他想。从昨日打电话给顾辟疆起，等于用行动宣告了和他们的决裂。如果沿着铁路线向东去寻找汪大年，又不知他们现在何处，万一碰不上，不就误了大事？如果留下来隐藏在车站附近暗中配合，这样倒无不可，只是，屈文举和川崎兵分两路同时行动，又怎样保证两处兼而顾之呢……一定要想一个万全之策。他这样盘算着，忽然想起了潼关驻军。潼峪河下游入黄处，不是有西安行营属下的河防部队驻守吗？汪大年是西安行营的高级参议，只要说出他的名字，他们不会不认识。即便有所怀疑，完全可以打电话联系一下。情急之中，岩切来不及多想，匆匆向河边的阵地奔去。

太阳从黄河雾气蒙蒙的水面升起的时候，岩切踏着朝露，走上了一道沙石坡。放眼望去，河面的景色壮美极了。黄河接纳渭水以后，雍容大度地向东流去，那种博大，那种壮阔，那种胸襟，那种水天一色的气势，仿佛要将耸立在南北两岸的峭山和中条山揽进自己的怀抱。河面上浮光跃金，南北岸两山荡摇其中，好一派恢宏博大的动人景象。

沙石坡下是一片开阔的台地，这里战壕纵横，碉堡密布，铁丝网像栅栏一样交织成一道道屏障。站在这里可以鸟瞰河口和河防工事，可以监视河面的一切行动。南面的一个山坳里，隐约可以看到被伪装过的炮车，那里应该是重炮阵地。岩切正在寻找下山的路径，突然被一个士兵叫住了："喂！站住，再往前走就开枪了！"

"我要找你们长官，"岩切说，"有紧急军务！"

士兵问："你是什么人？"

岩切回答："西安行营的汪大年少将参议知道吗？"

士兵放下枪："你等一等！"说完，转身进了碉堡。

不一会儿，一个班长模样的老兵走出来，对他说："要找我们长官，从这儿下去，走大路，在东边营房。"

岩切五郎好不容易找到营房，一位独臂的少将接见了他："你的证件呢？"他骄矜地问。

"我是西安行营汪大年少将管理的日军俘虏，"岩切五郎一本正经地解释道，"由于掉了队，才流落到这里。现在发现重大军事情况，特来向你报告！"

他的话音刚落，没想到招来一场爆笑。"哈哈……你原来是日本鬼子！是来刺探军情的吧？"一拍桌子，"给我捆了！"

立即，五六个士兵一拥而上，将他摁住。岩切喊道："你不问明缘由，胡乱捆人，算什么军官？要是贻误战机，西安行营要拿你是问！"

"嗬！还敢嘴硬，给我打！"独臂将军暴跳道。

五六个士兵哪里是岩切的对手，三下五除二，全被拨拉到一边。

"嘿，还敢在这里撒野！"独臂将军掏出枪来，照着岩切的脚下嘭嘭就是两枪。"拿下！"他命令道。

岩切高喊："我有紧急军事情报，十万火急！"

"说吧！"独臂将军把手枪平放在桌子上。

"屈文举和日军勾结，"岩切五郎说，"准备在汪大年少将带领俘虏到达车站时，炸毁桥梁，组织俘虏暴动！"

"哦，还编造得挺像样子！"将军说，"河对面就是日军阵地，我看你是赚我营盘来了！"

"我说的句句是实！"

"这好办！"自负的独臂将军说，"来呀！把他交给'盐大王'，让他自己对质去！"

岩切痛切地喊道："你这个混蛋！贻误军机，出了乱子，你要负责……"

岩切被捆绑起来，塞进一辆中吉普的车厢里，由全副武装的士兵押着，又回到了运城会馆。

十三

磨房窑窝里如豆的油灯明灭闪烁，李二嫂一边推着笨重的石磨，一边和坐在罗面柜杠凳上玩耍的儿子狗娃说着话。石磨"咕噜咕噜"的响声像一支古老的催眠曲，在单调而悠长的节奏中，狗娃直打瞌睡。杠凳很高，狗娃坐上去脚不沾地，李二嫂怕他摔下来，大声喊着："狗娃！俺娃别睡，妈给你说个曲儿……"

这是财主李百药家偏院的磨房。李二嫂白天忙里忙外没工夫，只好晚上借磨子用。李百药怕她粗灯壮捻子费油，将棉线灯芯换了，变得又细又短。灯芯吃不上油，磨房虽点着灯，仍黑咕隆咚的。李百药家的这个偏院，外面是高过墙头的土崖，曾有一对老狼跳进院子，咬着猪耳朵用扫帚尾巴将一头母猪吆走了。新雇长工庞黑子贪吃贪睡，用鼾声当然无法将老狼唬走。

李二嫂舍不得套用自家的小牛，她身单力薄，走一走喘一喘，擦一把汗水抹一把泪。她将丈夫牺牲的消息一直瞒着婆婆，但是纸包不住火，雪地埋不住死人，这层窗户纸迟早要捅破的，她真想放声大哭一场。这两天，瞎眼的婆婆突然一病不起，吃药扎针都不管用。李二嫂便倍加孝顺地侍奉她，遂将平素攒下的一点儿新麦子舀出来一斗磨了，好给婆婆做她爱吃的酸汤细面。这回李百药很大方，说："好的，磨子罗面柜等于白用，只需付一升麦子做灯油钱。"李二嫂一进门就挖了一升麦子给他，所以没再进来跟着屁股啰唆。

突然，"咚"的一声，狗娃的头碰在柜板上，从杠凳上摔下来，大声哭叫着。李二嫂撇下磨杠，跑过去心疼地抱起孩子："我娃咋了？"

"呜呜，我的头……"

"我娃是男子汉，不哭！"李二嫂抚摸着孩子的头，"妈给你说个曲儿就不疼了！"

狗娃平时最爱听妈妈说曲儿，揉着眼睛问："啥曲儿？"

"《猴娃搬石头》，好听得很！"李二嫂说着，轻声哼唱起来——

猴娃猴娃搬石头，
砸着猴娃的脚指头。
猴娃猴娃你覅哭，
我给你娶个花媳妇。
没处睡，睡窑窝；
没啥铺，铺抹布；
没啥盖，盖锅盖；
没啥枕，枕棒槌。
猴娃睡得呼噜噜，
棒槌滚得骨碌碌……

李二嫂教一句，孩子跟着学一句，很快，聪明的狗娃就背得滚瓜烂熟了。李二嫂加快脚步，当孩子再次打哈欠的时候，小半斗麦子已经磨完。罗面轻松多了。李二嫂将熟睡的狗娃放在扫净的磨盘上，将磨口流下来的粗面倒进罗面柜里，踏动脚板，"哐当哐当"罗了起来。

也不知罗了几罗，幽暗的灯影里，她一个人默默地扫面罗面。当最后一把粗面撮进木瓢时，她倏地感到脊背冰凉，头发倒竖，浑身暴起一层鸡皮疙瘩。直觉告诉她，一定有什么野兽钻到身边来了。木瓢从手中掉下来，麸皮撒了一地。她想喊，却喊不出声；她想动，却像被磁石吸住一样。她心里明白，这是被怪物慑住了。人在野兽面前，往往失形失音。

黑乎乎的灯影里，一阵风裹挟着一个头发蓬乱仅用破布条遮羞的野人扑进门来，惶急地从地上抓一把带麸皮的粗面就往嘴里塞。

李二嫂惊跌在磨盘上半天无法起来。这是哪来的野人？慌乱中，她看出这似乎就是那个跑掉的战俘龟田雄二，但是又不像。龟田是个胖大汉，这个人消瘦多了。乱糟糟稻草一样的头发和长长的胡须盖住了脸，看不清他的面目。他赤裸着身子，仅用一块破布遮住了前裆，脚上没有穿鞋。一会儿，他被满口的生面粉噎住了，“咕噜咕噜”不知在说些什么。眼睛不断向四处张望着，像一头闯进菜园的野猪。李二嫂定了定神：“龟田，是你个死鬼吧？”野人发出“喔喔”的喉音，点了点头，站起来就要跑掉。“别忙！”李二嫂拦住他，“你是一个人回来，还是都回来了？”龟田嘴里堵着面粉，伸出一个指头：“就我……一个！”

李二嫂从磨房门口的水缸里舀了一瓢凉水给他，又将带来的两块苞谷面烙饼塞进他的手里：“你吃了饼子快走吧！顾副官正四处抓你们，捉住枪毙哩！要想回来，等汪主任回来再说！”

龟田咽下两口水，声音顺畅了：“李二嫂，你救救我们吧，我们实在等不到汪主任回来的那一天了！”

“救你们……”李二嫂看着可怜兮兮的龟田，突然想起自己牺牲的丈夫，没好气道，“你走吧，我救不了你！”

龟田“扑通”一声跪倒在地，痛哭道：“李二嫂，你一向对我很好，看在以往的情分上，你到医务室领点儿止泻药出来吧！斋藤得了霍乱，快要死了！”

李二嫂一颗柔软的心腾腾跳着，她撇了撇嘴，将心一横，抛出一句坚硬的话来：“不要说这些，我也领不出药……我不是你们的李二嫂，对你们好那是过去。今后，就是岩切回来，都别想进我的门！”

李二嫂说话时，有些气喘，过去，这种绝情的话她是无论如何也说不出口的。

龟田有些吃惊，他没想到李二嫂会这样，变得让他不认识了。今晚下山，他是专为斋藤而来的。本想到大庙弄点儿药，没想到大庙把守严密，前后站着岗，没法进去。又去了李二嫂家，没见到人，才大胆寻到这里。李二嫂既然无情无义了，她施舍的一针一线也不能接受，于是，龟田将苞谷面烙饼重又放回到磨盘上。

李二嫂抓起面饼，再次塞给他，然后，转身扶住罗面柜悲泣起来。龟田双手捧着面饼，望着李二嫂因哽咽而不住抖动的肩头，惶惑地问："李二嫂，你，怎么了？"

李二嫂哭得很伤心，呜咽道："我狗娃他爸……在中条山……牺牲了……"

龟田听说好朋友李铁柱牺牲了，眼眶顿时溢满泪花。作为军人，他双脚立正，向李二嫂深深鞠躬下去，一边说："对不起！"

李二嫂转过身来，双手握成拳头，纷乱地捶打在龟田的胸脯上："说声'对不起'有什么用？你们日本人为啥要到中国来……"

偏院的翘翘榆木板门很响地"嘎吱"了一声，财主李百药干咳着踏进门槛。他一直没睡实在，听到磨房里有说话声，担心青年长工庞黑子给李二嫂夜里帮忙，明天干活发蔫，因此过来看看。走到牛圈，窗根下庞黑子鼾声若雷，将房上的屋瓦震得沙沙作响，一撮沙土掉落下来，掉进他的衣领，恨声"懒人死闷瞌睡多"，遂走进磨房。

李百药向磨房四下看了看，豆油灯依旧半灭不明，狗娃睡在罗面柜旁的猪槽板上，李二嫂仍在缓缓推磨。屋内并无他人。老财主满腹狐疑：难道李二嫂和鬼在说话？看见她满脸悲戚，刚刚哭过的样子，劝慰道："二姐娃，夜深了，磨不完明天磨吧！"李二嫂说只剩下半斗了，马上就完。李百药怔怔地看她推磨子走了两圈，这才道出了心中的疑忌："你刚才和谁说话呢？"李二嫂说："没有和谁，我和自己说话哩！"老财主当然不信。作为族长，他要维护族规，冷冷地说："铁柱不在了，你要守住门风。"

李百药心疼地看了看灯碗里残存的灯油，不满地嘟囔着回去睡觉了。听见角门又"嘎吱"了一声，龟田从后院的猪圈爬出来，重新回到李二嫂身边帮着推磨。"你快走吧！"李二嫂一面推磨，一面甩开他。

龟田夺过磨杠："我来推磨，你歇着吧！"

“不要不要！”李二嫂说，“铁柱一死，我就成了寡妇。我们中国不比日本，‘寡妇门前是非多’，从今往后，我的家就不再接纳俘虏了。你没听，李家长辈怀疑我不守妇道了。”

龟田不能完全明白李二嫂的意思，争抢着要将剩下的麦子磨完。他的嗓门儿挺大，李二嫂唯恐惊动了上屋，急忙用手捂住他的嘴巴。

此刻，他们并不知道，睡在隔壁牛圈的长工庞黑子被主人出门时用拐杖戳醒了。他悄悄爬起来，在墙角小解后，正蹑手蹑脚趴在窗棂上，偷听他们说话哩。

一会儿，李二嫂终于屈服了，松开手，同意龟田推完磨子再走。龟田高兴极了。李二嫂嫌他亮晃晃的光屁股怪难看的，将围腰解下来，给他系在腰间，然后两人并肩推着磨子。龟田一边推磨，一边告诉李二嫂，他们几个人藏在后山的山神庙里，靠采集野果和打点儿野味过活，已经好几天什么都没吃了。他说斋藤最多能坚持两天，请求李二嫂一定要在后天将药送到。

有龟田帮忙，半斗麦子很快磨完了。李二嫂催促龟田快走，天亮就出不了村了。临出门，她将罗好的面粉装进口袋交给龟田背着，让他放心，说她就是砸锅卖铁，也一定要搞到药品，后天准时送去。

趴在窗外听墙根的庞黑子听到这里，心中不禁暗自高兴。顾副官为了抓回逃俘，早就许下重金，只要捉回一个，不管是死是活，赏大洋十块；有知道他们下落报告藏匿地址者，赏大洋三十。看来，他该撞大运了。

庞黑子猫儿一样乐颠颠跳回到牛圈的床上睡觉去了。李二嫂送龟田走出磨房，便听到从牛圈传来的惊天动地的鼾声。

上午，李二嫂借口婆婆上吐下泻，意外顺利地从顾辟疆手中领到了几包止泻药。大清早看到自家大门口被泼上黑乎乎粪便时的那种恶劣心境，总算有了一丝平复。

她知道，这一定是族长李百药唆使长工庞黑子干的。

昨晚，李百药离开磨房回到他下榻的西客厅，再也没有合眼，扯长了耳朵听着来自偏院的每一个细碎的声音。自从老伴抱病卧床以来，他就独自一人睡在这里了。他的楠木雕花床榻就安置在前窗底下，窗外是通往偏院的角门，因此李二嫂出出进进他听得一清二楚。当他听到有人“咕咚”一声跳墙走了时，立即披衣追出上房，他要亲眼看看这个野汉究竟是谁。走到院中，忽然听到和自己老婆睡在东厅的小翠喊他，说是宽银妈翻白眼哩！李百药趿拉着鞋慌忙转身回到上房，揭开门帘，屋内的恶臭几乎将人冲倒。宽银妈直挺挺躺在炕沿上，脖子下垫着一个绣花条枕，眼睛吊得像门神上画着的敬德，大口大口向外吁气。他看了看瞳孔，已经放大，这是明显不过的濒死征兆。摸了摸脚手，尚有余温，赶紧吩咐小翠道："快！人不行了，趁还没僵硬，先把老衣换上！"小翠慌忙打开炕头的箱笼，翻拣出早就预备下的寿衣，单的、棉的、夹的、罩衣、罩裙、罩袍，按照厚葬风俗给老太太里里外外一共套上七大件。老太太本来身材苗条，得病后枯瘦如柴，臃肿的寿衣山一样叠加在身上，枯黄的脸盘被肥大的衣服衬着，活像一具木乃伊。老财主正要打发小翠出去给门中人报丧，老太太却颤巍巍开口说话了："盆子……我屙！"小翠顺手取来一只青花细瓷便盆，老太太不等撩开拥堵在身下的衣襟，已经黄河泛滥洪水肆虐了，泻得满炕都是秽物。李百药心疼那精心置办的七件套寿衣——按照葬仪，沾染污物的东西是万万不能入殓的。李百药愤愤地将老太婆推搡了一把，不意老太太却活转过来，骨碌着眼睛道："我还没死……就急着给我穿老衣呢……盼我死了你好娶小老婆呀？"李百药惧内，遵照老太太意旨，慌忙将寿衣脱下。这时，李二嫂已将剩下的粗面罗完，吹了灯背着孩子端着簸箕回家。听见角门的尖叫，老太太刚刚咽下一口水，问是谁在套磨子。李百药说是二姐娃。李百药每天向老伴汇报中条山战事，李铁柱牺牲的消息早就嚼过多遍。遂问："她借牛了没有？"李百药说没有。老太太埋怨道："你真小气……孤儿寡母的，又是本家……也不多积些阴德……"李百药愤恨说："不用你操心，她有野汉帮忙哩！不守妇道的东西……""阿弥陀佛！"老太太打了一声佛号说，"你省些事吧……"

李百药没有听从老伴的劝告，天不明就叫醒了庞黑子，问昨夜可曾看清李二嫂的野汉是谁。庞黑子一心想着告密领赏，当然不会说实话，信口编了一套谎言，有板有眼地说："我看清了，是外村的，个子又高又大，看样子，早就勾搭上了！"

李百药一听就勃然大怒，决计要惩治惩治这种偷汉行为。正好丫鬟小翠到偏院来倒便桶。那是一夜的排泄物。老太太病入膏肓，桶里全是黏糊糊的脓血黑水。李百药让庞黑子提着，亲自用粪勺舀出茅坑的粪水添满，趁着天色未明，命庞黑子泼洒到李二嫂家的大门上去。庞黑子惦念着报官的事，泼完粪水，就去大庙见顾副官了。

早饭后，领到止泻药的李二嫂，踏着轻快的步子，喜滋滋行进在村巷的街道上。昨晚推了一夜磨子，早上起来时天已大亮，发现大门被人泼上污物，她知道这是族长李百药要揭自己的面皮哩！事情总会水落石出的，她想。遂打来一桶清水，趁着没人看见，赶紧将污物冲洗干净了。路过小寡妇赖家媳妇的豁豁墙头时，看她正在晾晒昨天抹在门板上的袼褙，不由得心里一动：对呀！龟田他们的鞋子早就开帮透底了，应该给他们每人做双鞋子，趁送药时顺便捎上。不管大小，让他们自己找合脚的穿去。只是，做鞋绝不能在家里做。顾副官有着猎狗一样的鼻子，万一被他嗅出来，他们几个俘虏就只有死路一条了。李二嫂这样思忖着，想到了住在后沟刘家槽的姐姐。她们姐妹俩一同来到陕西，姐姐续弦嫁给了刘二憨子。姐夫在宝鸡车站扛大包，他们也不富裕，做鞋不能让他们破费，不如将赖家媳妇的袼褙借来，连同自己的合在一起，箱子底儿还压着狗娃满月时姐姐送的平布，做五双鞋子绰绰有余。

事不宜迟。李二嫂是那种只要决意已定就立即动手去做的人。她请赖家媳妇帮忙照顾婆婆，用背篓背上狗娃，背篓里装上袼褙布料针线，狗娃怀里抱着一封从小卖部买来的白皮点心——那是送给姐夫的礼物，匆匆向村外走去。

入伏后的天气火辣辣的，山沟里尽管凉风习习，走了没多久，李二嫂的前胸后背还是被汗水湿透了。山道崎岖陡峭，纤细如绳，李二嫂背篓里坐着孩子，每走一步都格外小心。聪明的狗娃坐在背篓里，对周围的一切无不感到新鲜好奇。他问妈妈："那只'姑姑等'为啥老跟着咱？"李二嫂忙着赶路，并没留意，一经提醒这才恍然知觉。这只灰斑鸠大约是他们进沟不久就跟上来的，一直飞前飞后不离左右。那叫声哀婉悲切，如泣如诉，每叫一声似乎都要咳出血来。李二嫂不理会它，低着头只管赶路，想尽快避开这只斑鸠。一会儿，已经远去的斑鸠忽然又飞了回来，在头顶的树枝上鸣叫着。"姑姑——等！""姑姑——等！"啼叫声愈加凄厉。一种不祥的预感袭上李二嫂心头，她在一块磨盘石上放下背篓，祷告说："'姑姑等'啊'姑姑等'，你就别叫了！你可知道，斋藤得了重病，龟田没有鞋穿，我不帮他们谁帮他们呀?”斑鸠仿佛听懂了她的意思，不再叫了。李二嫂定了定神，在石头下的清泉里蘸湿毛巾，给狗娃擦了一把脸，背上孩子飞快地离开了。

刘家槽有十几户人家，在后山一条荒凉的沟道中。这里山大沟深，土地贫瘠，大多数庄户人家除守着几亩薄田外，还兼干些其他营生。刘二憨子小时候，父亲逼他出山学做鞋匠，他死活不喜欢那种整日和臭鞋烂皮子打交道的手艺，凭着身强力壮，一直在火车站扛大包。前几天多揽了些活儿，自己干不及，又怕别人抢了去，心中一急，从跳板上摔下来扭伤了腰。他家一贫如洗，哪里有钱看病?只好在炕上躺着。

刘二憨子刀子嘴豆腐心，闲下来就爱找碴儿搜事，不是嫌老婆给猪喂食迟了，让那呆子多哼哼了两声，就是嫌篱笆桩子没扎严放谁家的公鸡进去攘了他的白菜秧子。躺在炕上的刘二憨子人闲心不闲，心闲眼不闲，正日娘捣老子骂人，恰在这个时候，李二嫂领着孩子进门了。

“姐夫，这是和谁叫板呀?”李二嫂问道。她平素爱和姐夫开两句玩笑，看着坐在炕上将屁股一蹴一蹴正在撒歪的姐夫，赶紧将孩子向前一推。懂事的狗娃抱着点心噔噔噔跑过去唤声“姨伯”，礼物已放到炕沿的生漆木板上了。

刘二憨子得了小惠，脸上的乌云一扫而光，一迭声说:“进来，快进来坐!”

李二嫂问他怎没上站，刘二憨子说把腰扭了，李二嫂问明病情，答应明天就送两张狗皮膏药过来。

姐姐刘王氏接住背篓，刘二憨子的目光贪婪地在背篓里舔着，发现装着几张硬袼褙，知道是来麻烦他的，遂问给谁做鞋，怎用得了这么多褙子。李二嫂说给狗娃他爸做鞋，不多，也就五双。

“对!是该做五双……”刘二憨子想了想说，眼圈已经湿红了。按当地风俗，家人在外乡去世，为了使其游魂早日回归故里，亲人便多做几双鞋子或冥鞋，在大祭的日子烧掉。刘二憨子在车站待得久了，熟人不少。车站交通方便，隔日就能看到西安的报纸，他虽然不识字，有人却将报纸上刊登的李铁柱牺牲的消息告诉了他。李铁柱为人厚道侠肝义胆，在家时和刘二憨子相交甚好，亲兄弟一般。他和妻子一商议，按报纸所说的牺牲日期掐算着，每逢七日祭期，打一沓冥纸，糊一双纸鞋，准备在李铁柱百日大祭时一并送到李二嫂家。如今是三七已过，五七未满，因此，厢房的板柜上端端正正摆放着四双宝蓝色纸鞋。

刘王氏拉着狗娃的手，眼泪扑簌簌掉下来，凄然说："五七快到了，是该做上五双呀……"

"五七，谁的五七？"李二嫂疑惑地问。丈夫李铁柱为国捐躯的消息至今没人正式通知她，得来一星半点儿音信也纯属捕风捉影，所以，对丈夫的许多事至今仍懵里懵懂。

刘二憨子看妻妹一脸茫然，将大嘴一歪，姐姐拐进厢房，用一块案板平展展端来四双纸鞋，说："铁柱的五七快到了，这是给百日备下的……"

看到四双冥鞋，李二嫂只觉得眼前一黑，差点儿栽倒。她心中盘算，看来姐姐他们对铁柱的事早已知晓，只是，自己这次前来并非为了铁柱，而是为了藏在后山的那几个战俘。怎样才能向姐姐和姐夫说明自己的心愿呢？如果据实以告，他们不但会耻笑自己太傻，甚至要责骂这是不守妇道。那么，为龟田他们做鞋的事也就半途而废到此收场了。这时候，她忽然想起年前被推选为"模范管理户"，丈夫在掌声中走上台时那掷地有声的铮铮誓言。现在丈夫不在了，诺言也该随他而去了吗？尽管丈夫是被日本兵打死的，我们应该消灭更多的敌人，但如果我们多争取一个日本兵放下屠刀，那么，将会有多少中国人免于流血牺牲啊……想到这里，李二嫂换上一副笑颜，对姐姐姐夫说："报纸上的消息我早就知道，那是搞错了。铁柱没有死，还来信了。他说他是班长，跑路打仗费鞋得很，要我给他和手下的弟兄做五双鞋赶快捎去！"

听说妹夫没有死，姐姐姐夫高兴极了。刘二憨子将纸鞋一把呼拉到怀里，三下两下撕得粉碎，侧身塞进炕洞，歉意地笑道："我可不是咒你男人快死，别往心里去！一咒三年旺嘛！哈哈……"姐姐刘王氏连忙摆好炕桌摊平袼褙，照着刘二憨子伸出的大脚剪下鞋样。一家人比的比，裁的裁，一会儿底子面子都有了。从小学过鞋匠手艺的刘二憨子至今全套工具尚在，打开箱笼拿一副小夹板出来，在炕上盘膝而坐，"哧溜哧溜"，飞针走线娴熟地纳起了鞋底。姐妹二人也不闲着，三个人比赛似的忙碌起来。

直到点灯时分，他们才吃罢晚饭。看看五双鞋尚未做齐，明天还需绱鞋打楦头，李二嫂忽然想起上午出门忘记给婆婆交代啥时候回去——总不能让赖家媳妇夜里为婆婆端屎端尿吧？于是，嘱咐狗娃晚上留在姨妈家，准备自己回家明天就来。狗娃从未离开过妈妈半步，“哇”的一声哭了。李二嫂心中焦急，要举手打他，被姐姐拦住了。

着急回家的李二嫂到塄坎下洗手时，姐夫从孩子口中套出了真言。刘二憨子乍听过后，鼻子都气歪了。龟田是谁他当然知道。收容所副官顾辟疆中校曾到车站打过招呼，还拿着相片让他们辨认。他简直不明白李二嫂为何要在这些“鬼子”身上枉费心机，不由得火冒三丈，“哗”的一下将摆满鞋具的小炕桌踢翻了，污言秽语，大骂起来。

李二嫂洗手回来，没料到瞬间发生了如此大的变故。姐夫正在气头上，姐姐劝他不下。站在台阶下的李二嫂左右为难狼狈极了，只好坐在门前的树墩上默默垂泪。刘二憨子的一张臭嘴臭极了，什么话难听拣什么话，什么词解馋用什么词，既尖酸又刻薄。李二嫂委屈地抽泣着，狗娃也吓得哇哇大哭。李二嫂哭一回，又抱着孩子哭一回，姐姐走过来也陪着他们一起哭，三个人都成了泪人儿。哭着哭着，李二嫂觉得自己今天和昨晚大不一样了。如果说昨晚见到龟田时她是为自己的命运而哭，为丈夫的死而哭，那么今天却是为自己的无能而悲伤。丈夫李铁柱为国捐躯，他死得光荣，死得英勇，他是民族英雄。自己今天不正是为了继承他的遗志而来的吗？他如果活着，也会这样做的。

想到这里，李二嫂甩掉最后一把泪珠儿，从树墩旁站起来，一手拉着孩子，一手搀扶着姐姐，像昂首奔赴战场的勇士那样豪迈地说：“走，不要紧，俺姐夫想不通，我给他说！”

太阳从东山嘴上刚一冒红，李二嫂便背上背篓出发了。她要尽快赶到刘家槽，带上做好的五双鞋子，连同药品一起送到后山的山神庙去。

今天，李二嫂暂将失去丈夫的痛苦压在心底，在客人面前，总该高兴些才对。像逢年过节一般，她把头发梳得黑光油亮，一个圆圆的发髻儿盘在脑后，用黑丝线网扣牢牢罩住，那支一直舍不得戴的结婚银簪插在发髻上，身上的阴丹士林衫子前几天才浆洗过，前襟后背叠过的印痕还在。黑裤子，黑绣花鞋，整洁精干，脚步轻快，一副出远门走亲戚的样子。

李二嫂双手紧紧抓着背篓的竹襻儿，背篓里除了给斋藤的止泻药、给姐夫的膏药和几件铁柱穿过的旧衣服外，还有一个竹提盒笼儿。龟田爱吃中日合璧的关中煎饼卷日式酸菜，提盒笼里用干净笼布包着一沓新麦面煎饼，酸菜则装在一个小瓷罐里。昨晚回家已经很晚了，送走赖家媳妇，给婆婆擦洗收拾完毕，她在灶房摊好煎饼，已是鸡叫三遍了。

晨风徐徐，天清气爽。李二嫂背着背篓，如同生了双翅的鸟儿，一会儿就飞到了姐姐家。昨天，刘二憨子被她说服以后，今儿个不等天明，就催促妻子起来去熬红豆麦仁汤，叮嘱多熬一些，好给那五个缺吃少穿的叫花子俘虏用罐子提去。李二嫂进门时，姐姐已为她准备停当，刘二憨子说："狗娃留在家我看着，山上荒僻，你一个女人家，让你姐跟你一块儿去吧！"李二嫂从姐姐手中接过鞋子和汤瓦罐，微微一笑说："龟田他们怕见生人，还是不去的好。"

走出姐姐家的坝院，李二嫂又隐约听到那只斑鸠哀怨凄切的鸣叫。由于隔着一片林子，那声音愈觉神秘幽奥。李二嫂心里哀哀的，快步拐上了通往山神庙的小径。

其实，李二嫂并不知道，当她早上出门时，收容所副官顾辟疆就暗中尾随上了。他背着一支冲锋枪，带了三个弹夹，此刻正蹲在坝院外一座小山背后，注视着这里的一切。他要用李二嫂作为捕杀龟田一帮人的诱饵。由于他和寺垣没能找到逃亡的战俘，转送到黄河渡口的任务更难完成，于是，二人合谋，谎称在转送途中被中国军队击毙了。这样一来，五名战俘无论在中日双方，都上了死亡者名单，因此，顾辟疆是绝不能让他们再度复活的。

山里的天气喜怒无常，说变就变。李二嫂走着走着，刚才炸红的日头忽然被乌云遮没了，一阵冷风卷着枯枝败叶从山沟里蹿出来，紧接着，携带着雨点和冰雹的黑云便强盗一样出来剪径了。

李二嫂有些失悔，由于着急，出门时竟忘了戴一顶草帽。现在有什么办法呢？凄风冷雨，冰雹如栗，唯有用带来的旧衣服把背篓苫住，千万不能将鞋子、煎饼和药品淋湿了。她看到前边不远处一株盘曲如龙的松树下有块大青石，慌忙跑过去放下背篓和瓦罐，掏出一件旧衣服来。就在她埋头撕展衣服的一瞬，忽然瞥见来路的山道上闪过一个人影。那人仿佛发现了她，只一晃就不见了。她想，有谁在这样的天气上山呢？莫非是来此避雨的猎户。这样推测着，忽然想到了副官顾辟疆。失声叫道："不好！"待奔回到路口寻找时，却什么也没有。心里不由得叫骂："遇见鬼了！"她虽然不相信有什么鬼神，还是感到毛骨悚然。为了给自己壮胆，她背起背篓提上瓦罐甩开大步，扯着嗓子吼起了秦腔。

山神庙马上就要到了，猛然一个霹雳在眼前炸开，瓢泼大雨骤然倾泻下来。头顶"姑姑——等"的叫声刚刚响起，不过叫了半句，便戛然而止了，仿佛被扭断了脖子，又像沉入了无底的深渊。李二嫂十分惊慌，正要迈步奔跑，只见那只斑鸠从半空中掉下来，跌落在她的脚下。它口吐鲜血，湿淋淋的羽翅耷拉着，晶亮的眼里残留着令人惊骇的哀怨。李二嫂痛惜地将它拾起来，整理好它的羽毛，回到松树下将它放进蟠龙古松的树洞里。做完这一切，李二嫂不由得黯然神伤，一任雨水泼洒着，怏怏地走进山门。

踏进山神庙，眼前的景象使李二嫂吃了一惊。这里除了斋藤，其他四人都在，看样子已等候了很长时间。山神庙破败不堪，墙倒屋塌，能避雨的地方仅有一个小小的角落。那里有一张长条供桌，他们在桌旁默默伫立着。一个个头发散乱，几乎都半赤着身子，在冷风中瑟瑟发抖。供桌上，摆着几颗摘来的野果。

李二嫂向供桌走去，这才发现供桌后面的茅草里躺着一个人，他已经死了。

"是斋藤吗……我来迟了！"李二嫂禁不住潸然泪下，急忙将背篓和瓦罐放在供桌上，取出一件衣服，郑重地披到斋藤的尸体上，又将一双鞋子放到他的脚旁。

她默立了一会儿，缓缓将带来的衣服分配给周围的人。李二嫂看他们将衣服抖开来穿在身上，一个个仍忍不住悲戚，正要拿煎饼给他们，龟田眼泪汪汪地说："李二嫂，谢谢你！斋藤是昨天晚上咽气的，临死前，说可能见不上你了，让我把他的护身符交给你。"说着，从供桌上拿起一个小小的系着金丝细绳的田黄石玉佛像交给李二嫂，哽咽道："他说，他是最幸福的。因为，他灵魂升天的地方——宝鸡，正是他们家族心目中向往的圣地。'斋藤'的意思在中文里是'齐'，齐人先祖姜子牙正是在这里成就伟业的……谢谢你！"说着，龟田深深地向李二嫂鞠了一躬。

李二嫂眨巴着睫毛上的泪花，咬了咬嘴唇说："不用客气！来，你们一定饿坏了，快吃吧！我听说汪主任快回来了，你们就要开云见日了，一定要挺住！"

倾塌的墙垣外，风停了，雨住了，雷声像一头被囚的怪兽，无奈地退回到遥远的山谷里去了。龟田将李二嫂递到手边的卷着酸菜的煎饼放下，起身到庙门外警惕地四处望了望，见没什么动静，这才回身，招呼大家放心地吃喝。

就在李二嫂揭起第二张煎饼时，枪声骤然响了，面前的人应声倒地。“嗒嗒嗒”，子弹打在墙壁上，疏松的土块纷纷掉下来，落得李二嫂满身都是。她反转身，看见顾副官举着一支冲锋枪正在向她周围点射。也不知哪里来的勇气，她迎着黑洞洞的枪口冲上去，发疯似的哭喊道：“照我开枪吧！顾副官，你为什么这样？我和你打过赌……我说他们会回去的……你饶了他们吧……”

李二嫂双膝跪地，泥水和血污溅湿了她的衣裤。当顾副官跳进门来正要追赶负伤逃走的龟田时，她猛扑过去抱住顾副官的一条腿，死死不肯放开。

“走开，贻误军机该当何罪？你找死吗？”顾辟疆猛地一脚将她踹倒在泥水里，跳过矮墙，急忙追赶龟田去了。

空洞的枪声在山谷间回荡着，山神庙的地面上狼藉一片，到处血迹斑斑。李二嫂含着泪，以无限愧疚的心情将剩下的煎饼默默卷好，连同新簇簇的鞋子，分别放置到每个死者的身旁。

十四

安恩泽与山中桂子带领二十九名日军战俘到达延安的第二天，中共中央毛泽东主席在杨家岭的窑洞前接见了他们。

上午的阳光从两棵茂密的枣树上方照射到窑洞门前来，警卫员在石桌旁刚刚摆好几排白木条凳，俘虏们已排着整齐的队伍走进小小的窑院。听说马上能见到颇具传奇色彩的中共领导人毛泽东主席，每个人都兴奋异常，仿佛怀里揣了只兔子，胸口扑腾扑腾只是乱跳。来到条凳前，他们拘谨得谁也没有先坐。这时，只听窑洞里传出脚步声，接着，身材高大魁梧的毛泽东主席满面春风地走了出来。他穿一身灰粗布旧军装，衣肘和膝盖打着补丁，浓黑的头发留得老长，目光炯炯有神，脸色和蔼可亲，用浓重的湖南口音亲切地招呼大家：“欢迎，欢迎呀！请大家快坐，一路上辛苦了！”毛主席热情地招呼大家坐下，随后才在石凳上安详地坐下来，从口袋里摸出一盒香烟散发给抽烟的男俘们，风趣地说：“你们不简单呀！一路上的情况我已经知道了。先是巧妙地和紧跟在屁股后面的日军周旋，后来，又机智地跳出阎锡山顽固派的手掌心。千里迢迢，风餐露宿，没有一个人掉队，真了不起呀！我看，这次行动足可以和四年前的红军二万五千里长征媲美。那次长征，人员的组成是清一色的红军。这次可不同了！是两个国家、两个民族的人们，在互相不了解甚至敌对的情况下经历的一次伟大长征。它的意义非同小可，说明中日两个民族不但完全可以和平相处，而且可以携起手来共同奔向一个美好的未来。我由此得出一个结论，中华民族和日本民族都是世界上最伟大的民族！”

毛主席一边说着，桂子一边将毛主席的话翻译给大家，那深刻睿智的话语激起一阵阵热烈的掌声。毛主席讲完这段话，和大家谈笑风生地议论着各种问题：国际的，国内的；战争的，个人生活方面的。说得大家心里热乎乎的。场院里气氛轻松，无拘无束，音调亲切，笑声朗朗，战俘们感到了一次从未有过的平等和愉快。一会儿，警卫员从外面挎着一篮大红枣进来，毛主席接过竹篮抱歉地笑了：“惭愧得很哪！我们的蒋委员长不发军饷不说，还对我们搞封锁、搞摩擦，不让我们有好日子过，弄得我们没有饭吃，没有衣穿，没有纸，没有菜，穷得很哪！打内战，搞内耗，这向来是我们民族的悲哀！看来，我们只有艰苦奋斗自力更生这一条路可走了！眼下，种子下到地里还没长成，所以，今天见面没什么好东西招待大家，只有陕北老乡送来的大红枣。来，人人有份！到家了就别客气，否则要说我这个人一毛不拔！哈哈……”

毛主席挎着竹篮，走到每个俘虏面前，依次将红枣抓给他们。“吃，吃呀！”毛主席见大家拿着枣不肯吃，全愣在那儿，一边鼓励大家，一边坐下来将一枚枣用手抹了抹，又吹了吹上面的尘土，准备放进嘴里。

“毛主席！”担任翻译的山中桂子走上前拦住毛主席的手，“主席，别急！为了您的健康，最好洗一洗，或者蒸熟了再吃！”

“噢，对的对的！”毛主席接受了她的建议，将红枣装进口袋，也让大家都装进口袋里，回去洗洗再吃。接着，对桂子说：“我知道，你是医生，一名日本的和平人士和志愿者。除了抢救伤员、医治病人，还向大家宣传卫生知识，使我们这些山沟里的土包子大开眼界啊！很好，防止病从口入嘛！”毛主席笑了笑，

“看起来，你是一个称职的医生。因此，我有个建议，你不必返回前线了，完全可以留下来，在延安后方医院做一名医生。怎么样？我们热情欢迎！‘有朋自远方来，不亦乐乎’嘛！哈哈……”

所有的人都被毛主席谦虚、大度、平易近人的作风感染了，气氛愈加活跃。

安恩泽站起来，向毛主席请示俘虏们今后的安排问题，毛主席爽朗地笑了：“不急！不用着急安排工作，所有到延安来的日本朋友，可以到延安参观参观，广泛接触一下民众，了解了解陕甘宁边区的情况。然后，到桥儿沟去，那里有十几间窑洞，集中学一学汉语，熟悉一下我们的政策。学习结束了，根据每个人的志愿，愿意深造的，可以上‘抗大’，上‘鲁艺’；愿意工作的，可以去前方，也可以留在延安。我们革命队伍，本来就是个大学校，实行两个原则：第一，真诚欢迎一切愿意投身革命的人们，做到人尽其才，物尽其用；第二，来去自由，尊重个人的选择。到我们队伍里来，我们欢迎；如果要离开，我们开欢送会，并发给路费。不过有一件东西不能带走，那就是‘意见’，要留下宝贵意见噢……”

在延安参观访问的第三天下午，安恩泽背着行李卷到山中桂子的驻地向她辞行。拐进浓荫覆盖的窑院，看见桂子端着一盆清水从窑里出来，他老远就喊：“桂子，我要回西安了！你有什么话要带给大年？”桂子将脸盆放在窑洞前的石桌上，惊奇地问：“你这么快就走？”她是随团参观完毕刚刚回来的，显得风尘仆仆。看到安恩泽走近了，想了想说：“我不想让你带话给大年，而是带话给毛主席，我想到大年身边去工作。”

“噢！夫妻团聚，这当然是好事了！”安恩泽打趣道，“让我带话给毛主席，只怕我说服不了他反被他‘俘虏’了……不行不行，你应该亲自去说。每年七夕，牛郎织女还要天河相会哩，何况你远渡重洋！”

桂子一下羞红了脸：“你看你，毛主席建议我留下来到后方医院，我怎么好意思在主席面前说不去呢？”

正在这时，中央办公厅的一位年轻干部急匆匆走到桂子面前问：“你是山中桂子同志吧？”随之将手里的公函一伸，“来，这是你的介绍信，请你晚饭以前到后方医院报到。”

“什么，报到？我……”桂子为难地说，“我还没决定呢！”

“什么，没决定？”人事干部满脸惊诧，“主席讲完话三天过去了，你当面也同意了，现在说没决定？开什么国际玩笑？后方医院正准备欢迎你呢，张灯结彩，欢迎会都布置好了！”

“哎呀，这……”桂子焦急得差点儿流出眼泪。安恩泽见状，急忙解围说：“能不能缓一下再去报到？”

“不行，不行！”人事干部将脸一沉，“缓一缓？蒋介石那里缓得了吗？他又在调兵遣将围攻边区了，缓的意思就是束手就擒……对革命工作挑挑拣拣，什么态度！”

“你怎么能这样对待国际志愿者呢？”安恩泽批评道，“像你这样，怎么能团结一切可以团结的人？”

“我们这里，上至首长下至士兵，不管是谁，一律平等，不搞特殊化！”人事干部将介绍信向石桌上一扔，“组织的决定能更改吗？”鼻子一哼走开了。

“这样吧！”安恩泽无奈地说，“你能不能先留下来工作一段时间，随后再……”

安恩泽的话没说完，就被愈来愈近的锣鼓声淹没了。他和桂子走出窑院，只见门外的村道上尘土飞扬，一队身着白大褂敲锣打鼓的人们走了上来，后面跟着一大群看热闹的老乡和孩子。他们是延安后方医院的医护人员，男女都有，走近后，为首的一名戴眼镜的男医生热情地拉住桂子的手说：“欢迎你，山中医生……”桂子缩回手，怯生生倒退几步，深深地鞠躬说：“对不起，误会了……”接着，到石桌旁抓起介绍信飞奔出窑院：“你们等着，我找毛主席去……”

西斜的太阳把它的余晖铺满宽阔的河面，晚饭后的延河岸边，到处散布着来这里洗衣纳凉的人。远处的山坡上，偶尔有拦羊工唱着曲儿赶着羊群归来，高亢嘹亮的歌声像一缕惬意的清风，回荡在傍晚宁静的山谷间。

由于任务紧急，必须立即出发，安恩泽没有等到桂子请示回来就离开了。他牵着一匹大白马在沙滩上缓缓走着，身旁，是一群闻讯赶来为他送行的战俘们。近一个月来并肩战斗生死相依，一种深厚的友情已将大家牢牢拴在了一起，当离别突然降临时，都有些难舍难分。所有人都默默走着，好长一段时间没人说话了，一任脚下的松沙簌簌作响，此刻，任何语言都难以表达他们心中的离别之情。远处，一曲悠长哀婉的歌声从河对岸飘来，音调凄切，高亢苍凉。那是一个年轻的放羊后生唱的，是一首名为《三十里铺》的送别曲——

要问家来家有名，
家住在绥德三十里铺村。
四妹子舍不下三哥哥，
迟早我都是你的人……

聪慧子听到如此优美动听的陕北民歌，虽然不能完全了解它的词义，单是那摄人魂魄的旋律已足够使她着迷了，不禁赞叹道：“啊，这歌声、这曲调真是美极了！我不是感动，而是被征服了！”

“在陕北，人人都有唱不完的民歌。”安恩泽介绍说，“陕北民歌曲调丰富，内涵广博，是一个伟大的艺术宝库！”

聪慧子高兴得直拍手：“我到陕北是来对了！我一定要学习陕北民歌。”

“好哇！那就报考‘鲁艺’吧！”安恩泽建议道，“那里有从全国汇集来的艺术家，陕北民歌是他们研究的重要内容。你的嗓音很好，一定会成功的！”

聪慧子动情地说：“安大哥，我学会了陕北民歌，你可要回来听我演唱噢！”

“是呀，一定要多回来！”身旁的人异口同声恳请道。

“延安是革命的大本营，我一定会常回来的。”安恩泽说着，纵身跨上马背。

看到安恩泽这就要走，聪慧子一把牵住马缰：“安大哥，你能不能再等一下？我想，山中医生一定会来为你送行的。”

安恩泽笑了笑：“不用了！请你转告她，我回去就找汪大年，很快就会有结果的。”

正在这时，远处的河滩上，一匹枣红马风驰电掣般飞驰而来。骑马的是山中桂子。她背着背包，一边挥手，一边高喊：“安大哥，等一等！”

转瞬间，马匹来到近前，不等站稳，桂子已翻身下马，高兴地对大家说：“毛主席批准了！批准我到大年那边去工作。还说：‘如果那边不满意，还可以回来。延安就是你的家，随时欢迎你！’”

“祝贺你，夫妻终于可以团圆了！”聪慧子激动地抱住她，两人像小孩子一样高兴地蹦了起来。安恩泽也跳下马，和大家挽着手，将喘息着的、满脸通红的桂子围在中间，在河边的沙地上尽情扭起了秧歌。这是他们来到延安后刚刚学会的舞蹈，虽然步伐有些凌乱，却跳得兴高采烈。粼粼的河水泛着万道金波，在他们每个人的笑脸上辉映出灿烂的桃花。

山中桂子来到宝鸡县太殷村的当天，便被热情的房东李二嫂接到了自己家里。

李二嫂家除了三间上房，还有两间对峙面厢厦。过去，一间做伙房，一间做柴房，牛圈猪圈都撇在后院。自从俘虏进驻太殷村，征用她家房子安排住人，就将两间厦房腾了出来。西厦住着汪大年，东厦岩切五郎和龟田雄二住着。目前，汪大年和岩切外出执行任务去了，龟田逃跑了，两间厦房暂时都空置着。

“妈哎！”李二嫂拉着桂子的手，兴冲冲从大庙回来，一走到自家的大门口，对坐在门墩上搂着狗娃玩耍的瞎眼婆婆说，“我给咱领回来一个人，你猜是谁！”

“谁？”婆婆抬起干瘪深陷的眼窝，脸上掠过一丝惊喜，“看把你高兴的！该不是狗娃他爸回来了？”

“你别急！再过两天狗娃他爸的信就该到了。”李二嫂笑盈盈地说，“我领回来的是汪主任的媳妇，名字叫‘山中桂子’！”

“山中桂子……”李婆婆琢磨道。村里住的战俘多了，经常打交道，她听出这是日本人的名字，连忙问：“该不是日本女人吧？”

桂子向她深鞠一躬：“老妈妈您好！我是日本医生，一名志愿者，是来帮助中国军队和老百姓的。”说着，她蹲下身，扶住老人核桃一样满是皱纹的脸颊，掰开松弛的眼皮，检查失明的原因。“哟，白内障！”接着安慰道，“老妈妈，您不用担心，眼睛可以做手术，做完手术，您儿子铁柱回来，就能看见了！”

瞎眼的婆婆虽然老了，脑子依然灵光，立即将双手合十，作揖道：“阿弥陀佛！菩萨救命，你现在就给我做手术吧！关老爷刮骨疗毒一声不吭，我老婆子也一样，从来不嫌疼！”

桂子哑然失笑道：“老妈妈，做手术土屋土炕不行，要到西安去才成。您别担心，大年回来，我尽快给您老人家安排！”

“你真是菩萨现身，观音在世！”病病歪歪的李婆婆顺势就要跪下，“我给你磕头了！”

“不敢，不敢！”桂子连忙扶住，“我住在你家，要打搅你了！”

“不怕！咱有的是宽房大屋，哪间宽敞住哪间。”说着，李婆婆扶着门框站起来，就要带客人去看房。

李二嫂说：“妈哎！你看好狗娃，我进去给桂子收拾新房。汪主任回来，他们夫妻就好团聚呢！”

李婆婆豪爽地说：“住上房东间吧！我孤老婆子一个人，我腾出来！”

“不用，不用！”桂子连忙摆手道，“大年住的厦房，这就够了！”

李二嫂朗声笑道：“对！先住厦房，等一年半载有了娃娃，再住上房不迟！”

桂子头上顶着一块头巾，李二嫂戴着一顶草帽，两人在西厦内挥动笤帚，扫完墙壁和地面，又忙着抹桌子擦窗户。汪大年去洛阳接俘，离家好长一段时间了，土屋内落满了灰尘。擦洗完毕，李二嫂找来一块木板，跟原来的单人床拼在一起，床一下子宽了许多。桂子把她带来的一床行军被做褥子铺上去，两人抻开那条旧床单，窄窄巴巴的，显得天不够尺、地不够寸。李二嫂看在眼里，心中盘算应赶快到镇子上去买条新床单回来。正要出门，狗娃在院子里喊，说是大伯大婶们都来了。李二嫂和桂子出门一看，哎呀！村民们三个一帮五个一伙儿登门看望贵客来了。人们知道李二嫂日子苦焦，有的捎来米面，有的送一把蔬菜，有的捉来一只鸡或带来十个八个鸡蛋。李二嫂高兴得嘴都合不拢了，一边将村民手中的礼物接住，一边将乡亲一一介绍给桂子认识。漂泊了两年的桂子看到乡亲们如此热情好客，激动得滚出了泪花。一会儿，人流刚刚退去，俘虏们又成群结队来看望了。这一下，更忙坏了李二嫂。俘虏们有送来亲手制作的小木凳、竹枕席的，有送来肥皂、牙膏的，李二嫂看看仍缺少一条床单，决意腾出手立即去买。

晚饭前，李二嫂刚刚做好饭菜，桂子被热情的俘虏们拽去参加欢迎会去了。这时，正好巧玲姑娘抱着一床大红苏缎提花新被走进大门。这本是她的陪房嫁妆，现在李宽银被日军俘虏了，生死不明，怕是一时半会儿回不来，便拿来送给汪大年夫妇。李二嫂拍手笑说这个颜色太合意了，她思谋买一条粉红床单哩，与被子正好搭配上。于是，要巧玲留下来陪婆婆儿子吃饭，自己要趁太阳还在树上悬着，赶快到五六里外的镇子上去。

李二嫂从镇上回来已是黄昏，她快步如飞，将门口觅食还不肯回窝的几只草鸡踢踏得四散逃奔。家人已经吃过晚饭，巧玲姑娘还没走。李二嫂来不及吃饭，赶忙和巧玲将买来的新床单铺到房间里去。这是一条粉红色印着鸳鸯戏水图案的太平洋牌机制床单，不但苫得满床满角，还从床沿垂下一尺多长，正好用作床帷子。新床单和新被子一色的通红鲜亮，相映生辉，破旧的土屋像落进了朝霞。

桂子回来时，李二嫂已铺好床单，小屋内又挤满前来探望的人们。一位名叫中岛川雄的战俘也来了，他是桂子中学时代的校友，因为前一阶段在战俘中搞秘密串联被关押起来，不久前才解禁。他们用日语交谈着，有说有笑，李二嫂和巧玲不便打搅，糊好窗纸连忙退了出去。回到上房，李二嫂趁着巧玲没走，急忙取出针线笸箩，摆上炕桌，将从镇子上买回的大红纸抚平，让巧玲用针鼻儿在上面勾出图样，然后捉起剪刀，就着窗子的亮光剪起了窗花。李二嫂和巧玲一人一把剪刀，一会儿就剪出七八个花样。她们一边剪着，一边轻轻吟唱着《剪窗花》的古老歌谣——

腊月二十三扫窗台，
快把窗花贴起来。
我来剪，你来裁，
看谁的窗花惹人爱。
剪一个五子大登科，
剪一个神虎来镇宅；
剪一个连年庆有余，
剪一个鸾鸟衔绶带；
剪一个吉祥如意图，
剪一个寿山福如海。
剪一个麒麟送子长富贵，
剪一个龙凤呈祥飞云彩……

李二嫂和巧玲一边忘情地唱着，一边兴致勃勃地剪着窗花。此刻，她们把失去亲人的痛苦丢在一旁，满心欢喜地用灵巧的双手裁剪出一件件玲珑剔透、巧夺天工的窗花。

忽然，瞎眼的婆婆拄着拐杖进来说，她在院子和村子里喊了几个来回，怎一直没见狗娃，狗娃会不会被人拐跑了……

收容所副官顾辟疆是午饭后匆匆离开营房的。根据设定的暗号，他知道寺垣又收到了日军华北司令部的最新命令，并约他在后山的树林中会面。他是无法违抗的。

上午，西安八路军办事处的联络部主任安恩泽带着山中桂子来到太殷村，将桂子女士介绍给他以后，他简直惊愕得半天合不上嘴巴。本来，他知道汪大年有一个日本妻子，心想不过是个艺伎馆的艺伎罢了。中国的穷留学生讨个日本青楼女子做老婆似乎不足为奇。但是，待见到山中桂子，她的容貌、她的气质、她的才学都使他大吃一惊。汪大年竟有如此艳遇，而自己，到目前还是一只孤雁。这位秀外慧中的东洋佳丽站在他面前时，如一轮耀眼的朝日，直逼得他矮了半截。他仿佛萎缩成墙角一块肮脏的残冰，一点点融化在她的光焰中了。他十分痛苦地想到，她的出现，无疑会加强对手的力量而使自己举步维艰；她的出现，无疑会多一双眼睛在收容所而增加了自己暴露的危险。难道一个汪大年还不够自己对付吗？想到这里，他一点儿也没有胃口，推开饭碗便上了后山。走在崎岖的山道上，他一直在思索：怎样才能给山中桂子一个下马威呢？终于，他想出了一条毒计，从李二嫂的孩子身上下手。

来到约定的树下，这里空荡荡的，一转身，寺垣北村如同一个幽灵，不知从哪里钻出来，突然站在他的身后："你执行命令很差，是不是后悔了？"

寺垣一见面就不冷不热地指责他。日本人就是这样，自高自大，目空一切，特别是在一个外国走狗面前。

"我已经尽力了，没完成任务，难道没你的份儿？"顾辟疆并不服软。

"好了，不要为此争执了！"寺垣用他的金鱼眼四下望了望说，"新的任务希望你顺利完成。"

"什么任务？"

"杀死一个人。"

"谁？"

"汪大年的日本妻子……"

不等寺垣说完，顾辟疆冷冷地笑了："你们的情报系统真够灵敏的，她前脚刚到，任务后脚就跟来了。不过，我不想现在就杀死她。"

"不想？这么说你要策反她？"寺垣讥诮道，"这恐怕很难。你不知道吧，她的父亲就是顽固的反战分子，对大东亚圣战极为不满，已经死在狱中了。她千里迢迢而来，并不容易说服，你可能没这个手段！"

"我先要折磨她，像猫逗老鼠那样。"顾辟疆的眼睛里掠过一丝歹毒的凶光，"今晚，不能让她睡得太安稳了！"

"你想好了？"寺垣问道。

顾辟疆不动声色地说出了杀死狗娃的计谋。寺垣听罢，望着顾辟疆鼻尖上两颗白麻子，那种阴鸷和狠毒，连寺垣也惊诧不已。

顾辟疆和寺垣一前一后走下山时，天色已经擦黑。当他从麦场上拐进村中，正好在村道上碰见寻找妈妈的狗娃。四岁的狗娃是一个好动的孩子，晚饭后被奶奶领到上房玩耍，忽然听见妈妈在院子说话，急忙出来寻找。这时，李二嫂在西厦已铺展好床单，见屋子里来了人，急忙到隔壁邻居家借面粉打糨糊去了。孩子在人缝中没看到妈妈，便到灶房去寻，依然没见妈妈的影子，遂追到村巷里来。

顾辟疆见狗娃独自一个在村巷行走，恰恰四下无人，便问狗娃："狗娃，你寻谁呢？"

狗娃说："我寻俺妈。"

顾辟疆停下来问："你妈在哪儿呢？"

狗娃说："俺妈说出来打糨糊，不知去哪儿了！"

顾辟疆拉住孩子。"对呀！你看！"他随手向村外的麦场一指，"那不是你妈，你妈扯柴火去了！"

狗娃刚刚跑到一个麦秸积子旁边，就被隐藏在那里的寺垣北村卡住脖子拖走了。

十五

一号战俘赖在车厢的担架上不肯下来，汪大年登上车厢，徐徐揭开他蒙在脸上的手绢，惊讶道："这不是山本次长先生吗？"

三年前，汪大年在东京的博士论文答辩会，首席主考官正是这位时任文部省次长兼东京帝国大学名誉校长的山本纠夫。汪大年见他仍赖着不动，没好气地笑了："次长先生，没想到又见面了！您还记得给我出的那道研究课题吧？您躺在这儿怎么听取学生的汇报呢？"

一号战俘缄默不语，嘴角上挂着一丝鄙夷，将脸固执地扭向一旁。

汪大年被他的孩子气逗乐了："不必生气嘛！您原来预言'三个月灭亡中国'，其结果如何呢？三个年头过去了，中国不但没能灭亡，而且到处都燃起了抗日的烽火。作为俘虏，是不是面子上不好看？这容易，输了就是输了，只要认错就对！"

"谁说我输了？现在战争的主动权还在皇军手里，你们不过是侥幸取胜。哼！大日本帝国的圣战才刚刚开始！"一号战俘弹簧一样霍然从担架上坐起来，一挥手，"下车，我要和你较量到底！"

汪大年跳下车，命令士兵用担架将他抬进兵站的一间单独寝室。

一会儿，卫生员水子带着听诊器进来，站在床前，准备为山本检查病情。山本冷冷地把水子从头到脚打量了一番，忽然将拳头擂在桌子上："慰安妇，给我滚开！"

水子猫儿一样吓得缩着头溜走了。

山本赳夫被中国第一战区司令部列为"一号战俘"，说明他身份的特殊和重要。他是日本清和天皇第二十五代孙，曾以东京帝国大学校长的身份接任内阁文部省次长，卸任后受聘于华北伪政权，担任首席顾问，是我军在一次突袭中意外俘获的。他其实没有什么大病，只不过受了暑热略感不适而已。

汪大年正要去看望山本，第一战区司令部来了电话，询问一号战俘的情况，命令他一定要把一号战俘看护好，为他治好病，绝不允许发生任何意外。同时告诉他，已令沿途车站和驻军加强戒备，密切配合，严防日军派出小股部队偷袭骚扰，要求他最少准备三套应急预案。此外，因潼关以东陇海铁路的多座桥梁被日军破坏，抢修力量有限，命令他带领士兵以及部分俘虏，和兵站人员编在一起去帮助抢修。多待一天，就多一分危险。

接到命令，汪大年立即集合起队伍，让伤员、病号和医护人员留下，其他人员迅速赶往工地。这时，只见水子姑娘也跑来了，跟在队伍后面，眼泪汪汪的。汪大年问她怎么了，水子说，宋大夫做手术抽不开身，她去检查山本的病情，被山本骂了出来，根本不让她靠近。她的话恰恰被身旁发放劳动工具的原道长听见了，扔下镢头铁锨，捋着花白胡须嘿嘿笑道："这样吧！既然宋大夫忙着，我去会会这位山本先生。"

走进山本的寝室，汪大年用日语将原道长的医术做了简要介绍，只见倚在床头的山本斜睨着原老先生，很不情愿地伸出一只胳膊，让这位中国道人为他把脉。

原老先生让水子将黑光锃亮的生漆平罗钿小炕桌移到床边，又拿来一只小垫枕放在桌上，对山本朗声笑道："您是稀客，我乃一介草民，村夫耳，不介意吧？"

"你诊断吧……我不介意。"山本用汉语说。上大学时，他主攻建筑学公路专业，不过，一次沉重的病疴，使他和中国医药学结下不解之缘。目前，他正在深入研究中国医药学，并倡议将中国医药学改造为日本医药学。他认为，中国医药学古奥高深，却屡被称为玄学和巫术，只有用现代西方科技将其改造为日本医药学才能成为真正的科学。现在，能够接触一位中国民间医生，他当然感到新奇。不过在他看来，站在面前的这位中国道教的花白胡子，不是欺世盗名，就是巫医骗子，他很想欣赏一下他都有些什么花招。

原道长让山本先伸出左手把过脉，又把了右手的脉，看了舌苔，轻轻放下他的手腕说："您患的是'湿温'。"

"'湿温'？"山本的眼睛里闪着轻蔑的光，"'湿温'算什么病状？"

"哦！是这样。"原老先生说，"您的症状是头痛恶寒，身重疼痛，舌白不渴，脉象细而弱，面色淡而黄。我注意到，您在车上时，就将碗筷扔掉，说明胸闷不饥。刚才触摸手臂，感觉您午后身热，状若阴虚。病症如此，即暑病偏于湿者，故名‘湿温’。此病长夏多发，或因湿而生热，或因热而生湿，疑似中暑。”

山本在华北任伪职，汉语半通不通，似乎逮住了几句，经汪大年翻译，不禁诧异：真的还让他蒙对了。然后问有何处方可治，原老先生说：“治疗此疾，三仁汤主之。这种病夏秋流行，本地村民多患此疾。我这里虽有常备，但对您需要稍作增减，服后效果能更快一些。”山本让开来处方，原老先生在小桌上摆好笔纸，略加思索，在素笺上开出处方……

一剂汤药下肚，第二天清晨起来，山本病情大为好转，在水子的搀扶下，竟可以四处走动了。顺角门来到后花园，见这里依山傍水，古木参天，池塘楼榭，曲径通幽，到处种植着各种草药，如同进入植物王国一般。不远的池塘边，有座两层楼高的大殿，殿前的方砖地上，原道长穿一身雪白的府绸练功服迎着朝阳正在打太极拳。

原老先生的一招一式，既舒缓自如又潇洒飘逸，刚打了一半，见山本和水子从池塘边转过来，招引得白鹅嘎嘎乱叫，急忙收姿敛气，施礼道：“失迎，失迎，让二位见笑了！”

山本并不看他，只顾瞅着大殿上藏书阁的立匾：“你的藏书阁？”听到客人动问，原老先生谦虚地一笑：“祖上留下的一处旧楼，贫道别无嗜好，就喜欢读书，故而常到这里打发时光。”

原道长也许不知，他的灾祸正是由此开始的。因为，站在他面前的这位前日本文部省次长山本先生，有一个不大入耳的雅号——“攫书囊”。大凡他所见到的书籍，只要是喜欢的，就一定要收入囊中，可谓千方百计不择手段。他在华北伪政权任职期间，曾将搜刮来的大量中国图书文物运回日本，山东曲阜至圣先师孔子的故里就是被他洗劫一空的。这已成为他的一种职业和习惯。

“根据你的医术，藏书阁必定有许多古代医学名著了？”山本通过水子的翻译，将他的渴望表示出来。

“有是有一些。”原道长虽有几分警惕，仍坦然说。

“我想上去看看。都是读书人嘛！”山本说。

出于礼貌，原道长不便拒绝，引领山本和水子上了楼。

推开藏书阁雕花的门扉，山本看到中国民间竟有如此丰富的私人藏书，眼睛都直了。一种贪欲使他恨不能立即将整个楼阁全部搬回日本去。大略看了一遍，从中搜出一本明永乐版线装《黄帝内经》。他知道《黄帝内经》是中国传统医学所有经典的鼻祖，既有很强的治病养生的实践性，又涵盖了宇宙、生命、哲学、阴阳、五行等多种知识。他翻了翻，发现书页中夹着许多笺注，那是原老先生用工整的蝇头小楷记下的心得体会，不啻为一把解读原著的钥匙。他坐下来津津有味地看着，一旁的原老先生不禁问："山本先生喜欢中国医学？"

"哦。"山本只顾看书，头也不抬地哼了一声。

"《黄帝内经》日本应该有吧？"

"当然有哇，只是太过艰深。我在看你的注释。"

"见笑，见笑！书旁注释是鄙人的一点儿感悟，管中窥豹，瞎子摸象，贻笑于大方之家。惭愧，惭愧！"

水子在他们中间一句句翻译着。山本合上书说，他也钻研过中国医学，但遗憾的是，他从来不想成为一个医学家而只是一名建筑师。因为中国医学太过深奥并缺乏科学性。

水子翻译完毕，原道长释然一笑："如果认为中国医学有点儿神秘和深奥，这对于不了解中国医学的人来说，是可以想见的。要是认为缺乏科学性，则大谬矣！中国医学从《黄帝内经》起，就建立了自己独立的理论体系和病理认识。四五千年的实践，治愈了多少病人，创造了多少医学奇迹！因此，说它缺乏科学性是不合常理的。"

山本听完水子的翻译，连连摇头，嘿嘿干笑了两声："你是一位爱国者，中华文化的卫道士，很好。"他指着手中的《黄帝内经》问："这本书可以借我一阅吗？"

原道长不好驳客人的面子，随即点头应允，接着，山本又挑了几本书下楼去了。

很快，山本的贪婪和无耻就暴露出来。趁原老先生不在的时候，避开两个小道童，他多次摸上楼去翻拣书籍，并偷偷带回房间。

桥梁在第三天下午抢通了，傍晚时分正好有发往宝鸡的军列可以搭乘。吃过晚饭，队伍在院内集合完毕，随即转身向车站进发。尾随在郑拴子担架后面走出庭院的，是山本纠夫。他没有躺担架，而是拄着一根拐杖，大摇大摆在前面开路。两个年轻俘虏抬着鼓鼓囊囊的担架紧紧跟在他的身后。

站在门口的汪大年见此状况，急忙将他们挡住："担架上是什么东西?"

"书籍。"山本纠夫头也不回，大大咧咧说，"原先生送我的!"

汪大年疑惑地看了看站在身旁的原道长，见原老先生不动声色，立即明白了："你现在不是在日本军队里，可以随意掳掠。我们的纪律是兵不扰民。全部送回去!"

"全部?"山本不满地瞪大了眼睛。

原道长急忙走过来解围："山本先生要是喜欢，可以挑几本。"

"不行!"汪大年斩钉截铁道，"一本也不许带。喜欢的书可以到书店去买。"接着，对抬担架的俘虏命令道："送回去!"

这时，山本像当场被抓的窃贼一样颜面尽失。他毕竟是一名窃书老手，眉头一挑，立即想出一条毒计，反身跟上担架："好好好，送回去！送到原位上去!"

"放到大门里就行了!"原道长一边为即将分手的郑拴子检查伤势，一边打发两个道童跟上山本。

山本用拐杖指挥两名战俘将书籍飞快地抬到藏书阁，跟在后面的金哥儿龙哥儿毕竟是贪玩的孩子，看他们进了大殿就没再跟上，而是逗鹅去了。山本命令将书籍堆放在神龛的香案下，抓一把檀香点着，塞在反扣的《黄帝内经》书下。两名俘虏惊慌地上前制止，他恶狠狠地说："你们懂什么？占领中国的首都南京，我们的军队不到一个月就打下来了。但是，支那并没有灭亡！要彻底战胜支那，只有毁灭他们的文化！懂吗?"

山本重新躺上担架，让人抬着出了大殿。经过池塘时，看两个小道童正在饲鹅，假惺惺问："那些鹅会不会变成天鹅呀?"两个道童觉得他的问话太过有趣，扭头正要回答，没想到被他猛地用拐杖戳下水去。

两个全身湿淋淋的小道童追到车站，列车已徐徐启动。原道长见他们慌手慌脚，失形变色，情知大事不好。正要细问，只见藏书阁上空已腾起滚滚浓烟……

潼关的河防阵地本是军事要塞，禁止一切非军事人员入内。无奈粮饷不足，独臂将军第五犁有时也放弟兄们出去做一些生意，久而久之，要塞常有客人往来走动。这天黄昏，三辆牛拉大车出现在要塞栅栏门前，后面五六个黑衣黑裤的盐丁跟着。大车在门外停下，屈文举跳下车，冲着哨位喊："狗盛，还不开门，我给你们送酒肉来了！"名字叫狗盛的士兵慌忙把枪推到脊背上，跑到栅栏跟前，一抬头说："噢，是屈老爷啊，您等一等，我给您叫长官去！"说着，立即让另一名岗哨去请独臂将军。

屈文举丢过来一根香烟："这是咋回事，连我也不认得啦？"

"屈老爷，您别生气！"狗盛看着手中的香烟牌号，"您老可能还不知道吧！有紧急军情。这一两日，有一列押送鬼子战俘的火车要通过潼关，上边命令加强戒备，不准放任何人近炮台一步。"

屈文举问："连我也不让进去吗？"

"这个……"狗盛正在犹豫，后脑勺重重挨了一下。打他的是河防镇守第五犁。第五是复姓，世居西安南郊潏河岸边的第五桥村。远祖为汉朝名臣第五伦。唐代肃宗朝治国宰相第五琦是他的先祖。杜甫诗云："不识南塘路，今知第五桥。"指的就是这里。第五犁父亲身材矮小，母亲高大得像一峰骆驼，地里活全是母亲去干。分娩前还在地里捉犁耕地，一阵腹痛，他就落草在湿漉漉刚刚翻开的犁沟里，故取乳名"犁娃子"。第五犁将军随陕军渡河抗日，娘子关一役失去左臂，后来被调到潼关驻守河防。

第五犁一看是财神爷到了，满脸堆笑道："屈大哥亲自上门劳军，小弟承受不起呀！"接着，打开栅栏门，上前单手拉住屈文举使劲儿摇着。

屈文举故作惊讶道："我看你们加了双岗，戒备森严，本人胆小，放下酒肉我就打道回府。"

"请吧，请吧！"第五犁爽朗地笑着，"怕个鸟啊！"

屈文举咧开大嘴会心地笑了。此次前来劳军，不过是川崎"栗子"行动的一部分。他所带的五名盐丁中，那个胖子和瘦子，就是日军火炮专家，专门前来毁损大炮的。他做贼心虚，生怕露出破绽，借口大暑天气，酷热难耐，为防止熟肉腐烂，催促第五将军尽快把酒肉分发下去。

抗日期间，物资奇缺，士兵们久已不闻肉味了。独臂将军一声令下，各排各班已迫不及待，分发下酒肉，大吞大嚼起来。

军营大厅中，第五将军专设两席，令厨房又添了几道热菜，叫来炮营营长和几个排长排副作陪，招待屈文举和随行人员。酒过三巡，大家都微微有些醉意。屈文举摇摇晃晃站起来，从盐丁中叫过瘦子和胖子，命令他们再抬一坛子酒给诸位满上。两人踉踉跄跄抬起一坛陈年汾酒，刚刚提起咕咚一声将坛子失手跌落在地，打碎了。清亮的琼浆白白流了一地。屈文举走过去，不管三七二十一，就是一顿拳打脚踢，一边日娘捣老子骂了一通。他出手极为凶狠，直打得两人鼻口流血。在众人的再三解劝下，方才住手，遂命令他们滚到外面去。接下来，屋内的人继续喝酒吃肉。一直喝得酩酊大醉，个个东倒西歪，跌翻在地，烂醉如泥……

夜晚8点，汪大年乘坐的运俘列车驶入灵宝车站便徐徐停了下来。车站人员说，前方塬坡地段的铁轨刚刚被人扒开，正在派人抢修，可能要等待五六个小时。

正值盛暑季节，入夜后炙烤了一天的大地散发着滚滚热浪，闷热的车厢蒸笼一样令人窒息。车厢内空间狭窄，人员拥挤，汪大年担心万一有人中暑路上不便救治，遂命令下车休息。他将重伤的郑拴子安排在小小的候车室，令其他人员一律在月台上以车厢为单位围坐在一起，无论打水洗脸或者上厕所，必须请假并且两两同行。要求站岗士兵提高警惕严阵以待，防止有人逃跑或者外人混入。安排好以后，他依次到各个车厢同围坐在一起的俘虏交谈，以进一步熟悉那些从洛阳新来的战俘。早在出发时，汪大年就采取了“掺沙子”的办法，将带领了二十多天的早已熟悉的雪花山战俘分散开来，与新接收的洛阳战俘混编在一起，加上士兵和模范俘虏，基本结成了较为可靠的监督体系。

汪大年知识渊博，为人谦和，对日本人文历史风俗习惯无一不通，加之说话幽默，谈吐不俗，很有人缘，无论走到哪里，都激起一股股热浪，博得阵阵掌声。不知不觉，已与五节车厢的战俘交谈完毕。当他来到第六车厢的战俘中间时，有人向他大胆提出一个问题，问他是否在“会阳节”上出过丑。其他战俘跟着起哄，非要他谈谈不可。“会阳节”是日本特有的男子裸体节，不过只有一人全裸，其他参与的人都用一条十米长的兜裆布裹着下身，在大街上奔跑并抢夺一块宝木。汪大年受东京帝国大学的年级代表队之邀参加了那次活动，因他身材高大四肢灵活，争抢宝木非他莫属。谁知他第一次参加这种活动，兜裆布没有裹紧，跑着跑着竟松弛下来。桂子小姐就在身旁，他怕出丑，只好用手拽着，结果狼狈不堪地落在了最后。战俘们听罢，禁不住哈哈大笑。这时，忽然一阵吵嚷，原来是第一车厢的四五名俘虏正扭住一个人向他走来。报告说抓住了奸细。汪大年将奸细带进车站办公室盘问，开始他什么也不肯说，只是要求快快赐死。汪大年发现他日语并不地道，常常出错，一语道破他不过是一名出卖祖国出卖民族利益的汉奸，这才震慑住他。据交代，他是“盐大王”屈文举的师爷，姓刘，受命带领十几人在前方扒开铁路，趁修路工进出的机会，混进了车站。经过一番说服教育，他终于将川崎的特别行动计划交代出来，并且告诉联络的办法是：如果策反成功，临近潼关车站时发射三颗绿色信号弹；车上没人，发射三颗红色信号弹；策反没有进展，发射三颗黄色信号弹。

听到这里，汪大年心想，敌方人多势众来势汹汹，且藏在暗处，令人防不胜防。《兵法》曰“围地则谋”。要想突破包围，克敌制胜，只有善用机谋。这样思忖着，一个“将计就计”的方案已破茧而出。这就是：选出有战斗经验的战士和模范俘虏，作为先遣队埋伏车内，诈引敌人靠近，然后打他个措手不及，一举歼灭之，以便扫清拦路虎。

汪大年与陈忠孝及森下九郎等人，进一步研究了每个细节，然后挑选出四名战士、四名模范俘虏，押着刘师爷，连同他本人，一共十人，带足武器弹药，分别藏在三节车厢里，又铺了些稻草等物。留下的战士由排长陈忠孝带领，汪大年要他倍加小心，管好战俘，严防有特务混进来。

凌晨3点以前，道路终于抢通了，列车徐徐驶出车站。

这一段铁路依山而筑，蜿蜒曲折，由于刚刚抢通，列车速度不快，吭哧吭哧小心翼翼爬行着，缓慢如同老牛。进入潼关地界，汪大年突然听到车顶上有轻微的脚步声。同在一节车厢的森下九郎和士兵也听到了，顿时紧张起来。汪大年侧耳聆听片刻，小声说：“听，皮鞋，这是日本人！别怕，我上去干掉他！你们仍然将车门关好，注意隐蔽！”说着，悄悄将车门打开一道缝，背一支冲锋枪贴着车厢探出身去。他双手牢牢抠住车皮外面的雨水槽，脚蹬着底盘上的铆钉，一寸寸向车厢连接处的挂钩摸去。

夜风狂躁地拍打着车厢，利刃一样要把汪大年从车体上剥离出去。汪大年从小在华山打柴，曾徒手攀越天下奇险的千尺幢和百尺峡，扒上车顶对他来说并非难事。他扒过两道雨水槽，摸到车厢角棱，一个箭步跨到车前的自动挂钩上，随即登上闸盘，俯身向车顶望去。月黑风高，四野沉沉，微弱的星光下，有两条黑影匍匐在前方的车顶上。隔着两节车厢，他们一边向这边摸索过来，一边附身听着车厢里的动静。很明显，他们是在寻人，寻找作为内应的刘师爷。

“奇怪，没人，空车，咱们上当了！”一个黑影慌张地站起来。

“赶快发信号弹，让埋伏的人员撤走！”另一个黑影说。接着，蹲起来给信号枪更换弹药。

“嗒嗒嗒”，不等他们更换完毕，汪大年扣动了扳机。在猝不及防的打击下，两个人仰面栽倒，哀叫着滚下车去。

列车在一段下坡道上流星一样飞驰着，车厢外罡风凛冽，不断有山坡上震落的沙石流泻下来。汪大年转过身，躲避着迎面而来的飞石，忽然发现车厢后面又爬上来一个人，隔着车厢向他射击。子弹呼啸着从头顶飞过，碰到车厢钢梁反弹回来，在汪大年身旁蚱蜢一样狂飞乱舞。汪大年与之对射了一阵，他的右臂猛地一阵酸麻，手中的冲锋枪便跌落了。他摸了一下右臂，满巴掌都是黏糊糊的鲜血。这时他看清了，对面并非一人，而是两个。他们发现他负了伤，纵身向他猛扑过来。汪大年想拔出手枪，但是中弹的手臂怎么也背不到后面去。刹那间两条黑影已飞临头顶，伸手要将他擒住。他猛一低头，来人扑空了，其中一个跌倒在他面前的闸盘上，未及站稳，被他飞起一脚，踢翻到车轮底下。这时，另一条黑影已跳下闸盘，将他从后面死死抱住。汪大年受了伤，行动有些不便，滚打中，一会儿便被对方压倒在粗大的铁挂钩上。当那人伸手去拔匕首时，汪大年用手牢牢抓住铁链，然后一个闪身，双双同时滚下车去。就在双脚即将触地的瞬间，汪大年抓住铁链的手猛一用力，身子趁势向上一纵，又翻身爬上了挂钩。

连续收拾掉四名蹿上列车的鬼子，他长长吁出一口气，然后吃力地爬上车顶，掏出信号手枪，举手正要扣动扳机，冷不防被车尾爬上来的一名鬼子用枪托砸在头上，只觉得“嗡”的一声，便人事不省了。

川崎“栗子”行动计划仍在一步步紧张执行中。

在凌晨3点炸毁潼峪河大桥，是这个计划的关键环节。为了万无一失，由川崎和他的助手野田一男亲自出马。野田身材粗壮，像一座黑铁塔，曾经是联队的空手道教官，演练时有过同时制伏五人的记录。他更是一名武士道精神的狂热追捧着，身体的每个细胞都膨胀着毁灭一切的力量。一公里长的潼峪河铁桥，他们经过实地观测踏勘，已了若指掌，只是近来河防加强了岗哨，大桥两头原来的单岗换上了双岗。凌晨两点半，他们扮作远道而归的一老一少，从西桥头走上铁桥。

“喂，站住！干什么的？”哨兵把枪栓拉得哗哗响，喝令他们退回去。

“怎么，不让过？”川崎用生硬的中国话问。

“眼瞎了，没看到贴的告示？”

“行行方便！”川崎继续向前走着，掏出香烟，“弟兄们辛苦了，抽烟，抽烟！”

当两个送死鬼士兵刚刚将香烟叼在嘴角，低头凑在川崎划着的火柴上时，野田的两只手像两把铁钳同时将他们的脖子掐断了。

夜黑如墨，东桥头的岗哨隐约听到西头的说话声，打着手电筒巡查过来，边走边问出了什么事。川崎和野田急忙将两具尸体拖进哨楼，把门掩上，然后躲到哨楼的一侧。

东桥头的两个哨兵是新征不久的娃娃兵，胆子特别小，边走边喊西桥头哨兵的名字，一直快到跟前了，仍不见答应。他们战战兢兢往前走了一段，忽然站住，喊了声“鬼来了！”撒开腿就向回跑。

野田说：“坏了，他们回岗楼打电话去了！开枪吧！”

川崎说：“不行！开枪就彻底暴露了。让他打电话吧，他什么也没看见，还得再回来。我来掩护，你马上到桥墩安装炸药。火车还得一会儿到达，我来和他们玩猫捉老鼠！”

野田双手提起隐藏在路边的两箱炸药，川崎扛着起爆器，向中部的一个桥墩奔去。这是一座箱体横担铁路桥梁，只有把炸药放在两个横担接口的桥墩上，才能将桥梁炸断。野田虽然是角斗的好手，攀缘起来却显得笨手笨脚，尤其是在只有星光的夜里，吭哧了半天才将炸药装好。这时，桥东头的两个娃娃兵果然开始喊话了：“喂，那边是谁呀？是不是狗蛋？”

川崎学了几声狗叫：“汪汪……”

一个小兵说：“你听，狗叫哩！”

另一个反对道：“狗叫就是狗蛋？”

“狗叫不是狗蛋难道是猫蛋？”

“我敢和你打赌，保险不是狗蛋！”

“你过去看看！”

“你咋不去看看？”

两个胆小鬼最后商量了一条万无一失的计策：向西边放两枪，如果有人喊话，就肯定是自己人；如果以枪还击肯定是敌人。他们向空中放了两枪，结果，这边既没人喊话，也没有还击。他们胆战心惊，撒脚跑了回去……

双手吊在二梁上的岩切五郎已经神志不清了。两天来没人给他吃过一口饭喝过一口水，曾几次昏迷过去。屋梁上成群结队的老鼠，不知是娶亲还是嫁女，吱吱哇哇沿绳索跳到他的头顶，险些把他的鼻子耳朵当成婚礼的盛筵。他就是在这种噩梦中被惊醒的。吸取上次被他逃脱的教训，川崎这回下了狠心，绝不让他双脚挨地。如此这般，他就是变成一只穿山甲，也难逃厄运。

这是“栗子”行动小组倾巢而出实施突袭的当晚，整个会馆仅有两人看守：一人把着前门，一人在大厅专职监管岩切五郎。

岩切不知是何时醒来的，只见大厅里烛台高照，门柱下一个盐丁抱着枪在条凳上打盹。地面当中有一只盛着水的黑瓷碗和一块玉米面饼，这分明是给他准备的。看见吃食，他顿觉肠子都要饿断了，随之呼喊起来：“来人，快来人呀！”

独眼的盐丁惊醒了，没好气问：“叫唤啥呢？”

岩切说：“老子饿了，要吃要喝！”

盐丁站起来：“嘿，你还老子长老子短的！老子不伺候你，让你喝风屙屁去！”

岩切知道，天下的奴才都怕主子，更怕主子的主子。主子的主子是太上皇。遂吓唬道：“川崎要我活着，交日本军法处。你却要我死，好哇！我只有咬舌自尽了，就让日本军法处向你要人！”

一句大话果然生效，独眼盐丁拱手作揖道：“得得得，好爷爷哩！日本人真惹不起，想当个奴才都不容易。好吧好吧，我给你拿！请问你大老爷是先喝呢还是先吃？”

岩切生气道：“口干舌燥能吃得下吗？”

“——噢，先喝！”独眼盐丁明白了他的意思，仰起头抱怨说，“三句好话当钱使哩！要喝水，还得我喂你，你不怕我把你呛死？”

“呛死了好，省得受罪！”

“硬汉，硬汉，来来来！”

独眼盐丁将条凳放在岩切脚下，离他足足还有三尺高，然后端着水站上凳子，踮起脚把碗高举过头顶，一口口喂给他喝。

岩切喝水时，发现黑瓷碗边沿上有点儿残破，他忽然灵机一动，当喝下最后一口水时，紧紧将碗咬住，飞起一脚猛地踢向盐丁的命根。盐丁惨叫一声从凳子上栽了下去，在地上只是打滚。岩切用尽臂力，身体上蜷，牙齿衔着破碗，一点点去割缠在手腕上的麻绳。一下，两下，三下……绳子没割断，手腕被划破许多口子，弄得鲜血淋漓。他没有气馁，忍着疼痛，凭借刚才喝一碗水攒下的气力，终于将一边的绳索割断了。腾出一只手，方便多了，很快用牙齿解开绳套，只听“腾”的一声他已跳落地面。岩切知道，现在正是生死较量的紧要关头，半点儿耽搁不得。他从地上捡起长枪，跨出台阶时又折返回去，抓起地上那块玉米面饼。实在太饿了，他一边向嘴里塞着饼子，一边大步向前门跑去。大门口，值岗的盐丁听到脚步声，打着哈欠正要站起问话，被他一枪托打翻在地。岩切头也不回地向大桥方向奔去。

此刻，大桥上枪声如织。原来，桥东头的两名娃娃兵放出两声空枪，被营房里的排长听着了，电话打过来问明情况，连忙吹号紧急集合，带着一排人向桥头赶来。这时，野田安装好炸药已爬上桥面，急忙趴在铁轨上阻击守桥部队，以便掩护川崎拉着起爆器放线后撤。川崎猫腰跑出桥头到了安全地带，当他在道轨旁放下起爆器，命令野田回撤准备起爆时，突然被人从后面扑倒在地。——来人正是岩切五郎。

“盐大王”屈文举以劳军为名将河防部队炮营官兵灌醉后，一胖一瘦哼哈二将迅即蹿至山炮阵地将十门大炮毁坏掉。事毕后不敢停留，与屈文举立即赶往十二连城遗址，与埋伏在那里的盐丁以及扮作盐丁的日军会合了。这座遗址是东汉以来多个朝代建立的潼关关隘，大约有十二处，如今城墙毁弃，仅留下几座孤零零的烽火台和被风雨剥蚀的夯土台阶。铁路正好从这里穿过，是一个打伏击的最佳地段。

四十多名手持各种轻重武器的乌合之众焦急地等待着火车的到来和刘师爷策

反成功的信号，却迟迟毫无动静。正在狐疑不定，不愧为技术专家的哼哈二将，将耳朵贴在铁轨上，探听火车的远近。须臾，车轮隆隆的滚动声从远方隐约传来，他俩立即跳起来，惊喜道："火车来了，火车来了！"于是大家一起向东眺望，不一会儿，果然有三颗绿色信号弹飘飘摇摇闪耀在空中。埋伏的人高兴得蹦了起来，似乎已经大功告成该举杯欢庆了。日军小队长见状，大声呵斥道："趴下，趴下，都给我趴下！没有我的命令不准起来！"

这三发信号弹是汪大年打出的。

车顶上，昏迷过去的汪大年蒙眬中感觉有人在翻动自己的身体。原来，那个从背后偷袭上来的鬼子夺掉他手中的信号枪正在搜寻黄色信号弹。列车风驰电掣，加速运行，潼关车站已经不远……

汪大年被冷风吹醒了，他昏昏沉沉，想动，却无法动弹；想睁眼看看，却什么也看不见。当他意识到自己的任务尚未完成时，正好鬼子弯腰在他身上搜寻着信号弹。关键之时，人的意志往往能爆发出体力难以达到的巨大潜能。他猛地抬起膝盖磕向鬼子脸部，不等对方反应，突然跃身起来，将鬼子压在胯下，然后夺过信号枪，"啪啪啪"连发三弹，随之将信号枪扔向远处。三颗绿色信号弹嘶嘶叫着划破黑漆漆的夜空，像三颗星星高挂天际。被汪大年压在身下的鬼子仍拼死挣扎着，两个人遂翻滚在一起……

快速行驶的列车怒吼着喷出一团水雾后，速度骤然减缓下来，这是快要进入潼关车站了。当列车驶入连城遗址时，突然剧烈晃动起来，这是下方遇到不明障碍物所致。司机赶快拉紧制动闸。随着一声刺耳的钢铁摩擦声和轮毂下火花的喷溅，列车滑行出百十来米。车顶上，两个打斗在一起的身影被制动产生的巨大惯性甩了出去。就在这一刹那，汪大年猛虎掏食般趁势扑过去，抓住鬼子的一只脚。鬼子脚被绊住，跌了个仰面朝天，随之滚落车下。

此刻，潼峪河大桥的西桥头，岩切和川崎在铁道的路基上正滚打在一起。如果在平素，川崎根本不是岩切的对手，只可惜岩切在大梁上被吊了两天，两只胳膊如同断了一样，连抬举一下都很困难，更别说搏斗了。两人翻来覆去几个回合后，岩切已显得体力不支，川崎骑在他的身上，拔出手枪将黑洞洞的枪口对准了他的脑袋。恰在这时，一块石头砸向川崎的头部。川崎"啊"的一声惨叫，岩切趁机将他掀翻在地，扑上去将他活捉了。

岩切将川崎拉起来交给来人，定睛一看，原来是白发站长。

桥面上，野田被交织在一起的火力压制得难以抬头。子弹已经打光，面对冲上来的一大群中国士兵，他不想被活捉，连续几个滚翻爬到铁桥边，对着无可奈何的铁桥狂笑着，纵身跳下河去……

列车在滑行中缓缓停稳，汪大年趴在车顶上，静静观察着周围的动静。这时，天色尚未大亮，一切仍在朦胧之中。他居高临下，看清路基南北两边的水沟里、草丛中，趴伏着许多黑乎乎的人影，按约定，他轻轻敲了三下车顶。车厢门立即打开了，穿着日本军装的森下九郎拉着刘师爷出现在车厢门口。车厢里似乎蹲踞着许多个被缚的人——那是他们捆扎的稻草人。森下九郎用日语高喊："川崎将军在哪里？支那士兵被我们活捉了！"有士兵在后面用枪口捅了一下刘师爷，他慌忙喊道："屈老爷，我回来了，快来……"

旋即，两旁的盐丁和乔装的日军全站起来，抢先跑向列车。警惕的日军小队长似乎发觉刘师爷音调不对，慌忙张开双臂，让大家别动。在这千钧一发之际，车顶上的汪大年早已瞄准了小队长，喊声："打！"就在日军小队长应声倒地的同时，三节车厢的车门骤然打开。只听"嗒嗒嗒"枪声响起，四挺机枪喷出火舌，在出其不意的打击下，两边的盐丁和日军还未明白过来，已做了枪下之鬼。

屈文举毕竟奸诈狡猾，当大家一窝蜂冲向列车时，他一直趴在一块土堆后面没动。现在，眼看阴谋破产，连忙在贴身保镖的掩护下，撇下众人，没命地向河滩逃去。

汪大年跳下车，带领大家追了一段，看他们跑得远了，遂命令停止追击，清理战场，赶快回撤。

四散逃跑的盐丁和日军在河湾追上了屈文举。他们慌乱地登上停泊在那里等待接应的四艘船只，为防止再次遭受打击，急令将所有迫击炮弹一股脑儿发射到河防阵地上去。一阵阵剧烈的爆炸声惊醒了餐厅里沉醉的第五将军。他睁眼一看，几个躺倒在身旁的下属依然烂醉如泥，任凭怎样摇晃也无法叫醒。他独自一人跌跌撞撞跑向硝烟弥漫的山炮阵地，一看傻眼了。一门门大炮全都被拆弃毁坏了，他好不容易找到一门损坏较小的山炮，用脚踢醒两个醉入梦乡的值班士兵，拆东补西修整了一番，调整炮位，对准河滩下频频发炮的机帆船连开两炮。一炮在水中爆炸，一炮命中敌船。突然，敌人的一发炮弹打来，在炮位旁爆炸。两名士兵当场身亡，第五将军被炸翻在地。他摇摇晃晃站起来，背靠大炮，睁开满是血污的眼睛，看着敌船甲壳虫一样缓缓逃离河口，他无可奈何地苦笑了。忽然，又一发炮弹飞来，他笨拙的身躯震了一下，跌倒在炮位下方。

十六

身负重伤的李宽银是在楴栳镇的战斗中被俘的。日本军医给他简单包扎后便丢进地下室，任其伤口溃烂，高烧不退，再也不来过问了。他是在众多狱友的帮助下奇迹般生还的。值得庆幸的是，因为重伤昏迷，逃过了被一般俘虏视作“鬼门关”的三道门槛：

第一是刑讯关。在严酷的拷打下要俘虏说出部队番号、人数、装备、上下级军官姓名、目前布防地区、任务等等。不管说与不说，都免不了被棍棒或皮鞭打得皮开肉绽，被烙铁烙得遍体鳞伤。这叫“杀威棒”，此关目的在于打掉中国军人的斗志。

第二是饥饿关。一连三天或者五六天不给饭吃不给水喝，这一方面是因为日本国内粮食紧缺，侵华日军粮食供应要求现地解决。日军作战部队常常饭且不足，何况俘虏？饥饿到生命的极限，一个个中国军人形销骨立，瘦若槁木，肉体上已不具备什么反抗或逃跑的可能。此关目的在于拖垮中国军人的体格。

第三是惜命关。让俘虏看着同伴被枪毙、被活埋、被浇上汽油烧死、被作为刺杀的活靶子、被割舌挖眼剖心、被割掉生殖器，女俘则被当众轮奸或骑“木驴”而死，肢体被狼狗吃掉，等等。使其求生不得求死不成，丧失人格泯灭意志，虽然活着，形同一具僵尸，或者向他们摇尾乞怜，出卖战友和同志，成为他们的帮凶。此关目的在于彻底摧毁中国军人的精神。

李宽银不知自己昏睡了几天，疼痛醒来时发现自己和许多重伤员被关在黑暗的地下室。地下室恶臭难闻，溽热难当，只有一扇巴掌大的小铁窗。他不知怎么躺在一溜儿高台阶下的出口处，身下铺着稻草，偶尔能呼吸到从铁门里透进来的一丝带着凉意的空气。一位左腿已经截肢的穿着八路军灰色马裤的大个子正在为他用嘴吸吮腿上的脓血，吸一口吐一口，全吐在身旁的马桶里。许多人围着他，不断为他扇凉。

“醒来了，醒来了！整整三天了！”围拢的人如释重负，脸上露出惊喜。

“水，水……”李宽银喉咙里含混地咕哝着，干裂的嘴唇满是燎泡，舌头仿佛是一根无法转动的胶木棒，连他也惊异自己怎么会哑然失音。

“喝吧，给你留着呢！”大个子八路用行军水壶给他慢慢喂下两口水，操着浓重的陕北口音说，“你是英雄！你的事大家都知道了。你的营全部拼光了，给鬼子以重创，给主力部队赢得了战机。你要挺住，伙计！”

李宽银的心头滚过一阵暖流，眼里涌出了热泪，点头向他们致谢。从他们嘴里知道，现在被关押的地方是运城战俘集中营，是由过去的监狱改建的。栲栳镇一役，和他同时被俘的还有两名重伤员和三名轻伤员。两名重伤员昨天已经死去，上午刚刚从这里抬走。轻伤员关在地面上的号子里，可能正在行刑，隐约能听到一两声撕肝裂肺的惨叫。他们说：“上午有日本军官下来用脚踢你，看你没醒又走了，看样子已经知道你的身份。”大个子告诉他：“重伤员每人每天只有一块玉米面饼，斗室内十五六个人每天只有半桶水喝，比起关在上面号子里的弟兄，咱们要幸运多了。”大个子姓杨，是一二〇师骑兵连的班长，今年三十多岁了，大家习惯称他“老班长”。在一次转移中，司令部被敌人分割包围了，情况万分危急，为了解救司令部的首长们，已经突围出去的骑兵连又杀入重围。他是在掩护首长撤离时，一颗炮弹飞来，战马炸死，他的左腿因炸断被俘的。他说，他命大，在地下室住了快三个月了，曾经两次死而复生，都是作为日军新兵的活靶子没被刺死而活着回来的。说着，他撩开没有袖子的衬衣，前胸、后背、两肋，刀伤大大小小不下十处，有的还在向外渗血。

无法忍受的疼痛像一头怪兽不断袭击着每个伤员，没有止痛药，没有消炎药，更没有麻药，只有咬紧牙关硬挨着。疼痛袭来时，有人大哭，有人大叫，有人大骂，即便是一条钢铁硬汉也难免不住呻吟。每当这时，老班长就会和其他狱友来到你的身边，亲切地安慰你，鼓励你挺住，询问你参加过哪些战斗，接着，便吟唱起那首令人悲痛欲绝的信天游——《哭中国》：

一哭咱东三省，
物产哪实丰盈，
日本鬼子强霸占，
害苦了老百姓！

二哭那卢沟桥，
全世界都知名，
“七七”事变有预谋，
向中国大进攻……

吟唱开始时，大家悲悲切切泪流满面，莫不为中国积贫积弱山河沦丧而痛哭失声，待唱到最后，就变成齐声怒吼了。那吼声如火山喷发大海狂啸，那吼声如万里雷霆九天烈风。这时，也只有这时，伤员们身上的一切疼痛，一下子被抛到九霄云外去了。

老班长忠诚憨厚，说话诙谐幽默，很有组织才能。地下室的十几个弟兄，既有国民党的，也有共产党的，还有各地游击队的，他把大家团结成一个整体，互相关心，互相帮助，玉米面饼和水总有结余下来的。第二次排脓时，李宽银终于看清了，被血和脓水浆成袼褙的绷带，原来是老班长的两只衣袖！这天，老班长看到他右腿上的伤口依然血流不止，忽然一声吆喝：“弟兄们，把太上老君给咱的炼丹炉揭开！”李宽银感到纳闷儿，监狱里哪儿来的炼丹炉呀？只见同伴们齐声响应着“呼啦”站起来，揭开身下铺着的稻草，寻找各种毒虫。有湿湿虫、蝎子、蜈蚣、蜘蛛、簸箕虫、蟑螂。老班长把他们收集在一起，用他的那根疙瘩棱槌的枣木棍捣成糊糊，敷在李宽银的伤口上。凉酥酥的，一会儿，血就止住了。

老班长从鬼子凶神恶煞的态度中终于察觉出离别的日子为期不远了。这天上午，两个鬼子打开沉重的铁门呼喊着老班长的名字，他镇静地从地铺上坐起来，将枣木棍交给李宽银，自嘲道：“昨晚上没做好梦，小鬼子可能要算我的伙食账了！像我这样，瘸了一条腿，能活够三个月的人太少了。咋的？——鬼子不能让你当造粪机器么！李营长，这个枣木棍就留给你做纪念吧！”牢门外鬼子恶狼一样嚎叫着，老班长从枕着的稻草底下摸出一根破竹竿拄着站起来，艰难地一步步瘸上台阶，对送他到门口的人憨厚地笑了笑说：“早死早托生，十八年后还是条好汉！”接着，一迈出大门，就大声吼唱起来——

收复咱东三省，
打到他东京城！
所有的血债齐算清，
好祭黄帝陵……

老班长此一去再也没有回来。后来得知，他被捆绑在柱子上，鬼子没有让他再做练刺杀的活靶子，而是直接剖开他的胸膛，挖出他一颗怦怦跳动的心，扔在地上让狼狗叼着一口口吃掉了。

李宽银拄着老班长留下的那根枣木棍子，刚刚能挪脚移步的时候，被运城日军派往北边的闻喜县抢修屡遭破坏的同蒲铁路去了。筑路队的中国战俘有二百多人，吃住都在工地上。李宽银被分派在炊事班，干些烧火劈柴之类的杂活。炊事班由十名中国战俘组成，另有一名汉奸做管理员。炊事班的看守，是轮流派出的两名日军士兵。伙房设在涑水河桥头附近的宋家牌坊一户被查抄的人家院内。

被查封的这户，是县游击队的宋队长家。在前不久的“扫荡”中，宋队长负伤被鬼子抓住，连同落入魔掌的游击队员和抗日军属，全村老小总计四十三口，被日军关进一间房子，残忍地用毒气熏死了。宋队长的妻子和村里一帮年轻媳妇姑娘们，因怕日军糟蹋，在听到风声后便躲到山里去了，这才躲过一劫。此后，宋队长家的大门被贴上封条，直到这次选址做伙房才撕了下来。

这是个正院和偏院左右相连的农家大院。正院有三间上房和两间西厦，偏院是磨房和牛圈，院子里长满荒草。主人原有的厦屋伙房因不够大，他们便将案板抬出来支在墙根下搭好的席棚内，放倒院子中间的土隔墙正好和泥垒灶。

不知为什么，自从踏入这个荒芜已久的门洞，李宽银的心里就像院子里的枯草一样充满了哀伤。他为未曾谋面的遇难同胞痛惜不已，为那个逃亡在外的弱女子默默祈祷，祝愿她能远走高飞，脱离险境。

晚饭后，临时充作炊事员的俘虏们正要到铁路边去拉煤，在大门口，忽然撞见伙管员曹修身。他急急火火从外面跑来，看见拄着棍子的李宽银，连忙喊住了他。伙管员生得肥头大耳，一进门就解开白府绸褂子，拔出插在后腰上的檀香木大折扇呼啦呼啦扇着，神秘地对李宽银说："快烧水！要热要烫，好事来了！"李宽银问什么好事，曹修身一边搓着大肚皮上被热汗泡胀的垢甲，一边说："雉尾大佐听说过吧？就是雉尾一郎。嘿！那名声是如雷贯耳！牛岛师团长派他来视察铁路了，今儿黑就到。这号人要好好招待，咱立马杀鸡宰羊，摆上他两桌！"说话间，门外传来山羊咩咩的叫声，新任村长牵着一只半大子公羊，身后跟着几个怀抱公鸡母鸡的年轻媳妇嚷嚷着挤进大门。新任村长是个十五六岁满脸稚气的大男孩，冲着曹胖子说："曹叔！鸡捉来了，羊牵来了，咱说好，少一分钱弄不成事噢！"曹修身回头看见村长身后站着的几个年轻媳妇，眸子里放出光彩，"啪啪啪"急忙拍掉肚皮上搓成一条一条的黑垢甲，喜眉笑眼地说："那当然，那当然！叔还能日弄你吗？"说着，就要从年轻媳妇手里捉鸡："这些媳妇好俊样，咋面生得很？"娃娃村长说："过去都躲着，现在村里平安了，菩萨就该现身了！"看见漂亮女人，曹修身喜滋滋的，贼溜溜的眼珠在女人身上骨碌碌乱转。人说只要他的眼珠子一转，肚里的阴谋诡计就能筛下半箩筐。果不其然，他立即想到要将这些年轻女子留下来，献给雉尾大佐，让他们在酒足饭饱之后好好受用。于是，连忙从腰带穿着的黑皮包内掏出白花花的现大洋，分给村长两块，分给捉鸡的女人每人一块："我这灶上从来不动荤腥，大鱼大肉没人会做。这钱拿去，鸡和羊托你们就在我这灶上现炖现做。说好了，我买熟不买生！"

生意一拍即成，肥头肥脑满脖子肉褶的曹总管似乎十分满意，在空中打了一个响指离开了。娃娃村长从腰间拔下一把尖刀，三下五除二就将五只鸡的脖子抹了，然后到树根下宰羊去了。李宽银烧好水，舀到一只大口的黑瓷盆里，坐到灶下继续添柴烧水。

妇女们端过瓷盆，蹲下来却并不忙着烫鸡褪毛，而是眼睛滴溜乱转。李宽银看了，着急道："嫂子，还不麻利点儿？做好了快回去。雉尾一郎可不是好买主，有你们的好看！"

妇女们低了头默不作声，互相传递着眼色。须臾，一个穿着绿袄、在五个女性中年龄最轻的妇女站起来走向李宽银，从灶口取出一根燃着的柴棍一边燎烤鸡脖子上的细绒毛，一边低声对李宽银说："李大哥，不瞒你说，我们都是妇女游击队的。今天来不为别的，就为报仇！"李宽银听后十分诧异，绿衣女子连忙解释说："我是宋队长的屋里人，叫柳莺，这儿就是我的家。要来视察的这个雉尾一郎是用毒气杀害村民的罪魁祸首，今天非宰了他不可！我们来了，就没想活着回去！"李宽银听罢，顾不得初次相见的客套，立即从一个职业军人的角度反驳道："这完全是胡闹，真正的胡闹！"柳莺说："我们早打听了，你是营长，是英雄。我们也个个不怕死。拼一个够本，拼俩赚一个！就是怕牵连到你们。"李宽银毫不隐讳地批评道："你们根本不懂作战原则。既要有效打击敌人，还要保护自己。不到万不得已，不能硬拼。"柳莺眼睛里滚动着激愤的泪花，强辩道："游击队吃了大亏，剩下的也散伙了。我们十几个被害者的家属自己成立了妇女游击队。你是营长，会打仗，我们想把你救出去，你就做我们的队长吧！"李宽银有生以来第一次面对如此执着、如此率真的女性，他的胸膛像炉膛一样呼呼燃烧起来。他感谢这些巾帼英雄对自己的信任，现在唯一要考虑的是她们的安危，只好点头说："我要是能活着出去，一定和你们一起干。现在，你什么也不要说，立即撤退，这里有我支应着！"

"你答应了！"柳莺的眸子放射出异样的光芒，用湿软的粘着碎鸡毛的手重重握了一下李宽银的手臂，事情就算说定了。她回到黑瓷盆旁，向四位妇女传达了新任队长的第一道命令。接着，妇女们慌忙扔下手中的活计，站起来，拽了拽衣襟正要出门，却和不期而至的雉尾等人撞了个当面。

"吆希吆希，花姑娘嘛，留下留下！"雉尾一郎声音响亮地命令道。他个头儿不高，面色青黄，素以心狠手辣闻名，侵华以来制造了许多骇人听闻的惨案，对待中国女人更是奉行一套"先奸后杀"的铁血政策。

妇女们面面相觑，被荷枪实弹的卫兵挡了回来。跟在雉尾屁股后面的曹修身嬉皮笑脸地走上前，恭敬地用日语说："雉尾大佐光临，真是不胜荣幸！这些女人嘛，是专门伺候皇军的。"

雉尾抹下白手套，一边用手托住柳莺的下巴，一边用生硬的中国话说："花姑娘，伺候皇军，你的，应该高兴高兴的！哈哈……"

柳莺气愤极了，她怎么也抹不去雉尾指挥士兵向关押乡亲的房间扔进毒气罐那惨绝人寰的一幕。现在仇人就在眼前，她已忍无可忍了，一扭头，甩过雉尾托着下巴颏的手掌，猛地拔出手枪，哗地打开保险盖扣动了扳机。“啪啪”两声枪响，子弹从雉尾腋下打到了地面上。原来，她刚一举枪就被两旁的卫兵拥上去抓住了手臂。枪被夺了下来。

这时，在老杏树下宰羊的娃娃村长正将山羊吊在树杈上剥皮，刚剥下一半，看事情露了馅，又见雉尾正好背对着他，便使尽浑身力气将尖刀向雉尾刺去。卫兵上前抵挡，锋利的刀尖正中雉尾左肩。雉尾“啊”的一声闪开身去。其他军官见状，立即拔枪射向村长。子弹飞来，村长连中数弹，倒在了血泊之中。

柳莺首先被捆绑起来，其他四名妇女也被搜出藏在腰间的刀子剪子。

曹修身丢了脸，又惊又怕，急欲上前解释，雉尾冷笑着制止了他。很快，军医闻讯赶来，众人如众星拱月一般，将雉尾安顿在门口的碌碡上。他双手扶住指挥刀，静静地等待军医为他包扎。这场变故使随行的参谋们胆战心惊，纷纷建议晚上的汇报另择地方。雉尾用刀鞘点了点地面，傲气十足地说：“嗯，不变，就在这里！这是我征服过的土地，要是没人恨我那才不正常。行刺？哈哈，小儿游戏……女人留下，要让她们服服帖帖，懂吗？”

一会儿，在伙房干活的中国俘虏推着煤车回来了，雉尾看到后又补充说：“加强警戒，让所有的中国俘虏离开。”

夜深了，黑漆漆的磨房里，柳莺和其他四个姐妹被反剪双手分别捆缚在磨盘、柱子、门框等器物上。一线月光从落了瓦的椽缝间溜下来，洒在柳莺裸露的带着鞭痕和血迹的双肩上。

“都怪我，”柳莺懊悔地自责着，“要是枪口再抬高一点儿，就要了他雉尾的狗命！”

“我要是有一把枪就好了。”黑暗中一个中年女声说，“看见他进门先放倒他。你没听说‘先下手为强’吗？”

“我的剪子让搜去了，”被绑在门口的女人说，“我知道日本鬼子光爱糟蹋女人，等他刚掏出来，就一剪子剪掉他的家伙，让他疼死！”

门口站岗的鬼子听到屋里的说话声，从栅栏门向里望了望，叽里呱啦喊了一通，磨房里的声音停息了。

月影朦胧的院子里，唯有雉尾一郎严厉的声调不时从上房的窗棂间飘出，那是他在训斥办事不力的工地负责人。他的态度冷酷而蛮横，要求两日内必须全面抢通同蒲铁路。

李宽银随炊事班自从搬入柳莺家的庭院，就一直住在和磨房相连的牛圈里。他发现，牛圈和后院围墙之间是五六尺宽的低洼水槽，像是原来做过猪圈的样子。靠在猪圈墙根下的一扇紫砂石磨盘引起了他的注意。他知道，那应该是后院墙根下的水道。庄户人家为了起粪方便，常常将水道洞口开得很大，平素用磨盘或石块掩着，遇到大雨或起粪时搬开，随后又把它盖好——他在家乡太殷村的偏院也是这样。有天夜里，他曾偷偷爬过去试图挪动那块磨盘，由于年深月久，掩埋了一尺多厚的猪粪土肥，费了好大的力气，终于移开了一道缝隙。从这道缝隙，他看到了村外的小河，听到了水草中清晰的蛙鸣。那一刻，他的心脏怦怦地快要跳出胸膛了，他的身躯简直要像燕子一样剪尾凌风了。逃生的愿望从来也没有如此强烈地震撼过他，只要钻出去潜入到河水中，就可以获得自由，就可以回到朝思暮想的部队，回到故乡见到日夜思念的亲人。可是，待冷静下来转念一想，虽然自己一个人逃出去是可能的，但那些共同受苦受难的弟兄们会因为他的逃跑而受到严厉的责罚，并且这条逃跑的通道将从此被彻底封死，在伙房一起干活的弟兄们将失去一次难得的逃生机会。谁不想求生啊？从被俘的那一天起，择机逃跑就一直是萦绕脑际的不灭的愿望，但是，作为中国军官，只有组织大家一同逃出去才是自己的职责。他决计等待时机，最好是一个雨夜，带领伙房的弟兄共同逃出魔窟。

当天晚上，由于雉尾有令，让炊事班的中国俘虏一律离开，李宽银和九个弟兄被安排在门前的打麦场上露宿。麦子收割完不久的打麦场，完全是一种盆满钵溢的景象。一垛垛的新麦秸积子堆得满场皆是，把个平常空空荡荡的打麦场变得“高楼”林立。日军看守选择了几个麦草垛围成一圈的空地让炊事班的俘虏集中睡在里面，只留一个出口供他们出入，由两名日军士兵把守着。这种四合院式的临时床铺既畅快又布局严谨，可谓煞费苦心。

李宽银挑了最里面的位置躺下后，将双手交叉起来枕在后脑勺下，眼睛一眨不眨地望着星空，眼巴巴期盼着后半夜的到来。这时，轮到两个鬼子交班了，下岗的是一个十六七岁的毛孩子，他嫌垛口风大露重，抱着一件大衣扑沓扑沓走到后边来，不偏不倚，倒在李宽银身边。他可能患有消化不良症，一躺下就咬牙放屁说胡话，梦呓中翻过身，搂抱住李宽银，胳膊腿全搭在他的身上。李宽银懊恼极了，几次悄悄推开他的手臂，很快，在极不情愿的哼哼声中又将手臂搭了上来。李宽银当初在西安王曲上军校睡大铺也遇到过同样情形。这种人在家肯定被娇惯坏了。毫无睡意的李宽银大睁双眼，苦苦等待下一次机会的到来。

上房门外，一直坐在石礅上守候着的曹修身听到雉尾的讲话临近尾声，赶紧站起来，探头探脑向里面望着，听候吩咐。只见雉尾一招手，曹总管立即进去收拾掉桌上的茶具，抹净桌面，然后和厨师将早就准备好的酒肉端上桌。厨师是雉尾的贴身随从，是他在天津伪政府做警备司令时得到的宫廷御厨。多年来不离左右，既能烹得一手南北大菜满汉全席，又有一套快速查验食物毒性的绝招。几次酒席宴上提前发现了地方抗日组织投下的鸩毒，从而使雉尾避免了杀身之祸。看到丰盛的酒宴，下级军官个个垂涎三尺，急于下箸。雉尾端起酒杯道："别急，先喝上两杯！我知道诸位在基层十分辛苦，今天略备薄酒，吃饱喝足之后，后边还有支那花姑娘供大家享乐。"军官们听罢，狂叫起来，个个摩拳擦掌，人人淫心摇荡，准备饕餮一顿，备足了精神头儿，美美发泄一通。

曹总管在雉尾身后站着，给每人斟过三杯酒，雉尾给他使了个眼色，他立即会意，在桌上摸了一块鸡骨头在嘴里啃着，一边到偏院去招呼那几个女人过来。

隔墙的豁口被杏树的浓荫笼罩着，曹修身路过时不小心被绊了一跤。低头一看，原来站岗的士兵正坐在地上打瞌睡。他本想掴士兵两个耳光，但不能。他什么角色？人家是纯正的日本人，就是吐口唾沫也是东洋人的唾沫。他想了想，只好拉他起来，为他拍掉屁股上的土屑，点着一根烟，和他一同去叫关在磨房的女人。

磨房里悄无声息，栅栏门依然紧锁着，后半夜从屋顶洒下的月光幽幽地照在粗笨的石磨盘上，屋内被映得亮晃晃的。从栅栏门望进去，屋内一个人影也没有，急忙打开一看，嘿，女人全跑光了！士兵的第一反应是吹响铜哨。雉尾和其他军官跑来一看，全明白了。绳头整齐的断口，说明一定是有人进来营救了她们。喏，就是土墙下掩着的水道口。几支手电筒的光束迅速聚拢一处，从新翻开的湿漉漉的泥土看，她们不会跑得太远。雉尾令士兵搬来栅栏做梯子，爬上墙头，看到月光下几个人影正在芦苇丛中涉水过河。雉尾拔出手枪，一声枪响，只见照明弹四下蹿起，房前屋后即刻有多挺机枪一起向河滩射击。过河的人立即应声仆倒，翻跌在茂密的水草中。

冒死解救柳莺她们几位妇女的，是露宿在打麦场上的李宽银。

李宽银被身旁的娃娃兵搂抱着，几次不能脱身。他忽然灵机一动，从头顶的麦秸积子上悄悄扯下一把把麦秸塞进他的怀里。小鬼子睡觉不老实，一会儿大衣就踢脱了，他又用大衣将麦秸包起来，伪装成人形。小鬼子枕着步枪，他将步枪滚到一边，卸下上面的刺刀在手里拿着。潜行的路线早已选好，就是旁侧两个麦秸积子连接的中缝。

李宽银悄悄爬出麦场，顺着河沟向柳莺家的后墙爬去。虽然相距只有百十来步的距离，但是他看到，房屋左近的碾盘上、大树下、土坡旁都架着机枪，并且时时有日军士兵在来回巡逻。雉尾真是个老狐狸，他无论走到哪里，都戒备森严。

河边的沟坎和苇丛是一道天然的屏障，李宽银凭着对地形的熟悉，几次躲过了日军哨兵的视线。

那扇紫砂石磨盘是用枣木棍子撬开的。当他爬进牛圈再爬进磨房时，妇女们的自救行为几乎陷入了绝境。柳莺被捆绑得最结实，双手反剪后，又被牢牢拴在磨盘的磨眼上。她试图将绳子磨断，但是由于拴得太紧，手臂的骨碴儿磨了出来，绳子上沾满了鲜血。其他四个人比柳莺年岁稍大，手脚早被捆缚得麻木了，丝毫动弹不得，都把生的希望完全寄托在柳莺身上。

李宽银匍匐着钻进磨房，女人们见到他来并不感到吃惊，因为他刚才在水道口撬动磨盘的声音大家早就听到了，猜测一定是李营长来救她们了。

李宽银一一割断捆在她们手腕上的绳索，要她们爬出水道立即顺河水向下游摸去。这样声音小，速度快。当他最后一个爬出来时，发现她们不是顺着河水的方向走的，而是在涉水过河。正要喊住她们，后院墙头上的枪声响了……

柳莺和李宽银被剥去衣服绑在两棵小杨树上，雉尾一郎要对他们分别处以极刑。对柳莺刑辱以“木驴”，对李宽银则是狼狗掏心。

“木驴”是中国古代惩罚被抓回的私奔女子的残酷刑具。其形制是在一副普通的马鞍桥中间，牢固地装置一个用榆木或槐木雕成的一尺来长的硕大的男性阳具，然后将这种鞍桥捆绑在马背上，将受刑女子剥光衣服捉上去，插入下身，然后打马奔驰。这样，女子将在痛苦的惨叫中，鲜血迸流，活活被折磨致死。雉尾不知从何处搜罗到这种古代遗留下来的鬼物，已经有四五名中国抗日妇女死于这惨无人道的刑具了。

农历七月，骄阳似火，烈焰下李宽银和柳莺已被晒得气息奄奄。李宽银从被捆绑到杨树上那一刻起，就不停怒吼着叫骂着，现在已经嗓子失音声带断裂了。他无力地垂下头，只有嚅动的嘴唇说明他心中的怒潮仍翻卷不息。

“木驴”拴上马背，是一匹高大的毛色如雪的日本白马。雉尾实施这种刑罚都用白马。他喜欢强烈的刺激，喜欢看着受刑的人在折磨中怎样挣扎着痛苦地死去，欣赏白色映衬下那淋漓鲜血所渲染的缤纷如锦的嫣红。他会哈哈大笑，如同面对一杯醇酒，是自己亲手酿造的醇酒。只有这种琼浆才能使他心旷神怡。

行刑即将开始，雉尾牵着一条张牙舞爪吐着猩红舌头的纯种德国黑背狼狗在麦场上绕了一匝。被责令来观看行刑的中国俘虏和村民低着头，谁也不愿看到这现代文明史上最血腥最野蛮的一幕。

突然一声惨叫，原来柳莺挣扎着被捉上马背，两名精赤着上身的彪悍日军士兵强按她坐下去。鲜血顿时顺着她的两腿和马背流下来，柳莺摇晃了两下便失去知觉，未等白马跑动，已经昏厥过去。

雉尾一挥手，白马在麦场上一路小跑。一会儿，趴在马背上的柳莺突然身子一歪垂向了地面。由于被木橛深深地挂住，始终无法脱钩，就这样腰身在上双臂和头肩向下被倒挂着，乌黑的头发长长地拖散在地上。白马狂奔了一圈又一圈，热扑扑刺鼻的鲜血淋下来，在土场上画出一个血淋淋的不规则的猩红的太阳。

李宽银无声地跳骂着，村民和俘虏们人人掩面而泣。这惨不忍睹的场面吓得不少妇女和孩子昏厥过去，而低声诅咒的男人们则一再被枪托打翻。雉尾眯缝起细小的眼睛得意地冷笑着，命令士兵将那些抗议的人一个个拉出来，按住他们的头颅，去舔食地上的鲜血。弄得他们一个个满脸血污，面目全非。

马鞍子终于歪斜到肚带一旁，柳莺坠落下来，跌滚到青草萋萋的水沟里。

山嘴上一团黑色而厚重的炮台云飘浮过来，仿佛不忍心看到光天化日之下人间这罪恶的一幕，顿时天黑如墨，狂风大作，一场暴雨即将来临。狼狗汪汪地狂叫着，此时已失去了耐性。雉尾抹了一把眯住眼睛的沙土，弯腰解开皮绳。狼狗箭一样蹿上去扑向绑在杨树上的李宽银。李宽银被反剪双手，上身牢牢被捆绑着动弹不得。他抬起精赤的光腿光脚，向凶恶的四脚兽踢去。人的身体怎能抵挡兽类的利爪？顿时，他的全身被抓破撕破咬破，一块块血肉被狼狗吞进肚里。

场上的人们已不再顾忌恶魔的弹压，骚动起来，怒吼起来："不许杀人！""打倒日本法西斯强盗！""混蛋，野兽……"

突然，砰砰两声枪响从村口传来，场上的日军士兵个个惊慌失措，不知又是哪路游击队在放冷枪。待镇静下来，发现原来从山坡上走来一队日军官兵。雉尾一看，立即跑过去敬礼迎接。来人不是别人，正是太原日军晋南司令部司令、第二十师团长牛岛实常中将。

牛岛个头儿不高，圆圆的大脑袋上扣着一顶陆军小帽，显得有点儿滑稽和诡异。在一群军官的簇拥下，他气昂昂来到打麦场，雉尾急忙跑过去将狼狗拦住。牛岛问他被行刑的人叫什么名字。

"李宽银。"雉尾报告说。

"李宽银？"牛岛问，"被俘前他的部队？"

雉尾喑哑了。

牛岛骂声："八嘎！"走过去用手托起李宽银的下巴。

李宽银失神的眼睛里仍燃烧着怒火。

"他很坚强！"牛岛说，习惯地拍了拍手套上的尘土。这时，一个日军参谋走过去，在牛岛身旁耳语了句什么。牛岛大为吃惊："你看清楚了？"

参谋点了点头。

牛岛命令道："立即解开他，让最好的军医为他疗伤！"雉尾有些不解，其他的日本军官也莫名其妙。牛岛说："他叫李宽银，中国第四集团军一七七师教导团二营营长。记得吗？梼栳镇一仗，在被我十倍的军力围困下，他首先放掉了我军二十一名俘虏！"

场上所有的人无不感到惊讶："啊，他就是李宽银！"

李宽银从杨树上被解下来，他浑身血肉模糊，已无法站立。两名士兵架着他，放到一个麦秸积子旁边。

倾盆大雨挟裹着电闪雷鸣骤然而至，场上的日军士兵很快跑光了。雨水瀑布般浇在散发着血腥味的麦场上，仿佛为中国大地上发生的这一幕中世纪的野蛮惨剧而痛哭。李宽银的身下很快汇成一汪血水，他张大嘴巴怒吼着，但是仍然发不出一丝声音。他在暴雨中用拳头捶打着地面，要把愤怒、把仇恨、把屈辱统统发泄出来……

雨雾迷茫，浑天一色。不知过了多久，中国战俘们仍然在雨水中肃立着，他们以这种方式——也只能以这种方式，表示对日军惨无人道暴行的愤慨。

李宽银吃力地在泥水中爬行着，终于爬到那个青草摇曳的水沟旁。他无声地，却是撕肝裂肺地呼喊着柳莺的名字。长叶草覆盖下的柳莺赤条条静静地躺着，她紧闭双眼，任凭雨水洗礼。一朵天蓝色的牵牛花挂着晶莹的水珠依在她的鬓发上。她死得很安详，嘴角上的血迹掩饰着一丝笑意，那是送给未来得及到任的游击队长的最后问候。

十七

潼关十二连城遗址上的枪声很快沉寂下去，不等打扫完战场，汪大年急忙赶到车站。当他抓起电话机，要把这里的捷报告诉灵宝的同事们时，电话那头的陈忠孝报告说，俘虏发生了哗变，一号战俘带着一帮人逃得无影无踪了。

昨晚，汪大年带人出发后，很快便有两名日军特工混进了俘虏队伍。他们根据掌握的线索，很容易找到了躺在担架上的山本纠夫。山本正向两个倒霉蛋小俘虏发脾气，将水壶扔在地上，骂他们打的开水总是半开不开。两名特工假借送水，双方很快勾搭上了。小俘虏对山本腻烦透了，巴不得有人前来替换，一下子躲到候车室打呼噜去了。一会儿，山本装作要上厕所，被两个日军特工搀扶着，一同到车站后面的山崖下，秘密商议起来。两名特工长相凶恶，一个倒吊双眼像只北海道公狼，一个尖嘴阔腮像头本州野猪。公狼首先向他介绍了这次日军晋南司令部的行动部署，希望他担负起领导责任。还告诉他，灵宝一带没有中国驻军，只要撤退到黄河岸边，向停泊在潼峪河口的接应船只发出信号，就能乘船回到河东。至于潼关那边，请他不用担心，早就埋伏下重兵。汪大年这回错打了算盘，将落得个有去无回全军覆没的可悲下场。

山本是一个老谋深算的阴谋家，这番话正中他的下怀。其实，被俘以来，无论走到哪里，他的第一意识就是根据目之所及的地形，反复构想多种可能的逃跑方案。晚上一来到灵宝车站，他首先想到的是，这里四面沟壑，距黄河很近，若能杀死两名到站台后面解手的俘虏，然后妄称是中国军人干的，趁机煽动有反抗情绪的俘虏闹事，进而夺取枪支，举行暴动，很容易就能沿河沟逃跑出去。这种"嫁祸于人"的手段是日军的惯用伎俩，曾屡试不爽，"七七"卢沟桥事变就是最成功的范例。但是，这里有两个前提是必须具备的：一是有人敢于下手杀死自己的同伴；二是要有人在适当的地点接应。浸淫在杀人妄念中的山本纠夫愈想愈激动，灵魂已脱离躯体，飞越到幻境去了。两个小俘虏恰在这时打扰了他，故而借题发挥大发雷霆。

车站后面忽然传来一声惶恐的尖叫，两名去解手的俘虏提着裤子慌慌张张跑回站台，大惊失色道："杀人了，杀人了！两个同伴被杀了！"听到吵嚷声，陈忠孝立即带人前去察看。两具尸体佝偻着身子痛苦地侧翻在水沟中。他打开手电筒，发现死者是两名伤员，被人用刺刀从后面刺中软肋。从伤口看，谋杀手段十分专业，刺刀穿过左肋和脊椎的夹缝，不偏不倚正好刺中心脏，一般士兵是没有这种技巧的。两名战俘同时倒毙，说明凶手至少是两人。尸体还保持着余温，看样子事发不过五六分钟。陈排长见状大为愤怒："奶奶的，敌人下手了！"

陈忠孝让各个车厢的俘虏站好队伍，清查人数，看有没有生人混进来。他命令士兵将两具尸体抬到站台上来，然后让所有俘虏排着队向遗体告别，他则瞪大双眼，过梳子一样盯着每一个人，以便发现混进来的新面孔。别说，"一根筋"这个笨招还真灵。很快，在人群中躲躲闪闪、一再避让不愿上前的两个特工终于露出了马脚。就在水子和金子正要将他们推出来时，山本忽然大喊一声："我知道是谁杀的人！"

水子和金子有些拿不定主意，转问山本："你既然知道，还不快说出来？"

场上顿时变得鸦雀无声，黑暗中，所有人一齐把目光投向了山本。包藏祸心的山本嘿嘿干笑了两声，用日语说："这是中国人在贼喊捉贼！大家不要上他们的当！"

山本的话具有极大的煽动性。看到有人打头，那些本来就怀有敌意的战俘趁机骚动起来，嚷嚷着，矛头直接指向陈排长。

陈排长虽不懂日语，但这种剑拔弩张的架势再清楚不过，冲上前厉声质问道："山本，奶奶的！你说什么？再说一遍！"

"你别紧张嘛！"山本慢条斯理地说，"中国有句谚语，叫作'心中没冷病，不怕吃西瓜'，你是不是心中有鬼呀？哈哈……"

陈忠孝一激动就犯傻，拔出手枪指着山本："奶奶的！你这是造谣，老子枪毙你！"

老奸巨猾的山本并不畏惧，反倒傲慢起来，用胸膛抵住枪口："你敢开枪？开呀，开呀！你不敢……"

这一下，那些寻衅滋事的战俘胆子更大了，猎狗扑食一样拥了过来，将陈排长和不多的几名士兵围在中心，推推搡搡，伺机夺枪。山本正要发号施令，水子一个箭步冲上去，堵在他面前："山本先生，请你退回去，坐到你的担架上。你这些煽动性语言，只能使你罪加一等！"

一些支持水子的战俘也勇敢地站出来，向山本怒喝道："退回去，退回去！"

山本知道，此时此刻不能有任何的怯懦和退缩，如果不敢直接对峙，将会导致全盘皆输，于是，他抡起胳膊扇了水子一记耳光："你个臭婊子还敢教训我？"

"砰砰砰"，忍无可忍的陈排长向空中连开三枪，吼道："要造反是不是？谁不想活了给我站出来！"

人群暂时安静下来，滋事的人畏惧地松开了手。

从两大阵营的对垒中公狼看出，山本的支持率并不高，仅有十几个身强力壮的战俘跟着起哄，而多数人仍沉默着。要是再不跳出来，暴动就要流产。便立即叫嚷道："同伴们，两个弟兄是谁杀的，这不是明摆着吗？支那军官为什么要杀人？因为他们的给养不够，这样一来就能吃空饷了。这一招是中国军队的痼疾，全世界无人不知无人不晓。我们大日本帝国的军人绝不容许他这样做！一个支那的小排长竟敢如此耀武扬威，如此放肆，把他的枪下了，下了！"

"把他的枪下了！"野猪也趁机煽动道。

“下了，下了！”那些含有敌意的战俘一起叫嚣着又一次围住了陈排长。

也许是法不责众吧，面对这么多人的围攻，陈排长举着枪却犹豫了。早有准备的公狼，立即蹿上去，一把夺走了陈排长的手枪。当士兵们向他冲过来时，他已把黑洞洞的枪口对准了陈排长的太阳穴：“谁敢动我就先打死他！”

紧接着，野猪和十几个图谋反叛的俘虏趁机一拥而上，夺掉了士兵们手中的步枪。

山本见夺枪成功，得意地晃着脑袋高声宣布道：“大和民族的勇士们！我是山本纠夫，是清和天皇的二十五代孙，前内阁文部省次长。我以天皇的名义，向大家宣告，我大日本皇军晋南司令部的船只，正等在黄河岸边，是专为接应我们而来的。我受命组织大家突围出去。现在我命令：一、把中国士兵和铁路人员全部捆起来关进车站；二、所有日本士兵，随我一起行动，不许留下一个。不愿跟我走的，一律枪毙！”

得到号令，参与暴动的俘虏像一只只恶狼，将陈忠孝及其士兵和铁路人员捆绑起来，然后推向候车大厅。水子见状，冲上前去用日语高喊：“站住，把他们放开！现在大家看清了吧？是谁指使杀害了两名日本人，就是山本！”

“砰”的一声枪响，水子应声倒在石砌的站台上。子弹是从后背斜向射入的，从她白大褂的前胸穿透出去。她没来得及回头就趴在了地上，手中的听诊器一下子扔得老远。

金子看清了，是身旁的野猪开的枪。她不知从哪里来的勇气，扑上去就要扭住野猪，怒喝道：“你们是恶魔，是凶手！大家不要听他的！”

接着又是一声枪响，金子也倒了下去。

场上立即混乱起来，赞成暴动和反对暴动的两派力量互相争执着，抢到枪支的暴徒急红了眼，拉响枪栓就要大开杀戒。眼看惨剧又要发生，人群后面忽然传来一声怒吼：“把枪放下！”

撕扯在一起的战俘们闪开一条道，出现在他们面前的是浑身缠满绷带的郑拴子。原来，他迷迷糊糊在候车室的长椅上躺着，只听外面吵成了一团。一会儿，陈排长几个人被关了进来。他知道出事了，幸好手里还有拐杖，砸开门上的玻璃和陈排长他们冲了出来。

郑拴子支撑着虚弱的身体，逼视着山本，向他一步步走来。他的出现，如一团燃烧的烈火，浑身充满了不可抗拒的正义的力量。山本顿时畏缩了，慌了手脚。这时，藏在山本身后的公狼一步抢上前来，将枪口对准了郑拴子，正要开枪，两名率真的小战俘终于看清了杀人阴谋的全部内幕，急忙上前拦住说：“别杀人了，山本先生，求求你了！”说着，一齐向山本深深鞠躬下去。

“没用的东西！”山本恶狠狠斥责道。话音未落，又是两声枪响，公狼毫不客气地抬手将两个小青年击毙了，一边喊道：“谁背叛山本，这就是下场！”

这种血腥的屠杀不但没有将人们的愤怒压下去，反而激起了更大的愤怒。郑拴子、陈排长和士兵们组成了一道人墙，保护着战俘们。大家站在一起，面向山本，齐声怒吼道：

“开枪吧！”

“杀呀！”

“你们跑不了！”

“逃跑只有死路一条……”

山本被这意想不到的阵势吓得发抖，场上并没有出现他所预料的那种一呼百应的局面。他气急败坏地随暴动俘虏跳下月台，仓皇中，闪身跌倒在坚挺的铁轨上。

站台上，人们怒吼着，斥骂着。排长陈忠孝手腕上的绳索被解开来，他蹲下身，抱住倒在地上的一位尚未断气的日本小青年，望着他稚嫩的面庞，呼喊道：“小兄弟，你醒醒！”

小青年吃力地睁开眼睛，只见他缓缓举起手臂，想说什么，却无力地滑了下去……

汪大年赶回灵宝车站已近中午，安抚了留下来的战俘以后，连忙去吊唁死难者。

水子和金子的遗体静静地躺在一片翠绿的草地上，周围摆满俘虏们送来的各种野花。她们安详地闭着眼睛，好像睡熟了一样。洁白的护士长衫映衬着她们失去血色的面孔，静穆得如同两尊大理石雕像。水子眉心的那颗朱砂痣虽然不再鲜艳，但仍旧圆鼓鼓的像一只半睁的眼睛。在见到汪大年的瞬间，忽而卧伏下去并黯然失色了。如一道彩虹突然缥缈天际，如一朵浪花倏然卷入清流。汪大年十分悲痛，他当然知道，这是想告诉他什么。水子是委屈的，她本来有许多话要对他讲。一路上不仅因为工作太忙，更重要的是环境险恶，没有机会。她是怀着巨大的遗憾匆匆离开的。水子一直心仪着安恩泽大哥，你看，她皓齿半启，双唇微开，临终前好像仍在惦念和呼唤着心上人儿的名字。

汪大年心如刀绞，双泪迸流，他强忍悲痛嘱托车站给所有死者买一具棺椁，盛殓后将他们埋葬到后山的最高处。生前没有送水子和金子回到朝鲜，只能在死后让她们遥望故乡。也许，当一轮红日跃出海面时，她们的灵魂能踏着黄河的浪涛东归故土。默祷完毕，正要反身离开，忽然听到背后有人哀怨地喊了声“大哥”，这嗓门很是奇怪，像是水子的声音。汪大年蓦然站定，缓缓回头看去，水子和金子仍然安详地睡着。正午的太阳闪耀着炫目的光刺，汪大年抬起头来，两只雪亮的银鸥正哀鸣着振翅钻入万里云天。

汪大年估计山本不会跑得太远，这一带沟壑纵横，河曲岸高，羊肠小道上布满了荆棘。果然，派出去搜寻的队伍回来报告说，山本找到了，被困在山沟里，正在发着高烧。

今日凌晨，山本带领暴动俘虏仓皇出逃时，担架弃在了车站。他平素养尊处优惯了，哪里受得了颠簸劳顿之苦，只好令随行的俘虏将他背着。他个头儿不高，瘦骨嶙峋，骨头架子硌着别人更垫着自己，浑身上下横竖没一块舒服妥帖的地方。背他的人气喘吁吁接连换马，似乎越背他越不自在。

夜黑如墨。他们跌跌撞撞向西北方向摸去，几次遇到悬崖，险些坠下深涧。真个儿是急急如丧家之犬，惶惶如漏网之鱼。不久，终于看到模糊的泛着黯淡天色的黄河了。但是，黄河自古不夜渡，河面上一条渡船也没有。闪着荧荧灯火的渔船倒是漂浮着两条，但是待他们喊话时，不知怎的，那船却悄悄起锚远去了。船老大可能估计他们是一伙月黑杀人风高放火的盗贼吧？他们沿着河边的沟沟坎坎摸索前行，黎明时分，这才望见潼峪河的河口，同时也就听到了那边的枪炮声。从声音判断，日军大约已败下阵来。一会儿，果然有三条机帆船像惊弓之鸟，仓皇驶向河口。两个特工立即大叫：“快看呀，咱们的船来了！”其实，他们并不知道，“栗子”行动伤亡惨重，主帅已被生擒活拿。由于始终得不到劫俘成功的消息，风陵渡接应的日军迟迟按兵不动，船上不过是“盐大王”屈文举的残兵败将。忽然听到身后河防部队的号角吹得震天价响，他们仓仓皇皇只知自己逃命要紧，哪容得停留半刻，即便是亲娘老子也顾不得了。于是，开足马力冲出河口。山本这边眼看船只已到近前，两名特工急忙打出灯语命他们靠近。无奈他们不但不减速，反而“哧溜”一下掉过头去，“嘟嘟嘟”冒着黑烟沿黄河向北开跑了。

见此情景，公狼焦急万分，向木船上空鸣放了两枪。这一下可闯了大祸，眼睁睁见船尾伸出四挺机枪，一起向这边开火。子弹打到土岸上噗噗直响，逃亡者来不及躲避，有多人被子弹击中，纷纷栽入滚滚的激流中去。山本见状，气得嗷嗷大叫，骂两个特工是笨蛋、废物。逃俘们看到原本厚重的希望就这样轻易破灭了，一个个暴怒不已，将公狼和野猪推下崖去。即便如此，仍不足以消恨解气，又用石块将其砸成两坨子肉饼……

汪大年见到山本时，他正躺在一座悬崖下，身下铺着一堆燕麦草，七八名逃俘神情沮丧地坐在他的周围。汪大年询问过山本的病情，只见山本双目紧闭，呼吸急促，口中连连喊冷，蜷曲的身体不住地抽搐着，衣服已被汗水浸透，那样子像一只抹了脖子仍在挣扎的挨宰鸡。汪大年一触及他的手臂，就感到滚烫得炙人，翻了翻眼皮，瞳孔已经放大。凭经验，汪大年判断他患了疟疾，连忙说：“赶快抬回，送医院抢救，迟了就来不及了！”

山本由汪大年和森下陪同，当即搭乘一列客货列车赶赴西安，然后，被送进一家设备和医疗水平堪称一流的教会医院。

这家医院坐落在西安南大街粉巷内，距西安行营所在地南院门仅一步之遥。山本被抬进急诊室进行抢救时，高烧至40摄氏度，已进入昏迷和半休克状态。医生给他注射了盘尼西林，插上氧气管，仍迟迟不见苏醒。

正是赤日炎炎的伏暑季节，西安是全国著名的火炉城市之一，室内的空气像着了火，无论站着坐着都汗流浃背。山本一直处于病危之中，为配合治疗，医生建议陪护人员赶快到西边小南门内的冰窖巷买冰块运来降温，否则，就很难救治了。汪大年听说后，留下森下照看病人，自己急忙前往购冰。

冰窖巷原是唐代宫城鸿胪寺所在地，是接待外宾的署衙和客馆，地下遗存着多个大型冰窖。每逢隆冬季节，商户们便从渭河将冰块凿下运往这里，一直储存到夏季，向医院、机关和团体出售。由于今年入伏后天气异常炎热，各个冰窖的冰块早已售罄，仅有一些残存在角落里将化未化的小冰溜子，仍然是急需者争相抢购的宝贝。

汪大年风风火火赶往这个低洼地段的小巷，冰窖院的大门外已有七八辆黄包车在等候了。门楼下的大门上早已挂出“存冰售完”的粉牌，但人们仍不甘心，依然眼巴巴守望着想碰碰运气。

汪大年打听了一下，那些提着空桶的主顾们告诉他，刚才有一位八路军长官进去还没出来，不知他买下没有。汪大年正在踌躇，忽然一辆黄包车从偏院拐到正院，绕过花圃，来到大门口。脚踏板上放了两只装着冰块的木桶，后面跟着一位穿八路军灰制服的高大威武的汉子。从他红通通的脸庞上，汪大年一眼认出是安恩泽大哥。

“安大哥!”汪大年惊喜地喊了一声。

“大年!”安恩泽也感到惊奇，“你怎么在这儿?”

不待回答，一对儿时的好友已将臂膀紧紧搂抱在一起。

“告诉你个好消息，”安恩泽松开手，满心欢喜地说，“你可能还不知道吧?你的山中桂子我给你找到了!”

“开什么玩笑?”汪大年以为安恩泽拿他打趣，惆怅地说，“唉！两年都没她的音讯了。上海战役后，是死是活都不知道，你怎么会找着?”

“咳！你不信?”安恩泽焦急道，“告诉你，我不但给你找见了人，而且领回来了。这会儿呀，正坐在你宝鸡太殷村房间的床上等你快回家呢!”

“简直成神话了!”汪大年苦笑道。其实，他的心思并没在安大哥说了些什么上，两眼不住瞅着黄包车木桶里的那些玉琉璃。

安恩泽急得直跺脚：“哎呀，你怎么不信呀?”

为了使汪大年相信他所说的全是真的，安恩泽只好如实道来。将他怎样奉八路军总部之命到太行山接俘，怎样回延安受到毛泽东主席的接见，桂子姑娘又怎样经毛主席批准到国统区工作等等原原本本说了一遍。听到这里，汪大年这才如梦方醒。但是，当庆幸自己即将和日夜思念的妻子团聚时，水子姑娘壮烈牺牲的消息又如何向面前这位宽厚仁爱的兄长说明情况呢？他犹豫了，并没有表现出安恩泽希望看到的那种惊喜。

安恩泽的笑容僵在脸上：“你怎么了？是不是……不舒服?”

汪大年欲言又止，眼眶有些湿润。

安恩泽总是显得精力充沛、热情洋溢，关切地问："你来冰窖巷干啥？"

汪大年讪讪地说："取点儿冰。有人住院了，发高烧，需要降温。"

安恩泽豪爽道："哎呀！一定是中条山下来的英雄吧？快告诉我，他杀了多少敌人？"

汪大年哑然了。

"哎呀，你来迟了！"安恩泽焦虑道，"只剩下我这两桶，已经没了。工人师傅说，现在天太热，存不住。"

汪大年听罢，不解地说："你们八路军提倡艰苦奋斗，没听说要用冰降温啊！"

安恩泽失笑道："哪里呀！是国际友人。你知道美国记者埃德加·斯诺吧？他是第一位访问边区的西方记者。1936 年去过一次陕北，现在是第二次。同行的还有两位加拿大客人，他们那里寒冷，从没受过热。知道前线药品奇缺，募捐了好多药品和器械。咱们中国人好客，周恩来副主席指示，一定要照顾好他们。所以，我一大早就在这里等着。"

"那就算了吧！"汪大年听罢，转身要走。

"来来来！"安恩泽拉住他，"你那里有病人，我这里是大活人。这样吧，这两桶冰，全给你！"

"算了，算了！"汪大年不好说明这个病人是日本鬼子，只是坚辞不要。安恩泽看阻挡不住，扭头对黄包车夫说："跟上他，送粉巷医院！"

安恩泽追上汪大年，与他并肩走着，他终于忍不住打听起水子的情况："大年，水子怎么样，她还好吧？"

"喔……"

"这一回到中条山，照片拍了不少吧？"

"喔……"

"她给你添麻烦了？"

"喔……"

汪大年一路含混地"喔喔"着，真不知该如何回答才好。安恩泽从他闪烁其词的神态中终于发现了其中的隐情，扑到汪大年面前，抓住他的肩膀使劲儿摇晃着："你'喔喔'个屁呀！水子到底怎么了，你快说，快说呀！"

汪大年捂住脸蹲在地上悲痛地哭了：“大哥，我对不住你，没照顾好水子。她，她……为阻止俘虏暴乱，英勇牺牲了……”

“啊?”听到这突如其来的噩耗，安恩泽惊愕得呆在那儿，半天说不出话来。他的脸色由红而白，由白而黑，如乌云翻卷，如怒涛奔涌。他阔大的嘴唇动了动，浑身抽搐似的颤抖着，忽然把双拳擂在自己的胸上、头上，继而又擂在身旁高大的砖墙上。墙头的灰瓦和泥皮震落下来，在地面摔成了碎片。

一段漫长的令人窒息的沉默中，汪大年像一个做了错事的孩子，懊悔地望着安恩泽，好像经历了无数个世纪。

安恩泽终于冷静下来，缓缓走向汪大年，强忍着悲痛问道：“暴乱的罪魁祸首是谁，抓到了没有？一定不能轻饶他!”

“抓是抓到了。他叫山本纠夫，现在……”汪大年感到为难，憋了半天才说，“患了疟疾，正在抢救……”

安恩泽似乎一切都明白了，冷冷地问：“买冰是给他用的吧?”

“是的!”

“这种人应该死掉，应该下地狱，应该千刀万剐!”

安恩泽暴怒起来，一转身掀翻了停在身后黄包车上的两只木桶。冰块滑出来，晶莹剔透的玉鱼儿撒得满地都是。黄包车夫一下子惊呆了，急忙摘下草帽翻过来放在地上，一把把向里面撮着冰块，然后倒进木桶里去。汪大年哀哀地瞥了安恩泽一眼，赶紧蹲下来帮助捡拾那些消暑的精灵。

最终，安恩泽也蹲了下来，叹息道：“先给他治病吧！谁让他是俘虏，是病人呢……”

听完汪大年汇报去洛阳接俘的经过，西安行营主任蒋鼎文不禁怒形于色，拍案道：“这次你可是犯了大错!”

蒋鼎文生得浓眉大眼鼻直口方，发怒时眼睛瞪得铜铃一般，咄咄逼人，声色俱厉。平素蒋鼎文不苟言笑，显得有些文弱，因此发起脾气来十分怕人。西安行营虽然下属机构不少，但主任并没有实际军权，西北的军权真正掌握在“西北王”第十七集团军总司令胡宗南手中，蒋鼎文反而处处受制于这个当年在黄埔军校的高足。为挽救这种岌岌可危的处境，蒋鼎文在行营内拉帮结派，培植亲信，明争暗斗，几乎与胡宗南到了水火不容的地步。汪大年一直反对军内林立各种山头，因此，对无论来自哪方面的拉拢都漠然置之。这样，蒋鼎文的盛怒也就事出有因了。

蒋鼎文发了一通脾气，察觉自己有些失态，缓了缓，挖苦道：“大年呀！你老弟胆子真不小哇！仅仅带了四五个人就敢去闯龙潭虎穴？你不想想，就算是全胜而归，又能怎样……这不是瞎胡闹嘛……你完全可以不用理会嘛，打个电话给河防部队不就得了？真是狗逮耗子多管闲事！看看吧，出了问题不是？你怎么能扔下近三百名战俘不管呢？一号战俘是谁？全日本也只抓住这一个啊！要是他出了事，跑了，死了，我看你只有脱下这身军装！”

汪大年垂手侍立，洗耳恭听。做了错事能有什么好说的。蒋鼎文消了消气，最后说：“这样吧，收容所主任一职，你就不要干了。”说着，从桌上蓝皮文件夹里取出一份文件甩在汪大年面前：“你喜欢办学，就担任教务主任吧！”

汪大年急忙将文件接在手里，打开一看，竟然是军政部关于成立“大同学园”的批复。他惊喜道：“啊？中央批准了……蒋总裁还做了批示！”

汪大年双手捧着文件，报送前后的酸甜苦辣一齐涌上心头，不由得喜极而泣，不能自已。

也许蒋鼎文将汪大年当初向他递交文件的事情忘得一干二净了吧，也许他是要为自己挽回一点儿面子吧，看了看汪大年，不满道：“大年，咱们相处多年，如此重大的事情，你怎么能背着我？你的这个报告从哪个门子递上去的，嗯？眼里还有没有行营我这个长官？真是非君子之所为也！”

汪大年感到好笑，自己非君子而硬说别人非君子，世界上有些事情往往就是这样颠倒的。

“好吧！”汪大年站起来，“待山本病情好转，我回去立即开始办学！”

“……哦，是这样，”蒋鼎文沉吟说，“‘大同学园’的校长由我来兼任，你准备一下，尽快拿出办学方案来。”

“是！”汪大年双脚一并，行了一个军礼，转身走出门去。

这两天，山中桂子应该是收容所最忙碌的人了。自从排长陈忠孝带领近三百名俘虏回到太殷村，按惯例，应该给每个俘虏做一次身体检查，记录入档。过去，这件事由老大夫邢医生和水子、金子三人完成，现在邢医生病了，水子和金子牺牲了，任务自然落在她一人肩上。桂子有心想请巧玲姑娘来帮忙，但由于陈排长带回了李宽银和李铁柱等人阵亡和被俘的消息，家属们正沉浸在巨大的悲痛之中，这个时候，怎么好去打搅呢？

下午，按照事先安排，十几名俘虏来到医务室，依次坐在长椅上等候体检。忽然，眼圈儿通红的李二嫂急匆匆跑来找到桂子，说婆婆闭过气请她快去想想办法。桂子听罢，对大家道声歉，慌忙背上药箱出去了。

自从狗娃失踪后，李婆婆经受不住这巨大的打击，好多日子已卧床不起了。幸亏岩切五郎回来后家里多了一名帮手，他总是默默地干这干那，否则，李二嫂是无论如何也支撑不起这个家了。

桂子赶到李二嫂家，对李婆婆做了检查，打了一针强心剂，李婆婆长吁一声又恢复了知觉。瞎眼的李婆婆懵懵懂懂的，拉住给他喂水的岩切的手，误以为是儿子回来了，连声呼唤着，猛地一把抱住岩切的脖子，把她枯瘦的脸颊贴到岩切的脸上，在他背上疼爱地捶打着，骂道："你个狼心狗肺没肝花的，也认得回来。我还当你真的死在外头回不来了……你咋的，哑巴了？当官了，事干成了，连亲妈也不叫一声？"

岩切端碗的手颤抖着，憋了半天，嘶哑地喊了一声："妈！"

李婆婆舒心了，李二嫂却忍不住呜呜抽噎。婆婆将干瘪的嘴一咧，笑嗔道："二姐娃，你甭哭，今儿黑美美咬他一口，给我解解恨！"

哭笑不得的李二嫂羞臊得躲出门去。走下台阶，大门外忽然传来汽车的刹车声。李二嫂心想，有谁会在家门口停车呢？八成是汪大年回来了，赶紧跑到门外去看。

推开车门的是一老一少两个当兵的，老的四十来岁，黑手黑脸，长相怪吓人的，像个黑猩猩；年轻的二十来岁，嘴上的绒毛还没长齐，细皮嫩肉，像个笋瓜，军衔是少尉排长。门外停着一辆中吉普，发动机没熄火，咚咚咚的声音令人心烦。

桂子听到响声，也跑了出来。小排长走到桂子面前敬礼说："您是桂子大嫂吧？汪主任在西安一时回不来，派我来接你过去。"

桂子惊喜道："你们是大年派来的？到屋里坐，喝杯茶！"

来人推让着，没有进屋。

李二嫂转过身拉住桂子的手说："这下好了，你总算盼出头了！还不快去换衣服！"

桂子有些迟疑，难为情地说："最近工作正忙，大年应该知道。接我去西安，这工作怎么办呀？"

李二嫂劝说道："不就是给新来的俘虏检查身体嘛！迟两天回来也能跟上，人又跑不了！"

桂子还是拿不定主意："我去请示请示顾副官吧！"说着，一扭身跑出了大门。

李二嫂招呼来人在石桌旁坐下，又端来茶壶茶碗，给他们一一倒上茶水。岩切安顿好李婆婆，也出来迎接客人。看他们贼头贼脑，眼神四处乱窜，心中顿生疑窦："请问，汪主任接嫂子去西安，有住处吧？"

小排长答："有哇，西安行营。"

岩切感到奇怪："行营是不准外边人带家属的！"

小排长含混道："对，对！去了另行安排！"

岩切一边陪他们喝茶，一边警惕地审视着。那个"黑猩猩"老是躲避着他的目光，显得坐立不安。一会儿，借口倒车，干脆躲到车里去了。

不大工夫，桂子兴冲冲回来了，未走进大门就喊起来："同意了，同意了，顾副官没打绊子！"

桂子进屋换衣时，岩切随之跟了进去，悄悄对桂子说："大嫂，你别急着走，先给汪大哥那儿挂个电话好不好？"

桂子问："怎么？"

岩切说："这两个人鬼鬼祟祟，说话遮遮掩掩，前言不搭后语，我看……"

"不会，不会！这是大后方，谁也把我怎么不了……"心情急迫的桂子不以为然道。她一边从箱子里翻检衣服，一边抱歉地对岩切说："岩切，你知道吗？我对不起李二嫂！刚来的那天，院子里乱哄哄的，狗娃就丢失了。我一直没法向李二嫂交代！"

岩切说："这事你难道不觉得蹊跷？这次接俘路上走漏消息，说明敌人已经打入收容所内部了。我还没来得及向汪主任汇报呢！"

桂子说："行，我小心点儿就是了！"

岩切不便再说什么，只好退出门外。不大工夫，桂子换衣出来。她着一身素洁的白底蓝花中式旗袍，看上去既文静高雅，又秀丽端庄。临上车，对送行的李二嫂说："二嫂子！你等着，我联系好医院，就回来接李婆婆去做手术！"

汽车开动了，在乡间土路上卷起一股飞飞扬扬的黄尘，不一会儿，便消失在塬坡的下面去了。

十八

汪大年回到太殷村已是深夜。他将吉普车在大庙前缓缓停稳，与森下共同将山本扶下车。这时，庙里的人闻声迎了出来，七手八脚帮着搬车上的行李。汪大年将山本安置在大殿后一间专设的套房里，指派森下做他的勤务员并立即回营房搬取铺盖。临出门，汪大年将随身带回的那只旧皮箱交给他，让捎到自己在李二嫂家的房间去。森下离开后，汪大年连忙打开挎包，一边将糖果分给大家，一边询问收容所的近况。

提着皮箱的森下一把推开李二嫂家虚掩的大门，见李二嫂还没有睡，独自站在豁口墙边发愣，不禁有些诧异。

狗娃丢失好多天了，丧魂失魄的李二嫂总要站在这里等他。她相信，儿子的心灵与她是相通的，这种坚守和虔诚，或许会感召可爱的孩子在某个时刻悄然归来。李二嫂几乎疯了，人明显地消瘦下去，脸上也失去了光彩，眼睛里整天泪汪汪的，完全换了个人。她的眼前经常浮现幻觉，几次听到儿子那稚嫩而熟悉的叫声，瞥见顽皮的狗娃一闪身躲到椿树后面去了。四岁的狗娃在家时总爱和妈妈藏猫猫，椿树下至今还留着他的脚印。她急忙扑过去，捡到的却是一片树叶。她流着泪呼唤狗娃的名字，发誓再也不会打他，再也不给他吃苞谷面窝窝头而是吃白馍馍，长大后送他到镇子去上学。"你看，白馍馍妈妈给你整整攒下一篮子了！"李二嫂疑惑手里的树叶就是儿子变的，但儿子就是不肯现身。刚才，她伺候婆婆睡下，自己又来到豁豁墙头等候儿子。岩切到营房值勤去了，后半夜才能回来，她将大门轻轻掩上。自从狗娃丢失以来，晚上大门总是虚掩着，那是给可能随时归来的儿子留的。

森下正是这个时候推门进来的。

“李二嫂，你这是等谁呢？”森下问。他刚刚回到村里，对一个多月来的情况一无所知。李二嫂没有立即回答，只是呆呆地问：“你回来了？汪主任都回来了？”李二嫂的意思，当然是问桂子是否也回来了。森下不知就里，满口应承道：“回来了，都回来了！”李二嫂一阵高兴，跟在森下的身后走到西厦，从门脑上取下钥匙打开房门。森下放下皮箱。李二嫂心想：既然都回来了，夜已深了，怎不见桂子收拾房间？因此问道：“桂子也回来了吧？”急着去营房搬取行李的森下一脚踏在门里，一脚踏在门外，丈二金刚摸不着头脑：“桂子？谁是桂子？”——汪大年虽然和他在一起，但整天忙于工作，哪有闲暇提说自己的妻子？李二嫂道：“就是山中桂子呀！汪主任不是将媳妇接到了西安，怎么，你不知道？”森下急于离开，摆手说：“他整天在赶写教案，哪里接什么媳妇呀？”说着，已消失在大门外。

森下匆匆走了，一种不祥的预感袭上李二嫂的心头。前天，桂子被汽车接走后，岩切就向她说起，来接桂子的人不像是汪主任派来的，而是一伙歹人。岩切推断说，只要桂子随汪主任一起回来，那就平安无事；如果汪主任回来了而不见桂子，肯定出事了。

李二嫂恍然明白过来，哎呀！这是坏人先将狗娃拐跑，又来将汪主任的媳妇骗走了！这是一伙什么人，狗娃和桂子还有活路吗？

汪大年惦念着桂子，没说几句话就要离开。看他急于回家的样子，顾辟疆玩笑道：“嫂夫人怎没一同回来，你心疼是不是，把新娘藏起来，怕有人闹洞房？”汪大年没完全明白顾副官的意思，回敬道：“去你的！结婚两年都老夫老妻了，还什么新娘？”说着，在他的肩上捶了一拳，嬉笑着离开了。

走出大庙，汪大年又去了一趟营房，看望过俘虏，这才赶回家。

“桂子，桂子！”他一走到厦房窗外，就兴冲冲叫了起来。两年离别的苦苦思念，他心中早已潮起一种从未有过的焦渴。热血在他的血管里沸腾，脑海里已模拟出抱吻妻子的种种姿态。他伸出手去，门帘几乎被他掀飞了。

屋子里没点灯，却有人在扫床。他放下挎包，仔细一看，扫床的人不是桂子，而是李二嫂。

汪大年愕然了，唤了一声“二嫂子”赶紧将灯点着。

窗台上有桂子的牙具，桌子上摆放着她的书籍，箱子上有她的衣物，桂子显然有什么事出去了。汪大年本想问桂子去了哪里，看到李二嫂忧戚的样子，话到嘴边又咽了下去，打开挎包热情地说：“来，二嫂子，这是西安天生园的水果糖，你吃，这儿还有两包是给大妈和狗娃的。”

李二嫂眼里滚动着泪光，默默地望着他，似乎有许多话要说。汪大年知道，她的心里很苦。去洛阳接俘前，李二嫂千叮咛万嘱咐，要他一定打听到李铁柱的消息。现在，李铁柱为国英勇捐躯，想必李二嫂早已知晓。李铁柱临终前托付他捎回的那条红腰带就保存在皮箱里，现在该不该拿出来交给她呢？汪大年迟疑着，抓水果糖的手一直僵在空中。

“你见到铁柱了？”李二嫂颤声问。

汪大年说：“见到了！”

李二嫂问：“他有什么东西托付给你？”

汪大年感到非说不可了，凄怆地说：“你给他绣的那条红裤带。”

李二嫂含着泪，咬了咬嘴唇：“拿出来吧！”

泪花在汪大年的眼眶里打转，李铁柱壮烈牺牲的一幕又浮现在眼前：“铁柱大哥牺牲得很英勇，他是在雪花山殉国的。我把他从敌人手里解救下来，他已经被残害得浑身是伤了。”汪大年喉头哽咽着：“就这样，他还卧伏在山口，堵住了鬼子的进攻……”

汪大年无法再讲下去，他抹了一把眼泪，摸出钥匙插进皮箱的锁孔。就在装着弹簧的皮箱盖子“哐啷”一声打开时，那条沾满紫黑血迹的红裤带倏地跳了起来，卓立在箱盖内久久不倒。汪大年和李二嫂都被这奇异的景象惊得发怔，李二嫂“扑通”一声跪倒，哭告道：“铁柱！你回来了……我对不起你……咱狗娃不见了……我至死一定要把他找回来！”

李二嫂刚刚泣诉到这里，红裤带骤然塌落在箱子里，平平静静，纹丝不动了。

汪大年赶忙搀扶起李二嫂，焦急地问：“二嫂子，你刚才说啥？狗娃不见了？”

李二嫂仰起泪水婆娑的脸，扯长嗓子哭啼道：“狗娃不见了，你媳妇桂子也不见了，都叫坏人弄走了！呜呜……"

听到这话，汪大年一下子跌坐在床铺上，只是摇头叹息。

厄运又一次降临到汪大年头上。发生在大同学园开学典礼上的一起行刺未遂事件，使他再次遭到严厉处罚。

开学典礼那天，汪大年突然接到通知，在宝鸡视察军务的西安行营主任、陕西省政府主席兼大同学园校长蒋鼎文上将将莅临大会。会场设在大庙前的操场上，拉着帷幔的庙台子既是主席台又是演出的舞台。典礼仪式由汪大年主持，蒋鼎文做主旨讲话，接着，岩切和森下代表俘虏发言。仪式结束后，将由士兵、村民和战俘表演自己编排的文艺节目。

蒋鼎文素来胆小，为安全起见，联欢会开始前，责令观众席上的战俘队伍整体退到后面去，而将村民安排到前面来，同时将舞台下方第一排原先摆好的长条桌凳向后挪出一段距离。蒋鼎文落座后，那些从省城来的军政要员以及战俘代表、村民代表也随即落了座。

士兵和村民的表演已临近尾声，接着将由中岛等人表演近似中国口技的能乐"嚾子"。这种表演在日本十分盛行，所用道具不多，不过两面大鼓、两支竹笛，演员也就七八人，不但能模仿各种声音，还能演绎出复杂的故事。此前，中岛川雄因在战俘中暗地串联曾受到警告，但他不思悔改，反而变本加厉，很快建立了地下组织。最近，在顾副官的刻意安排下，寺垣北村终于秘密见到了中岛，向他紧急传达了日军华北司令部的指示。命令他们千方百计阻止和破坏大同学园的实施，并极力发展会员，最终实现暴动，里应外合，将战俘全部解救回河东。中岛得到指示，更加有恃无恐，他的"荣归军社"已发展到十多名成员，甚至连刚从洛阳转来的战俘花房和饭田也被吸纳进去。

作为解救任务的外围工作，近来，华北司令部在这方面更是取得了极大的进展。他们派代表与阎立仁进行了第二次接触，已在距收容所不远的山西内迁兵工厂里，设立了秘密据点。这样，由麻生育麻大佐亲自率领的特工小组，便以"技术专家"的身份大摇大摆堂而皇之地出入这座把守严密的军工企业了。

得知蒋鼎文参加开学典礼的消息，中岛兴奋极了。他没想到，刚刚接受任务，就有了下手机会。这是建立功勋的绝佳时机，一定不能错过。但是，由于得知消息太晚，事发仓促，来不及准备，刺杀的手段很难选定。何况，蒋鼎文下车伊始，便发布命令，要所有演出人员在庙门外集合，经过安全检查，提前进入大庙化装，并告知演出结束前不得离开。检查极为严格，不但人人被搜身，还将所有服装道具或翻检或敲打从里到外折腾了个不亦乐乎。如此这般，当然任何暗器也无法藏匿。想来想去，提前进入大庙化装的中岛，只有求助于顾副官。这虽然违反了地下工作的原则，但情急之中，也只好贸然行事了。

恰巧，顾辟疆走进大庙，回到他的办公室。中岛看他身旁无人，借口要水喝药，随机跟了进去。喝药时，他故意将一滴水洒在桌上，一边说“对不起”，一边假装匆忙擦拭，用中指蘸着水在桌面上写下一个“刀”字。顾辟疆愣了愣，不知是有意还是无意，斜睨了他一眼，继而怒冲冲赶他出去。中岛正在院子里纳闷儿，忽然老司务长孟生魁提着四只热水瓶到大庙来灌开水。瞥见老司务长，顾辟疆立即将他的竹皮热水瓶拿出来，交给跛脚的司务长，一边说，首长们今天渴了，多提些开水。继而锁上房门，回头看了看中岛，从容走出了大庙。中岛忽然眼睛一亮，啊！顾副官这是提醒他：蒋鼎文面前的热水瓶不就是“开水炸弹”吗?

从侧幕望去，舞台前后站满了荷枪实弹的中国士兵，如临大敌一般。蒋鼎文坐在第一排中心位置上，汪大年和顾辟疆分坐在他的两侧，几个随身侍卫就站在不远的地方，不断用专业的眼光搜寻着每一个不安全的因素。看到这里，躲在侧幕后面的中岛、花房和饭田，因即将实施重大的刺杀行动而兴奋不已。他们走来走去，刚刚补上去的油彩又一次被汗水冲了下来……

舞台上，男媒婆胡大谝正在表演陕西快书《说媒难》。胡大谝一边打着竹板，一边插科打诨活灵活现扮演着各种人物的姿态，尽管声音嘶哑，破锣一样，仍惹得台上台下一片哄笑。这时，可能蒋鼎文上将和他的几位随从中午在军械库鸡鸭鱼肉吃得太多了吧，人人如同“水牛”一般，一会儿便将几只热水瓶里的开水喝光了，以致负责招待工作的孟司务长连续打了两回开水仍供应不及。孟司务长腿部受过伤，从舞台前晃过时，笨拙的身姿引得人们一阵阵发笑。这时，顾辟疆站起来，悄悄离开座位，让站在圈子外面的巧玲姑娘帮着孟司务长快点儿打开水过来。

胡大谝的表演终于结束了，不待报幕完毕，中岛已带领花房、饭田等一共七个日本大汉斜跨马步，踢脚扬尘，威武雄壮登场了。他们表演的剧目是《三英战吕布》，取材于中国古典小说《三国演义》。

第一场为“会盟”。只见他们擂动两面大鼓，竹笛吹出高低合鸣的进军号角，队列排出风轮旋转的阵势，表现了一千七百多年前的东汉末年各路义军汇聚中原，推举袁绍为盟主，进军洛阳、共讨逆贼董卓的那场宏伟战争。

第二场为“请缨”。虎牢关前，两支竹笛、两面大鼓分列两边，代表两军对垒。中岛扮演的吕布出场，使枪弄棒一番，高音笛压倒低音笛，表现出盖世英雄吕布挑战阵前的威武和霸气。接着，花房和饭田持笛子同时出场，用笛子模拟出张飞请战的吼声。由于张飞人微言轻，被目中无人的盟主袁绍喝退下去。张飞怒不可遏，与袁绍争吵起来，一个刚烈，一个孱弱；一个率直，一个尖刻。两人对话被模仿得惟妙惟肖，吸引得台下阵阵喝彩。

第三场为“败军”。两军对阵，人中蛟龙吕布在鼓点声中连连胜了五阵，斩杀四员大将。盟军军心动摇，各路诸侯急于拔营起寨，仓皇溃散。

第四场为“出战”。慌乱之中，低音笛吹奏出张飞虎豹般的怒吼声，他不请自战，关羽和刘备也加入进来，三位英雄大战吕布，直杀得天昏地暗。七个人在台上搅作一团，小小的舞台尘埃飞动，喊声震天。

坐在蒋鼎文左边位置上的汪大年一直细心观察着舞台上的一举一动。表演中，扮演吕布的中岛曾两次将目光偷偷瞥向竹皮热水瓶，这一细微动作，并没有逃过汪大年敏锐的双目。他本想将热水瓶拿掉，又怕上将喝水不太方便，为防止意外，一直在旁戒备着。忽然，台上大呼小叫起来，原来是吕布被三位英雄战败，落荒而逃。只见扮演吕布的中岛陡然跳下台来，一个箭步，直接逼向心不在焉的蒋鼎文，举起热水瓶，向他头上砸去。由于来势凶猛，躲闪不及，蒋鼎文吓得跌坐于地，一时魂飞魄散面如死灰。在这千钧一发之际，早有防备的汪大年霍地起身，不等热水瓶砸下，随着一声大喝，双手已将条桌高高托起。当热水瓶砸下的一瞬，桌子如同一堵铁墙压盖在中岛的面门上。只听他“哎哟”一声，热水瓶粉碎了，滚烫的开水喷溅出来，反倒烫伤了中岛自己。

这时，站在台口的花房和饭田忽地跳了下来，想助中岛一臂之力。他们哪有汪大年眼疾手快。见他们摇着鼓槌扑向蒋鼎文，汪大年已将胸膛堵在他们面前。只见他双掌略作开合，二人竟不知怎的栽倒在地，被拥上来的卫兵生擒活拿了。

受到惊吓的蒋鼎文被搀扶到后院的客房休息。他心有余悸，盛怒不已，即令暂停开办大同学园，撤销汪大年一切职务。这次行刺事件，将由“军统”西北调查处进驻收容所彻底调查，一定要揪出幕后黑手。

黄书良上校素以干练果决雷厉风行而著称，他带着两名助手连同司机进驻收容所的第三天，便将行刺案件的从犯花房幸事和饭田招手两人拉到后山枪毙了。主犯中岛川雄因治疗烫伤，审讯后暂时留作活口。别看他们介入调查时间不长，审理工作却取得了重大“突破性”进展。汪大年的日本老婆山中桂子一来到收容所就与主犯中岛川雄往来密切，是否是她授意，有重大嫌疑。

很快，上级批示这个工作卓有成效的调查组，要顺藤摸瓜，继续深挖，并赋予他们“先捕后审”的特权。这样，在山中桂子神秘失踪的情况下，她的丈夫汪大年自然成为最重要的审查对象。

汪大年被限制了自由。

临时拘押室和审讯室设在大庙后院一排客房的东西两头。汪大年做梦也想不到，自己亲手盖的房子，竟然是用来审讯自己的。

汪大年走进审讯室，被允许坐在一张靠墙的椅子上。后窗下摆着两张桌子，黄书良和他的一名助手老朱分坐两边。由黄书良主审，老朱担任笔录。黄书良是一个很有手段的老牌特工，跟随“军统”头子戴笠多年，多次清除掉军中的共产党人，深得戴老板赏识。原西北军杨虎城部潜藏的共产党人最多，因此派出这位得力干将驻守西北。黄书良不负众望，连连清理出许多重量级的军官。别看他身材瘦小，生得贼眉鼠眼，由于酒色过度而过早谢顶，但他的权力很大，可以直接通“天”，即便是蒋鼎文这样的资深军政大员也惧他三分。顾辟疆深知黄书良手中的权力不可小觑，以老乡的名义常去攀附，投其所好，贿以财色，前不久又与他义结金兰，可谓实现了同流合污，沆瀣一气。黄书良心狠手辣，惯于阴一套阳一套玩弄权术，使对手防不胜防。据说，任谁只要落在他手上，不管有没有问题，都很难活着回去。当然，他们对待汪大年还是十分客气的。

“汪主任，不，汪将军！”黄书良不等汪大年坐定，满脸堆笑说，“兄弟奉上峰之命，不得已而劳动大驾，手下人多有得罪，不要见怪！”说着，将前天拘押时被撕掉的将星领章放在汪大年的面前。

"虎落平阳，要这还有何用?"汪大年将头一迈，冷冷地说。

"不要激动嘛!"黄书良干笑着说。他深陷的一对小眼睛紧盯着汪大年："三天了，该想明白了，知道为何请你来吗?"

汪大年从来瞧不起这伙不学无术、专靠整人发迹的军棍，没好气地说："不知道!"

"呦嗬!"黄书良故作惊讶，皮笑肉不笑地说，"你是聪明人，怎会不知道呢?"

汪大年猜测他们一定是误会了，捕风捉影捡到了什么鸡毛蒜皮之类的所谓把柄："你说吧，什么事?"

黄书良不想再捉迷藏，开门见山道："你的妻子，山中桂子女士，你了解她吗?"

明白了原委的汪大年几乎笑得喷饭，毫不客气道："我的妻子，怎能不了解她?"

老辣的黄书良正是要引诱对方的茶壶嘴自己向外倒水，连忙问："你说说，都了解她什么?"

汪大年慨然说："她忠诚、积极、正直，为了中国的抗日事业，不远万里，渡海来华。淞沪战役中，在前线舍生忘死，抢救我国伤员……"

"哎哟哟，多么堂而皇之啊!"黄书良一边挖苦，一边望了望在旁担任笔录的老朱。老朱其实年龄不大，不到四十岁，他本来脸色就黑，由于职业习惯老阴沉着脸，显得满脸杀气。他难得一见地扑哧笑了，黑脸像被刀子划开了一样，那副尊容比哭还难看。

黄书良把目光从同伴的脸上收回来，继续问汪大年："可是，你们分别了两年，她的另一面，你知道吗?"

"她的另一面?"汪大年不解，"请你明示。"

黄书良说："她一直就是一个双料特务。既为日本人出力，又为共产党卖命……"

汪大年感到震惊："简直是天方夜谭!"

"你不信?"黄书良郑重道，"我问你，她现在到哪里去了，你知道吗?"

汪大年当然想知道妻子的下落，但是，这帮蠢货并非真的知道，他轻蔑地看了他一眼："你们既然知道她去了哪里，何必问我?"

"嘿嘿！看看你的态度。"黄书良煞有介事道，"她，发展地下组织后，回去复命去了!”

“哈哈!”汪大年被逗乐了,“我看你不是脑子出了问题,就是根本不懂逻辑推理!”

黄书良一拍桌子,站了起来:“汪大年,你不要太嚣张!告诉你,我们是有备而来的。你的罪证就掌握在我们手里!”说着,拍了拍巴掌,他的另一名助手小吕和外号叫“歪溜”的司机小刘从隔壁的房间过来,将查抄汪大年房间搜出的“证据”向桌子上一摊,一边翻着那本厚厚的手稿,一边指点着一些被他们重点圈阅过的页码,仿佛果真抓住了什么罪证。小吕生就一副娘娘腔,虽像个黄口小儿,却是黄书良的随从中最阴险的一个。

黄书良的目光从手稿上抬起来,讪笑道:“汪大年,要想人不知,除非己莫为!你袒护日本人的行径已经昭然若揭了!看看,这些文字都是出自你的手笔吧?”

汪大年伸头一看,原来是前不久在西安给山本治病期间修改完成的大同学园普及教材《中日文化交流史纲》。这是多年来汪大年呕心沥血、潜心研究编撰的史学讲义。这是一部内容丰富翔实、史料价值极高的中日交流史著作。他本想在学园开学后分阶段向学员宣讲一遍,听取各方意见并再次修订后付梓。没想到这种史籍的编撰也会被用来作为自己的“罪证”,可谓滑天下之大稽。汪大年怒斥道:“欲加之罪,何患无辞。如果说这份教材有罪的话,那大同学园就不用批准了!”

“汪大年你不要狡辩,你老实点儿!”黄书良将手枪掏出来向桌子上“啪”地一摔,“不管是已经枪毙了的花房和饭田,还是这个中岛川雄,都招供画押了。你的日本老婆山中桂子,亲自到收容所串联日军战俘,秘密建立地下组织,铁证如山,你还敢狡辩?”

汪大年气呼呼坐下来,面对这伙低能儿,他只有愤怒,已无须争辩了。

黄书良离开办公桌,走到他面前,将烟圈儿故意吐在他的脸上:“怎么样,招供吧?她给你交代了些什么?你的任务……又是什么?说!”

“可笑,这就是你们办案的水平?”汪大年不屑一顾道,“如果中岛他们果真这样,那就是明显的攀供,你们也信以为真?”

一直做笔录的老朱被激怒了:“你竟敢公然蔑视我们……”他“啪”地一拍

桌子站起来，钢笔被摔成两截："处长，我建议给他用刑，用刑！"

屋子里安静下来，黄书良给站在身旁一直没有开口的小吕和歪溜使了个眼色，他们狞笑着下去准备刑具去了。

许久，汪大年默默地说："我要求找中岛谈话，让他说清楚。"

黄书良奸笑着："你找他谈话，难道不是串供吗？"

汪大年说："我不是犯人，和谁串供？"

黄书良厉声道："中岛是在押的主犯，你要见他，什么意思？"

"让他给我说清楚！"

"现在，应该说清楚的是你！"

说着，黄书良将嘴角一咧，早就等得不耐烦的老朱挽起袖子，上前扭住汪大年的胳膊就往外拽。

汪大年问："你们要干什么？"

黄书良说："让你清醒清醒！"

汪大年怒喝道："好啊！你们竟敢对我用刑！"

黄书良狡黠地笑着："岂敢岂敢，只是试试……"

就在汪大年接受审讯的时候，被派到大殿来站岗的两名哨兵一直支棱着耳朵静静地听着。他们早就按捺不住了，两人商议了一下，其中一个悄悄跑了出去。

刑讯室里，木炭火盆上的两把烙铁已经烧得通红透亮，一股毛发和皮肉的焦煳味直钻鼻孔。汪大年一进屋就被剥掉了外衣，司机歪溜顺手抓起一把烙铁，在汪大年眼前晃了晃，然后走向黄书良，谄媚地用烙铁给主人点燃了一支香烟，接着，又给自己点燃了一支。嘿嘿笑道："不错，火到猪头烂，这烙铁从来没欺哄过咱！"

黄书良眯缝着眼，狠吸了两口香烟，将剩下的半截扔进火盆，火盆上方立即蹿出一股橘红色的火苗。他猛地扭回头，问道："汪大年，你还执迷不悟吗？快点儿说了，免得受皮肉之苦！"

"你让我说什么？"

"嘿！装疯卖傻啦？"黄书良怪腔怪调地说，"审问了半天，还以为逛隍会来了……给我上！"

老朱和小吕得到命令，立即将汪大年的双手分开绑在墙壁的铁环上，歪溜抓起一把烧红的烙铁正要向汪大年的胸口上炙去。陡然，房前房后窗户的玻璃"哗啦哗啦”被十几杆步枪的枪托砸破了，破碎的玻璃蚱蜢一样纷纷乱飞。接着，一杆杆步枪的枪筒伸进屋内，尖锐的枪刺闪着寒光，黑洞洞的枪口一起瞄准了行刑者。随即，反扣的房门被一脚踢开，一个威猛的关东大汉带着士兵闯了进来。他大张着驳壳枪的机头，对黄书良怒喝道：“黄处长，奶奶的！你没看你在谁的地盘上？今天胆敢动汪主任一根汗毛，奶奶的，老子叫你们几个立即见阎王！”

——来人是收容所士兵统领、少尉排长兼一班长陈忠孝。

窗外的士兵愤怒地呐喊起来，他们早就窝火了。自从调查组进驻以来，犹如钦差大臣驾临，一个个态度傲慢狐假虎威，肥吃海喝不说，还张口闭口要这要那，其霸道作风使人看着碍眼听着硌耳，早就想将其驱逐出去了。

黄书良被这突如其来的“兵变”吓坏了，问陈排长：“你是谁?”

陈忠孝呵呵笑道：“老子当年是少帅张学良的卫队班长，奶奶的，大名陈忠孝是也！”

黄书良听到这个名字有点儿耳熟，可是一时又想不起来：“陈忠孝……”

被士兵从墙壁铁环上解救下来的汪大年怕“一根筋”陈忠孝闯下祸端，制止道：“陈排长，没你的事，不要掺和进来。”

陈忠孝爽气地说：“我才不怕这伙龟孙王八蛋哩！奶奶的，大不了还回鸡峰山当山大王！”

黄书良这才如梦初醒，怒冲冲道：“你是陈忠孝？西安事变中在华清池后山向蒋委员长开枪的犯上作乱的家伙！三年了，没抓到你，原来藏身在这里！给我拿下！”

陈忠孝抢上一步，将手枪顶住黄书良的太阳穴，冷笑道：“奶奶的！来吧，看咱俩谁先崩了谁?”

在场的老朱、小吕和歪溜一伙，全吓傻了，唯恐陈忠孝这愣小子走火伤了主子，一个个呆若木鸡，如同被施了定身法一般。

这时，只听窗外顾辟疆咋咋呼呼跑来了。他分开人群冲进屋内，鼻尖上的两颗白麻子突突跳着，大惊失色道：“误会，误会！全是误会！”看了看陈忠孝，将他的枪头轻轻摁了下去：“都是自家人，有事好商量，好商量！”

陈忠孝将枪口吹了吹，缓缓收进枪套，威严道：“哼！便宜这帮狗崽子了！不放了汪主任，一个也别想活着从这儿爬出去！”

顾辟疆赶忙捡起扔在地上的衣服给汪大年披上，笑吟吟地向黄书良道："黄处长！大人不计小人过，宰相肚里能撑船。您就高抬贵手点个头吧！嘿嘿！这么多人，总不能驳大家的面子……"

十九

一辆中型吉普在渭北高原的公路上疾驰，这里沟壑纵横，道路不平，车厢的座椅上，商人打扮的安恩泽虽紧紧抓住扶手，仍不断被抛向空中。一路飞灰扬沙，他的脸上身上落满灰黄色的尘埃。坐在他对面的是三位高鼻子蓝眼睛的外国客人，和他一样，也都变成了"土行孙"。客人两男一女，年龄稍长的是著名的美国作家兼记者斯诺先生，另外两位是一对加拿大夫妇。这对夫妇是慈善家，受斯诺介绍的《红色延安》一书的影响，成立了"北美援华基金会"，用募集的资金购买了中国前线急需的药品和医疗器械，已送交到抗日根据地。他们此来，是为了落实资金使用情况的。当然，车上还带着一些新的药品和器械。

安恩泽谈兴正浓，用不大流利的英语向他们介绍着战场形势和许多抗日根据地英勇斗争的故事。去年，根据斯诺先生原著翻译的《西行漫记》出版，在中国大受欢迎。安恩泽说，他虽然是八路军战士，但过去，只有从党的文件和指示中了解党的最高领导人。前不久，读了这本书，他才第一次从日常生活和人格上全面读懂了他们。说到这里，他不禁讲述起书中的一个情节——少年的毛泽东闲下来喜欢读书，勤朴而严厉的父亲总想要他多干些农活，为此两人常常发生争执。一次，毛泽东正在津津有味地看着一本刚借来的新书，父亲却逼他干活。逼得急了，毛泽东拿着书站在门前的水塘边，威胁向他步步进逼的父亲，如果再靠近一步，他就跳入水塘。父亲终于妥协。讲到这里，车上的人被逗乐了，一个个笑得前仰后合……

汽车吭哧吭哧老牛一样爬过几道陡坡，刚下了弯道，冷却水箱突然开了锅，滚沸的水汽带着烫人的水珠扑进车窗，客人不禁惊叫起来，司机小王立即踩满刹车。汽车抛锚在进退两难的坡底，前不着村后不挨店，只好揭开引擎盖等待水箱里的水自然冷却。慈善家夫妇似乎对黄土地上的一切都觉得好奇，跳下车到附近山坡上采集野花去了。车上太热，斯诺先生下来坐在路边的一块石头上，抓紧时间写他的随行日记。司机小王摸透了老爷车的脾气，出门备有一把蒲扇，交由安恩泽拿着，双手抱定，对准水箱，呼呼呼上下扇动起来。这也是唯一能采取的人工降温措施了。两人轮换扇了两回，小王叹息道："要是有一辆车过来，把咱们拖过这道坡就好了。前面沟道有条小河，可以加水。"

真是说曹操曹操到。这时，从后面坡顶远远驶来一辆吉普，车速很快，车上人不多，正可以借来帮忙。司机小王拦在道路中央，解下脖子上的毛巾在手中挥舞着，呼叫来车停下。安恩泽也站在旁边，不停地挥手。那辆车越来越近，既不鸣笛，也不减速，快到近前时，忽地轰大油门向他们直扑过来，猛虎下山一般。要不是小王躲闪及时，准被撞飞不可。"混蛋！"小王魂都吓没了，追骂了一句。安恩泽也愤怒地斥责着。就在这辆车从身旁闪过的一瞬，安恩泽猛然瞥见，车厢内似乎捆绑着一个人，一个女人。心中不觉愣怔一下。从那个背对车窗的女人高绾的日式发髻上，一眼就认出来她是桂子！

"桂子出事了！"安恩泽惊呼起来，命令道："快追，追上那辆车！"

司机小王眨巴着眼睛，还没从刚才的惊魂中缓过神来："什么，追？能追上吗……"

安恩泽焦急道："你没看见，桂子在车上，被绑架了！"

"怎么会呢？"小王不大相信，"她不是回到太殷村了？"

当初，安恩泽与桂子骑马离开延安，就是小王在洛川接的站，所以认识。

安恩泽焦急道："战争年代，什么情况都可能发生！别问了，快追！"

小王摊开双手，一副无奈的样子："你来开车吧！水箱的水能煮鸡蛋。"

"唉！"安恩泽叹息着将拳头砸在引擎盖子上。他望了望在草丛中奔跑嬉戏的外国夫妇，忽然想起了什么："哎呀！咱们车上不是有桶装蒸馏水吗？快拿下来，救人要紧，迟了就追不上了……"

在一条沟道和公路的交叉处，发现了驶向沟底的轮胎新印。安恩泽让车子顺车辙拐向河滩。

驶过一道土崖，黄泥河滩幽静地躺在沟底。那辆汽车停在路边，三个壮年汉子正将捆绑了双手的桂子押向水边。他们将桂子掀到一块卧牛石旁，举起了相机，同时也举起了手枪。山风拂面，水流汩汩，芦苇丛中的野鸭惊叫起来，从桂子的头顶嘎嘎飞过。

安恩泽见状，对小王悄声说："我先和那三个人周旋，你只管从侧面绕过去解救桂子。然后躲到她身后的石头下。"接着，大喊起来："喂，光天化日之下怎么杀人呀？留条活路做笔交易吧！这个女人我买了，挺聪明的，正好做个佣人！"

三个杀手吃了一惊，纷纷回过头。安恩泽看清了：老一点儿的皮肤黧黑，长得像一只黑猩猩；年轻一点儿的有着笋瓜一样的白嫩脸膛，正举着相机对光圈；举枪的是一个中年人，个头儿不高，一张肥大的河马脸，眼睛里露着凶光。

"交个朋友！都是生意场上的人。一回生，二回熟嘛！"安恩泽打着哈哈已走近他们，双手抱拳，"兄弟们高抬贵手，救人一命胜造七级浮屠。这桩生意成了的话，兄弟请你们到西安老孙家吃羊肉泡！"

三个杀手缄默不语，恶狠狠望着眼前这位不速之客。从他们惊诧的表情看，尚在手足无措之中。这时，小王已猫腰摸到山中桂子身旁。当河马脸扭回头发现了他慌忙举枪时，已经晚了。只见安恩泽伸出单臂，猛然一个鹰爪抓拿，指尖如刀，手到力到，点向他肘部的麻穴。河马脸"哎哟"一声，不但手枪抛得老远，这家伙狗吃屎一样匍匐在黄沙地上动弹不得了。紧接着，安恩泽瞅准其他两个蠢物扑上来的瞬间，拳脚并用，拳作猛虎掏心，脚出兔子蹬鹰。仅仅三招两式，不经打的黑猩猩和笋瓜就滚落在地了。他们爬起身围拢过来还要搏斗，安恩泽一个腾空旋子打出圈外。擒贼擒王，他直奔河马脸，第二次将他打倒并踩在他的胸口上，逼问道："你们是什么人？老实说！"

"我们是……"脚下的人气喘吁吁狡猾地翻动着眼睛，双手已抓死安恩泽踩在他胸口的一只脚。这时，黑猩猩从安恩泽身后猛扑过来，拦腰将他从后面抱住，凭借臂力过人，欲将安恩泽举起来摔倒。安恩泽不慌不忙，当对手下蹲发力时，他单脚点地，借力发力，钩住黑猩猩的头将他笨重的身躯背了个大麻袋扔翻在地。这时，小王已解救下桂子，二人匍匐在卧牛石后面，举枪对准杀手。河马脸和笋瓜一看，来者绝非等闲之辈，赶紧跳上车发动起来落荒而逃了。摔倒在地的黑猩猩笨拙地翻身起来，扭动着肥胖的身躯，“八嘎八嘎”地叫骂着，向卷起黄尘的汽车深一脚浅一脚追去。

安恩泽大笑起来：“原来这伙笨熊是日本鬼子啊……”

一路上经过多次盘查，安恩泽一行到达洛川已是傍晚。洛川是陕甘宁边区的南大门，早有从延安来的同志奉周恩来副主席的命令在此迎候了。斯诺先生是毛泽东主席的朋友，一下车便受到热烈欢迎。车上的行李尚未搬进接待站，三位外国朋友就被一所学校拉去搞联欢了。晚饭后，安恩泽左等右等，仍未见斯诺他们回来，听说有抗战剧社来此演出，便陪着桂子匆忙向露天剧场赶去。

临时舞台搭建在县城中心的土场上。台面高出人头，台口上方悬挂着两盏明晃晃的汽灯，将舞台里外照得通明。广场上人山人海，黑压压挤成一片。安恩泽与桂子来到时，演出已经开场，人们仍络绎不绝地往这里赶。不少人扛着凳子，顺手将凳子放在人群圈外，然后站上凳子，伸长脖子向台口瞧着。更有三五成群的孩子因挤不到跟前去，便爬到周围的树干或墙头上。安恩泽与桂子来迟了，只好远远站着观看。

一出短剧刚刚落幕，台下爆发出雷鸣般的掌声。随着两块紫红幕布的开启，演员连续两次谢幕，场上仍掌声不息。身旁有人对安恩泽与桂子说：这个戏剧名叫《向延安》，是根据真实故事编排的，演员全是日军战俘。

听说日军战俘登台演戏，桂子的心一下激动起来，一股热乎乎的暖流在胸口鼓荡着，她给安恩泽打声招呼，一闪身扎进了人堆。

演员第三次集体谢幕，站在台口的是山本聪慧子。她泪光闪闪，努力抑制着激动的心情。见台下渐渐安静下来，动情地说：“老乡们、战友们！刚才演出的这个戏，是根据我们这些日本战俘的亲身经历编排的。三个月前，在太行山区战斗的贺龙司令员安排我们转移到延安来，一路上敌人围追堵截，紧紧咬住不放。由于我的动摇和逃跑，致使带队的同志为了掩护我而献出了年轻的生命。我实在对不起他。后来，是八路军的联络员找到了我们，经过千难万险终于到达了革命圣地延安，见到了毛主席。现在，我们都是‘日本反战同盟’的成员，要为制止侵略战争、保卫世界和平做出贡献！”

“打倒日本帝国主义！”

“中日两国人民的友谊万岁！”

“世界和平万岁！”

台下群情激昂，口号声此起彼伏。这时，桂子已挤到前台，用手掬成喇叭筒，向台上叫道：“聪慧子……”

台下的口号声倒海翻江一般，桂子连连喊了两声，聪慧子都没听到。直到第三次，正要退场的聪慧子听到有人喊她，低头向台下搜寻，终于发现了人群中向她招手的人，定睛一看，原来是山中桂子。惊喜的表情在她火烧云一样的脸颊上荡漾着，她张开双臂，用优美的舞蹈身段奔向台口，洒脱地伸手拉桂子上去。这时，安恩泽也赶到了，台下的人一搭手，桂子和安恩泽一起被推上了舞台。

台下响起热烈的掌声，聪慧子笑容可掬地转过身来，望着台下，场上顿时安静了。她走向舞台中央，指着桂子和安恩泽向观众宣布道：“现在，我向大家介绍一下，这位——就是贺龙司令员给我们指派的随队医生山中桂子同志。这位——是带领我们冲破封锁，到达延安的八路军联络员安恩泽同志。”

台下潮水般响起热烈的掌声和欢呼声，人们齐声高唱起在边区十分流行的《拉歌号子》：“八路军呀么呼儿嗨——来一个呀么呼儿嗨……”

在台下观众热情的叫好声和掌声中，安恩泽微笑着站到前台。明亮的汽灯下，他双目炯炯，神采奕奕，两脚砰地并拢，举手向台下行了一个威武的军礼。然后，用洪亮的声音讲述了一个真实版的带领日军战俘，经历千难万险，回归延安的故事。

聪慧子拉桂子来到后台，队员们正在换装。有认识桂子的，轻轻打声招呼。下面要表演的是聪慧子根据《游击队之歌》编排的集体舞蹈。聪慧子飞快地换上一身崭新的八路军服装，更显得年轻、干练和充满朝气，与几个月前那个彷徨、忧郁、爱掉眼泪的姑娘大不相同了。安大哥的故事还没讲完，上场前仍有一段间隙。聪慧子紧紧抓住桂子的手，不放她离开半步：“桂子姐姐，你快说说，国统区那边怎样，汪大哥待你好吧？”

桂子为难了。该说什么呢？讲述自己的不幸吗？讲述日本特工因策反不成进而对自己展开追杀吗？不。她只能含混地回答说一切都好着哩。聪慧子听罢十分高兴，不待桂子问她，竹筒倒豆子一般，把自己这几个月的生活与学习情况一股脑儿抖搂出来，末了，长长吁出一口气，感慨道：“现在，我再也不是日军蹂躏下的慰安妇了，活得像个人了！”她说，她们在延安分手后，她先到桥儿沟去集训，在速成班学习了半个月汉语，然后考取了鲁迅艺术学院，成为戏剧系的一名学员。学了一段斯坦尼和莱辛的戏剧理论，便参加了抗战剧社。在延安，遇到不少“日本反战同盟”的同志，大家聚在一起，倡议成立一个由战俘组成的演出队。这个建议报告到周恩来副主席那儿，经请示毛主席，很快被批准了，还任命她担任艺术指导。她说，她很喜欢这个工作，喜欢演剧，喜欢唱歌。演出任务虽然很重，但她觉得这样的人生才有意义。

说话间，该出演下一个节目了。她请桂子不要离开，就留在舞台侧幕观看。桂子同意了。她感到，聪慧子一下子长大了，成熟了，如果说过去的聪慧子是冷凝凝一块寒冰，那么现在则是一团火，一团暖心耀目的熠火。

深夜，演出结束后的聪慧子依然精神亢奋毫无倦意，这可能是一切涉足演艺生涯的人们共有的习惯吧。她寻到桂子的房间来，挤在一个床上。这次邂逅，聪慧子有太多的心里话要向桂子倾诉。她说，她盼望能像桂子姐姐那样，找一个如意郎君终身厮守。但是，她说她又最怕男人，在慰安所的时候，看见男人脱掉衣服她就浑身发抖。她问桂子的感觉怎样：“汪大哥粗暴吗……”面对这一连串的关于闺房秘事的发问，桂子窘得脸上发烧，默默笑着装作假寐。聪慧子摇动她的胳膊，撒娇道：“姐姐你说呀！你是医生，应该更懂得这些秘密！”聪慧子坐起身来，等待着桂子的回答。静默中，一线朦胧的月华斜射在她背后的窗棂上，将这个清纯少女娇俏的身材映衬得幻若天仙。她接着又叹息起来，她说，她现在不是为自己担忧，而是为那个下落不明的父亲，那个扔下她和母亲不闻不问的冷酷无情的山本纠夫。

提起山本纠夫，桂子蓦地挺身坐起，抓住聪慧子的双手说：“山本纠夫先生可能已经回到宝鸡了，前几天刚从洛阳转去，听说患了疟疾，汪大哥陪他在西安看病。安恩泽大哥还给他送过冰块呢！”

“真的吗？”聪慧子惊诧道，“他的病怎样了？你说安大哥给他送过冰块？好，我问问去！”

桂子一把没拉住，聪慧子已风风火火跳下床跑了出去，一头撞开隔壁安恩泽房间的木门。

正是群鸡啼鸣的三更时分，聪慧子的身影被月光投射到门洞里，她低头一看，不禁哑然失笑，发现自己不但赤着脚丫，光溜溜的两条纤腿竟连长裤也没穿……

胡大谝腰间扎着一块脏兮兮的围裙，站在锅台边，用铁笊篱从滚油锅里将一只炸得金黄的葫芦鸡捞出来，放在案板上用刀面揉松，然后装入瓷盘，撒上芝麻椒盐，由本村美女巧玲端着，送到隔壁房间的酒席宴上，供调查组的四位尊神及陪酒的顾辟疆和孟司务长举箸品尝。葫芦鸡是一道西府名菜，皮焦里酥，状如一只熟透了的葫芦，提骨脱肉，入口即化，回味无穷。往日，灶房做饭都是由士兵和俘虏派人轮流掌厨，厨艺不精，故而每有贵客，都请胡大谝掌勺。葫芦鸡摆上桌，未等巧玲转身，一只鸡腿已被司机歪溜塞进嘴里。他的吃相实在不雅，脱了鞋子双脚蹲在椅子上，看见好吃的，丢掉筷子，直接下手用五爪龙攫取。顾辟疆看了一眼，嘿嘿笑着，给每人重新添满酒，提议为调查组的成功结案干杯。

这起行刺案件的审理，因主犯中岛川雄畏罪自杀而不得不提前中断。中岛是在病房用注射过后遗留下的安瓿颈口割腕自杀的，其他四名共犯没审出什么结果，也就只好作罢。至于本该拘捕的山中桂子，由于下落不明，便交由顾辟疆去办。只要见她回来，立即缉拿归案。顾辟疆应承着。他何尝不想将他们早些打发走？一则因为连续支应了好几天，实在苦不堪言；二则，他的直接上司、日本特务寺垣北村即将以医生的身份入住收容所，他担心会出什么纰漏。

近日，收容所拘押的俘虏数量迅速增加，原有的管理干部已不敷使用，西安行营准其招收一批雇员，要求优先在俘虏中物色，不足部分在社会招募，总人数不得超过十人。得到这个指令，顾辟疆大喜过望，立即和寺垣北村向日军华北司令部做了报告，希望借此机会派一批特工进来，以加强收容所的地下工作。

很快，他们收到华北司令部的回电，却是严厉的批评。认为他们对绝杀行动配合不力，致使山中桂子脱逃。至于申报要求增派的“护士”“司机”“炊事员”“采购员”等等，被认为纯属讨价还价。司令部要他们克服困难，以一当十，以十当百，大力在俘虏和亲信中培养和发展。据此，顾辟疆已将被他占有的岳巧玲吸纳为护士，学过厨艺的胡大谝答应再约两名师兄弟来做厨师，几名能摆弄汽车的俘虏当上了司机，寺垣北村也将很快手持一份伪造的“天津医科专业大学毕业证书”到医务室来任外科医生……

接待室的餐桌上杯盘狼藉，酒宴从中午一直吃到下午 3 点，顾辟疆仍频频举杯为黄书良敬酒，谄谀道：“黄处长，这回该给您记一大功啊！”

黄书良打着饱嗝，酒杯猛地向桌上一掼：“谁给我记功？是你给我记功，还是上级？”

顾辟疆被吓了一跳，怯生生道：“当然是上级了！”

黄书良不依不饶道：“完全胡说，罚你三杯！”

顾辟疆嗫嚅着：“咋是胡说？”

黄书良的嘴唇和两颊被酒精麻醉成灰白的颜色，陌生而可怕，冷冰冰道：“罚了三杯再告诉你！”

顾辟疆还想分辩，在黄书良手下众口一词的强压下，只好低头服软，喝苦药一样将三杯酒灌下肚去。

顾辟疆刚放下杯子，黄书良忽地站起身来将三个杯子抓在手中，威严地问：“喝干了没有？”

顾辟疆回答：“干了。”

黄书良说：“好，没喝干怎么办？”

扈从们纷纷帮腔：“滴一滴，罚三杯！”

黄书良将杯子交给监酒官，歪溜接过酒杯，一只只翻转过来，眼瞅着从最后一只杯沿儿慢悠悠滴下两滴残液，众人齐声喝彩，要严令执罚。接着，争相打开第三坛红头泥封的十年窖藏，将六个空杯一一斟满，放在哭笑不得的顾辟疆面前。

众人正在哄闹，巧玲姑娘忽然出现在门口，向里望了望，小声叫道：“黄处长，你的电话！”

电话来得真不是时候，败了黄书良的酒兴。他很不情愿地离开座椅，骂句脏话出去了。屋内的人逼迫顾辟疆喝完罚酒，继续猜拳行令。不大工夫，黄书良接完电话回来，完全换了副面孔，一踏进门便说：“不要喝了，赶快准备行动，猎物出现了！”

黄书良接到的电话，是他的部属从县城打来的。原来，自从安恩泽与桂子离开洛川，他们的行踪就被西北调查处安插在沿途检查站的特工盯上了。

黄书良吆喝三个随从快点儿起来，谁知老朱和小吕不胜酒力，刚起身就“扑通”一声栽倒了，唯有司机歪溜摇摇晃晃出得门来，竟不知他的汽车停放在哪里，四处寻找去了。顾辟疆也醉醺醺的，手里仍端着酒杯，上前撕扯住黄书良，一定要问清今日罚酒的原因。黄书良诡笑道：“酒席宴上，江湖乱道，谁认真，捉鳖孙……”

顾辟疆自知被涮了，虽然肚里窝火脸上还是一副谦恭的媚笑，不过，鼻尖上的两颗白麻子是骗不了人的，绛红绛红的颜色，盛满了全部的羞恼。

这几天，因免职而接受审查的汪大年反倒悠闲下来，对未来工作他不再有什么奢求，只希望大同学园开学之日去做一名教师，于三尺讲台之上，传布和平反战的思想，播撒中日世代友好的种子。为此，他不得不将被没收而作为罪证的《中日文化交流史纲》重新撰写。后半晌，忽然听到李二嫂家的大门外人声鼎沸，笑语喧哗，急忙放下笔出门去看。原来是黄书良的司机歪溜醉倒在大门口，门外聚拢了许多看热闹的村民。这个司机别看文化不高，肚子里的花花肠子倒是不少。他昏头孱脑出来，却怎么也找不到吉普车。自知要误大事，一不做，二不休，干脆堵在汪大年庭院的大门口。心想只要桂子回来，不怕鳖从水缸里跑了。汪大年走向大门，正要扶他起来，不意他霍地站起来，倚着门墙抹下裤子，侧身向一丛蛐蛐草“哗哗”撒尿，羞得围观的大姑娘小媳妇躲闪不及，一个个掩口笑着跑开了。

恰在这时，一辆吉普车从村口缓缓驶来，从一缕漫过车顶的黄尘中，汪大年一眼看见探身窗外向他招手的桂子。

“大年!”

不等汽车停稳，车门已经打开，一身八路军服装的山中桂子跳下车，站到了汪大年面前。

汪大年惊喜地注视着分别两年的爱妻。哦！她的额头和两颊晒黑了，几乎像换了一张面孔，那应该是在太行山的硝烟炮火中出生入死抢救伤员留下的印记。哦！她那双顽皮的大眼睛显得更加机灵而深邃了，那应该是经历了苦难生活的磨砺更加成熟的象征。汪大年的心房欢跳得厉害，他不知眼前的景象是真实抑或是在梦境……

激动的泪水在两人的眼眶里悠悠打转，他们情不自禁地张开双臂，扑向对方，紧紧拥抱在一起。

须臾，桂子回来的消息便在村子里传扬开来，人们纷纷赶来看她。这时，情知桂子回来得不是时候的汪大年急忙拉安恩泽与司机小王到屋里去商议对策。站在门口的桂子笑吟吟打开挎包，将陕北红枣一一分给前来迎接她的乡亲们。正要走进院门，谁知歪溜死皮赖脸堵在门口。他抬起一只脚蹬着门框，斜着眼傲慢地问："山中桂子女士，你总算回来了！"

"回来了，回来了！"桂子热情地抓起一把红枣给他，礼貌道："这位小兄弟好面生，您是谁呀？"

歪溜接过枣，向嘴里丢进一颗，大大咧咧道："我是蒋鼎文——"

桂子感到惊诧："噢，您就是西安行营主任蒋鼎文上将？"

歪溜又冒出一句："——派来的。"

桂子感到好笑，眼前这个醉汉说话只说半句，绕了个大弯子，原来是位公差……

此刻，汪大年三言两语已将"军统"派人要抓桂子的事告诉了安恩泽。安恩泽与司机小王慌忙出来，从歪溜的纠缠中一把拽住桂子就要上车。不料身后插上来一个人——一个秃头秃脑的瘦小中年人，挡住了安恩泽的去路。

此人正是黄书良。

安恩泽认识黄书良，为营救地下党员没少打交道，深知此公心狠手辣。他不动声色问道："黄先生，您这是何意呀？"

黄书良嘿嘿干笑了两声："我在我的地盘上执行公务，有必要向你汇报吗？"

安恩泽闪身挡住桂子："可是，她一直是我们的人。"

"正因为是你们的人，才要逮捕她！"

"你就不怕背负破坏国共合作、破坏团结抗战的罪名吗？"

"哈哈……"黄书良冷笑道，"你就不怕担负阻挠执行公务的责任？"

调查小组的老朱和小吕跌跌撞撞跑来了，趁着酒兴，耀武扬威就要往上扑。

"山中桂子女士是国母宋庆龄派给八路军后方医院的医生，你们无权逮捕！"安恩泽怒斥道，"我要求，立即和蒋鼎文主任通电话！"

"这个电话不用打了！"黄书良掏出一张字条抖开，在空中晃了晃，"逮捕令是上将亲自签发的。"

听说有逮捕令，汪大年急了，一个箭步冲上去，夺过逮捕令，质问道："这是为什么？桂子是我的妻子，前天我已经向你们申明过了！她一清二白，我可以用生命为她担保……"

紧紧围拢过来的村民和俘虏们愤愤不平地高喊着：

"不许随便抓人！"

"山中医生是好人，我们为她做证……"

这时，司机小王眼疾手快，侧身打开车门，一把将桂子拽上车，急打方向盘开车就走。站在黄书良身旁的老朱和小吕见状，疾步上前，正要举枪，早被安恩泽将手枪双双打落。打狗欺主，黄书良动怒了，拔出手枪对准安恩泽的胸脯："我崩了你！"

安恩泽并没有畏缩，镇静自若道："你敢！"

小王开车一路飞奔，眼看到了村口，没想到一辆中型吉普横在狭窄的村道中间，挡住了去路。驾驶室里睡着一个人，他把肮脏的大脚丫伸到窗外，呼噜噜的鼾声老远就听到了。不用看，他肯定是黄书良的司机歪溜。

小王急忙倒车后退，准备另寻路径。这时，桂子从侧门跳下车，迈开步子，从容地向黄书良那边走去。

黄书良给桂子戴上手铐，决定连夜返回西安。就在老朱和小吕押着桂子，顾辟疆和黄书良跟在身后，他们一同走出大庙时，被眼前的一幕惊呆了。

庙台子下面的操场上不知什么时候跪满了请愿的村民，为首的竟是保长岳崇义。他举着拐杖喊一声，身后的村民也跟着喊一声，要求放了山中医生。顾辟疆一看立即臊红了脸，作为负责人，预先对此竟一无所知。他恶狠狠向下看了看，第一排里跪倒的人群中，有李百药、李二嫂、岳巧玲、庞黑子……就连胡大谝也跪在人群里。他个子高脑袋小，显得特别惹眼。顾辟疆正要发作，黄书良推开他向台下用嘶哑的声音喊道："乡亲们，我们是执行公务，请不要阻挠……"

刚讲了两句，操场的左右忽然也传来口号声，只见岩切和森下带领两支俘虏队伍分别从两侧向这里赶来。他们打着横幅，异常激愤，要求将山中医生留下。

黄书良一看着了急。他知道，顾辟疆在收容所没什么威望，无法号令大家。

急中生智，连忙给老朱和小吕使眼色，让他们趁俘虏队伍尚未合拢，尽快从侧旁将桂子带走。

此起彼伏的口号声中，老朱和小吕刚刚跳下台阶，另一旁，一幅令人震惊的景象出现了。排长陈忠孝、二班长吴长海、三班长李明德和一群士兵押着五花大绑的司机歪溜赶到了。他们口里喊道："不放了山中医生，就宰了这坏小子！"

黄书良没有忘记陈排长从审讯室劫走汪大年的一幕，一时间胆战心惊进退维谷。心想，这个"一根筋"排长胆大妄为，说到做到，不计后果。也罢，为了安全，只有采取缓兵之计。于是宣布山中桂子可以留住一晚，但明天早上必须带走，这是军令。

深夜，送走最后一批乡亲，汪大年夫妇坐在床沿上，久久相对无语。昏暗的豆油灯将他们的身影投射到墙壁上，扑朔迷离，恍惚若梦。

"这样吧！"想到桂子今后的安危，汪大年站起来说，"我明日和你一同出发，向蒋鼎文主任说明情况。"

"有这个必要吗？"桂子望着丈夫深情而期待的目光，心头滚过一股爱恋的热流。

凝视片刻，她猛地扑上去，抱住丈夫，将头依偎在他宽大的胸脯上。当她一动不动倾听着丈夫怦怦跳动的心音时，忽地，两年来的酸甜苦辣一下子涌上心头，委屈的泪水刀割一般刺痛着脸颊。这是多么不易的相见啊！她抽动着鼻子，坚定地说："就让他们审查去吧！我早想过了，到你身旁来，即便前面有刀山火海，也必须闯过去！"

汪大年落泪了。多么深明大义的妻子啊！他紧紧拥着她。

被揽在怀里的桂子，趁机用双臂钩住他的脖子，努力把嘴唇迎递给他。柔软而滑爽的舌头滚若游鱼，传递着殷殷的爱意，表达着急迫的渴望。他们狂热地抱吻着，身体紧紧贴在一起。汪大年感到，她的两个绵软、充盈、浑圆的乳峰像兔子一样挤压着他的胸脯，把女性的柔美毫无遗漏地透射给他，那种肉体的感觉简直奇妙极了。他立即觉得，一团横冲直撞的太初元气从他的腑下升腾，蹿入心脏，涨满胸腔。他感到一团火焰烧遍全身，简直要爆炸、要毁灭了！一股火山喷发的欲望从来没有这么强烈，每一个骨节都在轧轧作响，每一个毛孔都在迅猛扩张。世界在这一刻就是自己，自己在这一刻就是世界……

桂子似乎感到一个挺硬的东西直抵着她，松开手，微微一笑，悄声问：“想不想?”

汪大年说：“想死了！你呢?”

“和你一样!”桂子说，“做梦都在想。”

两个人比赛似的脱光了衣服，桂子将床上的礼品向里推了推，迅速躺到床上去。

汪大年“噗”地吹熄了羞羞答答的鬼脸灯，一步跨上床，急切地拥起桂子娇美的玉体。桂子用手引导并鼓励着他，手指确认后刚刚松开，他已迫不及待地豁然进入一个向往已久然而又浑然无知的洞天福地了。随着桂子“呀”的一声叫喊，咬住他的肩膀，他的身体如同山崩地裂一样压下去，痉挛般抖动着。在这个伴随着酸楚和欢爽的美妙瞬间，他感到电闪雷鸣、江河泻流、山体崩塌。这里有灵肉交合的酥酥快感，这里有一泻千里的淋漓欢畅，这里有创造世界的英雄自豪。接着，他浑身松软，神清气爽，仿佛在平静的海面上悠然漂浮，犹如在五彩的祥云间飘飘欲仙。他喘着粗气，睁开眼帘，只见窗外皎洁的月光将窗纸照得亮晃晃一片。再看桂子，她微闭双目，似乎还沉浸在欢愉的回想之中。他问怎样了，桂子的嘴角漾出笑意，猛一跃身，双手一搂，箍住他的脖子，两个人又一次紧紧地搂抱在一起。

第二天，直到听到起床号声汪大年才猛然醒来。扭头一看，不见了桂子，急忙披衣下床。院子里，李二嫂正在灶火棚下扯风箱烧水。上房屋里静悄悄的，大概李婆婆还没睡醒。岩切的房门洞开着，可能上早操去了。椿树下的石桌上，是碗筷未动的样子：浅竹篮里放着两个软蒸馍，两只白瓷碗里均卧着两个荷包蛋。李二嫂告诉他：“桂子不等天明便被黄书良带走了，连早餐都没顾上吃。她让你不要挂念，最多两三天就会回来。”

汪大年听罢，赶紧跑出门去。他追上一面高坡，汽车早没了影子。塬坡下，苍茫而沉静的渭河正沉浸在清晨灰蒙蒙的雾霭中。

二十

野大夫寺垣北村到收容所上任的头一天，便创造了一项医学奇迹。他一巴掌扇过去，竟出人意料地治好了胡大谝刚刚脱臼的歪嘴巴。

这天上午，胡大谝在大灶开过早饭，没忘记回家收鸡蛋。走到院墙外，老远听到母鸡下蛋的叫声，他知道，那是隔壁赖婆娘家的芦花母鸡在叫，常常跳过倒塌的界墙，和他家的母鸡争窝。其实，赖婆娘家的芦花母鸡并没下蛋，只是瞎咋呼，而他家的黑母鸡总是下过蛋不叫唤。他连忙从门缝向院子望去，果然，赖婆娘已跨过界墙的豁口，大摇大摆从他家的鸡窝里取出鸡蛋，一边把那颗尚有余温的鸡蛋偎在眼窝暖着眼，一边就要过墙回去。他大喝一声，猛地推开门将她挡住。两人为此争吵起来。胡大谝什么人？“媒婆的嘴，车户的腿”！二人从院子吵到了街上。赖婆娘怕胡大谝抢了她手里的鸡蛋，将攥着鸡蛋的右手藏到左边的腋窝下。胡大谝能说会道，越是人多，他的嘴巴越是像膏了油。赖婆娘是个小寡妇。她知道，胡大谝虽四处说媒仍孑然一身，看着院墙倒了故意不垒，是想占她便宜。占不上便宜才如此凶巴巴的厉害。要是让他钻进被窝，还有这回事吗？赖婆娘流着泪，越想越委屈，一着急，忘了腋窝下的鸡蛋，“嘎巴”一声鸡蛋夹碎了。蛋液流出来，顺着肋巴骨钻进裤裆，凉丝丝痒酥酥，急得龇牙咧嘴，伸手乱抓。胡大谝看了，怪可爱的，猛地一声爆笑，不知怎的，只见他双手扶住腮帮子，痛苦地蹲在地上闭了嘴。

原来，他的下颌骨脱臼了。

寺垣北村正是这个时候坐着牛车来到他们身边的。

寺垣化名袁小凯，是俘虏营新聘任的外科大夫。胡大谝认识他，最初曾向他提供过收容所的基本情况，得到了几枚大洋，但对他的底细还没摸清。他抬头一看，是走街串巷卖狗皮膏药的游医大金牙，有些瞧不起他，嘴里呜啦呜啦着，连连摇手叫他走开。袁小凯哪里肯依，打岔说：“你家的鸡跑了！”胡大谝扭头看时，袁小凯趁他不备，照着下巴猛的一巴掌，脱臼的颌骨复位了。

这一招登时见效。胡大谝将大嘴巴上下咬合了几下，竟完好如初。

“咦，大金牙！你还有这一招？”

围观的人也问："你今天不卖膏药，坐牛车来干啥？"

"我嘛，干老本行了！"

"啥老本行？"

"治病救人，坐堂问诊嘛！"

"别胡吹冒撂，你要是会看病，天下人人都是名医！"

"我呀，早就是天津医科专业大学的老牌毕业生。我的本事你们知道。好药不用紧摇铃，好大夫自然有人请。你们这里求贤若渴，我嘛，就该出山了！"寺垣一边自我吹嘘着，一边将伪造的毕业证以及满牛车发黄的医学书籍和人体解剖图、经络图、穴位图一一拿出来给大家看。

"好家伙，你还有这么大的学问！"胡大谝说，"真是胡萝卜蘸辣子——吃着看不着！"

寺垣北村作为乡村游医，收集了许多民间偏方。人说"偏方气死名医"。加之他贼胆大，什么病都敢治，什么病都敢下手，真个儿有一种"艺高人胆大"的架势。到任首日，便给瞧不起他的老军医邢大夫来了个下马威。

下午下班前，财主李百药家的长工庞黑子急急忙忙跑进大庙，对护士岳巧玲说："你还不快回去，你公公的头痛病又犯了，疼得在床上打滚哩！"

岳巧玲是前不久嫁到李家的。李老太太病情久久不见好转，让她坐着花轿抱着一只大公鸡嫁过来冲喜。谁知第二天老太太就命丧黄泉了。嫁冥婚注定一辈子是寡妇，穷人家出身的巧玲姑娘每晚只有搂着刻了丈夫李宽银生辰八字的木偶入睡。

岳巧玲听到庞黑子叫她，放下手中的医药盘，拔脚就往外走。刚到门口，又反身回来，对邢医生说："邢大夫，你再开几包'何济公'吧，家里的头痛粉用完了！"面容清癯、沉默寡言的邢大夫说："头痛粉咋吃得这么快？我记得前天才开了十包，三天就完了？"巧玲说："我公公一次喝三包都不顶事，开十包回去，能喝三天都不错了！你今天就多开些，开二十包吧！"邢大夫提笔开处方的当儿，寺垣站起来询问了老人的病情，知道除头痛外，还有失眠盗汗、胃痛腹胀等症状，咧开满是金牙的大嘴诡秘地笑着。待邢大夫开好处方，巧玲正要到隔壁药房去拿药，寺垣把她叫住："岳小姐，能不能让我看看？也好长长见识！"当着邢大夫的面，巧玲有些磨不开脸，迟疑地看着邢大夫，不知如何是好。

邢大夫向来自矜而清高，根本没把这个卖狗皮膏药的游医放在眼里，尽管这个野大夫有一张医科大学的文凭压在玻璃板下自我炫耀。走江湖的人，谁知这文凭是从什么路子弄来的。遂冷笑道："要是野大夫能看了病，这世界上的医生都该上吊了！"

寺垣并不答话，将处方拿在手里用眼睛溜着。心想，你邢大夫不过卫生员出身，抹红药水的，和我半斤八两，竟敢出此狂言！今天不杀杀你的威风在这里就没我的活路，哪怕碰个头破血流卷铺盖滚蛋哩！于是，装出谦恭的样子问："邢老大夫，小弟外行，不知这头痛粉有没有剂量和服用周期的限制呀？"

听到这话，邢大夫有点儿发怵，对这种常用药，他平素很少注意其细枝末节。人们吃头痛粉，往往是随痛随喝，一包不够吃两包三包，反倒将这最简单的常识忽略了。不过，名牌头痛粉"何济公"包装上标得明明白白，他不能在一个新手面前丢脸。幸好，抽屉里还有几包"何济公"，拉开抽屉取出来，甩在办公桌上，愤然道："这是小孩子才会提出的幼稚问题，你要是不懂，拿去看吧！"

寺垣不卑不亢地嘿嘿笑着，抓起一包拿在手上装模作样地看了看，忽然大惊失色对巧玲说："哎呀不好！你公公不能再吃这个药了。你瞅：老年肾功能衰退者慎用！"

巧玲一听慌了，忙问："那怎么办呢？"

寺垣说："其实也好办，先把病诊断清，看是为啥头痛。"

邢大夫觉得这个野大夫在不懂装懂，讥刺说："'头痛不是病，疼来要人命。'谁要是能把头痛诊断清，除非扁鹊在世华佗重生！"

寺垣冷笑道："不要把话说死。人上有人，天外有天。我今天倒想试试！"

邢大夫哈哈笑着："江湖上兴的就是这一套，吹大不管，打了撂远！"

"不！这里不是江湖，我也不是江湖郎中。打石看石纹，医病看病根。我既要把病理说清，还要把病治好。"寺垣转过身对岳巧玲说："你说你公公失眠盗汗，我想，还可能有小便频数、腰膝酸痛、眼花耳鸣、手脚冰凉这些症状对吧？我看，可能他的足少阴肾经因气血两亏而运行不畅。他还兼有胃疼腹胀、胃气上逆、打嗝不断的症状对吧？说明老人家足太阴脾经瘀滞阻塞。两经不通，头痛粉又吃坏了肝肾，当然疼起来要打滚了！"

寺垣在推论病理的时候，巧玲瞪大眼睛不住点头，刚踏入医护之门的年轻姑娘被这位时不时露出金牙的新来大夫的理论折服了，问：“那怎么办，不吃药能好？”

寺垣鄙夷地看了看邢大夫：“我只要给他扎两针就好。不多扎，只两针。”

巧玲看了看邢大夫，回头疑惑地问：“在头上扎针，那多危险呀！”

“不不！我是头痛医脚，在脚腕子上扎。”寺垣伸出腿，在自己脚腕上掐了掐，“这里，三阴交！”

巧玲惊讶道：“头痛医脚……你真成神医了！”

寺垣道：“哪里哪里，比起邢大夫差远了！”

邢大夫一听就来气。他一贯崇尚西医，对中医一窍不通。听到什么“太阳”“太阴”如同咒符一般，走过去从巧玲手里一把夺下处方，“唰唰”几下撕成碎片抛向空中，怒冲冲道：“你要是在脚腕子扎针能治好头痛，我从这里爬出去！”

飞絮般的纸屑在空中飘散开去，旋旋如天女散花，一片片落下来撒了寺垣一头。

寺垣将头上和肩上的纸屑拍了拍，挑衅道：“军中无戏言，你敢不敢立字据？”

邢大夫本是无意中的一句气话，竟被对方抓住不放，他反倒犹豫了：“立什么字据？”

寺垣说：“有岳小姐在场做证，我要是治不好她公公的头痛病，我从这里爬出去。要是看好了，你怎么办？”

邢大夫一下子被激怒了，没料到一个初来乍到的野大夫，竟敢如此大不敬，一拳下去，将寺垣桌上的玻璃板砸成了八瓣。自然，他的手也被划破了，鲜血滴在了那张天津医科大学的假文凭上。他趁势将玻璃板和文凭一起掀翻在地。

经过两次针灸，老财主李百药的头痛病大为好转。他千恩万谢，要送一面金匾给救命的神医。寺垣劝阻说：“不用，只要你的病认我的针就行。”第三天下午，寺垣依旧来扎针，当斜卧在雕花木榻上的李百药像刺猬一样半边身子竖起一根根银针时，寺垣却没有像前两日那样用两根指头不住捻针，而是拉了一床柞蚕丝薄被给他盖上，嘱咐丫鬟小翠在旁看着，推说今日不能行针太快，他要到二楼上给山本纠夫检查身体。说着，向窗外看了看，拿起听诊器出去了。

山本纠夫是黄书良带领调查组入住大庙的客房后，因原房间用作刑讯室而转移到这里单独关押的。两名哨兵就站在院子的大门外，凡探访山本者必须预先经登记批准，而且，哨兵时不时进来巡查。看着哨兵走出大门，寺垣赶紧蹿上楼去。

山本纠夫住在中院厢厦二楼的尽头，楼上的房子全都空着，既僻静又安宁。走过一排长长的楼道，寺垣轻轻咳嗽了一声，随之揭开门上的湘妃竹帘，走进山本的房间。山本没有理会来人是谁，仍伏在窗前的桌子上聚精会神修改一张图纸。桌子上凌乱地摆放着算盘、计算尺和各种绘图工具。寺垣走上前和蔼地问道："山本先生，您这是忙什么呀？"

山本的白衬衣上套着一件浅灰色毛哔叽坎肩，日本式人丹胡子被责令刮掉而重新蓄着八字胡，戴着黑边圆坨深度近视镜，头发花白，面庞清瘦，一派学者风度。听到问话，上半身匍匐在桌子上的山本缓缓回过头来，鼻子里哼了一声。他冷冷打量着来人：白大褂准确无误地说明，来人不过是一位新到任的医生。他理也没理，依旧修改着桌上的草图。山本是一个工作狂，只要工作起来，就废寝忘食，全神贯注。也许是初到太殷村那天，从县城通往村子的乡间道路给他留下的印象太深了吧！——刚下过雨，一片泥泞，四处水洼，路面上的辙沟积水一尺多深，已经半大的小青蛙一群群爬到路边来，在溢满清水的辙沟内抱团嬉戏。每走一段，就得推车，吉普车几乎是被汪大年、森下和他一起抬回太殷村的。作为公路专家，他的第一意识就是，只要他在这里待一天，就一定要设法修一条像样的公路，即便他是一名战俘。

寺垣嘿嘿笑着，走到桌前，看着山本正在修改的图纸，突然用日语道："《大同路——宝鸡县城至太殷村公路草图》，哈哈，您对这里蛮有感情呀！"

"你……"山本警觉起来，"是日本人……反战主义者？"

"我是日本人，但不是反战主义者。我是为解救山本先生和其他战俘，受华北司令部派遣的特工。"寺垣的嘴角上挂着一丝谦恭的笑，"我在此等候您已经一年了！"

"等候我？"

"是的，从你在开封被抓的时候算起。"

“噢，难为你了……”

“不，您受苦了……”

说着，两个人的手紧紧握在一起。

楼梯上传来脚步声，是大门外站岗的哨兵上楼来例行检查。寺垣听到脚步声，赶紧闪身到挂着风衣的衣架背后。山本坐下来，仍在修改草图。哨兵把脑袋伸进屋内疑惑地看了看：“山本先生，你刚才和谁说话？”

山本停下手中的铅笔，扭头说：“我没和谁说话呀！不信你进来检查吧！”

哨兵仍满腹狐疑：“算了吧！无论谁上来都要经过批准。”

山本淡淡地说：“我知道！”

哨兵不悦地下楼去了，旋即，寺垣从衣架后走出来，将日军司令部给山本的电报译稿交给他看。

山本毕恭毕敬地接过命令，一字一句地轻声读着——

兹命令山本纠夫原次长先生协助组织我在押战俘暴动，并尽快归队。

此令

日军华北司令部

山本看罢，突然一阵狂笑，把命令掷到地上。寺垣不禁一愣，连忙捡起来：“山本先生，您这是……”

山本怒道：“暴动，暴动！每一次暴动不都是坏在你们这些低能的特工手上吗？我们白白牺牲了多少人，遭受了多大损失？我问你，现在身处何地？知道吗？这是中国大西北的宝鸡县，从这里到黄河，至少也要走三百多公里。这么多人，怎么出去？沿途的中国军队是干什么的，眼看着让你从鼻子底下溜走？上次，在潼关的黄河岸边，紧急关头，眼睁睁看着接应我们的船只只顾自己逃命，哪管我们的死活？还竟然向我开枪！滚开吧，什么暴动计划！难道，我这把老骨头不死在战俘营里，而死在你们这些人的枪口下吗？”说着，将寺垣推出门外，“砰”地关上了木格子门。

寺垣站在门外，呵呵笑着：“山本先生，你乃知名教授、国之栋梁，为何出此村夫之言？须知道，此一时彼一时也！这次可是周密计划、精心组织的！还有晋绥军派车接送，犯什么愁呀？你知道，中国地方军队向来钩心斗角，矛盾重重。近来，中央军、晋绥军不但大举进攻八路军，还争相和我们密谈。如此大好时机，不可坐失呀！这次暴动后，有晋绥军接应，可以全部转移出去。你放心，这是华北司令部作战室反复研究的方案，绝对不会有什么闪失。”

山本听罢，走过去撩开窗帘，迟疑地望着门外穿着白大褂的黑脸汉子。他被这些最新消息搞糊涂了，是真是假有些捉摸不透。

在寺垣的请求下，山本终于打开了那扇并不沉重的带窗格子木门。

1939 年中秋节，对太殷村来说，是个特殊的日子。根据国民政府的决定，西安八路军办事处联络部主任安恩泽带着十辆敞篷卡车，一下子从延安转送来二百多名日军战俘，其中有十几名女性。这些人之中，既有延安抗战剧社的演员，也有边区反战同盟的成员。汽车开进村子，他们不顾长途劳顿，一跳下车，就开始刷标语做宣传。村口路口，到处有他们的身影。有的说快书演话剧，有的演唱抗战歌曲，引逗得大人小孩一群一群跟着看热闹。他们一律着八路军服装，显得朝气蓬勃意气风发，给文化闭塞的黄土旮旯带来了一股清新的气息。

欢迎大会是在大庙前的操场上举行的。西安行营得到接收延安日军俘虏的命令后，为便于工作起见，任命顾辟疆为收容所主任，军阶提升为上校，负责全面工作，主管人事、财务和日常行政。汪大年仍作留用察看处理，临时负责战俘管理和大同学园的教学事务。由于顾辟疆到西安行营开会去了，欢迎仪式由汪大年主持。

汪大年与安恩泽先后致辞完毕，接下来是新老战俘和村民联欢演出文艺节目。听过两首合唱，安恩泽拉着汪大年，一起退到操场后边的老槐树下交谈起来。他们有好些日子没见面了，彼此十分亲热。

“大年，桂子怎么还没回来，你去看她了吗？”安恩泽望着心事重重的汪大年，问道。

“去过两次，本来想找蒋鼎文当面谈谈，谁知他忙着调兵遣将进攻边区，没在西安。”汪大年说，“‘牛皮桶子’那帮家伙牛得很，硬是不让见人，费了好大周折才见了一面。唉……”

“我想，这里边可能有人捣鬼，什么‘双料特务’，完全是凭空捏造。”安恩泽见汪大年闷闷不乐，宽慰道，“这样吧，我一回西安，马上去找他们，一定要设法把桂子营救出来!”

汪大年抬起头，目光里溢满感激之情：“好吧，拜托老兄了!”

安恩泽顿了顿说：“老弟，目前陕甘宁边区生活非常困难，中央军联络晋绥军不但向边区展开军事围攻，还制造经济封锁，为了战俘的安全，才被迫移交过来。现在，你这里战俘一下子增加到六百多人，人员众多，情况复杂，你肩上的担子不轻呀!”

“唉，我尽力而为吧!”汪大年叹了口气说。

安恩泽一边看着操场上的人群，一边提醒道：“根据我们掌握的情报，蒋介石和阎老西都在和日方秘密接触，这正是敌特乘虚而入的关键时候，日本特务已经盯上你们这个香饽饽了，不得不留意呵！你的工作难度很大，要倍加小心。”

“这个我知道。有关线索，我也掌握一些，正密切注视着他们的动向。”汪大年说，“这次，从延安转来这么多反战朋友，对这里的工作一定会有很大帮助。”

这时，操场上传来一阵哄笑声，原来是扎着围裙的胡大谝被人从灶房拉出来，强行推上了舞台。只见他喑哑着嗓子不住摆手，有人早将一副竹板塞在他的手中。台下叫好不断，无奈，他打起竹板，说了一段陕西快板《王瘸瓜上吊》。

这个段子既滑稽又好笑，惹得台下笑声和叫好声不断。胡大谝表演完毕，担任报幕员的山本聪慧子走向前台，她喜气洋洋，容光焕发，一眼看见大槐树下站着的两位领导，立即用延安拉歌的语调高声号召道：“同志们朋友们！汪主任和安主任都在这里，大家欢迎他们来一个节目好不好?”

一片欢呼的声浪中，安恩泽与汪大年被推上舞台。安恩泽整理了一下军装，指着聪慧子豪爽地说：“节目就免了吧！我向大家介绍一下：她是山本聪慧子小姐，是抗战剧社的艺术指导。她到咱们太殷村来，还有一件大事，一件大喜事，就是要见到她日夜思念的父亲!”

这个消息在人群中引起一阵骚动，不等大家猜测出来，安恩泽宣布道：“他的父亲，就是山本纠夫先生……”

自从寺垣见过山本之后，一个组织战俘暴动的计划便悄悄付诸行动了。计划分为外部和内部两大部分。

——外部的条件至关重要。根据日军华北司令部和阎锡山在山西吉县克难坡秘密谈判的结果，决定由晋绥军驻宝鸡分部予以协助。目前，相关人员正在商讨具体办法，规划撤离路线，制订安全可行的计划。外部联络由顾辟疆协调。

——内部暴动是整个行动的基础与核心。其步骤为：其一，利用山本纠夫率领建筑科人员勘测道路之机，借口需拔除规划道路中的大片玉米秆子，争取其他科的人员前来会合，然后伺机夺取为数不多的看押士兵的枪支，从而一举暴动成功。其二，对未能到玉米地会合的战俘，由“荣归军社”的成员趁机煽动哗变，然后到预定地点集结。其三，暴动中可能遇到一些反战俘虏的抵制，其办法是：与对待中国士兵一样，格杀勿论！此外，如遇突发情况或因内外部条件的改变，暴动计划在实施过程中，可具体分解为整体暴动、部分暴动和小部分暴动三种形式，争取实现整体暴动。内部暴动由寺垣北村组织实施。

所有计划都在严密部署下悄悄进行着，忽然，山本纠夫的心情却变得沮丧起来。年龄五十开外的他，仍然酷爱着本职专业，醉心于各种公路和桥梁的设计。他想，这次暴动如能成功，无疑，他极力倡导并主持的修建一条通县公路的愿望将化为泡影，而且他在建筑科培养的得力助手森下九郎很可能遭遇不测。森下聪明、勤奋、好学、有头脑，是一棵好苗子，不过却是一位坚定的反战青年。这令他既苦恼又担忧。山本纠夫将自己关在屋内，陷入进退两难之中，以致连欢迎延安新到俘虏的大会都称病没有参加。

木板楼梯的尽头响起了急促的脚步声，从声音判断，是两个人，而且还有一个是女的。长期的拘押生活，使处于孤独和寂寞中的山本善于捕捉每一个细微的声响，包括夜晚老鼠在楼顶上啃啮木头和进食半根玉米棒的簌簌声。果然，森下九郎身后跟着一个年轻的八路军女干部。他立即有些紧张，难道出了什么意外，该不是暴动计划露馅了？山本心里顿时旋过一阵狂风，云一团雾一团的。

“山本老师！”森下九郎站在木格子门外，礼貌地打着招呼，“我给您带来一个人，看看是谁吧！”

处于暴动前夕高度戒备心态下的山本没有立即开门，他默默撩起厚重的灰色门帘，隔着窗玻璃，打量着森下，发现没什么异样，又打量他身后的年轻女子。山本没有十分留意那位女干部。也许是八路军的灰色制服过于肥大了吧，也许是聪慧子长高了、长胖了、发育成熟了吧，山本竟没能认出自己的女儿。

“爸爸，我是聪慧子呀!”

聪慧子抹下头上的军帽，露出八路军女干部常梳的那种齐耳短发，嘿嘿笑着。

玻璃窗里面的山本痴痴地愣住了。他仔细打量了半天，当确认是自己的女儿后，忽然垂下铁幕一样的灰色门帘。他知道，日军中极少有女性，即便有女性也都在师团一级的司令部工作，根本不可能成为俘虏。凡是被抓为俘虏的，一般都是慰安妇。一个当了慰安妇和俘虏的女儿来找当了俘虏的爸爸，在有着高贵皇族血统的山本看来，这无论如何都是辱没门庭和不能接受的。

聪慧子的心怦怦跳着，以为梦寐以求的相见就在眼前。等了许久，没想到从里屋冷冷地飞出一句话：“你走吧，永远别来找我!”

听到这话，森下以为他在场碍手碍脚，妨碍了他们父女的骨肉团聚。在异国他乡，分别已久的父女突然相见，有多少知心话要说啊！他悄悄推了一把聪慧子，做个鬼脸走掉了。

聪慧子一个人留下来，在门外默默伫立着。

突然，里屋传来山本的怒吼，夹带着一声重重地捶击桌子的钝响：“你还有脸来见我？你为什么不去死，为什么还要活在这个世上？父母对你是如何教养的，啊？你的理想呢，信念呢，抱负呢？都到哪儿去了……你根本不配做山本家的女儿!”

“爸爸，我知道您会生气，请原谅您的女儿吧!”聪慧子“扑通”一声跪倒在地，呜呜哭着，哽咽道：“自从您离家到中国作战以后，咱们日本国内突然发生了饥荒——大饥荒呀！爸爸……粮食首先运往前线去了，没有粮食吃，许多人倒毙在街头……您知道，妈妈本来就有病，每天分配的大米就那么一点点。后来，连大米也没有了，只有高粱米。每当我放学回家，妈妈总是说她吃过了，其实，她什么也没吃，她把粮食都节省给了女儿。虽然没饭吃，坚强的妈妈还要到军工厂去做义工。那一天，妈妈终于支持不住，病倒了。可是，您走的时候，将钱全部捐给了国家，捐给了圣战，家里分文皆无呀……没钱看病，药品奇缺，连红药水都节省下来送到了前线。怎么办？妈妈只有活活等死……妈妈是为了日本，为了战争胜利，为了女儿，献出她宝贵的生命的呀……”

里屋一点儿声息也没有，山本沉默着。

“后来，”聪慧子擦了擦眼泪，继续讲道，“我在学校参加了支援前线、慰问前方将士的‘千人针’活动，做‘慰问袋’，写‘慰问文’，鸿雁传书，结识了全日本最伟大的民族英雄——日军攻破南京城进行杀人比赛的陆军少尉野田毅。报纸上登着他的大幅照片，说他一次就用日本战刀杀死一百多名中国士兵。我们互通书信，互相鼓励，立志做一名为大和民族开疆拓土的功臣。在英雄情结的鼓舞下，我参加了‘女子义勇队’，被派往中国前线去‘恤兵’和‘劳军’。在第六师团，我终于见到了仰慕已久的大英雄野田毅。他年轻、英俊、潇洒、威武。我相信，他一次杀死一百多名中国士兵是真的。我爱他，他也爱上了我。他告诉了我一个秘密：他所砍死的那一百多名中国人，不是放下武器的战俘，就是老人、妇女或孩子。听到这话，我惊呆了，泄气了。他根本不是我所崇拜的英雄，他是杀人恶魔，是双手沾满无辜者鲜血的刽子手！我的理想彻底破灭了，我痛苦得想要自杀，这是为大日本帝国的荣誉而死，为圣战而死。我讨厌我们取得的肮脏的胜利……我还要告诉您的是，您的老朋友、第六师团师团长谷寿夫中将将我们几个女孩儿留了下来。我本想着在司令部能好好抚平心灵的创伤，谁知竟落入虎口，成了他们的性奴隶……”

“不要说了！”屋子里传来暴怒的喊声。

“不，我要说！您不是说我应该去死吗？我就是去死，也应该死个明白！”聪慧子流着泪，倔强地说，“对！我是低贱的慰安妇。我给您丢了脸。但是，我所遭受的蹂躏和心灵的创伤您知道吗？您了解吗？哈哈，我下贱，我有失您高贵的皇族血统和身份……我是下贱的慰安妇，哈哈……”

聪慧子痴笑着，“嗵嗵嗵”疾步奔下了楼梯。

格子门终于打开了，山本脸上的肌肉痛苦地痉挛着。他紧闭双眼，两个眼角挂满了晶亮的泪珠。

“云往南，水漂船。”这是在秦岭北麓乃至渭河流域一带流传千年的古谚。

下午时分，从蒙古高原吹来了今年入秋后的第一场黄风。狂怒的风暴挟裹着漫天尘土和黄沙，驱赶着一团团奔牛一样的乌云，铺天盖地席卷而来。灰蒙蒙的太阳被遮没了，尘土眯住了人们的眼睛，沙粒像无数尖利的锥子，无情地刺在人们脸上。风越刮越大，合抱粗的大树呻吟着、摇晃着，树枝“嘎嘎”地折断下来，碗口粗的大树竟被连根拔起。乌云怒涛一样簇拥着、翻卷着，很快吞没了山梁，吞没了塬坡，吞没了村庄。狂风刚刚滚下山沟，在那儿低沉地喘息，一道道闪电的弧光便从云隙间直劈下来，一连串闷雷狂躁地从天边一直滚落到太白山的背后。接着，血一样黏糊糊的泥雨飘飘洒洒从天而降，在干燥的地面上溅出一层怒放的黄花。一会儿，铜钱大的雨滴一阵紧似一阵倾泻下来，天地骤然变得一片混沌。忽然间，一道冰雹的瀑布一路从渭河谷底呼啸而来，如千万只铁骑驰骋过颤抖的原野，如千万条皮鞭抽打着伤痕累累的大地，所到之处，腾起一片迷蒙的水雾。

暴雨中，山本聪慧子在黄土地的山梁上狂奔着。她跑过刚刚翻耕过的土地，她穿过树叶沙沙作响的小白杨树林，她蹚过正在涨水的小溪……她一路奔跑，一路唱歌，简直快活极了。她的鞋子跑掉了，衣服和裤子淋湿了，她干脆甩掉了身上那些又笨又重的余物。现在，她几乎赤裸着身体，多么轻松，多么舒心，多么自由啊！她要与狂风同舞，她要与闪电偕行，她要与滚雷为伴。啊！那树丛中被淋湿的麻雀在可怜地哀鸣，那守着洞口的田鼠在悲戚地抹泪，那垂头丧气的灰狼在山崖下不停地哭泣……只有聪慧子是最骄傲的。她一会儿化作山，一会儿化作水，化作风，化作雨，她是大地的精灵……她跑累了，在一块草地上躺下来。绿油油的草地被雨水洗过，多么清澈，多么滑爽啊。不知名的野花和长长的草叶爱怜地抚摸着她的脸颊，那多么像母亲抚慰她的双手呀！可是不知怎的，一瞬间，她蓦地从天堂坠落了，又回到这个充满罪恶的世界。她抗争着，挣扎着，胸腔里发出撕肝裂肺的吼叫，一声、两声，她不知那是不是哭声，总之，和她的眼泪一起，汪成一道排山倒海的巨浪……

“聪慧子——你在哪里——”

山坡下，传来森下九郎的喊声。听到喊声，聪慧子哭得更伤心了。母亲早早地走了，父亲又是如此冷酷无情。她还有亲人吗？还有可以信赖的人吗？她曾经崇拜过英雄，崇拜过战功赫赫的将军，但是，除了杀人嗜血外，他们的心灵是多么空虚、卑劣和虚伪啊！她有切身的感受，如果要她给世界上的事物画一个“等号”的话，那么，这些战争的罪犯对杀人和性交是同等狂热的……

聪慧子静静地躺在草地上仰望着天空，风住了，雨停了。她随手撕下一根伸到脸颊上的叶茎，默默占卜着吉祥，等待一个心上人儿的到来。今天一见到森下九郎，就深深爱上了他。她多么期盼森下这会儿能够到来，能够找到她。如果那样，她就以身相许……

“聪慧子，你怎么在这儿呀?”聪明的森下果真发现了她。

聪慧子手中的草叶呈吉利的单数，她欣喜地闭上双眼一动不动，等待着森下来抱她。

森下有些胆怯，以为她已经死了。他俯下身看着她的眼睛，温热的气息吹到他的脸上。她忽然忍不住“咯咯”笑起来，一纵身搂住他的脖子，两个人随之倒在湿漉漉的草地上……

二十一

由日本特工寺垣北村组织的战俘暴动终于发生了。

下午上班不久，收容所新聘大夫、化名“袁小凯”的寺垣北村将一把德国造勃朗宁手枪压上弹夹，藏在医药箱内，然后向斜对面汪大年的办公室走去。暴动的一切准备工作业已就绪，他的任务是控制住汪大年，不让他在暴动发生时组织士兵弹压或堵截，并相机除掉这位中国少将。

大庙内安静极了，除了大门口的两个哨兵外，庙里只有汪大年、郑拴子和寺垣三人。汪大年戴着值星官的袖标在办公室值班，郑拴子在后院养伤。收容所新任主任顾辟疆上校到韩城参加军事会议去了，估计晚上回来。

寺垣知道，顾辟疆到韩城去，不过是虚应差事，主要是为了会见因共同封锁陕甘宁边区应邀参会的晋绥军代表阎立仁少将。暴动之所以选在今天，正是由他们二人商定的。医务室内，护士岳巧玲回家照看卧病在床的公公去了，自命不凡的邢大夫自从那日受到寺垣的奚落就一直称病在家。住在大殿里的士兵也全都出去站岗放哨了。寺垣左右看看，心想，如果下午 3 点的暴动不出意外的话，他将会创造一项震惊世界的奇迹。

暴动组织工作没有遇到什么麻烦，这一方面归功于山本纠夫这面清河天皇第二十五代孙的大旗；更重要的是，收容所两相分离的人事管理体制，无形中剥夺了汪大年的权力，使他沦为一个教书匠，从而为寺垣暗中活动大开了方便之门。根据日军华北司令部作战室反复研究的暴动计划，原定暴动将在营房和玉米地两处同时发动，杀掉中国士兵和俘虏中的反战分子，然后合兵一处，乘坐晋绥军提供的大篷卡车，换上晋绥军服装，转移到阎锡山在陕北宜川县秋林镇的军部。河防掌握在阎锡山手里，随时都可以回到河东。但是，阎锡山这个老狐狸是世界上最难合作共事的家伙，从来脚踩两只船。他既担心战俘送交不到自己手上，故命令长孙阎立仁趁开会返回之机亲自带队押车，还担心事情闹大被西安行营告到重庆，在全国人面前落下坏名声，因而仅仅派出五辆汽车，且只有三辆可以载人。真是既想偷鸡，又怕蚀米；既想当婊子，又想立贞节牌坊。和这个老滑头打交道，真令人哭笑不得。为此，寺垣只有临时变更计划，采用“声东击西”的战术实施部分暴动。即：首先由“荣归军社”的四名骨干分子在营房发难，将大部分兵力吸引过去，以减轻玉米地那边的压力；然后，由山本率众杀死剩下的为数不多的士兵和出面阻挠的反战俘虏，迅速乘车撤离。而寺垣本人，还需长期潜伏下去。

寺垣一走进汪大年的办公室便将药箱放在门口里面的茶几上，一脸诡笑道：“汪主任，好清闲啊！”

“噢，是你呀！”汪大年正在检查各科室送交的工作日志，抬起头说，“来得正好，我正要找你呢！”

“找我?”寺垣心中不由得敲着小鼓，以为露出了什么蛛丝马迹，慌忙掩饰道，“我还要到玉米地去。那边那么多人，大热天的，邢大夫没在，医生父母心，我义不容辞呀！”

“不忙！”汪大年将工作日志摊给他看，“你上班后，工作日志怎么没认真填写呀？你看，所有栏目都几乎空着！”

“噢，这个嘛——”寺垣咧开大嘴满不在乎地笑着，“我本来给护士岳小姐交代过了，可能她公公病重，忘了吧！”

汪大年知道他在敷衍塞责，毫不客气地批评道：“这是大夫的事情，为何要护士代笔呢？再看看，你到营房去查病送药，登记册上也没认真填写，这又怎么解释呢?”

好家伙！寺垣暗自吃惊，这个汪大年对自己的行动了如指掌啊！怪不得顾辟疆一再告诫他，对汪大年绝不能掉以轻心。不过，容许他在这个世界上存活的时间已经不多，不妨警告警告他，让他死个明白。想到这里，寺垣干笑了两声说："汪主任，您的这些忠告我心领了。不过，我记得这些事好像不是您的职责。我是收容所张榜招贤聘来的堂堂正正的大夫，不是你管辖下的俘虏！"

汪大年抬头看了看他，冷笑道："怎么，你害怕检查？"

"这倒不是！"寺垣扭着肥硕的腰身，索性坐在茶几上，双手抱住药箱，阴险地笑了笑，"我是怕顾主任回来，看你伸手过长，闹得面子上不好看！"

汪大年反问道："照你的意思，我只有闭目塞听，什么都不要管，什么都不要问？"

"不要误会，我不是这个意思。"

"那是什么意思？"

"你最好，多关心关心自己！"

"关心我自己？"

"比如，你的家庭、你的前途，还有，你的命运……"寺垣望了望门外，发现有人过来，将话说了半截，不说了。

这时，郑拴子拄着拐杖出现在门口，探进半个身子，问有什么情况没有。汪大年笑道："我和这位新来的袁大夫谈心，刚刚开了个话头，没什么事儿！"

郑拴子疑惑地将两人看了看，拄着拐杖，缓缓回后院去了。

汪大年觉得面前的这个江湖医生话里有话，暗藏玄机，等郑拴子走远了，继续说道："好啊！看起来你对我很关心，什么家庭呀、前途呀、命运呀，都注意到了！"

"嘿嘿！"寺垣神秘地笑了笑，老于世故地说，"我在江湖上闯荡多年，多少学了些相面之术，我看你'印堂黑气冲天庭'——大不吉利呀！"

"哈哈！"汪大年几乎是捧腹而笑了，"您要给我相面？"

"对！"

"我先给你相相面，怎样？"

"给我相面？"

"就算班门弄斧吧！"

“好！”汪大年将巴掌重重地压在对方紧抱的药箱上，斜睨着这个黑脸壮汉。其实，自从这个江湖游医来到收容所，汪大年就十分注意他的一举一动。令人费解的是，既然他有着天津医科大学毕业的金牌，多年来，为什么不到某个医院应聘去做主治大夫而甘愿风里来雨里往沦为一名乡村游医？也许，他是借收容所招募之机，拿一张假文凭前来混碗饭吃的吧？但是，这种看法很快被彻底纠正了。据报告，这名新任医生不但利用给李百药扎针的机会偷偷摸摸会见了山本多次，而且，在巡医之际，主动接触那些坚持顽固立场的落后分子，并和个别人暗中来往密切。这些行为不折不扣地说明，他绝非是什么一般意义上的医生，很可能是混入收容所的日本特工。汪大年决定单刀直入一探他的心底，突然用日语说：“你的牙齿，是在码头上被人打掉的！”

寺垣听到这话一下子惊得魂都没了，心想，难道这个汪大年连自己的身世都摸清了？他的脸色像变脸鸡一样迅速变换着，脑子里闪电般回想着自己来到后的各个细节。最终，他相信自己并没有暴露，不过是这位留日博士生在试探而已。自己既然是袁世凯的堂下嫡孙，会说两句日语不足为怪，于是，用日语回答道：“汪主任好眼力！人说‘落架凤凰不如鸡’。我们袁家败落后，我在塘沽码头扛大包，被工头将牙齿打掉了。顾主任招募我来，也就是看上我会说两句日语，便于工作嘛！嘿嘿……”

汪大年发笑道：“会说两句日语，我看不止于此吧！你的日语倒是很纯正！”

寺垣的笑容僵在脸上，眼神贼溜溜四处乱窜，卑怯地说：“您的日语，不是说得也很纯正吗？”

“哈哈！”汪大年大笑道，“这么说，我们两个彼此彼此！”

“对，彼此彼此……”寺垣惶恐着，脸上挤出一丝难看的干笑。

汪大年敏锐地发现，这个新聘大夫今天神色有些异常，和自己的搭讪中有一股浓浓的火药味。从他一进门就紧紧抱住药箱看，莫非有什么行动？他决计将试探再进一步，打开他的药箱。于是，玩笑道：“这样吧！你的日语如此之好，我再给你一份工作。”

“再给一份工作？”寺垣简直被搞晕了，连忙应承道，“当然好！请问，什么工作？”

“请你先交出医药箱！”

寺垣一听就慌了，抱着药箱正要起来，却被汪大年紧紧摁住。正在这时，大门外忽然传来山本聪慧子的喊声。紧接着，只见聪慧子和几名反战朋友慌慌张张跑进院子，告诉汪大年营房那边发生了械斗，士兵制止不下，请他赶快去看看。

械斗是由四名地下组织的骨干分子挑起的。按照大同学园近日的劳动安排，下午，建筑科、绘画科和机械科到山坡下测绘道路或拔除玉米秆子去了，剧社和制作科在营房内编织凉席，园艺科在营房外的菜地里给黄瓜和西红柿浇水。今天，由于寺垣向隐藏在制作科的"荣归军社"成员下达了向反战派战俘发难的命令，他们谎说记工员聪慧子记账有误，进而寻衅滋事。见此状况，早有警惕的岩切和同伴们进来解劝，闹事者指责他们拉偏架，随之械斗起来。

汪大年急于去处理械斗，一不留神，新任大夫背着药箱溜走了。

李二嫂回到家已近中午。老远看见坐在大门外石礅上等她的瞎眼婆婆，走上前动情地说："妈，老天开眼了！咱狗娃有好落脚了！"

李婆婆抬起深陷的眼窝问：落脚到哪儿了？"

李二嫂是半夜起身到四五十里外的岐山周公庙求签问卜的，求得一张好签。她从怀里掏出这张被汗水溻湿的黄表签纸说："好得很，上上签！"

"狗认主，猫认家。我一直念叨咱娃能回来！"李婆婆高兴地撩起衣襟沾了沾眼角，双手颤抖地摸着薄薄的签纸问："神咋说的？"

李二嫂不识字，却记得女道士解读过的签文，背诵道——

人在高处，不忧不愁。
好事百件，团圆即有。

李婆婆说，这个签文浅是浅，她还是解不下，问女道士是怎么说的。李二嫂便一句句解释给她听："咱狗娃现在到了富贵人家，所以说'人在高处'哩！娃不会受罪，娃给咱捎话了，叫咱不要操心他，就是'不忧不愁'。要想团圆也不难，一百件好事做到头，就能……见……面……了……"

李二嫂哽咽着说不下去了，顿时哭成了泪人儿。一个不慎丢失孩子的母亲，是世界上最不幸的人。李婆婆毕竟人老心硬，拿得住，嗔怪道："别哭！这世界上就没有顺情悦意的事情。唐僧去西天取经还经过九九八十一难哩！这是娃的劫数。一百件好事算啥？咱做他一千件一万件！明了心镜就好，快给神磕头！”两个人慌忙跪倒，向东北的岐山方向连连磕了三个响头。

服侍婆婆吃过午饭，李二嫂又搀扶老人坐在佛堂的蒲团上去敲木鱼念经，一边寻思如何动手做发愿后的第一件好事。

李二嫂双手合十，心中虔诚地祷告着，忽然想起刚才回村路过下畛子地畔时，看见山本先生带着一帮学员一边勘测公路，一边拔除碍路的空苞谷秆。人家是外国人，肯给咱出力帮忙办好事，总应该谢承谢承才是。送汤送水有灶房照应着，干脆，将积攒下的留给岩切和狗娃的鸡蛋煮了给他们送去。李二嫂这样想着，把存放鸡蛋的瓦罐抱出来放在椿树下的石桌上，小心翼翼掏出鸡蛋放在竹筛子里，数来数去，也就二十来个。山本的测量队加上帮手一共是五十几个人，一人一个发不过来。李二嫂将鸡蛋下在锅里，生着火，思谋第二锅是到隔壁去借呢还是到小卖部先去赊下，以后鸡下了蛋再还。这时，院门外响起赖家媳妇的喊声：“二嫂子，你是缠脚呢还是扎花呢，咋还没收拾停当？”

李二嫂猛不丁想起来，昨天和赖家媳妇约好的，今儿个后晌到地里间萝卜苗子。前两天下了一场透雨，萝卜苗子绿格莹莹长得太泼实，行道里密密匝匝脚插不进，不能再等。赖家媳妇鼻子尖，一进门就闻见鸡蛋味：“二嫂子，你给谁煮鸡蛋呢？咯噔咯噔的！”

坐在灶下的李二嫂站起来，一边将一绺散脱的头发拢到脑后，一边说：“人家山本给咱测路画线哩，一会儿到地里去，给他们捎几个鸡蛋！”“哎呀，你咋不早说哩！”赖婆娘拍手嚷道，“我也煮了些鸡蛋，拿盐水腌着，就是没带来！”

赖家寡妇无依无靠生活苦焦，平素攒下鸡蛋煮好腌咸了，趁开饭拿到饭堂卖给战俘们，换几个油盐酱醋钱。

李二嫂分辩道：“你的鸡蛋和我的不一样。我是白送哩，不收钱！”

泼辣调皮的赖婆娘伸手向李二嫂的裤裆抓了一把，玩笑道：“哟！你把蛋都送人了，怪不得裤裆没蛋！”

“你个挨刀子的！”李二嫂笑嗔道，解下印花布围腰追打着赖婆娘。赖婆娘早有防备，一脚跨出了灶火棚。

两个女人围着椿树咯咯地笑着闹着，惊得树上的鸟儿扑棱棱飞走了。午后的阳光穿过高大的树冠，瀑布般流泻下来，将金光灿灿的锦缎披在她们身上。飘逸在灶棚外的散乱的炊烟，依偎在树荫下，丝丝缕缕，久久不愿散去。

两个人笑了一阵，末了，李二嫂说：“这样吧！时间来不及了，把你煮好的鸡蛋先借给我，随后还你！”

“你真要送山本他们？”

“对！”

“你能送我也能送，别把我当小气鬼！”

“这也好！人家毕竟给咱修路哩！”

李二嫂将煮熟的鸡蛋捞出来，为了好剥皮儿，又放在冷水桶中冰着。趁这会儿工夫，到房间收拾了一下：梳好头，重新盘好发髻，用丝罗套着，换上一件阴丹士林衫子，扎好围腰走出门来。这时，恰恰赖婆娘提着一篮煮好的鸡蛋赶到了。这个小寡妇生就一副窈窕身材，长相端正，眼睛灵动，脸上好像还略施了些薄粉，更觉灵秀可爱。她穿着黑底绲边绣花大襟衫，鞋尖上挑着卷草粉红月季花，收拾得既整齐又利落。篮子里，每个鸡蛋的头上还用品红点着梅花骨朵，红白相间，白里映红，安卧篮中，煞是好看。李二嫂一边从水桶里把鸡蛋捞出来，一边笑道：“大妹子，你这是相亲呀还是嫁汉呀，收拾恁漂亮？”

赖婆娘在李二嫂的屁股上狠狠拧了一把：“你别笑我，也不是一样？我要是俺铁柱哥，一天把你……”

说到这儿，赖婆娘自觉言语失口，捂着嘴突然把话噤住。这一噤不打紧，骨碌碌两只灵活的眼睛陡地凝睇不转，那黑白分明的流慧之处比她篮子里的鸡蛋还要大上三四分。

营房内的械斗因抓获了四名带头闹事分子而迅速平息下去。汪大年正要离开，忽然陈排长风风火火带兵赶来了，恰在这时，隐约听到山坡下传来枪声。汪大年说声“坏了”，急令将四名闹事分子先带回大庙，便和陈排长急匆匆向山下跑去。即便这样，还是迟了一步。

在场的五名士兵和三名反战朋友被凶残地枪杀了；十几名反战朋友以及新任大夫袁小凯均受了伤；正在地里间苗的李二嫂和赖家媳妇被劫为人质；山本纠夫率领着五十多名日军战俘暴动后分乘三辆大篷卡车逃跑了。车辆来源和去向不明。

汪大年一边安排抢救伤员，一边听取现场目击者的讲述。森下九郎说，今天中午，山本安排他在二楼房间绘图，拿起铅笔却怎么也画不下去。勉强画完一张草图，发现有个弯道需要重新测量，便挎着资料包去找山本。谁知刚到坡下，就听到枪响。隔着密密层层的玉米林，似乎听到有激烈的搏斗声和女人的呼救声。他立即警觉起来。在李二嫂的地头，他发现两只空篮子和印花布围腰扔在拔掉的萝卜秧苗上，周围全是凌乱的碎鸡蛋皮。绕过萝卜田，前面有一片洼地，跃下塄坎，扭头一看，这里的景象让他惊呆了。土坎下，横七竖八躺着被枪杀的人，到处血迹斑斑。他蓦然意识到，这是俘虏暴动了！不远处，有负伤的反战朋友赤手空拳仍在和暴徒搏斗，袁大夫也夹在其中。看到这种情景，他奋不顾身地迎了上去。暴动的俘虏并不恋战，一哄儿撤离到山下，那里停放着三辆墨绿色大篷卡车，更远处还有两辆已经发动。他发现，慌乱的暴徒队伍中，挟持着两个女人，一个是李二嫂，一个是赖家大姐。车子很快开走了，他呼喊着，追赶着，结果招来了枪弹的还击……

听着森下的汇报，岩切五郎几乎急疯了。他要求给他一匹快马，追上车队将他们截回来。聪慧子流着泪，请求派她一同去追，就是追到天尽头，也要将那个可恶的父亲抓获归案。

汪大年望了望大家，果断地命令陈排长和岩切五郎赶快骑马到军械库去，借一辆中型吉普回来，车上备足汽油和弹药。顺便查明他们今天发车没有。如果没发，那几辆来路不明的汽车肯定是阎老西的，他们的目的地无疑是宜川县秋林镇。路上最少也得两三天。如果汪大年他们请求行营封锁各个关卡，就能很快追上他们。

刚刚布置完毕，只见在大庙门口站岗的哨兵慌慌张张跑来报告说，那四名闹事分子搭成人梯，砸开屋顶，从拘押室逃跑了！

真是祸不单行！汪大年简直要急疯了。拘押室是大殿后面一排客房的第一间房子。原先用作拘押室时，房子的前后门窗都加了拇指粗的铁栏杆。汪大年急忙打开屋门的铁锁，只见离地面一丈多高的后墙上方，瓦屋屋顶被砸开了一个不大的洞，亮晃晃露着天光。军情十万火急，追逃刻不容缓。不巧的是，急惊风遇到了慢郎中。打给西安行营的电话却屡屡受阻。

电话打到西安行营时，正是下午下班时分，值班员听也没听，让他晚上再打，接着便挂断了。汪大年再次拨打，那边久无人接。多次拨打后，终于通了，听说要接转蒋鼎文主任，立即遭到拒绝。值班的军官告诉他："上将今天风尘仆仆刚从韩城回来，需要休息。任何紧急军务，也需等到明天。"说着，电话听筒里一阵忙音。

汪大年放下电话，陈排长和岩切开着吉普车已经赶回来了。报告说，军械库那边今天没发车，这些车肯定是阎老西的。汪大年愤愤道："这个阎老西的手也伸得太长了！他是第二战区司令长官，我们必须向行营报告。这么大的事，不请示怎么行？"忽然，电话铃响了起来，是顾辟疆打来的，询问家里有什么情况没有。汪大年简要说明了战俘暴动的经过，顾辟疆听完，却说，不要急于向行营汇报，等他明日回来调查后再说。汪大年放下电话，心里一阵冷笑，你如此，该不是缓兵之计吧？汪大年决定再试一次，在他的苦苦央求下，电话终于接到了蒋鼎文的寝室。

在武装进犯陕甘宁边区的战事中，蒋鼎文虽然抢占了一些地盘，却损兵折将得不偿失，遭到蒋总裁的严厉训斥。今日回来，他焦头烂额神情沮丧，担心自己在西北的这把交椅迟早要被胡宗南抢去。偏巧，他的夫人前天从陪都重庆回来，夫妇俩离别有日，好不容易送走会客厅的一班军政要员，这才走进卧室。常言道："小别胜新婚。"看到蒋夫人千娇百媚，柔情似水，用玉臂揽着他的脖子，斜倚在床枕上正要述说离愁别绪，恰在这时，电话铃声大作，把个夫人惊得魂不附体，花容失色。跳起来啐道："哎呀！谁个混蛋，这时候打电话？"发怒的蒋夫人走过去一把摁下电话，电话顿时成了哑巴。蒋夫人回到床边，喘息未定，电话铃声又炸响起来。这一次，她简直怒不可遏，就势将电话机掀翻地面。掼得老远的听筒，将她从重庆带回的那只卧在沙发上的波斯猫吓得"喵喵"乱叫。听筒里，喊话声急促而顽强："喂，喂！我有紧急军务报告……喂，喂！我有紧急军务报告……"

蒋夫人正要掐断电话，蒋鼎文伸过手："我来！"

"谁呀……汪大年？怎么又是你？"蒋鼎文心情烦躁，听也没听便斥责道："你还有完没完？又是什么问题……我说过，你的妻子和共党匪首过从甚密……"

那边，汪大年焦急地解释着："我说的不是这个……"

蒋鼎文感到丧气："是什么，又要告状吗，为顾辟疆？"

汪大年几乎是对着话筒在喊："收容所俘虏暴动，逃走了五十三名战俘……"

"什么，俘虏暴动？山本呢……也跑了？"蒋鼎文这才感到事态严重，惊疑地听完对方的汇报，不住地皱着眉头。蒋夫人听说有俘虏暴动，还杀了人，战战兢兢趴在丈夫肩头，连珠炮似的追问："这可怎么办？会不会打过来……"

蒋鼎文没有理会妻子的究问，对汪大年喝令道："他阎老西竟然把手伸到我的鱼篓子来抓鱼，简直太无理了！不管他是谁，就是天王老子，也必须把人追回来！"

汪大年回答说他立即去追，不过最好指令驻防陕北的部队配合一下，在半道予以拦截。蒋鼎文发怒道："一兵一卒也没有！顾辟疆没在，你竟然出了这么大的事。战俘追不回来，军事法庭拿你是问！"

阎立仁坐在头车的副驾驶位置上，望着窗外的景色好不高兴，他暗自盘算，这回真是捡了个大便宜。

今年夏初，答应给太原日军第一军司令部送去的那批日军战俘，在自己家门口溜掉了，闹得梅津美治郎很不高兴。齐啬的日本人原答应归还的阎氏财产，只兑现了一小半，而且是看在联手对付共产党的面子上赏赐的。这回，多亏日军华北司令部暗中牵线，才联络上了潜伏在宝鸡俘虏收容所内部的日军特工和汉奸。真是时来运转，没想到不费吹灰之力就接到五十三名战俘，其中包括被中国军方列为重点的一号战俘山本纠夫。如果按照梅津中将开出的价码，交回三名战俘可换回一个镇子，那么就是十四个乡镇，再加上山本这条大鱼，那就可以讨回像临汾这样的中等城市了。不过，日本人狡诈，和他们打交道，得处处提防点儿……

五辆覆盖严密的墨绿色大篷道奇十轮大卡车一路尘土飞扬，浩浩荡荡向陕北地界进发。由于提前买通了各道关卡，沿途畅通无阻。三辆拉着战俘的卡车夹在车队中间，人员全部换上了晋绥军灰卡其军装，车上的武器弹药拿出来武装了自己。可以说，整个车队形成了一个火力强大的移动堡垒。如果有人拦截阻挡，可以先发制人。

山本纠夫坐在第二辆汽车驾驶室的副座上，他双目微闭，神情焦虑。暴动的成功并没有使他感到欣慰，反而使他倍觉不安。在沿途停车休息时，他发现，极度性饥渴的战俘们已不顾廉耻，许多人争相爬上载着两名妇女的车厢，一遍遍地轮奸她们。要命的是，这些罪恶行径，都是以他山本的名义、在他山本的眼皮底下发生的。

肉欲如洪水猛兽，癫狂已肆无忌惮，军纪对他们来说已不复存在。1937 年底的南京大屠杀，他是亲历者，对日军的战争罪行，多年来一直讳莫如深，那种负罪感令他不堪重负。自从作为战俘来到陕西，中国人的宽厚仁爱，中国儒家“天下为公”的大同理想，中日文化交流的悠久历史，都对他顽固的军国主义立场形成了强大的冲击。中国儒家“不战而屈人之兵”的人类最高战争哲学理念更使他震撼不已！“不战而胜”的思想是一种伟大的智慧，他正在据此思考不通过战争而使日本成为大东亚乃至世界霸主的全新战略。他想，如果不是组织这次暴动，在太殷村，他有足够的时间深入思考，从而为日本找到一条新的出路。

为了抢时间并防止发生不测，阎立仁采取“人不下马，马不卸鞍”的连轴转方式，除了在途中吃过两顿饭外，一路没敢停歇。天公作美，第二天下午，太阳即将下山时，汽车已行至黄龙县三岔河。前面再翻过两道山梁就进入宜川县自家的地界了。估计不会再有什么危险，他这才让车队停下来缓口气。

一道黑色的云头腾上西边山顶，落日透过云隙放出一道道散乱的金箭。阎立仁下车后抬头向西山望去，本就因战俘轮奸妇女而犯忌的他，看到这种连枷状战阵云，不由得心惊肉跳，连喊不好，遂命令火速上车。但是任凭他三番五次催促，战俘们却毫无反应。一天一夜的旅途劳顿，司机和战俘们个个像剔了骨，纷纷跳下车横躺在地上休息。此时，山本想起车上被劫持的妇女，跳下车，爬到中间那辆车的后车帮一看，不禁又气又恼。两个女人被他们扒光衣服，白花花的身体蜷曲在车厢一角，畏惧地抱在一起。她们头发披散，面目已经难以辨认了，肩头、背上、屁股下满是血迹。她们的衣服已被撕成碎片，散乱得满车厢皆是。这一刻，他看到的仿佛不是别人，而是自己的女儿。他跳下车，暴怒地追问都谁下了手。俘虏们推诿着，躲避着他凶神一样的目光。山本解下武装带，不由分说，抡将起来，左右开弓，见一个打一个，要惩罚这伙败坏他名声的畜生。心神不定的阎立仁远远望见了，走过来解劝说，事情已经这样了，发给路费让她们回去算了，遂让大伙赶快上车。

山本命令找来两件男人衣服，扔进车厢，让妇女穿上。正在这时，宜川方向响起了汽车的引擎声。阎立仁不知是祸是福，自语道：“该是家里的人等不及，来迎接咱们的吧?"

一辆中型吉普转过山弯，飞速向他们疾驰过来。待看清开车的是汪大年时，汽车已到了跟前。武器弹药都在车上，俘虏们手忙脚乱纷纷向车上爬，无奈车帮过高，匆忙中你拥我挤搅成一锅粥。

阎立仁早就认识中国这位博士名将，不禁大惊失色，急忙向自己的车边跑去。他身长腿短，难以跑快，正好被跳下车迎面而来的岩切抓了个正着。岩切用臂弯从背后夹住他的脖子，用手枪对准他的太阳穴，车上举枪的暴徒眼睁睁无计可施了。

汪大年威严地走向阎立仁，问道："阎将军，你这样挖我墙脚，太不仗义了吧?"

阎立仁被卡住喉咙，声音含混着："这个……算兄弟暂借，暂借，怎么样?我可以打条子。"

"放屁!"汪大年痛斥道，"你偷偷摸摸，勾结日本，出卖抗战利益，早已沦为民族的败类!"

阎立仁遭到斥责，脸上红一阵白一阵，结巴着说："不谈这个！兄弟可以给你大洋、美元、金币……你如果愿意过来，到晋绥军，保你高官厚禄!"

"无耻!"汪大年怒吼着，这时，第三辆汽车上忽然响起妇女的尖叫声。原来，汽车上的暴徒将李二嫂和赖家媳妇推上了车顶。

李二嫂声嘶力竭地吼叫着："汪主任，不要管我，快开枪吧！让这些狼心狗肺的东西去见阎王吧!"

赖家媳妇软成一摊，只是有气无力地哭泣着："汪主任，快救救我吧!"

吉普车上，陈忠孝和森下同时举起了手中的机枪。暴徒的车顶上，也出现了一挺挺机枪。双方剑拔弩张，紧张对峙着。

时间在静默中悄悄滑过，两边车上的人都在寻找下手的时机。忽然，山本冲到车前高喊起来："把枪放下，把枪放下！都不要动手！我可以随汪主任一起回去。我请求你们双方放了人质!"接着，他走到汪大年面前，鞠躬致歉道："大年君，事已至此，都是我的错。看在咱俩师生的情分上你就同意了吧!"

汪大年望了望痛苦不堪早已面目全非的李二嫂和赖大姐，又望了望向他谦卑傻笑着的阎立仁，敌众我寡，不能硬拼，只好点头同意了。

山本首先走向大卡车，让把两个女人放下来。穿着一套晋绥军服装的李二嫂被缓缓放下车，山本欲上前搀扶，被她一把甩开。宽大的军服包裹着李二嫂憔悴的身躯。她迈步向岩切跑去，谁知刚跑了两步，便跌倒在地，昏厥过去。

岩切推开肉辊子一样的阎立仁，急忙奔向李二嫂。他跪下来从地上抱住她，流着泪，发疯般呼喊着："李二嫂，都怪我不好。没有保护好你！你快醒醒啊……"

怒不可遏的岩切霍地拔出手枪，对准被卫兵搀扶着的阎立仁的后背，正要开枪，被汪大年瞧见了，连忙将他的手一推，"叭叭叭"三发子弹出膛，打在对面山头上。但见岩石碎裂，鸟雀惊飞，枯枝败叶跌落下来。

做贼心虚的阎立仁吓得兔子一样，赶快钻进了汽车。

陈排长和森下威严地站立路旁，子弹上膛，手握扳机，做好了随时战斗的准备。躲在驾驶室的阎立仁慌忙向车窗外摆摆手，他的车队如同一只只夹着尾巴的落水狗，加大马力夺路而逃。

看汽车一辆辆驶过，陈排长正要上车，汪大年说："别忙，赶快隐蔽，小心敌人杀回马枪！"果不其然，刚刚将三名非战斗人员撤下塄坎，已经驶上对面山梁的阎立仁命令车队居高临下向这里开火。他的五辆车首尾"一"字排开，如同一条装甲游龙，一边移动，一边射击。陈排长不待卧倒，呼啸的子弹已扫射过来。阎立仁仗着人多势众，枪弹充足，火力十分猛烈。这边，早就忍无可忍的岩切，躲在一块大石背后，连连掷出三颗手榴弹。手榴弹先后在第二辆车左边爆炸，汽车顿时被炸毁在路边。第三辆车冲上去，未及刹车，已撞在一起，不但搞得人仰马翻，还堵住了狭窄的道路。此刻，汪大年这里，机枪、冲锋枪一起向山上开火。敌人目标大，正好成了射击的活靶子，直打得他们鬼哭狼嚎，抱头鼠窜。后面的两辆车欲强行从夹道通过，不意岩切的手榴弹又扔了过去，击中弹药车。在弹药车"轰隆轰隆"的闪爆中，大部分暴徒被高高地送上了天空。

天完全黑下来。汪大年开着吉普车沿崎岖的山道往回赶。车厢内岩切抱着昏迷不醒的李二嫂，陈排长和森下用手扶着精疲力竭的赖家大姐。自知罪不可恕的山本坐在副驾驶位置上，一直沉默不语。当汽车行驶到一个弯道时，山本突然起来，转身去夺汪大年腰间的手枪。汪大年一手紧握方向盘，一手护住枪套，呵斥道："山本，你要干什么？"山本没有住手，仍在死命地争夺着："我要自杀！"

岩切和车上的人一把摁住他，斥责道："你是胆小鬼，你想逃脱罪责吗?"

山本的情绪渐渐平静下来，他双手捂着脸，靠在了椅背上。

汽车打开车前大灯，开足马力，在黄土高原的山道上疾驶。道路两旁，岗峦和树木的黑色剪影飞快地从车窗外掠过，车厢里的人都严肃地沉默着。忽然，山本推开身旁的车门，向窗外无边的黑夜一头扑了下去……

二十二

受西安行营委托，"军统"西北调查处主任黄书良上校带领部下又一次入驻太殷村，以彻底调查俘虏暴动事件的来龙去脉。他们虽然并不受人欢迎，但大权在握，发布的两道"勒令"还是打不得半点儿折扣的——

勒令一：从即日起，停止"大同学园"教务主任汪大年所担任之一切职务，对其隔离审查。审查期间不得外出，不得接打电话，不得与外界有任何接触。

勒令二：所有案犯以及受害者必须于三日内投案自首或向调查组报告，以便调查处理。逾期不到者，系案犯，将加重处罚；系受害者，则后果自负。勿谓言之不预也。

依照勒令，汪大年首先被关押起来。那些被安排在县医院住院治疗的李二嫂和赖家媳妇以及受了重伤的战俘们也都很快撤回村里。重要案犯山本纠夫因摔成重伤不能下床，被允许仍留在西安住院医治，并由西安行营派出两名士兵护卫其安全和照顾饮食起居。这时候，人们突然发现，曾经与暴徒搏斗而负伤的"英雄"——大夫袁小凯却神秘失踪了。

汪大年被隔离审查没几天，就接到国民政府军事委员会临时军事法庭的传唤，命令将其解往重庆受审。两名宪兵押解着汪大年来到西安西郊机场，没想到登机前上厕所的一会儿工夫，汪大年跳窗逃跑了。两名宪兵顿时慌了手脚，在机场警方的配合下，搜查了整个航站楼也没有发现汪大年的踪影。当晚，西安全城戒严，虽然挨家挨户进行了拉网式搜捕，但仍然一无所获。

一位国军少将离奇失踪，自然引起各方猜测，一时弄得满城风雨。《西京日报》头条消息称："国民党少将叛逃延安，国共摩擦将继续升级。"《大众日报》推波助澜，煞有介事地将西安"八办"联络部安恩泽部长和汪大年的关系做了连篇累牍的报道，似乎汪大年就隐身于七贤庄"八办"的防空洞里。《西北文化日报》的记者不知从何处探听到少将的日本夫人山中桂子女士亦在西安羁押的消息，千方百计打入狱中，采得独家新闻，刊出连载文章和照片，将他们凄美哀婉的爱情故事像小说一样一期期刊登出来。一时洛阳纸贵，每期虽加印上万份仍被一抢而空……

尽管众说纷纭迷雾重重，但汪大年始终没离开古城西安半步。危难之际，他不想去麻烦孩提之交的安恩泽，以免给国共两党日益升级的摩擦制造新的借口。他的目的只有一个，就是抓住已经逃亡的袁小凯，挖出暗藏的汉奸顾辟疆。

在这次追击暴动俘虏的路途中，曾经一度动摇的岩切五郎再也不能沉默了，终于向汪大年倾吐了藏在心中的苦水。他说，从洛阳接俘回来，在汪大年受处分之际，顾辟疆曾多次找他谈话，警告他不要掺和到收容所中国军官的矛盾中来，毕竟，作为一名日本战俘，他所做的一切，都是不能被中国人信任的。对此，他说什么好呢？是报告潼关车站打给顾辟疆的告急电话与后来被出卖的事实吗？是捅破前不久桂子女士的被骗失踪与顾辟疆欣然放行的内幕吗？还是揭露日本特工寺垣北村以外科大夫的名义被招聘到收容所，这个知根知底的同乡数次对自己的枪杀威胁吗？很快，他知道川崎被他们枪杀了，胡大谝被他们枪杀了，四名从拘押室走脱的逃俘也被他们枪杀了。总之，只要知道他们底细的人都难逃一劫。于是，在这种重压下他变了，从一个敢作敢为大胆进取的人变成了一个谨小慎微的谦谦君子。他知道，他们之所以留着他是为了树起另一面旗帜，像山本那样的旗帜，以便在以后的暴动中加以利用。岩切感到自己太可悲了，该说的不能说，该做的不能做，简直行尸走肉一般……

汪大年对化名"袁小凯"的日本特工和顾辟疆的怀疑终于从岩切口中得到了证实，血淋淋的事实令他不能再耽搁了。只要抓到袁小凯，顾辟疆也就无可遁形了。于是，将山本追回之初，他就做好了这种打算。

从袁小凯一连串暗杀规律看，汪大年估计，山本纠夫必然是他下一步行刺的目标。如果山本被害，俘虏暴动事件的真相将永远难以厘清了，而且，顾辟疆这个汉奸还可能继续隐藏下去。退一万步讲，就是为了洗刷妄加在自己身上的污泥浊水，也要抓到袁小凯。

汪大年这样分析着，他忽然有一种强烈的感觉，要不了多久，也就在近两天，袁小凯一定会出现在山本身边。

其实，汪大年就藏在医院附近的南门瓮城关帝庙中。前不久，原道长离开被焚毁的豫西故居，云游到了这座破败的空庙里。经过化缘整修，原道长现在做了这里的住持。此刻，虽然警车拉响警笛往来穿梭于瓮城之内，军、警、宪、特不断进来搜查，但他知道，越是在对方鼻子底下就越安全。为了接近躺在医院病床上的山本纠夫，他不断变换着装束，避过了猎狗一样特工们的耳目。

这是一个秋雨连绵的黄昏，守候在医院门口的军警钻到隔壁粉坊吃酸辣粉条去了。这个巷子以制粉而闻名，街面上散布着七八家粉条和豆腐作坊。汪大年从豆腐坊出来，趁机闪身进了医院。把守病房门口的，是行营派来的两名士兵。汪大年做高级参议时，对下级官兵十分关心，出出进进早就熟悉了，自己兄弟一般。见了面，他毫不掩饰地摘掉墨镜。这个举动，几乎将士兵们吓晕了。报纸上、街头的墙壁上、影剧院的广告栏里，到处都是逮捕他的通缉令，没想到他竟然出现在军警严密监控的医院里。两名士兵让他赶快离开，小心特务前来盘查。汪大年一边脱掉雨衣，一边简短说明来意，请求他们予以配合。两名士兵知道他是冤屈的，遂放他进去会见山本。

山本右腿的骨折尚未完全愈合，仍打着石膏绷带，但是，由于医院的精心医治和调养，气色好多了。他面容清癯，颧骨高耸，戴着那副日式黑边近视镜，半倚在靠枕上，胸前摊开一沓手稿，昏黄的台灯下，正在潜心思考日本如何用非战争手段称霸世界的问题。

汪大年的出现并没有使他感到意外。他伸出手紧紧地握着汪大年的手，眼睛里闪动着感激的泪光，动情地说："大年君，从报纸上看到你的通缉令，我就猜想得出你为什么要脱逃。现在，什么都不要说了，我已经做好了赴死的准备。不是中国不要我，而是日本不要我了。怕我暴露了日军特工的内线。但是，我对谁都不会说出我所知道的秘密，包括对你。因为我仍然是大日本帝国的臣民，我要从日本的利益出发，为日本去死，这才是光荣的。只是，在临死之前，我的任务还没有完成。我在主持你的博士论文答辩会的时候，曾一再坚持战争是日本唯一出路的立场，并且认为三个月日本可以轻易地消灭中国。不过，事实证明我的判断至少是不全面的，日本的战争之路也是难以为继的。我正在研究你的观点，一定要为日本称霸世界找到一条新路。否则，我死不瞑目！”

山本的一席话，使汪大年颇为惊讶。他感到，这个顽固的前次长先生终于转变了，尽管这种转变微不足道。他笑了笑：“称霸世界，并非可取！不过，对日本的发展道路，学生倒有一孔之见。”

山本敏锐的目光从眼镜的边框上飞出来，恳切地说：“请说吧！”

作为在日本研修经济的学者，汪大年对日本的了解可谓沦肌浃髓，对于像日本这样资源小国的发展方式，更是成竹在胸，因说道：“摒弃战争，和平发展。”

山本反复品味着汪大年的话语，像咀嚼一枚干杏果，虽然不能完全适应这种口味，但是，它的清香毕竟吸引了他……

忽然，门外传来哨兵的干咳声，汪大年说声“有人”，立即躲到了低垂的窗帘后面。

进来的是黄书良手下的得力干将老朱和小吕。老朱在房间里疑惑地瞅了瞅：“刚才有没有人进来？”山本以书遮面，没有理他。小吕的鼻子像狗一样灵敏，不断蹙着鼻头：“啊！我闻到了一股生人的味道……进来时间不长，带着外面的冷雨气息！”接着向汪大年藏身的窗帘走了过去。

山本一下子震怒了，用日语大骂着，将书籍、茶杯和搪瓷盘一起摔向两个特工。老朱和小吕被这突如其来的暴怒镇住了，怏怏地退了出去。接着，楼道里传来他们骂骂咧咧的声音：“耍什么歪？有本事回你日本耍去！东洋鬼，老东西！”

寺垣北村逃跑后，一直没有放松对山本的监视。他担心山本年纪大了，受不了酷刑，会供出收容所战俘暴动的全部内幕，所以必须消灭他的肉体。他多次混进医院伺机行刺，但由于哨兵的严密把守，均没有得手。经过多次踏勘，慢慢地，他终于摸清了医护人员交接的规律。他看到，每当下午吃饭的时候，这里人来人往比较混乱，大夫下班，病号和陪护去买饭，岗哨也失于防控，正是下手的绝佳时机。

这天下午，袁小凯提前溜进医院，在卫生间换上大夫的白大褂，戴上大口罩遮住半个脸面，将剧毒针剂氰化钾吸入注射器，端上托盘，堂而皇之地向病房走去。

病房门口仅有一名士兵把守，另一名可能买饭去了，不过仿佛房间里还有其他人。这时，他不便再退回去，硬着头皮走到门口。病床上，山本用一本翻开的书盖在脸上打瞌睡，军警老朱和小吕正在屋里蹑手蹑脚进行翻检。他们认识他，在收容所常常见面。寺垣生怕被察觉出来，多亏有大口罩捂着嘴脸。正在进退两难之际，军警已迟疑地退了出来。小吕说，应该把山本脸上的书籍取下来，看看是真是假。老朱说，那老东洋鬼厉害得很，上次挨骂，这次，怕是要挨揍了。他们不经意地打量了一下端着托盘站在一旁的“男护士”，一边说着，一边不放心地左右望望，并肩下楼去了。

寺垣镇静了一下。门口的哨兵一看就是傻帽，一脸孩子气，毫无警觉，连看也没看他一眼就放他进去了。他飞快地放下搪瓷托盘，抹开“山本”的胳膊。“山本”本能地伸长了手臂，与他配合着。这一刻，作为老特工，寺垣还是感到了一丝从未有过的紧张。一种大功告成的兴奋感，使他浑身的每一寸关节都在颤抖。他杀过许多人，从来没有如此兴奋过。杀人，对他这个职业特工来说，简直比拍死一只苍蝇还要容易。眼看着一个活生生的生命顷刻就消失在自己手中，这难道不是一种另类的创造吗？是的，毁灭也是一种创造，是一种更伟大的创造！难怪中世纪许多国家都有过嗜血的以杀人取乐的历史。现在要杀死“山本”，只要将注射器的针头刺下去，哪怕只挨着一点儿皮肤，顷刻间他就没命了。此刻，不知是为自己的同胞感到悲哀，还是为自己的奇特手段而无比自豪，一种同情和好奇的混合感觉撞击着他的心扉，那种感觉奇怪极了。这是杀人前的一种特殊感觉，虽然稍纵即逝，却永存记忆。职业经验告诉他，这个“山本”必死无疑。于是，他举起针管，猛地向他的手臂刺去。

谁知，这一下刺空了，针管被书本“啪”的一声打飞在地。床上的“山本”大笑着坐了起来。啊！他不是山本，是汪大年！只听他朗声笑道：“袁大夫，不，寺垣北村先生，我在此恭候你多时了！”

二十三

山本是中午时分被秘密送往南门瓮城关帝庙隐匿的。撤离医院，自然出于他逃生的本能，至于汪大年能不能抓住寺垣，倒是无关紧要的。

为了他的绝对安全，从早晨起，庙门上便挂出“今日斋戒”的牌子，谢绝了一切香客和求诊病人。原道长唯恐两个道童在客人面前言语冲撞，追索仇怨，特别约法三章。为此，原道长自己身体力行，率先垂范，除穿好道袍、戴正玄冠外，还给如银的长髯套上黑布胡子罩，几乎遮住了半个脸。他不想让山本认出他来，更不想旧事重提，因为，那是永远无法愈合的伤痛。

“请跟我来!”原道长站在仪门外，远远接住担架，引进大殿旁的套间耳房，安置在床榻上。待护卫人员离开后，放下竹帘轻声问候道：“山本先生还没吃中饭吧？我这就让道童给您送来!”山本含混地“哦”了一声。原道长正要退出，山本唤住了他：“请问，你这里可有中医?”原来，山本一进门便看到了茶几上放着的一只中医师常用的切脉垫枕，自我解释说：“我的胃不好，看见大把大把的磺胺药片就想呕吐。如果你这里有中医大夫的话，我想……”原道长反身回到床边：“如蒙不弃，贫道对中医略知一二，可以为您试一试。”山本打量了一下身边这位衣冠整齐的道人，点了点头，做出迎诊的准备。原道长首先为他查看了石膏绷带，摸了摸他的额头，询问过病情，接着在床边的杌凳上坐下。轻轻抓起他放在外侧的一条手臂，将小红枕垫放在下面，高跷的指尖依次按下寸关尺部位，默默感受着脉搏传递的病理信息。午后的太阳将城墙灰色的阴影投射到门外的方砖地上，屋子里异常安静，对方轻微的呼吸声亦清晰可闻。躺在床上的山本回过头，不经意间看到这种把脉姿态，心中不由得暗暗吃惊，他多么像三个多月前在豫西原店镇遇到的那位原道长啊！他的个头儿，他的体态，他的言语，他把脉时三根指头的优雅姿势，他的深邃明澈的大眼，只是长长的胡子套罩在嘴巴上，一时还难以看清他的全部面孔。山本是一个进攻型性格的人，为了弄清面前的人到底是谁，决定打破沉默，试探一番。

“请问……”山本字斟句酌道，“您认识一位名叫原国安的先生吗?”

原道长没想到山本会如此狷急，他不想说破这一层，抬眼看了看他，否认道："原国安？不认识。请问，他是何方人氏？"

"一位很有学问、精通中国医学的长者。"山本说，"家住河南原店镇……"

"噢，一位村野草民……"原道长笑了笑，不再说话。

山本仍不放过："请问道长尊姓大名？"

原道长回避说："贫道年老昏聩，只知日日奉道，夜夜诵经，至于俗家姓甚名谁，已无关紧要了。你尽管称我'白胡子老道'好了！"

山本当然不能相信，毫不客气地追问道："听你的口音，好像是豫西一带的。"

原道长嘿嘿笑道："是吗？出家之人，浪迹萍踪，四海为家，口音当然是南腔北调了。哈哈……"

满腹狐疑的山本没问出个所以然，疑心反而更重了。他决计单刀直入，直刺他的痛处，顿了顿说："我认识的这个原先生，后花园有一个藏书阁。名人字画、各种珍玩都有，特别是藏书非常丰富。除了祖辈的留存外，大部分是他一生辛勤的积累。你想不想知道它的下场？"

原道长放下山本的手臂，这个仇敌太可恶了！对自己的罪行，不以为耻反以为荣，而且津津乐道。只有强盗，才会如此寡廉鲜耻。原道长微微合上双眼，此刻，比之当初看着那罪恶的烈焰吞噬掉后花园更令他心痛。

山本目不转睛地审视着原道长脸上的每一个细微表情，毫不隐讳地说："是我一把火把它烧了！"

原道长睁开双眼，猛然射出两道憎恶的利箭，质问道："你为什么要烧它？"

山本骄横道："我崇拜你们中国文化，所以要毁灭它！"

"因为崇拜而使之毁灭？这难道不悖于天理而绝于人伦吗？"

"……我只能这样做！"

"哈哈！"原道长轻蔑地笑了，"天之大道，不争而善胜，不言而善应，不召而自来……哈哈！你为什么向我说起这个？"

"我看你像是原先生！"

原道长宽厚地笑了："无则无极，有则有终。你所认识的那个原先生，可能随着你的那把大火已经永远地去了。我也姓原，但不是你所认识的那个原先生。"

说着，他起身告辞道："我这就给你去配药，你先吃饭吧！"

不大工夫，道童金哥儿和龙哥儿每人端着一方漆盘，里面分别放着一碗白米饭、两碟素菜和一双筷子向山本的房间走来。按照师父的吩咐，他们今天穿上了只有参与法会做道场时才穿的新衣服。头戴方冠，身着青衣，外罩靛蓝道袍，膝下高筒白袜，脚蹬黑布云鞋。看上去既神采奕奕，又灵秀可爱。他们一边走一边悄悄议论着。龙哥儿问："哎，道兄，你说这个山本是不是把咱俩推到池塘要淹死咱的那个坏家伙？"金哥儿说："没错！我这眼睛，蚊子飞过去都能看清是公是母。"龙哥儿看着盘子里的饭碗说："师父和咱吃的啥？不是黑就是黄——黑的是大麦面豌豆面，黄的是苞谷面。吃得咱念经时光放屁，还得悠着点儿！可给他，你瞧，这么好！"金哥儿眨巴着眼睛诡秘地问："哎，道弟，你想不想把这米饭和菜'米西米西'了？"龙哥儿咂着嘴巴说："当然想！"金哥儿说："好，我有办法！"说着，附在龙哥儿的耳边如此这般耳语了一番。

两个道童将饭菜和筷子飞快地摆放在山本床头旁的茶几上，然后，像躲避瘟疫一样拿起盘子反身就走。然而，他们并没离开，而是坐在外间的凳子上便一声不响了。他们的举动如此怪异，使多疑的山本忧心忡忡。山本在想，原道长不愿承认他的身份，两个道童躲躲闪闪，这仅仅是一般的憎恶吗？不是。如果憎恶就不会接纳。那么是什么呢？山本觉得自己仿佛坠入了一个精心设计的陷阱。忽然，他顿悟过来。哎呀！他们是在完成一项周密的复仇计划！其目的，无非是要杀害自己。

这一发现使心虚的山本大汗淋漓惊悸不已，再回头观察茶几上的饭菜，那颜色，那气味，更是疑点多多！疑神疑鬼的山本刚刚将视线从饭菜上移开，发现两个小道童正鬼头鬼脑从竹帘的缝隙不住向里窥看。无疑，那分明在监督饭菜是否吃下。

"喂，小鬼，你们进来！"山本大声唤道。

金哥儿和龙哥儿走进内室，垂首肃立，等待诘问。

"你们米西——呃，吃了吗？"山本装出一副关切的样子，柔声细气地问。

"吃过了！"两个道童齐声回答。

"你们吃的啥？"

“和你的一样!”金哥儿回答。

龙哥儿分辩道:“不，不一样!”

两个孩子争执起来，山本问有什么不一样，孩子们似有难言之隐，支吾半天并未说出个子丑寅卯。山本阴险地笑了笑:“这样吧!我刚刚吃过饭，米饭和菜送给你们两个，吃不吃得下呀?”

金哥儿和龙哥儿慌忙拒绝说:“不，不!师父说，这是给你的，我们绝对不能吃!”

“不能吃……绝对?”山本暗自庆幸没有过早下箸，算是逃过了一劫，转而怒喝道:“你们必须给我米西下去，现在就米西!”

龙哥儿被吓得委屈地哭了，金哥儿说:“先生，我们端到外间去‘米西’可以吗?”

“嗯!”山本从鼻腔里哼了一声。

两个道童得救似的连忙将饭菜收进盘子，走出耳房，径直到厕所里把饭菜分吃光了。

山本拖着一条受伤的腿斜倚在窗户上，看着两个孩子钻进厕所，他自以为是地点头笑了。

唯恐怠慢了客人的原道长守在火炉前，亲自将一剂草药煎好，又用小目罗过滤了两遍，捧着盛好药汤的细瓷小花碗，向山本的房间走去。

太阳已经偏过西边的城头，耳房内，山本正在酣睡。原道长将药碗轻轻放在茶几上，正要反身出去，山本醒了。

“原道长!”山本睁开眼唤了一声。

“噢，你醒来了?”原道长上前探问道，“感觉怎么样?”

“差点儿死去!”山本冷笑道，“不是死于伤病，而是死于谋杀!”

原道长淡然一笑:“做了什么噩梦?”

山本断然否认道:“不，没有做梦!”

原道长摊开双手:“这我就不明白了!”

“不!你心里十分清楚!”山本嗔怒道，“你就是豫西的那个原国安，为什么不敢承认?”

“哈哈!”原道长爽朗地笑了,“做人要方而不割,光而不耀。我要是承认自己就是原国安,你还能安然留住吗?”

“不,别看你说得冠冕堂皇,其实,你和汪大年早就订下了一箭双雕的诡计。他在那头因为抓住特工便可以洗刷自己,而你这里呢,正好报仇雪恨!”山本自命不凡道,“我是从来不会看走眼的!”

“你误会了!”原道长抱歉道,“如果我这里有什么不周的话,你尽可以明说。但是,你不应该曲解汪大年!”

“你这里仅仅是不周?说得太轻巧了吧?”山本陡然侧身指着茶几上的药碗,“一计不成,再来一计。这是你给我煎的汤药吧?”

原道长说:“是啊!你不是说,看见大把的磺胺药片就想发呕,要我给你用中药调理吗?”

山本否认道:“我现在好了,能吃药了。你瞧!”说着,将一把药片丢进嘴里,端起茶盅灌下一口凉开水,艰难地吞咽下去。然后,恶狠狠道,“现在,我要你当着我的面,将你亲手熬的这碗药汤也喝下去!喝!”

“这是我给你特意配的药!”原道长端起药碗,“怎么,你怀疑……”

“别假仁假义了!喝呀!”说着,山本一抬手,猛地将药碗向原道长的嘴唇掀去。

原道长猝不及防,药碗失手滚落,药汤倾洒下来,沾湿了他的衣襟。原道长愣了一下,呵呵笑道:“我明白了!”接着,大度地一甩道袍前摆,单腿跪地,捧起破碗,将里面残余的药汤一滴不剩地喝了个精光,随之,昂首大笑着走了出去……

后半晌,躺在床上的山本,心情再也无法平静了。大殿里不时传来两个道童悔过的哭泣声,但是,任凭他们怎样求情,严守道规的原道长还是要将他们摈令出观。山本隔窗听着,感到既好气又好笑。原来,两个顽皮的小道童在合伙捉弄他,赚得饭菜后,竟然躲到厕所里偷吃光了。

山本忽然动了恻隐之心,同情起这两个少小出家的可怜孩子。如果不是日本飞机扔下的炸弹夺走他们的双亲,他们应该是豫西某座学堂里无忧无虑的小学生。山本决心亲自去找原道长说情,毕竟,是他最早伤害了他们。

山本向屋内看了看，糟糕，不但没有拐杖，连根顶门杠也没有。汪大年安排他到这里暂避一时，本没有想到他要下床，进出都有担架抬着，吃喝拉撒只要喊一声就会有原道长或者道童进来服侍。但是，现在他还能颐指气使吆五喝六吗？不能。他要用行动证明自己是一个有着高尚品格的日本人。

山本趴在床边，悬着半个身子，费了好大的劲儿才将茶儿一点点拉了过来。又俯下身将杌凳移到脚下。他将半个身子匍匐在茶儿上，用双手支撑着，准备下床。可是，倒霉的打了厚厚石膏的右腿简直灌了铅一样沉重，而且动一动就钻心的疼痛。他忍着剧痛，将那条病腿刚挪到床边，没想到用力过猛，“咕咚”一声，摔了下去……

原道长坐在高大威武的关老爷神像前，数落完两个道童，严肃地等待他们的回话。金哥儿哭着说：“师父，你杖责我吧！别打发我回去好不好？俺没有家呀……呜呜，坏主意是我出的，不怪龙哥儿……”龙哥儿哭诉道：“师父，你杖责我吧！别打发我走好不好？俺爹俺娘都死了……呜呜，不怪金哥儿，怪只怪我太贪嘴……”说着，两个道童齐刷刷跪了下来。

原道长痛楚地望着他们，将他们一一搀扶起来，但态度仍十分坚决：“把道袍脱下来吧！念你们小小年纪，杖责就免了。去向山本先生赔个不是，我把路费给你们准备下了，回到家乡投亲靠友，一边放牛一边读书吧！”

两个道童“哇”的一声大哭起来，再次双双跪倒在地。恨铁不成钢的原道长也痛苦得直掉眼泪。这时，虚掩的殿门“哗”的一声被撞开了，山本喊了一声“原道长”，便从高与膝齐的门槛上滚落下来，不省人事了。

几乎是寺垣被抓的同时，远在宝鸡的顾辟疆便知道了。向他透露风声的是“军统”西北调查处主任黄书良。顾辟疆不敢迟缓，生怕寺垣受不了“军统”那一套吃肉喝血的刑具把他供出来，旋即开车飞奔西安。虽然深夜 11 点钟已过，他还是敲开了蒋鼎文夫妇卧室的房门。

“谁呀？”屋里传来蒋夫人的嫌怨声。一场从下午就开始的高级军事会议刚刚结束，从会议室门缝弥漫进客厅的呛人的烟味依然刺鼻。害得夫人整整半个晚上没上牌桌，心里本就有气，这会儿刚换好睡衣，焉能不烦？

“嫂子，是我！”顾辟疆隔着门缝回答。

听到是顾辟疆，门里的口气缓和了：“你怎么这会儿才来呀？”门被打开，顾辟疆卑恭地笑着：“我来了几次，军座正主持会议，不便叨扰啊！”

“看你说到哪里去了！”夫人偷眼看了一眼仍斜倚在床上闭目养神的丈夫，玩笑道，“你又不是日本特工，害怕泄漏了机密？”

身材苗条的蒋夫人穿着一袭齐膝睡衣，雍容华贵中有几分妖娆俏丽。她一边说话，已走到外间会客室的皮沙发跟前，瞥见顾辟疆放在沙发上的礼物，装作若无其事的样子问：“你什么时候到的西安，怎么不来看嫂子呢？”

顾辟疆慌忙回答：“哎呀！自从俘虏暴动后，我们那里稀奇古怪的事就没断。一个大夫失踪了，紧接着汪大年也失踪了。谁知他们搞什么鬼，特意来招呼一下……”

站在客厅的蒋夫人一直没看到丈夫出来，知道意在尽快将不速之客打发掉，故作惊讶道：“哎呀！就这么点儿小事，还用得着你三更半夜地颠跑？打个电话不就得了！上将今天累了，开了一天会，我把你的意思给他说说。”夫人下过逐客令，随之向客厅的大门走去。

顾辟疆一看急了，话还没说透，怎么就撵他走？赶紧将放在沙发上的两个玻璃纸礼品盒提起来，“哗”地撕开一个的封口，里面是块丝织品。他甜甜地叫道：“嫂子呀！这是一个绸缎庄老乡刚从杭州进回来的最新丝绸面料，我特意挑了两块最好看的，不知你喜欢不喜欢？算是我的一点儿孝心。你先看看，不合意了我明天就去换。抢手得很，换迟了怕就没有了！”说着，将另一块也取出来抖开，让蒋夫人过目。

客厅里顿时被映耀得五光十色。蒋夫人一看乐坏了，拿起一件在身上反复比画着，向内室高喊道：“鼎文！快来看呀，不中意了明天还能换！”

本想避开纠缠的蒋鼎文没辙了，趿拉着拖鞋走出来，一边用双手揉着太阳穴，看也没看就说：“好就好呗！还看个什么呀？”

蒋夫人撒起娇来，将嘴一噘，提着手中的一件到里间照穿衣镜去了。蒋鼎文在沙发上刚坐下，夫人又在内室叫他，只好又回到里间，顾辟疆也跟了进去。

蒋夫人提在手中的一件是墨绿色银线嵌丝大团花软缎，对着镜子正看背看，左看右看，问做旗袍好还是做上下一身的套装裙好。蒋鼎文缄默着，顾辟疆看看上将，又瞧瞧蒋夫人，谄媚道：“做啥都好……你再看看这一件！”随之递上双手抻着的玫瑰红面料。蒋夫人接在手中，又不住地比画去了。蒋鼎文对这个跟在夫人屁股后面的下级皱了皱眉头，面色阴郁地问：“你怎么会把日本特工招募进收容所？”

顾辟疆正要辩解，蒋鼎文用手势制止了他：“当然，还要对这个嫌犯进一步审讯。他如果供出什么，可就难办了！”

蒋鼎文的几句话，重锤一样敲在顾辟疆的心门上，不由得一阵战栗。天气早已转凉，顾辟疆额头上还是渗出了汗珠。这时，穿衣镜前的蒋夫人不乐意了，娇滴滴嗔怪道：“在家里谈什么工作，真扫兴！”

顾辟疆无声地笑着算是向嫂夫人致歉，一回头，蒋鼎文已离开他向外间走去。上将在沙发上坐下来，随手拿起一个文件夹，焦急地翻寻着。顾辟疆跟了出来，毕恭毕敬地侍立一旁。蒋鼎文叹息了一声，看也没看他一眼，低头说：“派你到收容所去，并没有让你和汪大年搞对立。军法处的通缉令发布后，他的老师于右任焉能坐住？那老二憨子拍着胸脯拿人头担保。这不，中央决定派人直接下来调查。”说着，蒋鼎文抽出一份军法处的红头文件甩在沙发的扶手上。

顾辟疆将文件拿在手中正欲细看，蒋鼎文忽然记起了什么，匆忙从文件夹抽出另一份出来：“对了，那件事就等着上面来人调查处理吧！这里还有一件大事要你尽快去办！蒋总裁要求在年底前，一定要以大同学园的模范俘虏为核心，广泛吸收在华以及海外日本著名反战人士，成立‘日本反战同盟总会’。延安已先于我们成立了，我们岂能受制于人？这是领导权的问题，绝不能拱手相让！这可是一件大事，必须牢牢抓住。由我亲自挂帅，行营设立一个秘书班子，你回去和收容所反战人士进行沟通。筹备好以后，在西安隆重举行成立大会。你一定要把这件事办好，不要让我失望。”

听到这儿，顾辟疆才缓过神来，双脚一并，举手敬礼道：“是！决不辜负军座的栽培！”

顾辟疆开车来到五岳庙街“军统”西北调查处门前已是深夜12点以后。这里一道铁门，四周高墙，什么牌子也没挂，熟悉内情的人简称它为西安分部。值班的高个儿八字胡军警打开铁门上的小窗刚露出半个脸，一把银圆已经递了进去。军警眉开眼笑，将手在胸口上抹了抹，双手郑重接过银圆，假意谦让着："自己人了，还来这一套……你等着，我就开门。黄处长正审案子，你去，没事!"

刑讯室里，坐在一把转椅上的黄书良跷着二郎腿，正在慢条斯理地审讯寺垣北村。三面墙下，是各式各样的刑具：带吊环的梁柱、老虎凳、烧着烙铁的火炉、电线缠绕的电椅等等。寺垣被吊在梁柱上，衣服几乎被扒光，口中的金牙早被敲掉，浑身上下几乎体无完肤了。然而，黄书良并没有从他口中得到一点儿有用的线索。狡猾的寺垣在忍受不了毒刑折磨时，为苟延残喘，提供了许多假供，甚至连蒋鼎文胡宗南这些他所知道的军政要员都攀附上了，只差没攀上蒋总裁。老辣的黄书良当然不会上当，要是被他蒙蔽而一一甄别，恐怕两年也难以结案。他早有一套成熟的对付日本特务或者大汉奸的办法，那就是充分利用他的"使用价值"。现在，他并不着急，他知道，电话打过之后，顾辟疆今晚一定会找上门来。从寺垣身上得不到的东西，顾辟疆会加倍补偿。果然，小吕听到敲门声急忙努努嘴说："狗的主人来了。"黄书良扔下寺垣回到办公桌旁，高声道："请进!"

顾辟疆推门进到屋内，拱手说："黄老兄，辛苦辛苦，这么晚了还在办案，真是鞠躬尽瘁呀!"黄书良站起来，谦虚道："岂敢岂敢？为党国效力，本应如此!"接着指一指吊着的寺垣问："这个人你可认识？"顾辟疆的目光像被烫了一下，向梁柱望去，待辨认出确是寺垣后，"嘿嘿"干笑了两声："我家的一条狗，抢骨头去了，被人打断了脊梁骨!"黄书良说声"好"，随即让拉下去。他的声音不高，却充满威严。

寺垣被拖出去的一瞬，忽然用满口流血的黑洞洞的嘴猖狂地大喊起来，声音含混，那意思却是明白无误的："顾长官，不要信他们那一套，他们从我这里，什么也得不到！那些口供都是假的，假的！哈哈……"

老奸巨猾的黄书良不动声色地坐下来，将桌子上摁满红色手印、状若满纸桃花的录供打开，问顾辟疆："想不想看一看？你的这条狗可是咬人了，所以我才……"

他的话没说下去，意思顾辟疆已领会了，慌忙道："不用看了！有黄处长把关，小弟还有什么不放心的？"说着，连忙从腰间摸出一个深蓝色小布包，"哐"的一声放在桌上："多蒙黄处长费心，这点儿硬货算是小弟一点儿意思。改日还有重谢!"

黄书良立即站起身，将口供纸叠起来，扔在火炭上，看着它蹿起火苗，在盘旋升腾的一股烟雾中，燃化成灰色的蝴蝶，又徐徐飞落下来……

顾辟疆回到住地，立即用电报将寺垣英勇殉职和“日本反战同盟总会”即将在西安成立的情报发送给日军华北司令部。得到的回复是：“只身奋战，特予嘉许。为阻止妖会成立，特派‘石盆’与你配合。”

“日本反战同盟总会”进入紧锣密鼓的筹备阶段，发起成立的声明见报后，得到国际和平组织与世界各地日本反战团体和反战人士的通电支持。与此同时，筹备处还收到一直在香港和中国内地从事反战活动的日本著名人士鹿地恒夫妇的第一笔捐款。随着各种宣传活动的展开，各地的捐款、捐物源源不断送到了秘书处。在这种形势的推动下，经中共方面全力营救，山中桂子终于获准释放，即将告别牢狱，走出关押了三个月之久的“军统”西安分部西北特种拘留所。令人啼笑皆非的是，出狱这天，正好汪大年被临时移送进来，分配到监禁过桂子的牢房羁押。一对患难伉俪，一个出狱，一个入监，铁窗之下的匆匆相会，犹如生离死别一般。

这天上午，身着崭新八路军军装的安恩泽将吉普车停靠在五岳庙街军统西安分部门外，早早办理好桂子出狱的一应手续，倚在车门上，静待狱卒将人送交出来。监狱设在分部的东院，前后两道狱墙，从二道门向东有一段长长的通道，因此，很难看到里面的动静。安恩泽检查了一下汽车的轮胎，直起腰，只见一辆军绿色中型吉普远远驶来，不等监狱厚重的黑色铁门拉开，坐在车里的汪大年一眼就瞅见站在吉普车旁的安恩泽，急忙叫宪兵停车。这些宪兵的上司，是汪大年在军界的旧友，嘱咐特别给予关照，甚至连手铐也只是象征性地挂在一只手腕上。

汽车停下来，汪大年推开车门，问道：“安大哥，你怎么在这儿？”

“我是来接桂子的，桂子今天出狱！”安恩泽迎上前兴奋地说。隔着车窗向里望去，汪大年消瘦多了。他俊俏的脸庞显得十分苍白，黑刷刷的胡楂子看上去几乎变了个人。他没戴军帽，上衣的领章被撕掉了，一头黑发疯长得像野草一样，只有两只深陷的眼睛依然灵活而充满睿智和热情。

“你说什么？桂子出狱，今天？”汪大年惊喜地问。

“是呀，是呀！”安恩泽亮了亮手中的一沓单据，“手续已经办妥了！”

见此状况，汪大年对身边的宪兵队长说：“少校，请允许我下去说两句话，你们先去办移交手续。两不耽误，怎么样？”

脸上有着一道刀痕的宪兵队长点了点头，汪大年旋即跳下车。安恩泽迎上前去，两位好友紧紧地拥抱在一起。

“安大哥！”汪大年凝视着这位多次营救自己妻子的恩人，动情地说，“桂子就交给你了……如今，我身陷囹圄，前途未卜，不能尽丈夫的责任照顾她了。不要告诉她我被关在这里……请你转告她，不要挂念我。”

“你放心吧！我会替你照顾好她的！”望着自己的这位发小，安恩泽关切道，“你的情况怎样，不是说已有转机了吗？”

“对！军委会要派人下来重新调查。”

“好，但愿能来一位清官，查他个水落石出，你就该拨云见青天了！”

“唉！”汪大年感慨道，“国事日非，我是不抱什么希望了，但愿你们那里能撑起一片蓝天……”

说话间，宪兵队长办完移交手续，急三火四地走来叫汪大年上车。汪大年踏上脚踏板，突然发现桂子出现在二道门里，急忙关上车门。

桂子低头跟在一个年轻狱卒后面，只顾走路，看见军车过来，习惯性地让开道站在一旁。桂子双手搂抱着一个家织的蓝花布包袱，那是离开太殷村时房东李二嫂送给她的。她穿着一件洗得发白的灰布旗袍，虽然陈旧，却不失整洁。几个月的铁窗生活，使她的脸上已失去往日的光彩，一绺头发从耳鬓垂下来贴在鼻翼一侧，一副备受折磨仍然顽强不屈的样子。两只眼睛虽有些凄怆，眸子里依然闪烁着坚毅的火花。她没有在意开过来的军车，只是当汽车驶离时，不经意地回头瞥了一眼。也许是两个相爱相惜的人儿擦肩而过引起的心灵感应吧，也许是太多的苦难铸就了她敏锐的感知能力吧。就在这电光石火稍纵即逝的一瞬，她的目光忽然捕捉到了一个身影，一个隐没在飞扬的浮尘和晃动的车窗后面的身影。这身影多么熟悉，又多么陌生，如黑暗的林中透进一缕阳光，如苍茫的海上看到一线岛礁，这一刻，她蓦然如梦方醒了！这难道是我日夜思念的夫君？她猛地将包袱塞给那个小狱卒，转过身疯了一样拔脚向车尾追去，一边高喊着：“大年，大年，你等等……”

送桂子出狱的狱卒被撇下来，怀里抱着包袱，一对小眼睛不住眨着，丈二和尚摸不着头脑，自语道："奇哉怪哉，楸树上结个蒜薹！人家巴不得早些出狱，没见过还有想'二进宫'吃回头草的……"

汪大年恰巧被推入关押过桂子的牢房，铁栅栏牢门"哗"地拉上了，正要上锁，桂子呼叫着旋风一样冲了进来。已经熟识的老狱卒被吓了一跳："你，你……怎么没走？"汪大年立即将手表抹下来塞给他："我们说两句话就走！"老狱卒迅即将手表装进裤兜，一本正经说："这可是违反规矩的！有啥话，三锤两棒子，拣紧要的说！只给你们五分钟，我看着，不准啰唆！"

见到自己心爱的人将和自己一样遭受牢狱之苦，桂子的心都碎了，扑到汪大年怀里，自责道："大年，是不是我连累了你，你怎么也进来了？"

"不不，是我不对，没有照顾好你，让你吃了那么多苦！"汪大年怜爱地将妻子的鬓发捋好，双手捧着她的脸端详着，接着，两个人紧紧地搂抱在一起。

见此状况，老狱卒伸着舌头悄悄避开了。

"到底怎么回事？"桂子仰起头，望着汪大年，"快告诉我，告诉我呀！"

"不要紧，我会没事的。"汪大年苦笑着，"安大哥在外面等你，出去以后，还是回延安吧！"

"不，我要留在西安，你在哪里，我就跟到哪里！"桂子倔强地说，"你到底出了什么事？快说呀！"

汪大年被逼无奈，淡然道："有几十名俘虏组织暴动给跑了！"

"跑了，怎么会跑了？远隔千里，一定有内线……"

汪大年立即用手捂住她的嘴："事情总会水落石出的，你放心！"

"不！"桂子愤愤不平地说，"我出去，立即为你奔走呼号！"

汪大年阻止道："不！这样多不好！要麻烦多少人啊！听安大哥说，为了你的出狱，连中共周恩来副主席和国母宋庆龄都出面了。他们找到蒋介石，逼他亲自下令，蒋鼎文不得不听……"

桂子被感动得抽泣起来。这时，两个狱卒同时开门进来，看到他们夫妻依依不舍的样子，吼叫道："哎，你俩说完了没有？我锁门呀！"

汪大年脱下呢子军衣，刚走到门口就被眼尖的小狱卒一把抓在手里。老狱卒不服气，两人争抢着出去了。

桂子悄声责怪道："天已经凉了，你穿啥？让他们锁门吧，锁了门我就不走了！"

汪大年说："别说傻话！安大哥还在外面等着，你也该走了。"说着，双手抓住妻子的臂膀，恋恋不舍地望着她。桂子又一次扑进丈夫宽大的怀抱里，将滚烫的脸颊紧紧贴在他的胸脯上。

汪大年亲吻着桂子有些蓬乱的头发，爱抚地说："你的头发还是这么美，咱们第一次见面，我老远就看见了……那是个春天，你和伯父坐在樱花树下赏樱花，我在公园当清洁工，你说话的时候，头发一甩一甩的……"

桂子转过身，用双手捶击着丈夫的胸脯："哎呀！贼不打三年自招，原来你早有预谋啊……"

汪大年苦涩地咧开了嘴，笑道："因为你太美了，像高傲的孔雀公主！你还记得吗？咱们第一次登富士山……"

"看日出……啊，壮美极了！你还写诗来着……"

"……"

回忆往事，咀嚼那段牵手走过的美好时光，两人都陷入了沉思。

忽然，两个狱卒出现在门外，不耐烦地喊道："时间到，快出来！"说着，一脚踢开门，拖着桂子就往外走。

桂子声嘶力竭地喊道："大年，那面墙上，有我用血写的诗句。你想我的时候，只要读一读，我就会站到你的面前……"

汪大年抓住铁栅栏，大声喊着："桂子，一定要注意安全……"

正在向外走着的桂子，忽然挣脱两个狱卒铁钳般的手臂，扑到铁栅栏跟前，伸过手去，和汪大年的手紧紧握在一起……

二十四

石盆是日本茶庭院举行隆重茶道仪式前盛满清水供人们洗手洗脸的古老盥具。当日本人把中国茶文化演绎成武士精神与禅宗意识相结合的一种礼仪后，古朴的石盆也就成为大和民族意识中一种象征纯净的符号。日军华北司令部策划的"石盆"

行动，目标首先指向了为“反战同盟总会”的成立而四处宣传巡演的反战剧社。

“石盆”行动小组由日军华北司令部第三课课长麻生育麻大佐亲自率领，在顾辟疆提供的详尽演出日程和出行路线的帮助下，他们选定了最佳伏击地点并隐藏下来，只等猎物出现了。

近几日，反战剧社的演出任务十分繁重。渭河两岸的各县民众，听说日本也有反对侵略战争的人，都想看看他们什么模样。盛情邀请下，演出日程排得满满的。

这天一大早，迎着东方初升的旭日，队员们结束了昨晚蒲城县的演出后，分乘两辆卡车向百十里外的澄城县进发了。站在车厢里的队员们兴高采烈，一个个意气风发。他们一路上拉歌互唱，热烈欢快，简直将车厢变成了赛歌台。一会儿前邀后唱，一会儿后邀前唱，一会儿又齐声高歌，从中国时下的抗战歌曲，到古老的陕北民歌，再到日本歌谣，几乎未间断。

反战剧社约有二十多人，基本以延安移交宝鸡的反战俘虏为主，都是风华正茂的青年，有男有女。大家除表演歌舞，还演出自己编排的现实题材短剧。负责保卫工作的是陈忠孝带领的五名士兵。每到一地，大家不分彼此，共同刷标语，搭戏台，搬运服装道具，战士们有时也参与演出，相处得十分融洽。

副队长山本聪慧子本来是最活跃的人物，她不但思想开朗，性格活泼，嗓音甜美，而且吹拉弹唱，样样精通，是大家不可或缺的快乐中心。但是，今天她一直倚在车厢前的护栏上，一言不发，目光呆滞，好像有什么心事。后面的汽车追上来，在队长森下九郎的鼓动下，车上的人一齐冲着她喊：“聪慧子，来一个！聪慧子，来一个！”她仿佛没听见，只是浅浅地笑笑。那辆车超车后，队员们一起喝倒彩：“叫你唱，你不唱，扭扭捏捏不像样！”但是，她仍僵立在车厢一角，俨然一个木头人。汽车路过洛河，队员们下车到河边洗刷休息，森下急忙去找她。

聪慧子避开人群，独自来到一处僻静的河湾，坐在一块大石头上，望着波光粼粼的河水出神。

森下跑下河堤，喊道：“喂，聪慧子，你今天怎么啦？”

聪慧子一怔：“哦！我正在构思一出话剧。”

森下热情地问：“什么内容，能吐露一点儿信息给我吗？”

聪慧子仍在沉思："关于我和父亲……"

"好啊！这应该是一部生动的现实生活教材。"森下关切道，"构思得怎样了？"

"内容你应该知道，真人真事。只是按照经典的戏剧理论来说，'契机'还没找到。"

"戏剧'契机'当然重要，这是一部戏的聚焦点和爆发点。"森下帮她分析着。森下曾进修过欧洲戏剧理论，最早的理想是当一名戏剧导演，只是战争将他从课桌边驱赶到了中国战场。"反战剧社"的成立又唤醒了他昔日的梦想，给了他创作和实践的机会。他从导演角度帮聪慧子构思着规定情景："我想……你看是不是这样——女儿不远万里，费尽千辛万苦来找父亲，父女相见，十分亲热，拥抱在一起，述说着各自的遭遇。当父亲知道女儿的经历后，态度突然发生180度的大转变。从热切地期盼到狠心地驱赶，不承认自己的女儿——围绕这样的主线，它的'契机'，最好在某个千钧一发的时刻……"

"千钧一发？"聪慧子似乎找到了灵感，"对！在某个千钧一发的时刻……"

他们离开人群，在河边的黄沙地上一边踱着步子，一边深入地探讨着，松软的沙地上，被踩出一排散乱的脚窝。

汽车静静地停放在河岸的坡顶上，远处，澄城县古老的城楼已遥遥在望。为安全起见，陈排长在高坡上撒出岗哨，又带着司机到木桥上走了一圈，检查破旧的木桥是否牢固。

木桥上杂草丛生，很久没有车辆通过了，几块朽坏的木板脚踩上去就折为两截。桥下倒是有一条便道，需从河心过去。陈排长走向桥头，忽然哨兵跑来报告说车胎被人扎破了。陈排长颇感意外，骂声"奶奶的"，心想，一定是附近的土匪干的。看到车上除了服装道具，没有什么值钱的东西，临走撒撒气罢了。

陈排长转过身，要带人去看个究竟，汽车旁的高地上忽然响起了嗒嗒的机枪声。

向他报告的哨兵第一个应声栽倒，滚下河去。一声"趴下"没有出口，陈排长肩膀已经中弹，接着，身旁的两名司机也挂了彩。听到机枪声，陈排长立刻明白过来。对手肯定是日本特工，因为，就是鸡峰山最大的匪股，也不会拥有机枪。

他趴在桥面上，顾不得自身安危，对桥下沙滩上散乱的人群高喊："赶快隐蔽，河岸上有敌人！"机枪又一次瞄准了他，子弹嗒嗒嗒扫射过来。陈排长拔出手枪，咬着牙，一边向前爬，一边向对方还击。

爬下桥头以后，道路两边均有排水沟，他一连几个滚翻，滚进了水沟。这时，躲在河滩的森下和聪慧子向他快速靠拢过来，要为他包扎伤口。陈排长一把推开他们："这里危险，别管我！"接着，命令道："森下，你赶快带两名士兵从右翼包抄过去。我在这里吸引他们。快！敌人不多，奶奶的，别放他们跑了！"

森下带着两名士兵飞快地离开了。接着，陈排长又派出左翼包抄队员，他扭回头，忽然发现正前方已经有人端枪冲向高地了。定睛一看，是聪慧子。原来在他布置任务的时候，聪慧子从牺牲的战士手里捡起步枪，向敌人发起了冲锋。聪慧子直接暴露在敌人的火网下，陈排长一看着了急，捂着不住冒血的伤口，一边大喊："聪慧子卧倒！"一边冲上去将她推进了水沟。

恰在这时，敌人掉转枪口，一梭子弹打来，穿透了陈排长的前胸。

陈排长身子猛地一晃，也栽进长满蛐蛐草的水沟。陈排长仰望着天空，似乎要说什么。天空湛蓝湛蓝的，多么明净而高远啊！他看到一队大雁排着雁阵出现在天穹，那是南飞的雁。他想问问它们是否从东北老家飞来，但是，不知怎的，他张了张嘴巴，声音连自己也没听见……

高地上的机枪响了一阵，因无法同时应付两翼的包抄，三名特工提起机枪偷偷溜掉了。森下带人冲上土包，锃亮的弹壳撒满一地，几乎把人滑倒。他捡起来放在掌心一看，痛心地说："全是日本造。日本容不下我们，派特工硬下杀手了！"

傍晚，落霞燃烧在西边的天空。森下九郎陪同山本聪慧子再次来到河边，默默走过那曾经发生过战斗的地方。这次遭受袭击，连同陈排长，一共牺牲了五位同志，其中三名中国士兵，两名日本朋友。这么多生龙活虎情同手足的战友一下子就离开了，大家谁也不愿意接受这个事实。

晚霞渐渐暗淡下去，水沟里，陈排长洒下的血迹已经变得一片殷红。聪慧子看着看着，一个用生命和鲜血揭示的戏剧"契机"蓦然闪现在脑际。敌人的暗杀行为多么凶残，多么无耻！应该以此为聚焦点，诅咒它，揭露它，鞭挞它！把敌人的罪恶无情地暴露在光天化日之下！

聪慧子和森下跪下来，一把把捧起沙土，徐徐覆盖在血迹上面。然后，把采摘来的鲜花默默插了上去……

经战俘们民主选举，又经各反战团体充分协商，最终，大家一致推荐，中国军政部第一俘虏收容所模范俘虏岩切五郎为“日本反战同盟总会”首任会长。

得到这个消息，岩切迫不及待地跑回住处，一进门就大声嚷嚷：“李二嫂，李二嫂！给你报告个好消息！”

李二嫂正在灶棚下做晚饭，烟熏火燎，额头上粘着黑色的烟絮。见到岩切，二话没说，先解下围裙，推他到院子中间，给岩切拍打掉肩头和裤脚的尘土，一边嗔怪道：“啥事嘛？看把你高兴的！”

岩切没有立即告诉她，鼓起腮帮子，吹去她额头上的黑灰，笑着说：“你猜猜看！”

自从俘虏暴动将李二嫂和赖家媳妇劫为人质并强暴后，回到村里不久赖家媳妇就疯了，李二嫂也完全像变了个人。她整天沉默寡言，不见一丝笑影，常常发呆，仿佛丢了魂儿似的。平素干活不让人的巧媳妇，变得丢三落四，蒸馍时一走神愣是将一锅水熬干了，到地里割韭菜镰刀鬼使神差竟砍到腿腕子上，下河洗衣竟将木盆漂走了。李二嫂整天木木的，很少出门，外面的事情自然知道得少了。她想不出有什么好事。地里缺力少劳，唯一的希望就是岩切能留下来和她一块儿种地，过上男耕女织平静安宁的生活。前不久，根据西安行营的指示，对已经改造过来的战俘，依照他们的专长和自愿原则，可以补充到各个奇缺的技术岗位上去。一时间，收容所门庭若市，西安的各大学和研究机构纷纷到“大同学园”聘请技术专家。岩切五郎不但受到多个单位的邀请，还被允许可在内地结婚成家，不过需要特批。李二嫂当然希望早点儿批准下来，因此，脸一红道：“该不是批准了？”

岩切明知她的意思，故意打趣道：“你问批准什么了？”

李二嫂微微一笑，低头说：“当然是批准你……留下……”

岩切摇着头嘿嘿笑了：“这个目标太小。再想，往大了想！”

李二嫂思索着，猛然想到今年夏天小麦扬花时，岩切在自家的田头搞“人工选育授粉”，结出的麦穗籽大粒饱。夏收后，西北农校把种子全买走了，还请他去合作培育新品种。于是她高兴地说："我知道了，农学院早就捎过话，要你去当农艺师哩！"

岩切的头摇成拨浪鼓："太小，还太小！"

李二嫂这下糊涂了，为难道："你们男人的事都在肚里装着，我又没钻进去看。你快说嘛，真急死人！"

岩切这才打开闷葫芦，一板一眼道："大家选我当'日本反战同盟总会'会长，只等成立大会一开就当选了！"

李二嫂这下听清了。她似乎从桂子的口里听说过这个名词，但不知是什么意思。李二嫂心说，我的爷！这个总会"会长"是多么大的官呀？她唯一能想到的，就是男人凡是当了大官，家里就盛不下了。秦腔老戏《铡美案》《义责王魁》把这个道理演绎得家喻户晓。想到这里，刚才的一腔热情骤然降到冰点，她冷冷地问："你当官了？"

岩切苦笑道："哎呀！什么官不官的？不吃皇粮不拿饷银，这是群众自发组织。就是把所有反对侵略战争的日本人联合起来团结起来，拧成一股绳，和全世界爱好和平的国家和人民站在一起，共同反对战争，制止战争，尽快结束目前这场罪恶的战争！"

李二嫂一边听着，一边捕捉着岩切口里的新名词，末了一吐舌头："好家伙！都管到'世界'的头上去了，这不成了皇上他二爸了？"

岩切不知怎样向她解释才好，拉着她热乎乎的手乞求道："好二嫂哩，你答应过我的，那句话没忘吧？"

李二嫂嬉笑说："当然没有忘。我说：'何当西山出太阳，吹吹打打嫁五郎。'你想想，那咋是答应，西山啥时候出过太阳？"

岩切反驳说："现在，西山就是出太阳了嘛！'日本反战同盟'在中国的土地上诞生，它必然像一轮初升的太阳照亮被战争阴霾笼罩的大地，给饱受战争苦难的中日两国人民带来和平的希望。这轮希望的太阳对日本来说，正好是从西边的中国升起来的。你说，是不是太阳从西边出来了？"

李二嫂被他说得无话可说，扑哧一声笑了："你呀，真会强词夺理！我服了！"

岩切急切地问："你服了，就是同意了？"

李二嫂想说什么，脸上滚过惨淡的愁云，半天，狠心地摇了摇头："不，不！"

岩切五郎急得恨不能把心掏出来给她看，一把抱起李二嫂，在院子呼呼地打旋子，惊得李二嫂趴在他肩头乱踢乱喊。

上屋里，坐在炕头数念珠的李婆婆，一直担心李二嫂会跟岩切偷偷跑了，只要外面有响动，她总是将耳朵支棱得长长的。听到院子里李二嫂的惊叫声，隔着破烂的窗纸喊道："二姐娃！得是你要嫁到日本去呀……把我个瞎老婆子也搭上！"

在收容所中日双方热心人士的促成下，一个"婚礼协办委员会"成立了。成员们一致主张打破中国几千年的封建礼教和旧传统，即便寡妇再醮，也要像嫁新娘一样办得红红火火。新婚洞房选在李二嫂院内岩切的东厦，二十余桌婚礼宴席将摆放在营房的饭堂大厅，晚上还在饭堂的小舞台演出文艺节目。婚礼将邀请收容所主任顾辟疆上校、太殷村保长岳崇义先生莅临讲话，特邀即将就任"同盟总会"副会长的山中桂子女士做证婚人并代表反战人士致贺词……

总结日本轿夫抬花轿的损招，岩切对一帮弟兄"约法三章"：要求他们规矩抬轿，不许癫狂不许疯张，不准将新娘扔进涝池看她怎样变成落汤鸡。轿夫们嘻嘻哈哈表面上一一允诺了。岩切知道，这帮家伙口是心非，心怀鬼胎，是不安分的猴子，到时候，须得严加防范。

婚礼前一天晚上，人们成群结队到洞房参观。身着八路军灰制服的山中桂子的到来，无疑为洞房增添了隆重和欢乐的气息。直到夜深人静，送走最后一拨人，李二嫂和桂子才有了单独说话的机会。李二嫂羞答答坐在床沿问："桂子妹妹，你看，我嫁给五郎合适吗？"桂子说："合适，当然合适。我回来，就是专门向你俩祝贺哩！"随之打开自己和汪大年送来的贺礼。李二嫂接住礼品，犹豫道："唉！我是怕对五郎今后的工作不利。你想想，你们的困难多大呀！面对的是强大的日本政府和它的上百万军队。我不过是个农村寡妇，你铁柱哥牺牲了，我又遭了作践，这些，会影响五郎工作的……"桂子拉着李二嫂的手安慰道："嫂子，这个你不用担心。你嫁给五郎，是西安行营呈报国民政府特批的。这是多高的礼遇呀！再说，你和五郎又真心相爱，这应该成为他工作的动力。困难怕什么？就像我和大年，经历了多少风雨呀！即便现在，仍然无法团聚，但是，困难再大，也压不垮我们，我们的心是相通的。”桂子的一番话说得李二嫂泪珠潸潸地滚落下来，想到桂子和汪大年坎坷的经历，李二嫂不禁一阵感伤：“唉，盼只盼赶快打败日本鬼子，结束这场战争，咱们就都能过上安生日子了……”

下午3点钟，噼噼啪啪的鞭炮声中，一顶八抬花轿迎娶了李二嫂，然后，在人们的前呼后拥下，缓缓向礼堂走去。花轿前方，十个乐人吹吹打打作为先导，轿子旁边，是按照中国风俗穿着长袍马褂、肩披红绸、胸戴红花的新郎官岩切五郎。他骑着一匹高头大马，一边护持着轿子，一边不住向看热闹的乡亲抱拳施礼。负责礼宾的人员，则将大把大把的糖果撒给尾追嬉闹的孩子们。

花轿忽闪开来，晃晃悠悠，颠上颠下，一忽儿抛向云端，一忽儿跃入深谷，李二嫂惊叫着，感觉有点儿像正月十五跑旱船。她和李铁柱结婚时，没坐过花轿，是胡大诌空口一说，就进了李家的门。1933年日本占领山海关，为了避难，父亲挑着铁匠担子，带着一家人逃回河北老家。后来日本步步进逼，势力渗透到井陉煤矿，家里有两个大姑娘，总是让年迈的父母放心不下，遂打发她和姐姐到内地去投靠姑姑。一路风餐露宿，姑姑没找到，姐妹俩乞讨流落到宝鸡，叫花子一般。十冬腊月，天寒地冻，姐妹俩衣衫单薄无处栖身，即将冻馁饿毙之时，只要谁给口饭吃就跟谁走，哪管什么门高户低。姐姐在车站跟了出夯力的刘二憨子。命运之神将她带到了太殷村，她随胡大叔走进一个门上吊着破稻草帘子的低矮茅棚。那一刻，真是奇怪极了！看见那个破稻草帘子，她忽然有一种似曾相识的感觉，仿佛梦中她的灵魂早已来到过这里，于是，二话不说，当晚就嫁给了贫苦的长工李铁柱。李二嫂聪明能干，吃苦耐劳，婚后，硬是凭着她和丈夫的勤苦节俭，置地，盖房，撑起了这个家。现在，她又要嫁人了，她的心情是多么矛盾啊！她想起牺牲了的丈夫，想起失踪后至今仍无下落的儿子，又想到深深爱着她的日本战俘岩切五郎……她不知为什么呜呜地哭了：“命运之神啊！快快告诉我，该不该走出这艰难的一步啊……”

轿子在村巷吹吹打打转了一圈，在岩切的严密监督下，没能走出“之”字形步伐，也没能扔进涝池，最后，李二嫂在欢天喜地的唢呐声中被抬进饭堂。她被无数个热情的手扶下花轿，未免有粗重的手指在她腰上乱摸。她顶着盖头，嬉笑着，已无法顾及了。婚礼仪式是在饭堂一端的小舞台上进行的，她服服帖帖听任摆布，叫干什么就干什么，很像是在上演一出热闹的哑剧。

李二嫂不知仪式是怎么结束的，总之，盖头拿掉后，她和岩切双双走下舞台，宴会便开始了。在森下和聪慧子的引导下，她随岩切来到每张摆满菜肴的餐桌前，轮番为大家敬酒。头一张桌子上，坐的有保长岳崇义和李百药等几位村中的长辈，还有郑拴子及班长吴长海和李明德。山中桂子和李婆婆也在座，桂子不停地给李婆婆的碗里夹着菜。然而，留给顾辟疆的位子一直空着，好像一轮圆月被天狗咬掉了一块，总令人有一种不祥的缺憾感。

敬酒完毕，大厅里，中国式的、日本式的猜拳行令声此起彼伏响成一片，已经有几分醉意的岩切被同伴们拉去灌酒，摁在座椅上不得动弹，让他老实交代和李二嫂偷过情没有。他们还要拉李二嫂过去做证，李二嫂含羞带笑跑掉了。

李二嫂决计亲自出面去请一回顾辟疆，她知道，顾辟疆和岩切有些过节。收容所主任不到，她的心里不踏实。

穿着紫红棉绒旗袍、头上插着一朵绢花的李二嫂在不绝于耳的“骨斯特”“五魁首”的吆喝声中，悄悄向大庙的办公室走去。

立冬已过，小雪将至。山风带着瑟瑟寒意，割在人的脸上麻酥酥的。营房外的空地上，士兵和战俘们种了许多晚菊花，目下，这些晚菊临风傲立，凌寒吐蕊，将庭院装点得五彩缤纷。置身花丛，但见一朵朵、一丛丛、一团团、一簇簇，有的灿若繁星，有的鲜如云霓，有的瑰同锦缎，有的娇比天仙。紫红的、鹅黄的、雪白的、粉蓝的、嫩绿的，竞相绽放枝头。微风徐徐吹来，株株摇曳生姿，舒眉展笑，满目的妩媚婀娜，满袖的阵阵幽香，那娇容，那姿态，多么令人爱怜啊！

李二嫂在花丛中俯下身来，摘了一大捧鲜花。她准备见过顾主任后，把这些可爱的小精灵送回新房，用水养着，作为给岩切和自己的结婚礼物。

李二嫂一走进大庙，顾辟疆隔着窗户就瞥见了她。他甩掉烟屁股，躲在窗玻璃后面注视着她的一举一动。整个下午，顾辟疆都在苦恼着。“日本反战同盟总会”的进展情况近来成了日军华北司令部关注的重点。“石盆”行动小组对“反战剧社”实施袭击，并没有阻止筹备的步伐，反而促进了会长遴选的速度。这样一来，“同盟总会”已呼之欲出了。为此，他又一次遭到华北司令部的训斥，严令他迅即将其消灭。但是，要除去这个对自己早就有戒心的会长，并非一枪结果性命那么简单，还需等待时机。不过，给他制造点儿小小的麻烦，倒是顺手拈来的事情。顾辟疆眼睛突然一亮，既然李二嫂送上门来，就决不能放过她。看着窗外的李二嫂，他未免有些惊诧。一个被众多俘虏凌辱过的寡妇，竟然也有着黄花般的风姿，女人真是难以捉摸。

李二嫂挑开帘子，屋内浓烈而刺鼻的烟雾呛得她连连咳嗽，眼泪也溅出来了。顾辟疆满脸的阴霾和满地的烟蒂令她吃了一惊。喘了喘止住心跳，赔着笑脸问："顾主任，快去吃酒席吧！等着你呢！"

顾辟疆冷冰冰地一口回绝了："等我干啥？我早就说了，不去！"

李二嫂的笑容冻结在脸上，仍然温和地问："咋的，怕醉？"

"哼！"顾辟疆鼻腔里喷出不满，故作深奥道，"算了，我不说了！"

"哎呀呀，嫌酒席不好？"

"我没说不好，我是怕好吃难克化！"

"好吃难克化？"李二嫂难堪着，仍设法打破僵局，"顾主任真会开玩笑……"

"谁有心和你开玩笑？"

"哦……"李二嫂心里一震，惊得花儿掉下了几枝。

"我丢不起那个人！"顾辟疆恶狠狠地说。

李二嫂蹙眉叹息道："你知道，我本来不想嫁人，也不想这么折腾……"

顾辟疆打断她："我无权干涉你们的婚姻自由。请不要向我解释。"

李二嫂的心在战栗："我，我……"

"我想你不会如此健忘吧？"顾辟疆皮笑肉不笑地用眼睛剜着李二嫂，"俘虏暴动的事还没下结论。村子里议论纷纷，光天化日的为啥不拉别人，偏偏把你和赖婆娘拉走了？你们是送上门嘛……拉上汽车也罢，偏偏又发生了那种见不得人的事情！防民之口甚于防川啊！村里可是说啥的都有。什么'烂桃不烂味，照样能陪男人睡'……要多难听有多难听！赖婆娘倒是省心，疯了——任谁说去！你倒好，嫁了汉子坐花轿，吹吹打打真热闹……"

李二嫂苦笑着，冷饭好吃，冷气难受。这一刻，她的心又一次被撕裂了，一滴滴在向外滴血。

"哼！我倒想提醒你，鸡蛋是谁让你送的？再往远了说，又是谁让你到后沟给龟田他们送鞋的？你男人死了，你的菩萨心肠，哈哈，恐怕另有所图吧？"

“我，我……”李二嫂感到万箭穿心，这恶毒的语言几乎将她击倒，她只觉得天旋地转四肢瘫软，手中的秋菊簌簌掉了一地。

“我也喜欢你！怎么样？李二嫂，这会儿没人，趁早上床吧！”顾辟疆拾起散落在地的鲜花，淫亵地笑着塞给李二嫂。

“无耻！”李二嫂愤怒地掴了他一记响亮的耳光，摔门跑了出去……

岩切五郎被灌醉了，直到深夜才踉跄回家。送他回家的人也烂醉如泥，栽倒在地便睡着了。疏忽间，谁也没有注意李二嫂的踪影。

后半夜，一直难以入眠的桂子发现新房门外横躺着两个人，他们鼾声如雷，昏死了一样。桂子怕冻坏他们，点灯开门一看，哈！其中一人竟是新郎官。问他：“怎么倒在这儿，李二嫂呢，也不扶你进去？”岩切糊里糊涂爬起来，进屋去床上一推，那人揉着眼睛坐了起来，原来是送他回家的总执事森下九郎。大家一阵好笑，点着油灯，铺床展被，急忙到堂屋请新娘子来入洞房。在窗根下叫了两声，谁知李二嫂没唤着，反听到李婆婆念经般的喃喃声——

麻野鹊，尾巴长，
嫁了汉，忘了娘……

李婆婆深更半夜不知睡觉自言自语胡乱念叨，大家感到莫名其妙，隔着窗户递话进去：“李婆婆，你说啥呢？俺二嫂人呢，没跟你睡？”李婆婆恶声败气道：“没有！往常，都是她服侍我先睡下她才睡的，今天刚改嫁，连上房门也不进了！真个成了外人了！”大家听说后，这才预感情况不妙，拥进堂屋，果然没有李二嫂。

大家着了慌，跨出房门，找遍院子的旮旯拐角，又急忙打发人出外四处去找。最终，李二嫂的尸体在后山的一座茅庵被发现了，她是用那条给丈夫绣制的红腰带悬梁自缢的。

就在李二嫂出事的前几天，偏僻的后山来了一个蓬头垢面的叫花子。他躲躲藏藏，生怕被人发现，在一片白杨树林旁的苞谷秆垛子里钻着，偶尔出来窥探一下，又躲了进去。他神色慌张，行动诡秘，如同一个幽灵。这个叫花子，就是早已列入失踪将士名单的中条山战斗英雄李宽银。

李宽银在山西闻喜县宋家牌坊因营救女游击队长柳莺不成而险遭杀害，后来，又被关进运城战俘集中营。没多久，在转送山西大同煤矿做苦役的途中，巧遇八路军破袭同蒲铁路，他与数百名中国战俘同时得到解救。由于他右腿已残，只好拄着那根八路军老班长留给他的枣木棍子，几经辗转，回到了日夜思念的故乡。

李宽银面黄肌瘦，衣衫褴褛，两个多月的沿途乞讨耗尽了他的体力。他本来是顺公路南下到中条山寻找自己部队的，无奈部队换防去了淮河一线。接防的中央军未能采取陕军多点固守的战术，自以为是，骄傲轻敌，在全面进攻中，误中牛岛的圈套，结果全线失利，溃不成军，一下子被日军俘虏了七万多人。李宽银险些再次被俘。沟沟峁峁间，到处都有被押解、被暴打、被枪杀的中国战俘。多亏他熟悉地形，昼伏夜出，才逃出了险境。他夜泅黄河到了潼关，找到驻军说明自己的姓名、部队番号及军职，希望得到帮助，结果却受到奚落。潼关驻军为胡宗南所部的中央军，他们是来督战的，对原陕军残兵败将不屑一顾。说什么，快滚吧！天天都有伤兵来冒领抚恤，李宽银早死了！

华发垂肩、拄着一根磨得发亮的枣木棍、瘸着腿乞求施舍的李宽银，看上去像一个六十多岁的老叫花子，与当年那个身材修颀、风华正茂、穿一身崭新军校服装的白面书生简直判若两人。费尽千辛万苦总算到了宝鸡，他不敢贸然回家。母亲去世的消息他当然无从知道。他心想，二老爹娘年纪高迈，以为独生儿子早就殒命沙场了，如果见到他这个半人半鬼的样子，轻者以为阴魂出现，重者还不把老人吓个半死。再说，年初自己回乡带走的十几个弟兄，本村的就有七八个，几乎全部阵亡了。今天，如果他们的家人看到只有自己一个活着回来，向自己要人怎么办？思忖再三，还是找个地方安顿下来打听打听再说。于是，他上了人迹罕至的后山梁子。这里的崖畔间，到处都有村民秋收过后堆积的苞谷秆，等待晒干冬季拉回去喂牛或当作柴火烧。这里是他儿时经常逮蛐蛐掏鸟窝的所在，山川路径十分熟悉。他家是富户，那块长满杨树的台地，是他家的闲田。那一株株加拿大小叶杨，是他亲自下的插条。短短五六年工夫，居然长得碗口粗细蔚然成林了。林边空地上，那堆积如山的苞谷秆，既可以藏身，又可以找到未掰净的小棒子用来充饥。亲爱的故乡啊，对失魂落魄归来的游子，总是十分宽厚的！

一连两天，都未见有大人从台地下路过。这天下午，远远看见有两个放牛的牧童，他试图走过去接近他们，两个牧童却像躲避鬼魅一样匆匆逃掉了。终于挨到黄昏，冷风袭来，林子里树叶飘零，萧萧瑟瑟，破烂的单衫使他不胜其寒。正要钻进苞谷秆堆里去，忽然看到从山下哭哭啼啼走上来一个人，一个女人。待走近一看，原来是李二嫂。他本想下去问问她，但是，想到李二嫂的丈夫李铁柱是随自己一同上前线牺牲的。一个无依无靠的寡妇，她的不幸，难道不是自己造成的吗？想到这里，他犹豫了。

李二嫂从他面前经过后，到了梁顶，许久没见下来。天空渐渐黑严了，村子里已经亮起了灯火，他以为李二嫂从这条捷径到后沟刘家槽姐姐家去了，也就没有在意。

黎明时分，他被山坡下愈来愈近的一溜儿打着火把手电筒的人群吵醒了。他不知发生了什么事，以为两个牧童将他报告了收容所，该不是来抓人吧？谁知他们并未走进树林，直奔梁顶去了。一会儿，蹲在台地上的李宽银看到，在一片哀天号地的哭声中，李二嫂的尸体被抬下了山。李宽银这才恍然大悟，李二嫂自寻短见了。他揪着自己的头发，悔恨没有将李二嫂拦住……

一连几天，李宽银都没有出去觅食，一直浑浑噩噩地躺着。深深陷入自责的战斗英雄希望自己就这样静静地死去，他害怕想起那些牺牲了的战友，他害怕想起李二嫂。

又是一个朝霞灿烂的清晨，没能死掉的李宽银已打定主意，决定暂时离开这里，到山下的炎帝庙出家当一名道士。正欲钻出苞谷秆堆，忽然听到外面有说话声，是一男一女。难道他们是新雇的长工，这么早来拉苞谷秆了？——哦！不是。那一男一女正往他所在的苞谷秆窝子里钻，稀里哗啦的，原来是一对野合的鸳鸯。也许是他们急不可耐欲成好事吧，未经仔细查看，就在李宽银堵好的通道口双双躺下了。李宽银想钻出去，已经无路可寻，只有静静等待他们完事后再做打算。

男的说："我想死你了！"女的说："才几天过去，还不够？"男的说："我天天都需要……"女的说："美死你！"两句话没说完，两个人早已解衣敞怀，真刀真枪干了起来。起初，女的喘笑着，一会儿便嗷嗷地叫出了声，让对方再猛烈一点儿。

李宽银听得明白，这是一对通奸已久的狗男女。从声音判断，好像是自己的未婚妻巧玲和收容所的顾辟疆。他顿时怒火满腔，老子在前方出生入死，受尽磨难，你们却伤风败俗，苟且偷欢。正欲举起枣木棍子，他们已经办事完毕，正搂抱在一起，卿卿我我缠绵哩。巧玲问："你为啥要逼死李二嫂?"顾辟疆喘着粗气半天没吭，许久才问："你怎么知道?"

提说到李二嫂的死因，李宽银放下棍子，侧耳谛听。他要知道李二嫂究竟是缘何自尽的。

巧玲披着衣服坐起来："这还用问？李二嫂高高兴兴请你吃喜酒，随之就悬梁自尽了。不是你逼死她，还能是谁?"顾辟疆干笑了两声说："你知道了就好，谁知道我也不怕！我就是要故意怄死她。说她被暴动俘虏轮奸是自己送上门的……说她'烂桃不烂味，照样能陪男人睡'……"

陡然，一根粗硬的棍子狠命捅向顾辟疆的后背，顾辟疆大吃一惊，提着裤子跳了起来。巧玲也惊叫着跑开了，赶忙用手去扣大襟袄的盘扣，慌乱中颤抖的手指不听使唤，怎么也扣不上。

李宽银冲出苞谷秆垛子，挥棍向顾辟疆扑去。他怒吼着，叫骂着，要为李二嫂报仇。可是，声音却嘶哑得只有他自己才能听见。顾辟疆挨了两闷棍，看清了对手不过是一个身体虚弱一戳就倒的穷叫花子，一下子镇静下来，不慌不忙摸出腰间的手枪。当黑洞洞的枪口对准李宽银时，巧玲觉得这个叫花子有些眼熟，忙喊道："别开枪！问问他是谁!"

李宽银将疙瘩棱槌的枣木棍横握在手中，他长发齐肩，怒目圆睁，威武如山。他翕动着嘴唇，虽然没有声音，却是天地间最庄严的宣言。寒风中，顾辟疆一边勒好裤带，一边骂道："你个老叫花子不想活了!"接着，在沉闷的枪响中，一位在前方出生入死的英雄倒在了家乡的土地上。

巧玲哭喊着跑过来，抱怨道："谁让你开枪的？没问清他是谁就开枪了……"她蹲下来，用手理一理死者蓬乱的头发，从脸型上、清秀的眉眼上，她一眼认出来，躺在血泊中的，正是自己久违的丈夫。她号啕大哭起来："天哪，作孽啊……这是为什么啊……"

顾辟疆胆怯了，用枪口怒冲冲点着巧玲的额头，让她噤声。巧玲立即就不哭了。

当天晚上，杨树林的苞谷秆垛子不知为何燃起了冲天大火，在飘散着汽油味的熊熊烈焰中，那里的一切都化作了灰烬。

二十五

为彻底查清宝鸡俘虏暴动一案，国民政府军事委员会临时军事法庭派出了一个三人办案小组，于年底前的圣诞节当日飞抵西安。小组负责人为费永祯少将。他个子瘦高，为人耿介，办事果敢，在官场颇有清正廉洁的盛誉。由于他细长的脖子超出了一般人的尺寸，且平素总喜欢歪着脑袋，像树杈上挂了颗葫芦，故而得了个“歪脖树”的雅号。凡是这个“歪脖树”经手的案件，不管案情如何扑朔迷离，案由如何山重水复，都将被一一厘清，因此，陪都重庆的民谣几乎将他神化了。

半年前，当他得知西安行营主任蒋鼎文于豪赌中输掉巨额军费时，曾是军委会弹劾案的主要发起者之一。此事后来由蒋总裁亲自批示从国库中拨付军费以抵补亏空，最终平息下去，但从此蒋费二人结下了仇隙。这次，听说是派“歪脖树”前来办案，作为东道主，蒋鼎文大为不快，决定拒而不见。后来，经高参们宽慰劝解，上将这才放下架子，摆出一种不计前嫌虚怀若谷的大家风范。圣诞节这天，根据事先获知的办案小组乘坐飞机的班次，蒋鼎文决定亲自屈尊迎驾。可是，当蒋鼎文带着西北军政各界及中央驻陕机构的大小官员顶着凛冽的寒风在西郊机场苦苦守候了一个多小时，待班机到达乘客下完后，也未见“歪脖树”的踪影。他心里骂，莫非这个“歪脖树”吊死在飞机上了？派人登机检查，座舱已空无一人。

对于费永祯来说，西安行营主任兼陕西省政府主席蒋鼎文上将，无论资历或军阶都比他高得多，到机场迎接算是给足了面子。但是，倔强的费永祯并不买账。

蒋鼎文打电话给军委会，回答说费将军临时变更了班次，已提前到达了，下榻在西京招待所某某房间。上将听罢，气咻咻地命令说：“这个‘歪脖树’如果找到行营无论哪个部门，都不要理他！”

费永祯少将以自己的行动表明了对花花公子将军的愤怒和与之斗争的决心。当日下午，顾不得旅途劳顿的费将军，虽手持中央公函，在西安却处处碰壁。然而，俘虏暴动的幕后操纵者顾辟疆一直紧盯着调查组到来后所发生的一切，这种鹬蚌相争的局面正是他求之不得的。

晚上，顾辟疆登门造访，两个多年不见的伙伴，一见面自然亲热起来。

“小皮匠！”费将军拍着顾辟疆的肩膀，叫着他当年的绰号说，“我还当你早死了呢，没想到你还活着！你小子命大，九死一生啊！”

“歪脖树！”顾辟疆显得异常兴奋，也叫着对方的绰号，“你发迹了！久闻大名啊！”

“去你娘的！”费永祯笑骂着，“强龙压不住地头蛇。我到西安来，还要你多多关照啊！”

“好说好说！”顾辟疆应承道，“一个河里洗过澡，谁也见过谁的鸟！你只要别端架子就行！”

说着，两个孩提之交的伙伴回忆起当年在武汉皮革店做学徒和后来一起投身大革命的往事，都忘情地流下了激动的泪水。

有备而来的顾辟疆当即为费将军一行三人设下酒宴接风，并送上祝贺圣诞的礼物。问及来西安后的公务安排，费将军怨愤道：“你们西安的事情真难办！一连找到几个部门，都说是长官不在，让我过两天再来。这还了得！长官不在地球就不转了？连我们军事机关都这样疲疲沓沓，抗战何时才能胜利？”说着，激愤地将酒杯掷在地上摔了个粉碎。

顾辟疆赔着笑，重新换一只酒杯斟满了酒，建议说：“老兄，恕小弟直言，你来得可不是时候！元旦将近，人心惶惶，谁还能坚守岗位？要找人调查恐怕十有九空。再说，最近蒋鼎文这些军政首脑们，正忙着操办成立‘日本反战同盟总会’，哪顾得招呼您呀？这样吧！磨刀误不了砍柴工，要调查，要取证，紧慢不在这两天。以小弟愚见，干脆好好玩几天再说。来一趟不容易，西安是十三朝古都，不把这儿的名胜古迹游览游览，回去上床，给嫂夫人没法说故经哇！”

顾辟疆半是认真半是玩笑，却说得入情入理。费永祯歪着脖子没吭声，搁不住两个助手从旁嘀咕，于是，点头同意了。

第二天，顾辟疆亲自作陪，开着吉普车，一连两天时间，先去游览了东线的华清池和华山，又去了西线的茂陵、乾陵、马嵬坡和法门寺。第三天，又在市区和市郊游玩。每到一地，均盛筵款待，乐舞助兴，到了晚上，则到歌楼妓馆尽情享乐。几天下来，搞得三名钦差筋疲力尽躺在床上连连告饶。

这天上午，五岳庙街“军统”西安分部门前缓缓停下一辆军用中型吉普车，来人向门卫出示了“国民政府军事委员会”证件后，直接驶入庭院。当时，分部主任黄书良不在，值班的是一名尉级军官。他从未见过中央大员，慌忙接过提审的公函，看也没看，便引着他们到偏院西北特种拘留所，将汪大年从号子里提出来交给来人。看到钦差大臣们一个个不苟言笑，满脸庄严，临上车，这位尉官两面买好地对汪大年说：“老兄，青天大老爷来了！要是判你个官复原职，可覅骂‘洪洞县里没好人’噢!”

汽车驶出大门，又一溜烟出了西安西门，一直向西行驶。坐在车厢里的汪大年有点儿莫名其妙，中央大员这是往哪儿去呀？他看了看身旁和对面的两位钦差，问：“咱们这是回宝鸡去?”差官们对视了一下，依然阴沉着脸，似乎不想多说什么。

开车的司机是个小青年，细皮嫩肉的，偶尔回过头来，小额头，尖下巴，脸蛋子圆鼓鼓的，看上去浑如一只“笋瓜”。坐在汪大年身旁、时刻警惕他逃跑的这位，年龄最长，生得像长臂猿，一身大号校官军服穿在身上，仍窄巴巴的，胳膊从袖筒里伸出老长一截，为了掩饰他黑黢黢多毛的手臂，不时将衣袖向手腕上撕扯着。他的长相怪吓人的，高眉骨，深眼窝，翘鼻孔，大腮帮，活像一头“黑猩猩”。坐在对面的这位少将，个头不高，一副河马脸，眉宇间带着几分傲慢和斯文。他面色煞白，虽然只有三十来岁、皮肤却像鸡皮的老者，回过头时，脸上和脖子上拧出许多皱褶。他穿着考究，笔挺的黄呢子军服外披一件风衣，腋下夹着黑色锃亮的公文皮包，心事重重地望着车尾飞卷的一股股黄尘，始终不愿正面看汪大年一眼。从他闪着一颗将星的领章分析，汪大年猜想，他应该就是办案小组的负责人了。

“请问，将军您贵姓?”汽车驶出西安市区，汪大年再也忍不住了，打破沉默，恭敬地问道。

“费。”风衣只吐出一个字。

“费?”汪大年重复着，“敢问，费将军，您的大名呢?”

“费永祯。”风衣多了两个字。

汪大年看了看他，有些纳闷儿。费永祯将军虽然与他无缘相识，但他的英名早就誉满天下了，还有他那又细又长的歪脖子，比之教导总队桂永清中将的“偏驼背”更为人津津乐道，流传的故事能编成一部小说，而这位将军总缩着脖子。汪大年试探道：“原来是费将军呀！您什么时候到的西安，生活还习惯吧?”

“不要多嘴!”河马脸以生硬的口气命令道。

汪大年还想说什么，黑猩猩在他的腰上捅了一下：“少废话!”

汪大年好生奇怪，办案的这几个人怎么都是锯嘴葫芦。从他们过于拘谨的态度上，从他们闪烁其词的言语以及南腔北调怪怪的发音上，汪大年突然有一种直觉：“这该不是一伙冒牌货吧?”这时，他蓦地想起桂子、岩切和李二嫂给他多次描述过的那天黄昏开吉普车骗走桂子的两个人，一个像笋瓜，一个像黑猩猩。安恩泽大哥说得更详细，除了这两人外，为首的那位长着一副河马脸——哦！原来又遇到老对手了，而且是倾巢而出啊!

天空灰暗，寒风凛冽，车窗上的玻璃被风吹得哗哗作响。车过三桥镇时，正好这一天逢集，街上熙熙攘攘挤满了购物的人群。汽车走走停停，车速无法加快。汪大年摸了摸身上的夹衣，大声说：“请停一下！我的衣服和皮鞋都打发给狱卒了，现在快冻死了。我要下去买件棉袄!”

河马脸被激怒了，脱口用日语吼道：“不行!”发觉失口，顿然噤住，恶狠狠地瞪着他。

汪大年朗声笑道：“你们是日本特工!”

黑猩猩一听慌了，急忙用手枪柄砸在汪大年的脊背上，喝道：“老实点儿!”

河马脸终于露出了狰狞的面目：“是又怎么样，今天要送你去见阎王!”

“哈哈……”汪大年哂笑道，“我提醒你，这是在中国的土地上，到处都是中国的民众，他们对日本鬼子恨之入骨，我只要振臂一呼，你们就会被撕成碎片!”

“住口!”河马脸和黑猩猩惊恐地扑上来，将汪大年摁倒在车厢底板上。

汽车向西北方向一路疾驶，司机紧紧抓住方向盘，鼓着眼珠子，直愣愣瞪着前方，神经质的样子。公路坑坑洼洼，凹凸不平，有些地方积水盈尺，烂如泥潭。司机只顾猛踩油门，夺路而行。轮下污水四溅，路边行人躲闪不及，惊得人人侧目。

汽车很快驶上咸阳渭河古桥。这是一座年代久远的多孔石拱大桥，有一里多长。烟岚笼罩在桥面上，灰蒙蒙的望不见尽头。由于年久失修和日机轰炸，原先平整的桥面已千疮百孔面目全非了。坍塌的路基下不时能看到混浊的水流，临时铺垫的枕木高高低低十分危险，需小心翼翼方能通过。正是隆冬季节，临近河岸的水面结了一层冰凌，白花花十分晃眼。

吉普车急于赶路，"扑哧"一声，后边一只轮胎陷入两根枕木的夹缝中。夜来落过一层黑霜，地面像结了冰，车轮只是打滑，怎么也动弹不得。司机骂了一声，跳出驾驶室绕到车后查看。他无奈地摇着头，请示河马脸能不能让人都下来。

大桥上行人稀少，过往者也多是来去匆匆。河马脸木然地等待几个挑担的老乡走远后，怨愤地瞥了汪大年一眼，仿佛是汪大年故意将车轮掀入枕木夹缝中的。他打开车门，指着汪大年对黑猩猩说："都下来，把他看好，别让跑了！"

河马脸夹着皮包率先跳下车，随后是黑猩猩。汪大年一下车，便被黑猩猩死死拽住胳膊，仿佛他是孙悟空，稍不留意就会腾空驾云似的。看看人都下了车，笋瓜急忙去发动汽车。他一再加大油门，只见汽车轮子飞转着，就是赖着不肯前进。一会儿，车轮冒出一股焦煳的黑烟。

笋瓜再次下车，建议把车屁股抬起来，说着，钻进驾驶室又去打火发动了。河马脸望望黑猩猩，将皮包紧紧夹在腋窝，弯下腰，试着去抬那车尾。尽管他咬紧牙关，河马脸挣成了猪肝脸，汽车还是无动于衷。接着，他又让黑猩猩去抬，并立即掏出手枪，打开保险，将枪口抵住汪大年的后腰，警告说："敢动一动就打死你。"黑猩猩虽然浑身有的是蛮力，但毕竟单枪匹马，车屁股仅能抬起半寸高，仍然没能爬出来。轮胎呜呜旋转着，将车轮下的泥巴甩了黑大汉一脸。就在将行未行之际，汪大年突然一猫腰，看似去帮着推车，却冷不防一个侧身，双手将紧跟而来的持枪的手臂逮住，斜刺里猛地用力一扛，"嘿"的一声，背麻袋一般，双手松时，冒牌将军已飞身桥外了。他这一招突如其来，迅如雷霆，不等黑猩猩反应过来，随着一声空洞的枪响，特工组长扣动扳机时，已跌入河水中了。紧接着，汪大年纵身一跳，跃入桥下滚滚的激流。

听到枪响，笋瓜钻出驾驶室，见黑猩猩喘着粗气望着河水发愣，急忙喊：“快，下去救人要紧!”两个人撇下汽车，跑下桥头，沿着水流向下游奔去。

汪大年戴着手铐，穿着夹衣，浮水十分困难。河水冰冷刺骨，一会儿就浑身麻木了。他望了望河马脸跌落的方向，那个海岛民族的儿子似乎水性平平，加之穿着风衣，落水狗一样滑稽可笑。黑色文件包像一片漂浮的树叶，盘旋在附近的水面上，他自顾不暇，生死未卜，只好眼巴巴看着它随河水渐渐漂向远方。

汪大年奋力向文件包游去，他想，里边一定藏有许多不为人知的特工活动的秘密，必须抢到手。看看仅剩一丈多远了，岸上突然响起了枪声。子弹雨点般落在他周围的水面上，激起无数水花。他一个猛子扎下去，露出水面时，已将文件包稳稳抓在手里。枪声由凌乱转为沉寂，笋瓜和黑猩猩忙于救助自己的上司，射击只好停止了。

汪大年在水中拼命向前划动着，渐渐远离了他们。天寒岁暮，滴水成冰，河水冷彻，痛入骨髓。一个多月监狱生活的折磨，使汪大年身体十分虚弱，整个身子都在发抖，上牙不住打着下牙。当思维即将离开他的身体、在他的头脑里抽象为一个简单的意念时，他提醒自己，千万不能丢掉皮包。于是，他用冻僵的手指完成了一个十分艰难的动作，将皮包的提襻套上了手腕。很快，他便失去了知觉……

“汪叔叔，汪叔叔……你怎么啦……你快起来呀!”

不知过了多久，汪大年似乎听到一个声音在叫他。声音不大，很稚嫩，仿佛是个孩子。他恍恍惚惚如同做梦一般。这声音多么熟悉多么亲切呀！会是谁呢？他一时想不起来。

“汪叔叔，你看看我……我是狗娃……”

冻僵的汪大年被河水带到十里外一块河滩的草地上，他蜷曲在那儿，样子很难看，像一只受伤的蚂蚱。胆小的狗娃被吓哭了，在沙滩上一边跑一边喊着：“龟田叔叔，你快来看！这里有个人……”

远处，匍匐在一道沙梁后面用弹弓打雁的龟田雄二——如今的大名是李龟田——听到狗娃的哭声，一边飞快地射出石矢，一边向这边喊道：“狗娃！哭啥呢？别怕，叔叔来了！”

龟田打出的石矢击中一只啄食麦根的黄雁，他飞快奔过去捡起来，转身向狗娃跑去。

今年夏初，在宝鸡大散关附近的山神庙里，龟田雄二从顾辟疆的枪口下负伤脱逃。翌日，他又回到山神庙，将四具同伴的尸体用山石掩埋了。伤势稍好后，他按照日本仪式，在墓穴前的松树林中，垒起一座灯塔状“五轮”墓石。他的行动被一位常到山神庙晒药的老药农撞见了。老药农看他孤身一人，问愿不愿跟他一同采药。龟田正愁没有去处，便满口答应下来。问他姓甚名谁，他不了解更多中国姓氏，因住在李二嫂家，便说姓李，叫李龟田。当即磕头拜师，此后便随老药农出没于深山密林之中。一日，师傅告诉他，整个三千里秦岭，唯有陈仓山的党参最好，当年药王孙思邈将它列为上品。不过，这个陈仓山，也就是鸡峰山，如今去不得了。龟田问为何去不得了。师傅说，那里近年聚合了一股土匪，十分厉害，大凡进得去出不来。龟田是个侠肝义胆的猛士，一定要闯闯这龙潭虎穴。他随师傅潜入鸡峰山，党参没有挖着，却在压寨夫人的宅院里意外发现了李二嫂的儿子狗娃。原来，鸡峰山土匪路过太殷村时，恰恰在村外遇到要掐死狗娃的寺垣。土匪们早就认识这个卖狗皮膏药的大金牙。当即夺下狗娃，正好送回山寨给膝下无子的山大王做了养子。龟田和老药农救出狗娃，又担心土匪会追踪而来。师傅让他带着狗娃远走高飞，遂修下一封书信，令龟田到西安西北郊的沙河滩村做了守寡多年的女儿的上门女婿……

龟田奔到草地上，惊得半天说不出话来。这个人是谁呀？这不是收容所主任汪大年少将吗！他的手腕上为何套着明晃晃的手铐呢？龟田怎么也忘不了汪大年的恩情。当初，是汪大年给他讲解了反战的意义并推举他当上了模范俘虏，是汪大年经常嘘寒问暖并带他一同去看难得一见的陈仓社火。他从顾辟疆枪口下逃脱后，一心盼望的就是早日见到汪大年。现在，汪大年怎会流落到这里呢？莫非也遭到顾辟疆的陷害。龟田的眼睛被泪水模糊了，来不及多想，不管三七二十一，连忙将大雁往狗娃怀里一塞，背着汪大年就往家赶。

在龟田家的热炕上，汪大年渐渐苏醒过来。看到站在眼前的竟然是失踪已久的龟田雄二和狗娃，他简直不敢相信这是真的。汪大年一把将狗娃揽在怀里，拉龟田到炕边，述说着各自的经历。说着说着，三个人抱在一起大哭了一场……

沙河滩是一个移民村，村子里汇聚了从河南、河北、山东等地为躲避日军烧杀淫掠而落脚到西安的二十多户难民。龟田为人忠诚率真，出力肯干，很快成了村人的主心骨。听说他搭救了一位落水的大恩人，大家争相登门看望。一会儿，便有村里的小炉匠提着一大串钥匙为汪大年打开了手铐，有小伙子送来准备结婚办喜事的新衣裳，有大姑娘小媳妇送来冒着热气的蒸馍和姜汤。说话间，龟田的妻子已将大雁裹上黄泥巴于柴火中烧熟拿来摆放在炕桌上。这种糊着泥巴烧出“叫花鸡”的做法，是这个村人人精通的厨艺，那是难民们在逃难路上最伟大的发明创造吧！为了防止意外，龟田派出一帮小伙子，抄着农具家伙到村口去站岗瞭哨。晚上，更有热心的村民早早在村子中间和东西两头燃起三堆篝火。这是无声的命令，不大工夫，只见从家家的门洞里走出一个个青壮年男女，自觉到篝火边会合。篝火照亮了村里村外的道路，大家一边添柴拨火，一边警惕地观察有无可疑人员进村。这一晚的口号是：日特胆敢来袭击，把他烧成“叫花鸡”！

坐在热炕上的汪大年一直惦记着那个黑色的文件皮包，未及用饭，赶快打开来看。里面的文件已被河水浸湿，一页页小心翼翼揭下来，上面的字迹已漫漶得模糊不清了。汪大年心想，河马脸一路上那么严密地看守着它，肯定记载着他们最高的机密。现在虽然难以辨认，但只要经过处理，还是能够复原的。都是什么文件呢？前天，桂子探监时，告诉他“反战同盟总会”成立大会定于新年前一日召开，届时，国际国内许多著名人士将应邀参加。屈指一算，汪大年不禁一阵错愕，如果没有变动的话，后天即是大会召开的日子。种种迹象表明，敌人一定会不择手段千方百计予以破坏的。这份文件会不会与此有关呢？不管怎么说，都不能耽搁，应把它尽快送出去。为了不致落入敌手，汪大年想，最好还是交到八路军办事处安恩泽大哥那儿。

后半夜，换了一身农人装束的汪大年，亲了亲熟睡中狗娃那红扑扑的脸蛋儿，便匆匆出门了。龟田陪着他，一直送到四五里外未央宫遗址的高台边，看得见灰蒙蒙的西安城墙了，两人才洒泪而别。

连续吃喝玩耍了三天，这天下午，躺在西京招待所弹簧床上直喊骨酥筋软的费永祯少将一觉醒来，忽然心血来潮，打电话叫两位助手到他房间，斥责道：

“你们只知道逼我玩耍，险些误了大事！来西安好几天了，尚未约见一位涉案人员。且不说军委会万一来电话不好交代，要是蒋鼎文那小子抓住什么把柄，向上面打个小报告，咱们连屁都没得放了！现在，要想尽快取得第一手资料，最省力的办法是从汪大年这里入手，打开缺口！”

两名随从连连点头，这时，正好顾辟疆过来问安，便让他开车送大家一起去监狱提人。

来到拘留所大门口，亮出公函，门卫立即打电话叫来值班尉官。尉官满脸诧异说：“今天上午，军委会办案组把人提走了，现在还没送回来呢，怎么又来提人？你们到底有几个办案组呀？”“歪脖树”一听，知道被人涮了，不由得火冒三丈，骂道：“你们有眼无珠，真假不分！若不把人给我追回来，连你们一同告上军事法庭！”顾辟疆赶紧打圆场说，这不干监狱的事，是秃子头上的虱子明摆着的！除了汪大年的日本老婆山中桂子和孩提之交的安恩泽，还有谁愿如此卖命？这会儿，汪大年可能就在西安“八办”的防空洞里藏着哩！费永祯听罢，半信半疑，指着顾辟疆的鼻子说：“小皮匠，这是给你办案，抓不住汪大年，拿你是问！”顾辟疆信誓旦旦说：“我要是有半句假话，身首异处！”于是，在钦差大臣费永祯的唆令下，从小雁塔胡宗南第十七集团军司令部调来重兵，很快将西安“八办”围了个水泄不通。

西安八路军办事处设在后宰门大街东端的七贤庄内，站岗的哨兵突然看到大门外布满端着刺刀的国军，街道上竖起了铁丝网，这种现象虽多次发生，但不知今天又出了什么意外，连忙报告给联络部部长安恩泽。安恩泽出来一看，不禁愤怒万分。动不动就在门前戒严，也不通报一声，这是什么“精诚团结”？打电话给西安行营和“军统”西北调查处，回答云三雾四，遮遮掩掩；又打电话给第十七集团军司令部，对方口气蛮横，指控他故意破坏抗战，窝藏国家重要案犯。这才猜出个中原委，可能是监狱跑了犯人，将罪责推在“八办”身上。询问到底是何人从狱中逃跑，如何逃跑的，得到的回答是：“你们明知故问，做贼心虚！”并限定二十四小时内必须把人犯交出来，否则，后果自负。安恩泽无奈，要出去交涉，结果被粗暴地限制在大门内，不准外出一步。

第二天早上，西安城内突然下了一场入冬以来罕见的大雾，街道、房屋、车辆、人影，仿佛一切都虚化了似的，如同天上的街市一般。当改了装的汪大年从一条小巷接近“八办”时，猛抬头，发现影影绰绰之中竟然三步一岗，五步一哨，站满了戒严的哨兵。见此状况，汪大年急忙闪身避开。他看到，身旁的电线杆、商户的门脸和临街的墙面上，到处贴着印有他头像的通缉令。趁着行人稀少，急忙躲到一个僻静的角落，撕下来一张，浏览那玄之又玄的榜文。不看不打紧，一看，简直令人喷饭！原来可爱的钦差大臣们，在尚未弄清事实真相前，便信口雌黄嫁祸于毫不知情的“八办”了。既然如此，安大哥那里是不能去了，必须尽快离开这个是非之地，然后再另想办法。

汪大年上身罩一件土布靛蓝长褂，下身穿黑色大裆棉裤，脚蹬二道眉千层底青布棉鞋，腰扎一条杏黄宽布长带，肩头上搭着鱼肚白帆布褡裢，头上一顶旧草帽遮眉苫脸，完全一副进城办货的农人打扮。看完通缉令，又向“八办”的门前望了一眼，急忙转过身，走下道沿，准备斜穿马路，从对面的背街离开。浓雾中，那条背街里突然蹿出一辆黑色轿车，差点儿将他迎头撞倒。汪大年躲避不及，几乎趴在车头上。只见车窗玻璃迅速摇下，里面坐的正是费永祯和顾辟疆。他们是到“八办”门前检查布防情况的。顾辟疆心贼眼尖，一眼就瞅出化了装的汪大年，急令停车抓人。

见到汽车戛然而止，汪大年撒腿就跑。费永祯跳下车向前后的士兵大喊道：“快来人呀！抓住他，他是汪大年！”一声令下，汪大年身后的枪弹流矢般射来，紧接着，就有大群的军警向这边围捕包抄，更有摩托车抢先堵住去路。汪大年一看前前后后都是军警，情急之中，纵身跃入身旁一所到处都是残垣断壁的庭院。这是陕军统帅孙蔚如将军在西安的宅第。日军在中条山战场上没有占到便宜，便通过特务和汉奸，圈定孙将军的府第，将其炸成一片瓦砾。

军警们追到墙外，不由得犹豫了，请示要不要擅入。顾辟疆和费永祯赶到断墙下，怒喝道：“还不快追，放走逃犯，该当何罪？”

眨眼间，大批军警已闯入院落。此时，汪大年在孙家看门老人的指引下，早已从侧门溜之大吉了。

汪大年不敢走大路，沿着背街小巷摸到南门瓮城关帝庙的门前。由于事发突然，急如星火，一看大门紧锁，径直敲开了角门。

开门的是道童金哥儿，抬头一看，不禁惊叫道：“汪道兄，到处都在抓你……”汪大年摘下草帽，悄声问：“大门锁着，师父没接诊？”金哥儿正在劈柴，用袖子揩了揩汗："道兄，这可要问你了！你将山本先生安排在庙里养伤，让师父注意他的安全。师父哪里还敢再开门接诊呀！山本先生在这儿住惯了，不想离开，和行营派来的卫兵一起吃喝，害得我天天得劈柴……"

金哥儿正在怨天尤人，晨起陪着山本一起散步的原道长和龙哥儿已闻声从古槐后面转了过来。紧随其后的两个卫兵见有生人进入院子，立即冲过来盘问。待看清是汪大年，反倒"扑哧"一声笑了。正欲说话，四周城墙上已站满了宪兵，原道长急忙拉大家到里面耳房叙话，吩咐金哥儿龙哥儿和两名卫兵把守好大门角门，不许放任何人进来。

一进入耳房，不等客人开口，原道长迫不及待地问："大年，日本特工把你赚到哪里去了?"汪大年笑道："你怎知道是日本特工捣的鬼?"原道长说："这还用问？明眼人一看便知。只是，旁观者清，当局者迷呀!"又说道："昨天下午，你先前的那个顾副官来了两趟，东瞅西看似乎要找什么东西。"汪大年说："他要的东西在这儿!"他一边说着，一边从褡裢内取出了黑皮包，"不过，不能给他，事关机密，我要将它交到一个可靠的人手上。"原道长说："这个可靠的人，我看只有你的安师兄了!"汪大年说："对！我正是从那儿来的，门口戒严了，我无法进去，只好跑到瓮城来。"原道长说："这样吧，你先交给我，然后我再转交于他。"汪大年说："不行！军情十万火急，可能关乎成千上万人的性命。顾辟疆很狡猾，如果他得不到，将这里围上三天两天，不就一切都晚了?"

汪大年正在焦急，忽然前院的角门"吱扭"一声打开，金哥儿和龙哥儿竟然放进三个挑着大粪担子的人。原道长正要阻拦，仔细一看，真是说曹操，曹操到——为首的竟然是安恩泽。在城头哨兵的监视下，安恩泽一边装着向后面茅厕走去，一边向耳房这边说："大年，快！到厕所去，换了衣服挑上担子掩护你出去!"

原来，"八办"门前的警戒撤除后，安恩泽料到必定是汪大年出了事，街上的通缉令更加证实了这一点。他想，这个节骨眼上，汪大年的处境一定非常艰难，正是需要帮助的时候。外面戒严的解除，说明他到这里接头没能成功，转而又到其他地方去了。安恩泽想，他能上哪里去呢？街上到处都在抓他，唯一的可能是，又去找师父原道长了。救人如救火，一刻也不能耽搁。这时，忽然看见经常到办事处淘茅粪的三个农人挑着担子往院子里走来。他们是西安地下组织的交通员，是来了解有无紧急情况的。安恩泽立即将其中一名唤进屋内，换上他的衣服，由车把式吆着车，马不停蹄赶到南门瓮城。幸好搜索而来的士兵还没有完全合拢，硬是闯了进来。

安恩泽的到来，犹如及时雨一般。汪大年立即跳出后窗，紧贴着后檐墙根走进茅厕，将文件取出来交给安恩泽，神情凝重地说："安大哥，这几页文件是我从日本特工手里抢来的，字迹已经无法辨认了，你把它研究研究，我相信你会有办法的。至于我的安危，你就不用管了！谅他们不会把我怎样。"

这时，忽然听到瓮城四周的城墙上喊声一片，叫道："汪大年你跑不了了，快快出来投降吧！再不出来，可就要开枪扔手榴弹了！"

安恩泽藏好文件，与同伴各挑了一担茅粪，走出角门时，瓮城已经戒严，被命令站在角门外，垂手侍立，不许乱动。

城墙上的喊声不断传来，已有子弹嗖嗖打到瓦楞和树干上，打碎的瓦片和树枝纷纷落下，中庭顿时一片狼藉。

汪大年就要飞身出去，山本突然抓住他的手说："大年君！你留下，宝鸡俘虏暴动的事，还是由我去说清楚吧！"

当年的留日博士生怎能放主考官去冒这个险，他说："老师，你放心！黄河自有澄清日，是非终有辨明时。希望你能把咱们那个新的研究课题尽快拿出答案来。"

山本纠夫含着泪，第一次在自己曾经的论敌面前点了点头。

汪大年走到庭院中间，向城头望去，四面女墙上架满了机枪，顾辟疆和费永祯的脸出现在城头上。费永祯伸着他的歪脖子，讥诮道："汪大年，西安这个瓮城设计得太巧妙了，任何人只要进入这里，就是瓮中之鳖！哈哈！怎么，还想跑吗？算了吧，快快束手就擒吧！"

汪大年说："费将军，我在此恭候您多时了！"

歪脖将军喜形于色："这就对了，识时务者为俊杰，为什么要跑？"

汪大年说："因为您的屁股坐歪了！"

听到这话，顾辟疆抢过话头："少废话！你包里装的什么？老实交出来！"

做贼心虚的顾辟疆，一瞅见文件包眼都直了。那里面不但有破坏"反战同盟总会"成立大会的行动计划，还有他提供给"石盆"小组的情报。虽然见了水，但是一旦落入其他人手中，依然会对他构成巨大威胁。现在，正是千钧一发的时刻，只要文件包到手，就争得了主动。这样想着，急忙抛开老同学，独自快步走下城头。

这时，大门外的军警已砸开庙宇大门，冲了进来，虎狼般向汪大年扑去。原道长、山本、金哥儿和龙哥儿看见了，急忙抢步上前，将汪大年护在中间。汪大年拨开众人，不慌不忙举起黑皮包，在手里晃了晃，对军警说："都退回去！文件包在这里，谁过来拿呀？"

"给我！"顾辟疆奸笑着出现在角门里，大步向汪大年走来。

这当儿，汪大年看到，角门外挑着粪担的安大哥仍被戒严的岗哨逼迫在墙角里。

顾辟疆一进门就掏出手枪："汪大年，你敢耍花招，我就一枪崩了你！"

"好啊，你开枪吧！"

"文件包拿过来！"

汪大年轻轻一扬手，将文件包扔出老远："给你，拿去吧！"

顾辟疆暴怒道："捡起来！"

汪大年鄙夷地哼了一声，没理会他。

"捡起来！"顾辟疆鼻尖上的两颗白麻子跳跃着，威严地重复道。

汪大年一声冷笑："你不要，可就是别人的了！"

顾辟疆求之不得的东西，岂肯轻易让人？恶狠狠瞥了汪大年一眼，急忙弯腰去拾。

这当儿，站在城墙上的费将军看到汪大年已束手就擒，一挥手，解除了戒严令，在扈从的搀扶下，一步步走下城头。

顾辟疆急巴巴打开文件包，里面空无一物，不禁勃然大怒，一把将皮包摔在地上，喝问道："文件呢？"

汪大年愤然回答："证据不能给你！"

顾辟疆气急败坏地就要发作，被站在身后的费将军制止了。忽然，顾辟疆仿佛记起什么，急忙冲出人群向角门外奔去。但是，毕竟晚了一步，只见地面上留下一摊粪水，而挑粪赶车的人已不见了踪影。

二十六

1939 年的最后一天，当弥漫街头的晨雾渐渐散去，古城西安出现了难得一见的丽日晴空。

上午 10 点钟，拟议在钟楼近旁明星大剧院开幕的“日本反战同盟总会”成立大会，突然被宣布因故推迟至下午举行，而原本于下午召开的座谈会则被提前到上午，由与会代表在下榻的招待所分小组进行。

日程中这个小小的变动看似平常，却彻底打乱了日本特工的破坏计划。因为，这样一来，那枚提前安放在大会会场舞台下的高效定时炸弹，其作用仅仅是掀翻一座空洞的楼舍，而于“反战同盟”则毫发无损。对于精明的日本特工来说，这无疑是天大的笑话。突然生变的消息是参会代表顾辟疆托人带出来的。望着马路上往来如梭的军警，扮作富商站在钟楼下一心等待观看爆炸奇观的“石盆”行动组长麻生育麻大佐，赶紧回到马路对面的妓院里，和助手们紧急商议补救措施。

向会议安全处提出变更日程的是西安八路军办事处联络部部长安恩泽。昨天，安恩泽在粪车的掩护下，离开南门瓮城关帝庙，一回到住处，立即找来一柄放大镜在灯下仔细研究汪大年交给他的那些纸页。由于在河水中浸泡时间过久，纸页上的钢笔字迹均漫漶得难以辨认了，看了半天竟一无所获。安恩泽在房间里焦急地踱着步子，汪大年临别时的殷殷嘱托不断在耳畔回响。这时，他忽然记起当年追随于右任先生时装裱先生墨宝的情景。在涂抹了一层掺和着明矾的稀糨糊后，有些飞白笔迹，即便细如发丝也会纤毫毕现。不过，这种奇迹在亮光下稍纵即逝，必须抓紧时机，快速浏览。安恩泽如法炮制，很快调制出一小碗这样的糨糊汁，在其中一张纸页上均匀涂抹后，拿在灯罩上去照，果然于墨迹处，出现了隐隐约约的字迹。安恩泽很快将十几页稿纸阅读完毕，内容大约是两部分：其中一部分是用日文起草的破坏“反战同盟总会”成立的实施方案，虽然不能完全读懂，但其中的汉字却认识：除了已知的暗杀外，接下来有爆炸大会会场、现场拦截袭击以及空中打击等项。另一部分比较杂乱，是用汉语书写的有关“反战剧社”的演出日程以及“反战同盟总会”成立大会召开的时间、地点、参会人员等内容。从相同笔迹不同纸笺看，应该是由一人多次提供的。这个提供内部情报的人，显然是潜伏在我们营垒中的汉奸。这个人除了顾辟疆，安恩泽想不出还会有谁。遗憾的是，作为证据，这些笔札在阅读过后，笔迹将再也无法复原了。

安恩泽研读已毕，撂下手中的放大镜已是凌晨两点。明日开会在即，从全国乃至世界各地来西安赴会的代表已基本到齐，万一发生不测，后果不堪设想。想到这里，他立即拨通了西安行营主任蒋鼎文上将的电话，准备把自己刚刚获取的情报报告给这位地方最高长官。

上将处理军务后睡得很晚，失眠又几乎整夜折磨着他。刚刚有了一丝睡意，陡然炸响的电话铃声使他十分震怒，爬起来抓过听筒，没等安恩泽讲完，便生硬地反驳说，这是意料中事，敌人如果不破坏就不叫敌人，行营早有严密部署，不必杞人忧天。安恩泽耐着性子说出了一些细节，他这才镇静下来，抱怨道：“啊呀！你又让我失眠了……这样吧！你打电话给黄书良上校吧！大会安全由他全权负责。”电话挂断后，安恩泽想了想，又打电话给黄书良。黄书良此刻待在西郊机场，负责本次会议重量级人物——国际红十字会官员波尔·拉姆斯先生的安保工作。飞机因秦岭上空的雷电晚点了，还没到港。听过安恩泽的解说，黄书良操着被香烟熏得发黏发涩的嗓子挖苦道：“你只要保护好你们共产党中央代表王稼祥先生不出娄子就行了！”接着，傲慢地说：“会场的安保工作已经做到万无一失了！我们军、警、宪、特不但全都出动，还把会场的旮旯拐角齐齐篦了好几遍，岗哨直到现在还没撤，就是日本特工变成蚊子也甭想飞进去！”安恩泽看说他不动，只好下硬茬说：“为了防止可能出现的问题，我们共产党方面郑重建议调整会议日程。如果你不同意，我立即提起联名，第一个先征询到会的国民党中央代表陈立夫先生的意见！”电话那头，黄书良终于软了下来：“得得得！别大动干戈了。我知道你们共产党最善于争取大多数。拉姆斯先生还没到，正好让他明天上午多睡一会儿，也好适应适应新的时差。”事情就这样说定了，临放听筒，安恩泽叮嘱道：“一定要到舞台下方多检查几遍……”

应该说，黄书良思想上的麻痹，还是给日本特工提供了可乘之机。

日程调整后，黄书良以为万事大吉了，剧场外有军警严密把守，因而，没再派人下去搜寻。上午10时25分，也就是距离定时炸弹爆炸前五分钟，麻生和他的助手们终于等到了一次绝佳的补救机会。

躲在对面妓院二楼临街房间里的麻生，只因前天在咸阳桥下冰冷的河水中泡了澡，救上岸后，患了重感冒，至今仍发着高烧。他不相信会议日程的变更和文件丢失有关，只是抱怨顾辟疆没有提前报告，致使现在措手不及。刚才上楼时，剧院内外和街道上布满了全副武装的军警，要想混进剧院改变定时炸弹上的时间设置，真比登天还难。看来，他们的这次重大行动，只能以失败而告终了。麻生鼻塞不通，河马脸烧成了猴屁股，躺在床上怨天尤人。忽然，扒着窗格子用望远镜一直监视着对面动静的笋瓜惊叫起来，让他快看，机会来了。

此时，明星剧院门前，缓缓停下了三辆大卡车。第一辆车上装满高高低低的长凳，那是为三百人的合唱团准备的。第二辆车上装满箱笼道具，那是为演出文艺节目准备的。第三辆车上站满“反战剧社”的演员，他们是打前站做搬运工的，昨晚刚刚结束在咸阳县城的巡演，今天专门为大会做汇报演出。剧社队长森下九郎担任了“同盟总会”秘书长，副队长山本聪慧子被选为“同盟总会”妇女委员，他们二人早就暂离剧社筹备会议去了。不过，那个压轴独幕剧《侵略战争的罪恶》仍由他们二人出演。成立大会原定于上午召开，约定将所有道具临时卸在后台外面。现在，会议日程变更了，正好为他们装台提供了机会。

看到演员们纷纷跳下车，笋瓜迫不及待地请求说：“麻生先生，快让我去吧！请相信我，一定完成任务！”

麻生起身看了看腕上的手表，阻止道：“不行！剩下不到五分钟，你难道要白白送死吗？”

笋瓜看了看正在发着高烧的麻生，甩下他和黑猩猩，提着帆布挎包自顾自下楼了。

一群日本男女演员突然降临，如同剧院门前飞来一群小鸟，谈笑间燕语莺声，说话时雀舌鸣啭。转瞬间，这种别样的异国风情便磁石一样吸引了周围人群的目光。他们的言谈举止音容笑貌，几乎使中国内地的老百姓看呆了。笋瓜正是这时挤进人群的。他当众从挎包掏出一件灰军装外衣穿上，这是和俘虏们一模一样的服装，谁也没有怀疑。然后，提着帆布挎包，夹在扛凳子的队伍中，大摇大摆往大门走去。门卫的岗哨上前盘问，他停也没停一步，拍了拍挎包，边走边说："电工，电工!"

院子里站满了军警，他知道，后台外面的地下室通道和窗口肯定被把守着，于是，直接随搬运凳子的队伍从侧门进入了剧场，又走上舞台。人来人往中，他搬开手动地角灯箱，从灯箱口的木梯下到地下室。这是他安放定时炸弹时早就勘测好的另一条通道，情急中正好派上了用场。他匍匐着身子，很快在舞台下如林的木柱夹缝中找到那枚炸弹，按下计时器，然后打开手电再做调整。定睛一看，不由得吓出一身冷汗。炸弹距起爆，仅仅只剩五秒钟了！笋瓜将新的起爆时间设定为下午 3 时 25 分，然后爬上舞台，将灯箱移到原位。接着，试了试舞台灯光，像一个舞台总监一样，大大咧咧地命令他们这样做或那样做。临行，还要求他们装好台，二道幕前留出空间，不要挪动摆好的讲桌，走时别忘了关灯等等。

在演员们热情的应答声中，笋瓜吹着口哨，轻松溜掉了。

定时炸弹定时器上的秒针嘀嘀嗒嗒马不停蹄迅跑着，时针已指向下午 3 时整。

庄严宣告"日本反战同盟总会"成立的时刻已经到来，担任会议执行主席的山中桂子女士在掌声中款款走上主席台，她含笑而立，鞠躬致意，然后将台下贵宾席上的每位客人一一介绍给大家。他们是：国际红十字会官员波尔·拉姆斯先生、中国国民党中央代表陈立夫先生、中国共产党中央代表王稼祥先生、中国著名侨界领袖陈嘉庚先生、中国文化界代表著名文学家沈雁冰（茅盾）先生以及中国各民主党派的代表。还有西安行营主任兼陕西省政府主席蒋鼎文上将、第十七集团军总司令胡宗南中将、第四集团军总司令孙蔚如中将以及西北军政界的各位先生。出席会议的还有来自中国国内和世界各地的日本反战团体的代表及著名反战人士。接着，山中女士向大会介绍当选首届"日本反战同盟总会"领导机构的人员名单……

大会在顺利进行着。这时，几乎谁都没有注意到，座位在第三排旁边的顾辟疆装作上厕所偷偷溜掉了。顾辟疆的突然离席，只有坐在另一侧的安恩泽注意到了。他想，这个暗藏汉奸的离开，其中必有缘故，莫非是“板凳”上的“钉子”没有拔掉而要“扎人”？在这关键时刻，如果向蒋鼎文如实报告，说舞台下方可能有炸弹，他不但会六神无主慌作一团，也可能软得连站起来的气力都没了。主帅不稳，三军不安。那样，会场秩序将会大乱，说不定还会酿成严重的踩踏惨剧。不行，这个时候绝不能打扰他。但是，顾辟疆的离座又确切表明危险的存在，必须立即到舞台下方检查一下。

雷鸣般的掌声中，佩戴三星上将军衔的蒋鼎文主任走上主席台，向大会致贺词。他的讲话很简短，只用了短短五分钟。接着，由山中桂子女士本人以新当选的“日本反战同盟总会”副会长的名义，代表筹备处做“总会”筹备工作报告。只见她向全场再次深鞠一躬，靠近讲桌，立即，她那天使般美妙的声音通过扩音器传遍了会场内外。

顾辟疆一直没回来，不能再等下去。安恩泽走出会场侧门，快步来到位于后台外的舞台地下室通道出口。这里由一名矮个子持枪士兵把守着，安恩泽对他说，正在讲话的女士将戒指从木板缝掉到舞台下面去了，他要到地下室找一找。矮个子士兵将枪一横，说：“黄处长交代了，谁也不准进去。”要找戒指，明天再说！

情况紧急，磨蹭不得，恰好黄书良过来巡查，安恩泽向他耳语一番，黄书良不以为然，认为安恩泽大惊小怪多此一举，不过，他还是放安恩泽进去搜查了。

舞台下漆黑一片，只有从木板缝隙透下的一点儿微弱亮光。上下仅有四尺左右的空间，安恩泽身躯高大，只好猫腰前行。地下室是一根根木柱和木梁构成的狭窄巷道，到处都是砖头瓦块，加之左一堆右一堆狗屎猫尿，散发着一股腥臊发霉的气息。梁柱间，不时有尘封的蛛网糊到他的头上。安恩泽接连划着两根火柴，都被地下室的阴风扑灭了。火柴盒里仅剩这么两根，他气恼地扔掉空盒子，一边双手摸索探路，一边侧耳凝神谛听。一连走过两个巷道，虽然没有发现异常，但似乎闻到了一种气味，是定时炸弹拆开包装后那种机油封套的气味。

安恩泽从小在华山跟随原道长练就一身武功，能眼观六路耳听八方。多少次出生入死，化险为夷，全凭他总能先于他人发觉那些最细微的征兆。现在，他的眼睛慢慢适应了地下室黑暗的环境，看清了自己所处的方位。循着气味，大约到了主讲台下方，隔着一层木板，他已听到上面“同盟总会”会长岩切五郎那洪亮的话音了。这位新任会长正在做主旨演讲，说到军国主义法西斯给中国人民和日本人民带来的深重灾难，木楼板被踩得“咚咚”直响。就在讲话停歇的瞬间，安恩泽的耳膜不经意间捕捉到一阵细微的很有节律的“嘀嗒”声。他不由得打了个冷战，那是定时炸弹的秒针在跳动！死亡之神正张牙舞爪向会场扑来。果然不出所料，定时炸弹并没有排查掉。安恩泽匍匐在地，仔细辨别声源的方向。一会儿，当他把耳朵贴到一个缝隙时，幽灵一样的定时炸弹终于被找到了。狡猾的敌人将炸弹安置在两个紧密相邻木柱之间的横梁上，如果不是敏锐的听觉，就是打着手电筒也难以发现。他小心翼翼取下炸弹，就着木板缝隙漏下的一线微光，将计时器设定取消。表盘上的刻度表明，距离起爆时间只差半分钟了！啊，这是多么危险的半分钟呀！这种日制新型炸弹威力巨大，一旦爆炸，整个会场大厅将被顷刻掀翻，将造成难以设想的后果！卸下炸弹，他长长舒了一口气。时令虽值隆冬，他的额头上还是渗出了几粒豆大的汗珠。

安恩泽转过身，为做到万无一失，还需要检查有无其他爆炸物。他用一只手将炸弹托在胸前，一边在巷道中爬行，一边仔细排查。连续察看了两个巷道，忽然从前方传来窸窸窣窣的响声，那分明是有人钻进来了。他想，该不是黄处长看他久没露面，派那个矮个子进来接应的吧？他喊了一声：“谁?”没有回应。恰在这时，身旁一股冷风袭来。他知道情况不妙，猛地将身子一闪。狭窄的巷道内，无法腾挪开去，便有一块砖头砸在肩膀上。紧接着，又砸在他的头上。安恩泽只觉得脑子“嗡”的一响，便什么也不知道了。昏迷中，他仿佛跌到一条幽深的山沟里。对了，那是大革命失败后，东征的陕军被迫滞留在皖北一带，军队和地方的共产党人发动了一次“刘集暴动”，但暴动很快失败了。他保护着西安中山军事学校的老师、后来是军队党的领导人魏野畴先生突围了出去。没想到半路上遭到敌人伏击，魏先生壮烈牺牲，他的头部被石块砸中，滚下了山崖……

此前，隐蔽在会场外的“石盆”小组的特工们，看看时间已过，仍不见那个期待已久的震耳欲聋的巨响，立即意识到，定时炸弹肯定被人拆除了。为了抢时间将拆弹人堵在地下室，他们旋即在大门外制造了一起冲击会场的闹剧。十几名被雇用来的人员得到暗示，借口要进剧场看演出，冲破封锁向里硬闯。门岗吹响哨子，黄书良看事发紧急，立即带着所有警力全都奔了过去，连那个矮子士兵也跑去了。这一下，正中了麻生的奸计。早有准备的笋瓜和黑猩猩从剧院外的厕所跳进后院，飞快地从门窗两处分头蹿入地下室。笋瓜故意造出声音，吸引对方注意，黑猩猩暗中袭击。安恩泽被打昏在地，又被连捅数刀，笋瓜将定时炸弹重新设定后，随即溜了出去……

经过一番努力，汪大年终于说服歪脖将军费永祯，被允许戴上手铐去观看反战朋友们在西安的最后一次登台，因为，从明天起，他们将赴陪都重庆做汇报演出。在这些朝夕相处的朋友们临行前，算是一次无声的送别吧。费将军本是豪爽之士，案件审理中，不禁对汪大年处理俘虏暴动中的行为倍加赞赏，而且与之惺惺相惜。除阎立仁需另案调查外，为深入调查顾辟疆是否参与策划并组织了俘虏暴动，对这位儿时伙伴，亦毫不留情地签发了拘捕令。不过，办事老辣的费将军，要求宪兵队长多个心眼，最好能人赃俱获。

文艺演出是成立大会结束后接着开场的，剧场的过道里，临时加满了座椅。汪大年一行被引导入场后，秘书组仅仅给费将军找到一把椅子。无奈，汪大年用衣袖遮住锃亮的手铐，身旁跟着办案人员，好不容易才挤进剧场左侧的站席长廊。这里人头攒动，摩肩接踵，有办案人员跟着，他只好远远站着观看。

“反战剧社”一共准备了两台节目，首先献演的是庆祝“同盟总会”成立的歌舞与演唱，接下来便是那个被报纸和海报宣传得家喻户晓的根据真实故事编排并由女主人公出演的独幕剧《侵略战争的罪恶》。剧场里，人们被精彩的表演吸引着，不时报以热烈的掌声，然而，此时此刻，危险并没有过去。

安恩泽被“黑猩猩”用砖头砸昏又连捅数刀，他趴在阴暗潮湿的地面上，气息奄奄，生命垂危。疼痛像狼一样啃噬着他，几度清醒又几度昏迷。当意识再次恢复时，一个意念顽强地浮现在他的脑际：那枚定时炸弹……拆除了吗？

安恩泽艰难地动了动，慢慢苏醒过来。他看看周围，半天才回想起来，他趴卧的地方是舞台的地下室。舞台上面好像正在演出文艺节目，耳膜呜呜作响，什么也听不清楚。疼痛和口渴折磨着他，使他大汗淋漓。他下意识地手一抓，怎么空空的，那枚拆除掉的定时炸弹呢？又到身旁摸了摸，没有……这一刻，他倏然清醒了，急忙回转身，挣扎着顺原路爬去。不知爬了多久，终于回到了原处。当他缓口气停歇下来时，又一次听到了那个幽灵发出的一声声狞笑……危险依然存在！排除刻不容缓！顿时，他觉得每一根血管都在铮铮膨胀，每一寸关节都在嘎巴作响，一股巨大的力量支配着他，使他忘记了伤痛，忘记了干渴。他伸出手去，准确地将炸弹取下来，谨慎拧松发条，然后揽在怀里，一寸寸向洞口爬去……

自从歪脖将军费永祯在关帝庙将汪大年带走后，做贼心虚的顾辟疆就做好了随时逃跑的准备。但是，怎样逃跑，逃向哪里，要不要甩开麻生而率先出逃？在这些问题上，他踟蹰了。近来，由于汪精卫投降卖国的嘴脸已暴露无遗，全国各地不断掀起"讨汪"浪潮。在这种政治气候下，圣诞节前夕，他的姐夫高宗武在香港的一家教堂门前被人刺死了。消息第二天在各大报纸上刊载出来，顾辟疆万分惊恐，妄图依附高宗武升官发财的美梦破灭了。如果不是配合"石盆"行动，他早就逃之夭夭了。他虽然用缓兵之计将歪脖将军糊弄了一阵，但策划俘虏暴动的事迟早要东窗事发。他本想直接到香港去找姐姐，但转念一想，被国人痛骂的臭名昭著的姐夫一死，姐姐还有什么用呢？常言道：隔手的金子不如到手的铜。看起来，还需要与麻生再合作一次。如果能将"反战同盟总会"扼杀在摇篮之中，无疑是首功一件。这样，就是随麻生投奔日军华北司令部也有了晋见礼。正因如此，顾辟疆才冒险最后一次出现在会议上。他原以为舞台下安放的定时炸弹会轰然一响大功告成，谁知麻生的助手们两次下去处置，均泥牛入海。时间一分一秒过去，他从失望转为绝望。演出在按部就班进行着，那响遏行云的嘹亮歌声无疑是对"石盆"小组特工们的绝妙讽刺和嘲弄。下来怎么办？第二套方案设定在散场时趁着人群混乱实施刺杀，但这需要互相配合，为此，应该赶快去找麻生。想到这里，躲藏在角落里的顾辟疆迅速脱去军装，乔装成商人模样，向对面的妓院走去。

顾辟疆迂回而行，但还是发现有人在后面尾随着。他心里恐慌极了，不知这个"尾巴"从何而来。是黄书良翻脸了？是费永祯灵醒了？还是日本人又派出了新的杀手……

顾辟疆毕竟在西安混迹多年，钟楼一带十分熟悉。他从钟楼东侧的平安市场进去，七拐八拐便把“尾巴”甩掉了。

来到妓院后门，未等老鸨和妓女们看清他，顾辟疆已飞身上楼，敲开了麻生的房门。正好，“石盆”小组的人都在。房间内烟笼雾绕，空气十分呛人。大家愁眉苦脸一筹莫展，正在等待转机的出现。

顾辟疆这位不速之客的降临，使麻生和助手们吃惊不小。按事先的约定，不到万不得已，他是不能来这里碰头的。麻生将脸一沉，怒冲冲问：“你怎么来了?”顾辟疆没吭声，依次在三个人的脸上瞅了瞅，故作惊讶道：“炸弹怎么搞的?”不等麻生开口，笋瓜暴怒了：“怎么搞的？你是怎么搞的……八嘎！提供的什么情报？马后炮!”黑猩猩也想发作，被麻生制止了：“吵什么？商量一下新对策吧!”黑猩猩气呼呼开口了，他的两个鼻孔又粗又大，那声音瓮声瓮气，像是用鼻孔在说话：“老顾还回剧场去，对那些高官实施暗杀……”笋瓜附和道：“对，也只有这样了!”顾辟疆听说让他回去打头阵，愤然道：“回不去了！启动第三套方案吧！实施空中打击。”麻生问：“为什么回不去了?”顾辟疆说：“我已经暴露了!”听到这话，两个助手立即挥起拳头，大骂道：“暴露了你还到这里来？要出卖我们吧?”顾辟疆重重地挨了几拳，鼻血流了出来。这时，神经敏感的麻生预感大难临头了，大喝道：“别说了，赶快下楼……”

麻生正要打开房门，木板楼梯那头忽然传来一阵凌乱的脚步声，紧接着，十几名宪兵端着枪冲了过来。麻生正要掏枪，早被冲在前面的宪兵一枪托打倒在地，拥上去制伏了。黑猩猩抢出房门，在另一旁的楼道里被两名宪兵追赶着。身材矮小的笋瓜根本不是中国大兵的对手，一伸手就被生擒活拿了。唯有机灵的顾辟疆跳窗而逃。

压轴好戏《侵略战争的罪恶》是在热烈的掌声中开场的。剧中，森下九郎和山本聪慧子分别饰演老气横秋的父亲和聪明伶俐的女儿。扮演父亲的森下鼻子下贴着一撮人丹胡，说话动作骄矜自持，虽然做了俘虏，仍有些顽固不化的军国主义者的味道。他不安地坐在自己房间的椅子上，焦急地等待着新来的医生——其实是混入收容所的特工来打针，以便借机敲定俘虏暴动的方案。这时，身着八路军服装、戴着大口罩的聪慧子拿着注射器进来了。聪慧子扮演的是一名护士，是刚从延安转送到收容所的女俘。看到八路军女战士，父亲吓了一跳。仔细端详，他被她身上青春活泼的气息吸引了，两人热烈交谈起来。当听说她刚满二十一岁时，他脱口而出，说自己有个女儿，也二十一岁了。他说他非常想念她，每逢生日，他都要给她送一个布娃娃。他离家出征到中国战场那天，正好是女儿十八岁生日，他给已经长大成人的女儿最后一次送了一个好大的布娃娃。随之，他拍着手吟唱起那首《布娃娃》童谣。歌词幽婉深沉，曲调如泣如诉。未及唱完，思女心切的父亲已经老泪纵横了。他唱的是日语，令他惊奇的是，和着他的节拍，这位八路军女护士也唱得十分动情。当他正在惊疑时，女护士摘下帽子和口罩，扑向他的怀抱："爸爸，你看看我是谁！——我就是你日夜思念的女儿聪慧子呀！"父女二人，异国相见，抱头痛哭。从女儿口中，他知道，为了实现他主张的"三个月灭亡中国"的狂妄计划，政府加紧了向日本国民的盘剥和压榨，各种名目的摊派五花八门，什么捐钱、捐税、打义工、恤兵、女子劳军等等层出不穷。另一方面，却是燃料、粮食、棉花、药品的极其短缺。政府号召老百姓每天少吃一顿饭，甚至忍饥挨饿，得了病没有医生，没有医药，连药棉和红药水都要节省下来……在这种情况下，他的妻子最终支持不住，病倒了，在突如其来的饥荒和无医无药中离开了人世。

聪慧子讲完日本国内的情况，父亲默默地说："所有这些，是我根本没有想到的。"父亲擦着辛酸的眼泪，忽然意识到，女儿之所以能到收容所来，一定是当了卑贱的慰安妇，辱没了他高贵的皇族血统。本来想和女儿相认的他，愤怒地将注射器摔碎在地，呵斥女儿滚开，滚得越远越好。女儿流着泪承认，她确实是受骗做了慰安妇。她一来到收容所，发现那个新来的医生，其实就是榨干她和姊妹们血汗、原本就是日本特工的慰安所老板。所以，向收容所举报了他。谁知这时候，这个狡猾的特工杀掉看押他的岗哨逃跑了。由于特务告诉了父亲很多收容所的秘密，父亲的处境变得十分危险。聪慧子抽泣着，就要离开狠心的父亲，忽然听到紧急的脚步声，回头看到特工向父亲举起了手枪。聪慧子迎着枪口冲了上去，父亲得救了，女儿却倒在了血泊中……

这时，父亲蓦然明白了，扑向女儿。他跪倒在地，双手托起奄奄一息的女儿，悔恨交集，悲痛欲绝，一步步走向台口，撕肝裂肺地呼喊道：“聪慧子——你醒醒吧！爸爸就剩你这唯一的亲人了！你不能撇下爸爸呀……”

大幕徐徐落下，观众这才从剧情中猛醒过来，回到现实。骤然间，台下响起暴风雨般的掌声。

金丝绒的幕幔在掌声中再次开启，但见森下九郎已抹掉那撮假胡子，和满含着热泪的聪慧子走向前台，他们深深地鞠躬，向观众表示深切的谢意，但是，几次谢幕仍无法退场。这时，从前排的观众席走出一位老人，在陪护人员的搀扶下走上舞台。人们望着这突然出现的一幕，静静的期待中，台下变得鸦雀无声。认识他的人看清了，他是山本纠夫。

父亲的突然出现，连聪慧子也愣住了：“爸爸！您……”

山本纠夫拄着拐杖，森下急忙上前迎住。山本对聪慧子说：“爸爸对不起你，我是专门上台和你相认的！”说着，他甩开拐杖，伸出双臂，动情地叫道：“聪慧子，我的好女儿，你受委屈了……”

“爸爸——”聪慧子百感交集，热泪夺眶而出，一下子扑进父亲的怀抱。

台下又一次响起热烈的掌声，大家一齐站起来，向这对久别重逢的父女表示祝贺。

在聪慧子的搀扶下，山本纠夫转过身来，对观众说：“我，就是戏剧里那个可恶的反面教员，脑袋像花岗岩一样的老顽固。聪慧子是我的女儿，多亏，戏剧中的死亡能死而复生，要不然，今生今世再也见不到她了……”

山本幽默风趣的话语，博得了满堂喝彩和阵阵哄笑。

“这个戏演得很好！”他说，“故事是根据事实编排的，但是，具体情况还要严重得多……”

接着，山本讲述了发生在收容所的暴动事件和这次暴动带来的恶果。当山本讲到他对不起他的学生——原收容所主任汪大年少将、使他蒙上不白之冤时，突然瞥见站在左厢长廊里的汪大年，那手铐上的金属亮光十分刺眼。情绪激动的山本伸手向台下发出召唤：“观众朋友们！汪大年少将就站在那里，至今，他的双手还戴着镣铐。我要求，大家允许他上来，将那副冰冷的镣铐，给我这个罪人戴上吧！”

台下即刻响起狂潮般附和的呼声，人们要求立即给汪大年除掉手铐。在观众的强烈要求下，办案人员不得不掏出钥匙，将手铐打开。接着，汪大年被无数双手推举着，跨上了舞台。

汪大年眼圈通红，山本痛惜地抓住他的手，察看着腕上的伤痕，眼泪簌簌滚了下来："大年君，你受苦了……"汪大年坦然一笑说："这点儿苦不算啥！有您做证，我怕什么……"

观众席上的欢呼声浪渐渐平静下去，就在汪大年再次和山本相拥时，他忽然发现，舞台的侧幕里藏着一个人。那人背靠灯光总闸，脚踩地角灯箱，不时将幕布撩开一道小小的缝隙，嗖嗖的目光流星一样向台上台下搜寻着。舞台上下的人们，均被正在发生的真实故事感动了，忘情地嬉笑着，似乎都成了剧中人一样。汪大年蓦然觉察到，那个藏在侧幕里的人是顾辟疆。顾辟疆的目光也同时与汪大年的目光相遇了。面前隔着山本，穷凶极恶的顾辟疆突然举起了手枪。汪大年见状，大喊一声："闪开！"一把将山本推向一旁。急欲逃跑的顾辟疆，在拉掉电闸的一瞬，扣动了扳机。

刺耳的枪声震响在舞台上，突如其来的黑暗中，爆出一道枪弹橘黄的闪光。顾辟疆见形迹败露，一猫腰，从打开的灯箱通道跃入地下室逃跑了……

顾辟疆在漆黑的地下室仓皇鼠窜，生怕军警前后夹击将他堵住。他本来要拉下电闸，向台下的高官发动袭击，没想到又让老对手汪大年搅黄了。

顾辟疆撅着屁股，从一个死胡同退回去，一手握着寺垣送给他的那把勃朗宁手枪，一手摸索着向透出一线微光的洞口摸去。忽然，他被一个软软的东西绊了一跤，用手一摸，原来地面趴着一个人。那人被他踩醒了，喑哑地喊了声："谁……"声音好熟悉，但是匆忙逃亡中他想不起是谁。他正要跳过去，被对方抓住了双脚……

舞台上的灯光很快复明了。强光下，人们发现汪大年倒在血泊中，立即呼喊着冲过去救他。这时，台下的山中桂子也看见了，抢上台跪倒在丈夫身边。桂子不断呼喊着丈夫的名字，赶紧撕下一条衣襟堵住他肩膀上的伤口。汪大年面色苍白，有气无力，忍着剧痛说："不要管我，快去抓顾辟疆，他是汉奸，是刺客！"

一会儿，蒋鼎文、费永祯和拉姆斯先生带着众多的官员走上舞台，蒋鼎文命令赶快送汪大年去抢救，一边抓住汪大年的手说："大年，你是英雄！要不是你及时发现，今天将会有多少人死于非命啊……"

当报告顾辟疆在地下室已被击毙时，身受重伤的八路军联络部部长安恩泽被抬进了剧场。看到满身血迹的安恩泽，蒋鼎文一切都明白了……

忽然，街道上空响起了刺耳的防空警报，剧场内一片愕然。这时，只见三星将军蒋鼎文站到前台，拿起麦克风威严宣布说："请大家不要惊慌！有充足的时间可以撤离出去。我给西安布置了上百挺高射机枪。让敌人的飞机来吧！只要来了，就让它有来无回……"

剧场内，人们肃然而立，没有人愿意就此离开。这时，表演合唱的演员和铜管乐手们已整齐地站好了队列，森下九郎拿起明灿灿的指挥棒，不慌不忙站到舞台的最前方，只见他矫健地挥舞起手臂，随即，《黄河大合唱》那气势磅礴的歌声，响彻剧场内外……